कुरु-कुरु स्वाहा...

[उपन्यास]

कुरु-कुरु स्वाहा...

मनोहर श्याम जोशी

राजकमल प्रकाशन

ISBN : 978-81-267-0232-9

मूल्य : ₹795

पहला संस्करण : 1980
सातवाँ संस्करण : 2024

प्रकाशक : राजकमल प्रकाशन प्रा.लि.
1-बी, नेताजी सुभाष मार्ग, दरियागंज
नई दिल्ली-110 002
शाखाएँ : अशोक राजपथ, साइंस कॉलेज के सामने, पटना-800 006
पहली मंजिल, दरबारी बिल्डिंग, महात्मा गांधी मार्ग, प्रयागराज-211 001
1, अनमोल सोराबजी संतुक लेन, धोबी तलाव, मरीन लाइंस, मुम्बई-400 002

वेबसाइट : www.rajkamalprakashan.com
ई-मेल : info@rajkamalprakashan.com

मुद्रक : बी.के. ऑफसेट
नवीन शाहदरा, दिल्ली-110 032

KURU KURU SWAHA...
Novel by Manohar Shyam Joshi

समर्पित

हजारीप्रसाद द्विवेदी और ऋत्विक घटक
इन दो दिवंगत आचार्यों की पुण्य स्मृति में
इस निवेदन के साथ
कि सागर थे आप, घड़े में किन्तु घड़े-जितना ही समाया।

"पता नहीं क्यों, किन्तु ऐसी प्रतीति होती है मुझे कि आधुनिक सभ्यता एक अबोध बच्ची है जिसका चंडिका की मिथक आदि-छवि से हठात् सामना हो गया है अब। समूची सभ्यता का अस्तित्व और भविष्य इसी भयंकर साक्षात् के परिणाम पर निर्भर है। अपनी इस बात को ब्यौरेवार समझा सकना मेरे लिए कठिन होगा।"

ऋत्विक घटक

स्व. हजारीप्रसाद द्विवेदी मौज में आकर 'गप्प' को गल्प का पर्याय बता देते थे। उनकी इच्छा थी कभी सुविधा से कोई 'मॉडर्न गप्प' लिखने की।

स्व. ऋत्विक घटक कभी-कभी हँसी में सिनेमा के लिए पुराना शब्द 'बायस्कोप' (द्विदर्शी) प्रयुक्त करते थे। उनका यह मजाक दुधारा हुआ करता था। 'करु-कुरु स्वाहा...' दृश्य और संवाद प्रधान, गप्प-बायस्कोप है, इसलिए इसमें वर्णित सभी स्थितियाँ, सभी पात्र सर्वथा कपोल-कल्पित हैं। और सबसे अधिक कल्पित है वह पात्र जिसका जिक्र इसमें मनोहर श्याम जोशी संज्ञा और 'मैं' सर्वनाम से किया गया है।

चलती का नाम चालू

सबसे पहले एक नाचीज-से दलाल का जिक्र करना जरूरी होगा क्योंकि उस बहुत-ही पहुँची हुई चीज की ओर सबसे पहले मेरा ध्यान उसी ने खींचा था।

दलाल का नाम था बाबू। उसका अब न कोई अपना हल्का था, न कोई खास माल। आदत से मजबूर वह साँझ-ढले चौपाटी आ जाया करता ताकि कहीं रौनक-तलाशती आँखें दीखें तो वह 'मदत पाहिजे ?' वाली मुद्रा में प्रस्तुत हो जाए।

तो इस बाबू ने एक दिन मैरीन ड्राइव में मेरी जिज्ञासु दृष्टि की अपने ही ढंग से व्याख्या करने के बाद पहले मुझसे माचिस माँगी और फिर सिगरेट का धुआँ छोड़ते हुए सेवा-भाव से पूछा, "तफरी होने का ?"

मेरा अकेलापन उन दिनों बहैसियत पत्रकार वेश्यावृत्ति पर अनौपचारिक अनुसन्धान कर रहा था। लिहाजा प्रस्ताव मैंने सुना। फिर अनुभवी होने का नाटक करते हुए कहा, "इदर तो सब बंडल तफरी। उदर वर्ली में कहीं कोई एंग्लो-इंडियन बाई चलाई है नवाँ फिलाट, उसका पता तुम कूँ ?"

बाबू ने सिर खुजलाया, "कौन बाई, नाव काय उसका ?"

बाबू को कुछ और ध्वस्त करने के लिए मैंने इस दलाल से सुनी हुई बात, उस दलाल पर दे मारने का अपना नुस्खा फिर आजमाया, "ए जो फिल्मों में काम कर चुका मरैठी छोकरी; करमाइकल रोड में धन्धा सरू किया, उसकू जानता तुम ? जिसका दलाल पवनपुलवाला बंगाली का दोस्त डिसिल्वा ?"

"नेंई, इन दोन अब्बी मेरा ध्यान में नहीं। लेकिन पत्ता कर देंगा। अक्खा दलाल लोक बाबू का सागिर्द।"

'दलालों के दलाल' बाबू के अहम् को चढ़ाने-गिराने के खेल में मुझे लुत्फ आने लगा। अनुसन्धान की कोई-कोई शाम मैं चौपाटी के नाम कर देता, 'पान-सिगरेट-नाश्ता-पानी' बाबू को करवाता, और धन्धे के विभिन्न पहलुओं का उसके साथ फोकट में नजारा करता। मैं बराबर उससे कहता रहता कि जिस तरह का माल अपन को दरकार ओ बाबूइच दिलवा सकता। लेकिन बाबू जिस भी मॉल से परिचय करता या जिसका भी पता देता, मैं उसे पूर्व-परिचित बता देता अथवा घटिया।

बाबू दुःखी रहने लगा कि वह 'दलालों का दलाल' इस दोस्त-ग्राहक के लिए कोई माल-सा-माल तजवीज कर नहीं पा रहा है। जब भी मैं उससे मिलता वह नए अनुसन्धान के आधार पर कोई प्रस्ताव पेश करता। मिसाल के लिए बाबू कहता, "प्रार्थना समाज

में बिल्कुल नवाँ घरेलू छोकरी, सेठ ! अब्बी किसका साथ बैठा नहीं। उसकू रुपया का जरूरत। दिन का टैम ही आयेंगा। पचास रुपया लेंगा। बोलो होने का ?"

मैं कहता, "एइसा छोकरी लोक ही ए धन्धा खोटा किएला है बाबू उस्ताद ! काय का नवाँ, काय का घरेलू ? साला रात कू पाँच लेनावाला छोकरी हमसे दिन में पचास ले जाएगा।"

बाबू प्रतिरोध करता, छोकरी का फोटो दिखाता, उसकी कुटनी एक श्वेतकेशा गुजरातन से मिलवाता, पर सब बेकार। मैं उसके कन्धे पर धौल जमाते हुए कहता, "छोड़ो यार, अपन इदर तफरी के लिए नहीं, अपना यार बाबू से मिलने आता है, क्या।"

बाबू को ऐसे अस्वीकार से उतना ही खिसियाया दुःख होने लगा जितना कि बढ़िया हड्डी ढूँढ़कर ड्राइंग-रूम में मालिक को दिखाने पहुँचे पालतू कुत्ते को मालकिन की दुत्कार से होता होगा। तो उसने अन्ततः कोई भी सीधा प्रस्ताव रखना बन्द कर दिया। शायद वह समझ गया था कि इस सेठ को माल-वाल मँगता नहीं। या शायद उसने मान लिया था कि यह सेठ स्वयं 'दलालों का दलाल' है, इसे मैं क्या माल दिखाऊँगा !

अब बाबू बस कभी-कभी किसी आती-जाती की ओर इशारा करके पूछता, "इस कू जानता तुम ?" और मैं भी कभी-कभी उससे किसी के सम्बन्ध में ऐसा ही प्रश्न कर डालता। होते-होते इस क्रम ने 'बोल, चालू है कि नहीं ?' की पहेली बूझने-बुझवाने के दिलचस्प खेल का रूप ले लिया। रेलिंग पर टिके हुए, धुएँ के छल्ले छोड़ते या पान चबाते हुए, मैं और बाबू आती-जाती 'हलकत' को देखते और किसी की ओर भी इशारा करके पूछते, "बोल, ये चालू माल कि नहीं ?"

एक दिन यही खेल चल रहा था कि सामने टैक्सी रुकी और उसमें से अभिजात सौन्दर्यवाली एक परिपक्व और परिष्कृत स्त्री उतरी। तम्बाकू-पान की पीक समेत बाबू बुदबुदाया, "बोल सेठ, टाक्सी से जो उतरा ओ पन टाक्सी कि नहीं ?"

मैंने निश्चयात्मक स्वर में कहा, "नहीं।"

बाबू ने पीक थूकी और हँसकर कहा, "तुम हारा; ये साला टाक्सी। बाबू एक-एक को जानता इस शहर में।"

मैंने कहा, "जानते हो तो मिलवाओ उस्ताद !"

अब बाबू ढीला पड़ा, "उसमें थोड़ा मुस्कल। बहुतीच म्हणजे पहुँचेली चीज, क्या ! इसका गाहक लोक बँधेला। दलाल लोक कू पास नहीं आना देती। समझा ?"

मैंने कहा, "बंडल मार रहे हो उस्ताद !"

"बंडल हम कब्बी मारा हो तो बताओ।", बाबू ने खिन्न होकर कहा, "ए टाक्सी है, गुजरात सायड का।"

मैंने चुटकी ली, "इस टाक्सी का नम्बर काय ? इस कू आल-रूट लाइसेंस है कि नहीं ?"

इस मजाक से बाबू कुछ और दुःखी हुआ, "हम बाप का कसम खाकर कहता, यह साला टाक्सी है। इदर जब भी आती चौपाटी में, एक बूढ़ा पारसी सेठ का साथ जाती, एतना बड़ा मस्त हवाई जहाज गाड़ी में।"

मैं मुस्कुराता रहा। बाबू इस अविश्वास से दुःखी होता रहा। फिर अपने मैले-फटे कोट को झाड़ते हुए उसने एलान किया, "एक ट्राय मारकर देखता हूँ सेठ ! तुम रोजी बाई को जानता न जिसका कोलाबा में फिलाट, वह बतलाया मुझे इसका बारा में। इसका रेट एक हज्जार रुपया बोले ! आलतू-फालतू जगा में या किसी का घर में भी नेई जायेगा—क्या। सिर्फ फस्स क्लास होटेल में। साथ खायेंगा-पीयेंगा, बात करेंगा और ठीक तीन घंटा में वापस चला जायेंगा—क्या। और बोले इसकू छोकरा-फोकरा नेई मँगता—कोई बूढ़ा सरीफ आदमी होय तोइ जायेंगा। ऊपर-ऊपर का काम, पूरा दाम, क्या !"

"अपन तो बूढ़ा है नहीं उस्ताद।", मैंने कहा, "कहो तो सफेद बालवाली विग लेकर आऊँ।"

"बाबू कू कोन घासलेट मत समझना हो।", अब उस्ताद दुःखी नहीं, नाराज था, "खीसा में एक हजार इसका होए, चार-सौ होटेल, खाना-पीना और दारू का तभी एइसा गम्मतबाजी करने का बाबू से। फोकट का मजाक ठीक नहीं, क्या।"

एक हजार रुपया, मैं सोच-सोचकर मुस्कुराया। आधुनिक भारतीय चिन्तन का जादुई आँकड़ा नं एक। ड्राइंग फोर फिगर सैलेरी ! और 'थाऊ' गोया 'थाउजेंड' का लाड़-भरा घरेलू नाम। मुझे याद आयी जीजा की वह उक्ति—'भाऊ तू थाऊ वाल भौ छै, नै ?'—रुपया हजार माहवारवाला हुआ कि नहीं भैया ? मैं नहीं हुआ था तब तक ! हो भी चुका होता तो सारे महीने का वेतन किसी के यौवन पर न्यौछावर तो कर नहीं पाता !

"मेरे खीसे की परवाह तू मत कर उस्ताद।", मैंने पूरे आश्वासन से कहा, "और जब तू बीच में होगा तो अपने को कुछ तो डिसकाउंट दिलवाएगा।"

बाबू ने कोट फिर झाड़ा, कमीज का मैला कालर खींचा, टूटी हुई कोल्हापुरी पाँवों में ठीक-से ज़माई और मुर्गे की चाल उस पहुँचेली चीज के पास पहुँचा। उससे नमस्ते की।

पहुँचेली की निगाह एकबारगी उसके खोपड़े पर बचे हुए चन्द फूसीदार खिचड़ी बालों से लेकर, टूटी हुई कोल्हापुरी तक चली गई और बाबू धरती के फटने का इन्तजार करने लगा। उसकी खुशकिस्मती से तभी एक इम्पाला दौड़ते हुए रेले से अलग हटकर किनारे लगी। उसका पीछे का दरवाजा खुला, पहुँचेली के नाक-कान के हीरे कार के भीतर की रोशनी में झमके, दरवाजा बन्द होने से पहले भीतर बैठे एक बूढ़े पारसी का लगभग हड्डी-हड्डी गम्भीर चेहरा दिखाई दिया और फिर कार चली गई।

बाबू लौटकर आया और बोला, "उसका बँधेला गाहक पारसी सेठ आ गया, नेंई तो तुम्हारा सौदा करा देता।"

"फिर कभी सही", मैंने उसे सान्त्वना दी, "अभी तो हमें-तुम्हें और उसे बहुत जिन्दा रहना है। वह पारसी सेठ ही चन्द दिनों का मेहमान नजर आया, क्या।"

बाबू और मैं, दोनों हँसे। हँसते-हँसाते उस श्वेतकेशा गुजरातन के पास गए जो 'घरेलू माल' लेकर अपने परिचित ग्राहकों के साथ नितान्त पारिवारिक भंगिमा में गोला बनाकर चौपाटी में बैठी रहती थी। हमने इधर चौपाटी में नए-नए आए एक अन्य

'परिवार' की चर्चा की जिसमें एक अदद 'बाप' और दो उपकिशोरी बेटियाँ थीं। श्वेतकेशा के एक ग्राहक ने आपबीती का हवाला देकर बताया कि इन छोकरी को यह दलाल बढ़िया होटेल का फेमिली केबिन में ही ले जाना देता। उदर ये साली आइसक्रीम-वाइसक्रीम खूब खाती। थोड़ा कीस-वीस करने देती। लेकिन तुम जास्ती आगल बढ़ेगा तो एक बोलेगी, अंकल प्लीज ! दूसरा बोलेगी, अंकल, मैं शोर करेगी, अपना डैडी को बुला लेगी अभी। डैडी साला बाहर बैठकर चा पीता रहता। खाली चिमनी देखने-छूने का पचास रुपया देवे तो कोई गेल्या देवे। मैं तो दुबारा गया नहीं कभी।

श्वेतकेशा बताने लगी कि बाद में यह 'बाप' धमकाने-डराने का चक्कर भी चलाता है। इसी तरह धन्धे का गोरखधन्धा समझने-देखने में आध घंटा और जाया करके मैं गेस्ट हाउस लौट आया जहाँ उन दिनों मैं दो बुजुर्गों के साथ एक बड़े कमरे का साझीदार था। अगले दिन सुबह-सुबह मेरे दफ्तर (फिल्म-प्रभाग, भारत सरकार) में चीन के हमले के बाद थोक में बनाई गई प्रेरणाप्रद डाक्यूमेंटरी में से एक का हिन्दी संस्करण रिकार्ड होना था और मुझे हिन्दी भाष्य को काट-छाँटकर 'टाइट' करना था ताकि 'सीधी रिकार्डिंग' में अंग्रेजी भाष्य के हिसाब से सम्पादित प्रिंट के साथ उसके 'सिंक' गोया 'साम्य' में नाड़ी-भेद न हो जाय ससुरा।

जहाँ तक एक झलक देखी हुई उस पहुँचेली चीज का सवाल था, मैं उसके बारे में कुछ भी सोचना नहीं चाहता था। वह अपने लिए 'आउट ऑफ कोर्स' थी। 'आउट ऑफ कोर्स' थ्योरी हबीब-उल्लाह हास्टल, लखनऊ अनवर्स्टी में सन् 1949 में बन्ने मियाँ ने प्रतिपादित की थी। इसमें कहा गया है कि जो ताल्बे-इलम इम्तहाने-जिन्दगी में कोर्स, और कोर्स में भी महज इम्पोर्टेंट-इम्पोर्टेंट का घोटा लगाते हैं, वही अव्वल दर्जे में पास होते हैं। बन्ने मियाँ ने इस थ्योरी को इश्किया मामलों पर भी लागू किया था और बताया था कि उन्हीं जवाँमर्दों के बिस्तर गरम हो पाते हैं जो सबसे पहले यह देखते हैं कि कौन लुगाई मुकद्दर बनानेवाले ने अपने सिलेबस में रखी है, कौन नहीं ? 'आउट ऑफ कोर्स' लुगाई को पढ़ने में वक्त जाया होता है, नींद हराम होती है, सेहत खराब होती है, पैसा बरबाद होता है और सारी दौड़-धूप के बाद हाथ वही लगता है, समझे ना।

तो साहब, मैं इस पहुँचेली चीज के बारे में कुछ सोचना नहीं चाहता था, और खासकर उस नाजुक मौके पर जबकि राष्ट्र से मुझे कई जरूरी बातें कहनी थीं, सरकारी भोंपू पर। 'अस्त्रों के लिए आभूषण दो' उर्फ 'गोल्ड फॉर गन्स' और 'आवाज दो हम एक हैं' उर्फ 'द काल फॉर यूनिटी'। लेकिन, अब कैसे तो कहूँ आपसे ? वैसे आप तो अपने फ्रेंड हैं, कह देने में शरम भी क्यों करूँ ?

मैं साहब, मैं ही नहीं हूँ। इस काया में, जिसे मनोहर श्याम जोशी वल्द प्रेमवल्लभ जोशी मरहूम, मौजा गल्ली अल्मोड़ा, हाल मुकाम दिल्ली कहा जाता है, दो और जमूरे घुसे हुए हैं। एक हैं जोशीजी। लेखक-वेखक हैं, समझे ना, ईडियट-ईलियट-टाइप। मैं तो साहब रोटी-रोजी के लिए अनुवाद करता हूँ कभी-कभी। जोशीजी, इंडियन अलाँ या इंडियन फलाँ बन जाने के चक्कर में सतत अनुवादक हैं। बहुत प्रेमपूर्वक घोटा लगाते हैं पश्चिमी साहित्य का अंग्रेजी में, और फिर हिन्दी में लिखते हैं कुछ-न-कुछ, अपने आराध्य ओरिजनल अलाँ

या फलाँ के इस्टाइल में कि कोई फिर इनका साहित्य अंग्रेजी में अनुवाद करे और ओरिजनल अलाँ-फलाँ से दाद दिलाए इन्हें। दिक्कत यह है कि पढ़-पढ़कर इनके लिए साहित्य क्या, ससुरा जीवन तक मौलिक नहीं रह गया। जब देखो गुरू यही कहते हैं कि सन्दर्भ : वह पुस्तक, सन्दर्भ : वह नाटक, सन्दर्भ : वह फिल्म। गोया किताबें इनके लिए जिन्दगी हो गई हैं और जिन्दगी इनकी ससुरी किताबी हो चली है। अब आप देखिए, मामूली समझदारी की बात है कि अगर लुगाई आपके सामने है, आपको उसे पटाना है और इस सिलसिले में कहना है कुछ, तो कहिए और छुट्टी कीजिए। चाहे महमूदाबाद हॉस्टल के राजा भैयावाली शैली में सीधे पूछ लीजिए, 'सिस्टर, चालू हो कि नहीं ?' (सम्बोधन का औचित्य यह कि यदि न हो, तो अपन राखी बँधवाने को भी राजी हैं)। चाहे मेस्टन हॉस्टल के वसन्त तिवारी की तरह डायलॉग मार जाइए कि आप हमें इतना-इतना क्यों सता रही हैं ? चलिए यह सब भी आपको नापसन्द हो तो आधुनिक साहित्य ही बोल दीजिए कि तुम्हारे बिना अधूरा हूँ मैं। लेकिन अपने जोशीजी का यह कि पहले समझेंगे-बताएँगे कि यह फलाँ उपन्यास या फलाँ सिनेमा की फलाँ 'सिचुएशन' है वड़चो। ऐसा-ऐसा इन 'सिचुएशनों' में गोया के कहा जा चुका है ऑलरेडी। और जोशीजी को कुछ अनोखा कहना है, समझे ना साहब, 'यूनीक', ताकि भले ही यह साली सिचुएशन इस सृष्टि में तीन अरब तैंतीस करोड़, तैंतीस लाख तीन हजार, तीन सौ तैंतीसवीं बार 'रिपीट' हो रही हो, इनका अनुभव, समझे ना साहब, यूनीक हो !

उस जमाने में जोशीजी की एक ही मुख्तसर-सी ख्वाहिश हुआ करती थी साहब कि हिन्दी को गद्य में एक ठो 'वार एंड पीस' और पद्य में एक ठो 'वेस्टलैंड' दे जाएँ। उन्हें बहुत अफसोस हुआ करता था कि उनके साथी साहित्यिक, वे प्रयागवासी रहे हों या प्रागवासी, अपनी आकांक्षा के आकाश को लॉरेंस ड्यूरेल के गद्य और रिल्के के पद्य से ऊपर उठा ही नहीं पाए बेचारे। जब मैंने बम्बई में डॉक्यूमेंटरी बनाने के सरकारी महकमे में नियुक्त होने के बाद फिल्मी दुनिया में घुस जाने का चक्कर चलाया तब जोशीजी ने एक अदद और आकांक्षा पाल ली, 'स्वीट डिकेडेंस' उर्फ 'मीठी सड़ाँध' की फिल्म बनाने की, समझे ना, वही कि कुछ अमीर किस्म के लोग-लुगाई दो-एकम्-एकवाले घटिया-से चक्कर चला रहे हैं आपस में।

किस्सा कोताह यह कि जोशीजी को, जो पढ़े मेरे साथ वहीं गोबर मिट्टी इस्कूल अजमेर और लखनऊ अनवर्स्टी में हैं लेकिन जिन्हें खुशफहमी है कि सोरबोर्न से स्नातकोत्तर शिक्षा पाए हुए हैं, इस एक अदद जनाना की एक झलक में दो सम्भावनाएँ दिखाई दीं। पहली यह कि यह पहुँचेली पतुरिया एक अदद पात्रा है, एक अदद 'वार एंड पीस' लिख सकनेवाले पहुँचेले उपन्यासकार की तलाश में। दूसरी यह कि उपरोक्त पतुरिया, 'मीठी सड़ाँध' वाली फिल्म की मिठास भी हो सकती है।

यह हुए जोशीजी, इस थ्री-बेड डॉर्मेटरी में मेरे पहले साथी। दूसरे हैं, मनोहर। जोशीजी वाली भाषा में यह मनोहर 'इंफेंटाइल' हैं, समझे ना ! पूरे पौने पाँच साल तक अपनी माँ का दूध पीते रहे साहब। अप्रत्याशित रूप से एक छोटी बहन के आ जाने पर जब इन्हें 'बुबूआ' छोड़ना पड़ा तब माँ के पेट के एक तिल पर अँगुली रखकर ही

सुख-सपनों को प्राप्त हो सके। परिचय के लिए मेरे ख्याल से यही तथ्य पर्याप्त होगा। इतना और कह दूँ कि कर्मकांडियों के परिवार में जन्म लेने के कारण इन्हें खुशफहमी यह रही है कि नैमिषारण्य के स्नातक हैं। बचपन में ही अनाथ हो जाने के बाद इनका गोया ऋषियों-मुनियों ने ही लालन-पालन किया। एक आंगरिस हैं साहब, गोत्र के आदि-पुरुष, उनकी इन पर कुछ खास ही अनुकम्पा रही।

तो दीर्घायु भूयात मनोहर को यह पतुरिया अतीव सुमनोहरा प्रतीत हुई साहब ! संसार की सुन्दरतम स्त्री। सुन्दरतम वह थी, इसमें शको-शुबहा की कतई गुंजाइश नहीं। आपने भी देखा होता तो सहमत होते कि चीज निहायत ही पटाखा थी। लेकिन जिस ससुरे को 'थाऊ' भी न मिल रहे माहवार उसके लिए आनन-फानन 'थाऊ' खड़े कर लेनेवाली यह औरत 'आउट ऑफ कोर्स' ही मानी जा सकती थी।

मगर साहब ठीक ही कहा है कहनेवालों ने, लौंडों की यारी, गदहे की सवारी। तो इन दो लौंडों की रूमानियत ने करा दिया मुझे सवार खब्त के गदहे पर। और खब्त भी ससुरा एक ऐसी खातून का जो गोया खस्ता कचौरी नहीं थी।

यह कहानी उसी खब्त की है। वाकया है शहर बम्बई का, जो भारत के पश्चिमी सिरे पर स्थित एक महानगर है सिनेमाई सपनों का। दौर है '62-63 का। जोशीजी की बिरादरी में जिसे कहते हैं साठोत्तरी। गोया जोशीजी और साथी बदस्तूर कॉफी के प्याले पीकर कहकहे लगा रहे थे लेकिन कुछ सपाट, कुछ नासाज, कुछ नाउम्मीद हुए जा रहे थे अब उनके यह कहकहे। जोशीजी का वही फिकरा यहाँ उद्धृत कर देना काफी हो शायद जो उन्होंने अपने मित्र मोहन राकेश के साथ एक दोपहर बीयर पीते हुए कहा, जाहिर है अंग्रेजी में, 'कोई बात ऐसी नहीं जिसकी आशा-आशंका की जाए—और तो और, दूसरे चीनी हमले तक की।' गालिबन वही 'कोई उम्मीद बर नहीं आती, कोई सूरत नजर नहीं आती' वाला गालिबाना मूड था जोशीजी का और उसमें ससुरी यह सूरत नजर आई !

मुझे साहब इस तरह की शहीदाना इंटेलेक्चुअलता से सख्त कोफ्त होती है। उस दौर में दूसरे भलेमानसों की तरह मैं भी कई भली-भली आशाएँ सँजाए हुए था। मिसाल के लिए यह कि मुझे एक ठो एडिटरी मिल जाए। कोई बड़ा प्रोड्यूसर मुझसे फिल्म लिखवा ले। कोई ऐसा चमत्कारी चक्कर चले कि मैं इस काबिल बनूँ कि मस्त हवाई जहाज इम्पाला गाड़ी पर चढ़ सकूँ। मैंने कहा भी जोशीजी से कि हुजूर इम्पाला की सवारी करनेवालों से ही इस पाए के खब्ते-खातून की सवारी सध पाती है।

लेकिन वह माने नहीं 'पैसा या प्यार' वाले मेरे सरकार ! उन्होंने बाबू से बराबर पूछताछ की। बाबू कुछ और जानता होता तो बताता। यों अक्सर वह कह देता, 'देखो उस गाड़ी में गई अभी।' कोई दो हफ्ते बाद जब एक दिन जोशीजी चौपाटी पहुँचे तब बाबू लपककर उसकी ओर आया और बोला, "पहुँचेली बाई को अभी देखा मैं।" जोशीजी ने व्यग्रता से पूछा, "कहाँ ?" बाबू बोला, "फोकट में नहीं बताएँगा।" जोशीजी ने उसे दो रुपए देकर यह सूचना प्राप्त की कि पहुँचेली बाई हैंगिंग गार्डन में खड़ेली होती।

जोशीजी टैक्सी पकड़कर ये जा, वो जा !

एनो मीनिंग सूँ ?

हैंगिंग गार्डन की एक पगडंडी की रेलिंग पर झुकी हुई खड़ी थी वह। अभिसार भंगिमा, समझे ना ! उल्टे हुए नगाड़ों-से नितम्बों से लेकर सावन की घटाओं-से उसके खुले केशों तक एक सरपट निगाह डाली मैंने। पिछवारे से ही पहचान गया। अगवाड़ा-पिछवाड़ा सब गोया उसका अपने ही ढंग का था, यूनीक ! मैं उसके पास आकर उसकी भंगिमा में खड़ा हो गया। जमकर उसे घूरा। लेकिन साहब कोई रिएक्शन शॉट नहीं, कोई प्रतिक्रिया नहीं। मनोहर कहने लगा, शून्य की साक्षिणी है यह। अब इसका मतलब वही जाने। जोशीजी कह रहे थे कि इस तरह किसी अपरिचित की एकान्त-व्यथा को घूरना, हरकते-नाशायस्ता है, अनसॉफेस्टिकेटेड !

मैंने अभिनेता राजकुमार की तरह मानीखेज 'पाज' और 'स्ट्रेस' देकर एक बात कही, गोया हवाओं के नाम, 'जिसके इन्तजार में कोई खड़ी है, वह आज आएगा नहीं।' मुझे विश्वास था कि यह डायलॉग उसका ध्यान खींचेगा। खास तौर पर इसलिए कि मनोहर की करुण दीवान मार्का 'पापी पपीहा' आवाज में यह कहा गया था। लेकिन इससे उसके कानों के पर्दों पर जो भी हरकत हुई हो, चेहरे पर बहरहाल कुछ नहीं हुई।

तो मैं रेलिंग से हटा। पगडंडी चढ़कर, ऊपर घास में ऐसी जगह चुनकर बैठ गया जहाँ से उस पर निगाह रख सकूँ। कोई पन्द्रह मिनट तक वह वहीं खड़ी रही, फिर निराश कदमों से लौटती मेरे पास से गुजर गई।

मैं पीछा करने की खातिर उठने को ही था कि वह मुड़ी। मुझे देखती हुई कुछ सोचती रही। फिर जैसे किसी फैसले पर पहुँचकर मेरे पास वह इस इत्मीनान से बैठ गई मानो बरसों की पहचान हो।

"एनो मीनिंग सूँ ?", उसने पूछा।

"जी ? आप किससे मुखातिब हैं ?", राजकुमार बोले।

"इस समय तो आप ही मेरे सामने बैठे हुए हैं।", उसने कहा, "या कि मेरी नजरों को धोखा हो रहा है ?"

"धोखा खाएँ आपके आशिकों की नजरें !", राजकुमार बोले, "मुझसे क्या जानना चाह रही थीं आप ?"

"यही कि क्या उसने आपको भेजा है कि जाकर बता दो नहीं आऊँगा ?"

"रकीब की नामावरी और हम करें।", राजकुमार मुस्कुराया, "जी नहीं, उसने कुछ नहीं कहा, हमने ही जान लिया कि कोई जान नहीं है उसकी आशिकी में !"

"कैसे जान लिया ?", वह मुस्कुराई।

"अच्छा तो यह सवाल आपको परेशान कर रहा है।", मैंने कहा, "अपना तवारुफ करा दूँ आपसे। मुझसे मिलिए, मैं हूँ मनोहर श्याम जोशी। ज्योतिष विद्या हमारी खानदानी चीज है। इलाहामात हो जाया करते हैं हम जोशियों को। और आपकी तारीफ ?"

"मेरी तारीफ बाद में होगी। पहले उसकी तारीफ में कुछ कहिए जो नहीं आया।"

मुझे विश्वास था कि तुरुप का एक बड़ा पत्ता हाथ में है। सो ऊँचे खिलाड़ियोंवाले ऊबे-ऊबे अन्दाज से चल दिया, "अब मोहतरमा, तारीफ करूँ क्या उसकी ! अल्फाज ओछे पड़ते हैं मेरे। चाँद-सा खोपड़ा है माशाअल्लाह, और चुसे हुए आम-से गाल। जिस्म से उसके सींकों को रश्क है और कमर को उसकी सिजदे की आदत। पारसी सेठ बताया जाता है कोई। कभी साँझ-ढले अपनी इम्पाला गाड़ी में आपको सैर करा लाता है।"

"और बस ?" उसने पूछा।

"इससे आगे कुछ कहना एक हसीना की शान के खिलाफ होगा।", मैंने कहा, "और यों भी धन्धे-व्यापार की बातें हम जरा कम ही समझ पाते हैं।"

उसने आँखें खोलीं। फिर रुककर कुछ सोच-सोचकर, हँसते-खिखियाते चले जानेवाली कमसिन नादान अदा दिखाई। फिर कुछ सोचा, मुझे देखा-भाला, और कहा, "ज्योतिषीजी महाराज, आप तो जासूस निकले ! धोखा खाएँ मेरे आशिकों की नजरें, आप वही तो हैं जो वहाँ चौपाटी में एक फटीचर दलाल की मदद से मेरी जासूसी करने आते हैं ?"

कैमरा फिर मुझ पर था। जोशीजी ने तय किया कि साइलेंट शॉट बेहतर होगा। एक मूक चेहरा—एक रहस्यमय मुखौटा।

"मुझसे कोई माँग है उसकी ?"

रिपीट, वही साइलेंट क्लोजअप।

"उसका प्रेम कुछ माँगना तक भूल गया है क्या ?" वह पूछ रही थी। और जवाब में जोशीजी के पास वही साइलेंट शॉट था।

"खैर ! ये रुपए उसे दे देना। अगर वह वायदे के मुताबिक यहाँ आता तो इन्हें ही लेने के लिए।" उसने एक हरा पत्ता पर्स से निकालकर मेरी ओर बढ़ा दिया।

मैंने जोशीजी से कहा कि इस नोट को आप आशीर्वचन कहते हुए ग्रहण करें। लेकिन वह समझते थे कि पत्रकार की भूमिका देकर ही मैं उनकी काफी तौहीन करा चुका हूँ। जासूस कहलाना उन्हें कतई गवारा न था। तो उन्होंने अपना डस्ट जैकेटवाला बायोडाटा (बमय सम्प्रति फिल्म प्रभाग, भारत सरकार में कार्यरत) पेश किया और नोट लौटा दिया।

उन्होंने फरमाया, "लेखक जिज्ञासु तो होता है, मगर जासूस नहीं।"

सफाई पर उसने कुछ देर निहायत संयत ढंग से गौर किया। नोट पर्स में डाला। पर्स एक झटके से बन्द किया, और कहा, "जिज्ञासा काफी महँगी पड़ सकती है, जिज्ञासु लेखक !"

"सो तो है", मैंने कहा, "एक हजार सोहबत के, और गालिबन चार-एक सौ होटल वगैरह के !"

"पत्रकारिता में ठीक-ठाक हो", उठते हुए उसने कहा, "धन्धे-व्यापार में सिफर। सिफर न होते तो जानते कि औरत के मामले में छपी हुई कीमत की अहमियत नहीं, साथ में जो बारीक अक्षरों में लिखा होता है न कि स्थानीय टैक्स अतिरिक्त, वही भारी पड़ जाता है।"

अपनी गर्दन मोड़कर अब वह अपने प्रशस्त पिछवारे पर लगी घास देख और झाड़ रही थी। खजुराहो के मूर्त्तिकारों को समर्पित थी साहब यह भंगिमा। और मेरे चेहरे से नहीं, अपने पिछवारे से ही मुखातिब रहकर वह कह रही थी, "ज्योतिषी होते तो अपना भविष्य पूछती, जासूस होते तो उसका वर्त्तमान। एक लेखक का झूठ तो मेरे किसी काम का नहीं।"

एक बार तबीयत हुई कि उसी राजकुमारवाले लहजे में कह दूँ कि मैं कुछ भी नहीं हूँ, लेकिन अगर तुम चाहो, तो तुम्हारे लिए क्या कुछ होकर नहीं दिखा सकता मैं ! मगर यह डायलॉग जितना ताली-तलब होता, उतना ही नकेल-डाल भी। मैं चुप रहा, वह चली गई।

उसके जाने के बाद जोशीजी ने अपने को बहुत ही खाली-खाली-सा महसूस किया और मुझसे पूछा, "एनो मीनिंग सूँ ?" उर्फ 'इसका मतलब क्या है ?' मैंने उन्हें लताड़ा कि यहाँ बैठकर मतलब की बात तो आपके हाथ आने से रही। कीजिए पीछा। चलाइए चक्कर चेज-सीक्वेंस का। गुरू उठे और लग लिये पीछे। हैंगिंग गार्डन के बाहर पहुँचेली ने टैक्सी ली, जोशीजी ने भी। मैंने सावधान किया गुरू को कि अगर यह पछियाना-प्रसंग साला बम्बई-पूना रोड पर चला तो आपकी फिल्म बजट से बाहर हो जाएगी। लेकिन गुरू ने दौड़वा दी टैक्सी, पहुँचेली की टैक्सी के पीछे। बहुत ढंग से बोले ड्राइवर से कि हम बम्बई के लिए नए हैं, उस टैक्सी में बैठी बहनजी रास्ता दिखा रही हैं, आप पीछे-पीछे चलिए।

ड्राइवर ने पीछे-देखू ऐना ठीक किया और ऐने से ही कहा, "बहनजी के तो सबै रास्ता मालूम होई।"

जोशीजी की खुशकिस्मती कि पहुँचेली ने टैक्सी बालकेश्वर में एक ईरानी रेस्तोराँ के बाहर छोड़ दी। वह भीतर चली गई लेकिन मनोहर मारे संकोच के बाहर ही खड़ा रहा। हल्की-हल्की बूँदा-बाँदी शुरू हो गई तो जोशीजी ने मनोहर को बताया कि मैं बारिश से बचने और सिगरेट लेने भीतर जा रहा हूँ।

भीतर एक कोनेवाली मेज पर अपने छलछलाते यौवन और छलकते आँसुओं को तमाम आँखों का आकर्षण बनाए हुए वह बेखबर बैठी हुई थी। जूक-बॉक्स पर उस जमाने का हिट गीत 'चलो एक बार फिर से अजनबी बन जाएँ हम दोनों' बज रहा था और खत्म होने को था। रिकार्ड खत्म हुआ। वह उठी। उसने उपयुक्त भेंट चढ़ाई और जूक-बॉक्स ने एक बार फिर से कहा, "चलो एक बार फिर से...।"

जूक-बॉक्स से अपनी टेबल की तरफ जाते हुए उसने मुझे काउंटर पर सिगरेट लेते

देखा, पर अनदेखा कर दिया।

'ट्रा-ला-ला-ला-ला-टिंग, ट्रा-ला-ला-ला-ला टिंग', पियानो का नपा-तुला सवाल और जवाब में महेन्द्र कपूर की चीख-पुकार। जोशीजी सिगरेट फूँकते हुए यही सोचते रहे कि गीत के किन शब्दों के साथ भूतपूर्व प्रेमी सुनीलदत्त का शॉट रहा होगा, किनके साथ भूतपूर्व प्रेमिका माला सिन्हा का और किनके साथ इन दोनों को ताड़े हुए माला सिन्हा-पति अशोक कुमार का। रिकार्ड खत्म हुआ और वह फिर जूक-बॉक्स की ओर बढ़ी। शायद तिबारा बजवाने। लेकिन कोई मनचला उससे पहले ही लपककर 'हँसता हुआ नूरानी चेहरा' लगवा आया।

वह अपनी टेबल पर नहीं, सीधे काउंटर पर आई। बिल चुकाकर मुझसे मुखातिब हुई। बोली, "पीछे-पीछे आओगे, इससे तो साथ ही चले चलो जासूस।"

मनचले के चलाए हुए रिकार्ड की फब्तियाँ ठुमुक-ठुमुककर हमारा पीछा कर रही थीं, 'तेरी जवानी तोबा रे तोबा, दिलरुबा, दिलरुबा।'

हल्की-हल्की बूँदाबाँदी अब भी हो रही थी। उसने एक टैक्सी रुकवाई। ड्राइवर ने मीटर-डाउन करके पूछा, "किदर जाने का ?"

मैंने उसकी ओर देखा। वह सीट की पीठ से सिर टिकाए, आँखें मूँदे बैठ गई थी और उसका जवाब था, "कहीं भी।"

मनोहर के पास इसका कोई समाधान नहीं था। वह ससुरा इस सौन्दर्य को पी रहा था जो साहब अर्द्ध-मात्रा-सा था, समझे ना, जिसे गोया बाँच आप भले ही लें मन-ही-मन, उचार नहीं सकते ! जोशीजी की 'मीठी सड़ाँध' वाली फिल्म माँग कर रही थी कि इस हाई-क्लास चीज को किसी हाई-क्लास लोकेशन पर ले जाया जाए। मैंने अपनी जेब और जिगर का ध्यान रखते हुए ड्राइवर से ब्रीच कैंडी चलने को कहा।

ब्रीच कैंडी में टैक्सी ठीक अपने गेस्ट हाउसवाली गली के सामने रुकवाई और कहा, 'उतरें, खूबसूरत मोड़ आ गया है ?"

उसने नहीं पीछे बैठे बैठे ही ड्राइवर को तगड़े टिप के साथ भाड़ा दिया। नीचे उतरी। अपनी साड़ी ठीक की। जेबी सिंगार-पिटारे से अपना मेकअप सँवारा। और फिर पूछा, "खूबसूरत मोड़ से अब कहाँ ?"

मैं थोड़ा सोच में पड़ गया। अगर इसे बॉम्बेली रेस्तोराँ ले चलूँ तो क्या जेब में पड़ा इकलौता दहला पर्याप्त होगा ? अगर इसे अपने कमरे में ले चलूँ और वहाँ दो साझीदार बुजुर्गवार पहले से ही मौजूद हों या इसकी मौजूदगी में आ जाएँ तो मैं इसका परिचय क्या कहकर दूँगा ?

तो मैंने कह दिया, "खूबसूरत मोड़ से अपने-अपने घर को। हर खूबसूरत मोड़ हमें उस घर की ओर ले जाता है जहाँ से हम भटककर आए हैं ! अपने घर का पता दें।"

"और कोई जिज्ञासा शेष नहीं, जिज्ञासु बालक के मन में ?", वह मुस्कुरा रही थी, "या कि जिज्ञासाओं की महँगाई की चेतावनियों से घबरा गया है वह ?"

"घबराएगा क्यों", मैंने कहा, "लेकिन धैर्यवान है। जानता है कि समय आने पर जिज्ञासा का समाधान हो जाएगा।"

"बहुत जानकार मालूम होता है !", उसने दाद दी, "क्या वह बता सकेगा, खूबसूरत मोड़ से घर जाने के लिए कितना पीछे लौटना पड़ेगा ? न सही खुद, तो उस दोस्त से ही पूछकर बता दे जिसने यह गीत लिखा है।"

"साहिर लुधियानवी की गिनती मेरे दोस्तों में नहीं होती।" उस सिरफिरी को बताया मैंने।

"साहिर की नहीं, उसकी बात कर रही हूँ जिसकी ओर से तुम मेरी जासूसी कर रहे हो।" सिरफिरी का कहना था।

"मैं किसी की ओर से जासूसी नहीं कर रहा हूँ और यह गीत साहिर का ही लिखा हुआ है।" मैंने समझाया।

पर वह नासमझ बोली, "उसका कहना है कि खूबसूरत मोड़वाला मिसरा उसे सूझा था, एक अद्धे के लिए उसने साहिर को बेच दिया।"

"यह झूठ है।" मैंने कहा।

"सच के ठेकेदार हो तुम ?" उसने पूछा, "कहते हो उसे तुम जानते नहीं, साहिर तुम्हारा दोस्त नहीं, फिर भी साहिर और उसमें क्या बात हुई, क्या नहीं, इसकी सचाई का अकेला गवाह तुम्हें ही माना जाए ? और मान लो यह झूठ भी हो, लेकिन अगर यही झूठ मुझे सच से भी अधिक सच लगता हो तो तुमसे क्या ? मुझे यह बताओ उससे जाकर पूछोगे कि ऐसे तमाम सच से भी अधिक सच लगनेवाले झूठों से क्या करेगा वह ?"

"तुमसे किसने कह दिया कि मैं किसी 'उस' का जासूस हूँ ?", सिरफिरी की 'तुम' के सहारे मैं भी 'आप' से 'तुम' पर आ गया था और इस प्रगति पर प्रसन्न था, "मैंने बताया न तुम्हें कि मैं एक लेखक हूँ।"

"सो तो वह भी है।"

"सभी लेखक एक-दूसरे के दोस्त हों यह जरूरी नहीं, और दोस्त हों तो एक-दूसरे के लिए जासूसी करें, यह तो कतई जरूरी नहीं।"

"जब तुम्हारे बारे में उसे बताया तब उसे भी यही एतराज हुआ। और जो मैंने उससे कहा वही तुमसे कहती हूँ—ऐसा गैर-जरूरी भी तो नहीं।"

इस पहेली से पल्ला छुड़ाने के लिए मैंने सफाई दी, "और सच पूछो तो मैं लेखक हूँ भी नहीं, हुआ करता था, कभी लखनऊ में।"

"वह भी हुआ करता था कभी, वहीं लखनऊ में", उसने हँसकर कहा, "जब मैं तुम्हें उसका जासूस मान चुकी हूँ तब तुम एक के बाद एक और सबूत देना क्यों जरूरी समझ रहे हो बालकराम !"

मैं निरुत्तर हो गया। मैंने लखनऊ के तमाम उन परिचितों को याद किया जो इस समय बम्बई में थे, लेखक थे। मैंने जानना चाहा कि ऐसा खूबसूरत झूठ उनमें से कौन सबसे अच्छा बोल सकता था। जवाब परेशान करनेवाला था। इस शहर में मेरा कोई जुड़वाँ तो नहीं ?

"तो उससे पूछोगे, खूबसूरत मोड़ का मतलब ?"

"किसी से क्यों पूछूँ, जब खुद ही बता सकता हूँ", मैंने कहा, "खूबसूरत मोड़ वह है जहाँ लाकर अफसाने को छोड़ दिया जाता है।"

"और असलियत की ओर बढ़ा जाता है", वह हँसी, "लेकिन असलियत क्या होती है ?"

"घर !", मनोहर ने कहा, "असलियत घर है।"

"और घर कहाँ है ?" उसने पूछा।

बालक उवाच, "जहाँ से हम भटककर आए हैं।"

बालक को दृष्टि-पाश में बाँधकर, मुस्कुराकर अब उसने पूछा, "तुम्हारा घर खूबसूरत मोड़ से इधर है या उधर। बता दो तुम्हें वहाँ तक छोड़ दूँ।"

"मैं तो यहीं रहता हूँ।" मैंने बालक मनोहर को परे धकेलकर कहा।

"यहीं का कुछ नाम भी तो होगा ?"

"कमरा नम्बर पाँच, रिमझिम गेस्ट हाउस, सीता भवन बी, ब्रीच कैंडी, वार्डन रोड, बम्बई।" मैंने तंजिया जवाब दिया।

"कुछ और असलियत—तुम्हारा नाम ?"

"मनोहर श्याम जोशी।"

"कुछ और असलियत—यहाँ पान कहाँ से कैसा लगवाते हो रँगे-दाँत जासूस !"

"सामनेवाले पनवाड़ी से, सादा पत्ती, सिकेला टुकड़ा और पिपरमेंटवाला मगही।"

वह पनवाड़ी की दुकान पर गई। मैं देख रहा था कि वह उससे बतियाते हुए मेरी ओर इशारा कर रही है।

वापस लौटी तो उसके हाथ में पान का एक पूड़ा था और कागज की एक थैली।

मैं पान निकालकर खाने लगा तो उसने मुझे रोका। थैली में से टॉफियाँ निकालकर बोली, "जिज्ञासु बालक, जब मैं छोटी थी और कोई भी अच्छा काम करती थी तब पिताजी मुझे टॉफी देते थे। सच बोलना भी अच्छा काम है। तो यह लो चार टॉफियाँ अपने नाम, पते, पेशे और पान के बारे में सच बोलने के लिए। अब बालकराम, दो टॉफियाँ और बची हैं। ये दोनों, एक ही बड़ा-सा सच बोलने के लिए। उसने तुम्हें जासूसी का काम किस निर्देश के साथ सौंपा है ?"

"मैं किसी का जासूस नहीं।" जोशीजी ने कहा।

दोनों टॉफियाँ उसने वापस थैली में डाल लीं, "अच्छे बच्चे झूठ नहीं बोलते।"

"मैं बच्चा नहीं हूँ।" जोशीजी ने कहा।

"मेरे सामने भी नहीं ?" उसके स्वर में इतनी प्रीतिकर चुनौती थी कि साहब अपन भी डायलॉगबाजी भूल गए !

उसने मनोहर का गाल थपथपाया। एक टैक्सी रुकवाई और कहा, "जासूस बालकराम, फिर मिलेंगे, किसी खूबसूरत मोड़ पर, अगर तुम उस तक पहुँच सके।"

"नाम-पता मालूम कर चुकी हो", मैंने कहा, "जब उस मोड़ पर पहुँच जाओ तो एक कार्ड डाल देना कि वहाँ का मौसम कैसा है ?"

मिस्कास्टिंग कहाँ नहीं होती

मेरे एक मित्र, जवानी में एक ठो विफल विवाह और दो ठो विफल प्रेम कर चुके थे। अपनी अधेड़ावस्था में हर शाम सोमरस से नपा-तुला आचमन कर लेने के बाद, एक फिकरा जरूर कहा करते थे, "हैरानी होती है जोशी, कितना-कितना तो लव मिला है हमें लाइफ में, तुमसे सच बताते हैं, हम डिजर्व नहीं करते थे।"

जब वह फिर न आई, न कहीं मिली, तब जोशीजी को प्रतीति हुई कि शायद डिजर्व नहीं करते हैं उसे। लेकिन फिर भी साहब यह कह सकने की उम्मीद छोड़ी नहीं गुरू ने कि 'हम कतई डिजर्व करते नहीं थे, लेकिन उससे लव मिला हमको।'

जासूस ठहराए जाने की बात पर भी जोशीजी ने गौर किया और अपने तमाम लखनवी परिचितों की टोह लेने लगे कि शायद वही हो आशिक उस रहस्यमयी का!

उन्हें रहस्यमयी का कोई सुराग नहीं मिला, कुछ अच्छे डायलॉग अलबत्ता मिले। मिसाल के लिए एक मशहूर शायर ने उनसे कहा, "किब्ला हम आप जैसे गबरू जवान कहाँ कि राह-चलते, राहो-रस्म हो जाए किसी ऊँची चीज से!"

लखनवी लताफत और शायस्तगी के धनी एक आलसी गीतकार ने कहा, "बरखुरदार बम्बई के हवा-पानी से बहुत जल्दी बहक गए! गोया आप कहना चाहते हैं कि शहर की सड़कों में जितनी भी कद्दावर कातिल हसीनाएँ घूमती हैं, उनका ठेका ले छोड़ा है मैंने।" जोशीजी शर्मसार हुए। वह हमदर्द बने, "जोक्स अपार्ट, जरा तफसील से समझाओ मामला क्या है?"

जोशीजी को सतर्क हो जाना चाहिए था, मगर नहीं हुए। यह मशहूर मजाज-भुवनेश्वर तकनीक थी। सहानुभूति देकर अथवा जगाकर अगले को भावुकता के शिखर पर पहुँचाओ और फिर वहाँ से उसे एक यादगार धक्का दो। लखनवी कॉफी हाउस में कस्बे से आया हुआ मनोहर ऐसे ही धक्के खा-खाकर 'इंटेलेक्चुअल सिनिसिज्म' में दीक्षित हुआ था।

जोशीजी ने गीतकार को जिज्ञासु लेखक और कद्दावर कातिल हसीना की अब तक ही मुख्तसर कहानी तफसील से सुनाई। उन्होंने बहुत हमदर्दी से सुनी और फिर कहा, "वे टॉफियाँ जो उसने तुम्हें दीं—'तुम' कह सकता हूँ न?"

"बेशक, आप मुझसे हर लिहाज से बड़े हैं।"

"शुक्रिया। वे टॉफियाँ तुम खा तो नहीं गए?"

"जी, मैं तो नहीं, मेरा भांजा है, छोटा...वह...!"

"ओय-होय-होय-होय ! खैर तुम्हें याद तो होगा न कौन-सी टॉफियाँ थीं ? गुड। तो ऐसा करो कि गिनकर चार टॉफियाँ वैसी ही खरीद लो। और हर वक्त उन्हें पास रखो। जब भी वह मिले उसे दिखाओ और कहो कि बच्चे की जिद है टॉफियाँ खाएगा तो पूरी छह की छह, नहीं तो एक भी नहीं। यकीनन इस बात का उसके दिल पर असर होगा।"

जोशीजी इस मोर्चे से भी पिटकर लौटे। फिर एक आखिरी कोशिश के लिए वह मित्रवर के पास पहुँचे जो शुद्ध हिन्दी बोलने के कारण मित्रवर वल्द परमप्रिय कहलाते थे। मित्रवर से मिलने में जोशीजी को काफी उलझन हुआ करती थी, क्योंकि मित्रवर 'रामचरितमानस' को प्लू-परफैक्ट स्क्रिप्ट मानते थे और 'वाटिका-प्रसंग' का शॉट-डिवीजन बमय दोहा-चौपाई सुनाकर ही मानते थे। उन्होंने अपने जीवन में कुल एक (फ्लाप) फिल्म बनाई थी लेकिन अमर फिल्म बनाने का विश्वास उनमें बराबर बना हुआ था। लिहाजा 'मानस' का स्क्रीन-प्ले समझाने के बाद वह अपने किसी ताजा प्रॉजेक्ट की चर्चा करते थे और थीम डेवलप करने में सहायता माँगते थे।

उस रोज भी 'वाटिका-प्रसंग' के बाद उन्होंने 'मेरी नई फिल्म प्रसंग' छेड़ा। इसमें समस्या यह थी कि एक मशहूर कॉमेडियन जो 'चीपर बाई डजन' देख चुके थे, ऐसी फिल्म बनाना चाहते थे कि जिसमें उनके प्रतिभाहीन भाई के साथ मीनाकुमारी या वहीदा रहमान हीरोइन के रूप में आने को राजी हो सके और स्वयं कॉमेडियन को 'चीपर बाई डजन' वाली बारह बच्चों के बाप की भूमिका मिल सके।

मैंने मित्रवर से कहा, "आपकी समस्या का तो सीधा समाधान है। 'चीपर बाई डजन' में 'स्वयं-सिद्धा' मिला दीजिए। हीरोइन, रँडुए कॉमेडियन के बारह बच्चों में सबसे बड़ी है। हीरो जमींदार का मूरख बेटा है।"

मित्रवर ने साधुवाद किया। फिर मैंने उनके सामने जोशीजी की समस्या रखी। उन्होंने कुछ देर गौर करके कहा, "जिस रहस्यमयी गुर्जर-सुन्दरी से आप अभिभूत और आक्रान्त हैं उसके सम्बन्ध में ऐसा विचार उठा है मन में, कि कहीं वह अपने आयुष्मान खलीक की सुखदा संरक्षिका तो नहीं ? दर्शनों के सौभाग्य से अब तक वंचित रहा हूँ किन्तु विश्वस्त सूत्रों से ज्ञात हुआ है कि वह कल्याणी अप्सरावत सुन्दर और कुबेरवत समृद्ध है।"

सुनकर मैं हँसा, "कहाँ वह और कहाँ खलीक।"

मित्रवर बोले, "आर्यपुत्र, महामाया और इस लीला में मिस्कास्टिंग कहाँ नहीं होती ? हम अपनी फिल्म में भी तो जीरो को हीरो बना रहे हैं।"

मैं इस उक्ति पर हँसा और खलीक के उसके प्रेमी हो सकने की सम्भावना पर भी।

खलीक जात का शायर, जमात का तरक्कीपसन्द। आँखें मिचमिचाने, कन्धे उचकाने और हमेशा मिनमिनानेवाला हीन भावनाग्रस्त और हास्यास्पद हीरो। हमेशा नाराज, हमेशा नासाज। तखल्लुस जैसी दकियानूसी चीज उसने नहीं अपनाई थी लेकिन लखनऊ में यार लोग उसे 'खफा बलियावी' कहा करते थे। वह रहता कहीं नखखास

में था लेकिन फोकट फंड में हबीब-अल्लाह हॉस्टल में कई-कई दिन गुजार देता था। दूसरों के मत्थे खा-पीकर प्रसन्न रहता था मेरा यार। मनोहर कुछ अभिभूत हुआ था उससे। गोया अगर मनोहर को कभी वह नाटक लिखना हो 'तुमने मुझे कम्युनिस्ट बनाया !' तो उसके हीरो खलीक ही होंगे। जोशीजी के लिए वह एक लेखक-कवि था। पी.डब्ल्यू.ए. की हिन्दी-वाले-उर्दू-वाले भाई-भाई गोष्ठियों में अक्सर मिलना-जुलना होता था। 'नेरुदा के नाम लाल सलाम' उन्वान से लम्बी नज़्म पेश करके उसने इस बात का सबूत पेश किया था कि वह अंग्रेजी और अन्तरराष्ट्रीयता पढ़ा हुआ 'रेयर' उर्दूवाला है। 'सावन-साजन-अँगना-कँगना' मार्का शब्दावली में एक गजल कहकर उसने जता दिया था कि उर्दू शायरी को फारसी की कैद से छुड़ाकर वही लाएगा। खलीक ने विलियम सारोयाँ का घोटा लगाकर कुछ सीधी-सपाट कहानियाँ भी लिखी थीं कि उसे तरक्कीपसन्द उर्दू अफसाने को किशन चन्दर की रूमानियत से ज्यादा मानीखेज तेवर बख्शने का क्रेडिट मिले।

इस पूँजी को लेकर खलीक बम्बई आया था। लेकिन इन्हीं मित्रवर की उसी एक अदद फ्लाप फिल्म में अपनी वही एक अदद 'अँगना-कँगना' गज़ल खपवा सकने के अतिरिक्त इंडस्ट्री में कुछ कर-धर नहीं पाया था। गुजारा चलाने के लिए वह भी मेरी तरह विज्ञापन फिल्मों के लिए अनुवाद किया करता था। 'आह कोलिनोज' या 'नाव विद क्लोरोफिल ऑल्सो' जैसे किसी फिकरे को अपने-अपने ढंग से हिन्दीयाते-उर्दुआते हमारी भेंट हो जाया करती थी। खलीक शामे-अवध की यादें ताजा करने के लिए मेरे साथ शामे-बम्बई बिताने को हमेशा तैयार रहते। लेकिन मैं ही उनसे हरचन्द कतराता रहा। फिल्मी दुनिया में पाई नाउम्मीदी ने उसे नाराज नवयुवक से अघोरी-अधेड़ बना दिया था। वह अब क्या कह या कर बैठेगा, इसका कोई ठिकाना न था।

मिसाल के लिए पाश्चात्य साहित्य के मर्मज्ञ एक नाजुक नफीस पत्रकार ने, जो हिन्दी-उर्दू साहित्य रो भी दिलचस्पी रखते हैं, अपने यहाँ कॉकटेलों पर साहित्यिक जमावड़ा किया तो खलीक पी लेने के बाद बराबर आँय-बाँय बकते रहे, सबसे बहस में उलझते और झगड़ते रहे और अन्त में उन्होंने एक कोने में रखी पत्रकार की पुस्तकों की अलमारी खोली, उसे मूत्रालय की हैसियत बख्शी और फारिग होकर पैंट के बटन लगाते हुए एलान किया, "आपकी अंग्रेजियत धो दी है बन्दापरवर, शायद अब आपको हिन्दुस्तानी अदब की कुछ तमीज हो सके।"

"कहाँ वह अघोरी खलीक, कहाँ वह अभिजात सुन्दरी !" जोशीजी ने मित्रवर से कहा।

मित्रवर ने सुना और बोले, "परमप्रिय जोशी, लोक-संस्कृति ने अन्धे और कोढ़ी की जोड़ी को राम-मिलायी ठहराया है। हमारे यशस्वी पूर्वज, शव और शक्ति को दिव्य युगल घोषित कर गए हैं। पाश्चात्य मनीषियों ने भी 'ब्यूटी और बीस्ट' को आदर्श युगल के रूप में प्रस्तुत किया है। इन वचनों से ऐसा आभास मिलता है कि मिस्कास्टिंग उस देवाधिदेव के देवत्व का प्रमुख लक्षण है।"

जोशीजी ने जानना चाहा कि क्या खलीक अब भी अँधेरी ईस्ट की उन

झोंपड़पट्टियों में ही रह रहा है।

मित्रवर ने सूचना दी, "आयुष्मान खलीक आजकल अज्ञातवास कर रहे हैं। उस यशस्वी कवि को ईश-कृपा से गुर्जर-सुन्दरी विशेष का वरदहस्त तो इस वर्ष के आरम्भ से ही प्राप्त था, गत माह से लक्ष्मणपुर की एक स्वर-साधिका भी उनके कर्ण में प्रीति-मन्त्र फूँकने लगी है। इन दो आर्यपुत्रियों के मध्य वह नर-पुंगव किस स्थान विशेष में विलीन हो गया है, इसकी किसी को कोई सूचना नहीं। अनुमान तथापि सम्भव है।"

मित्रवर से छुट्टी लेकर जोशीजी घर आए और लगभग दस महीने पहले खलीक के साथ बिताई एक शाम को याद करते रहे कि शायद उसमें शायरे-खफा और माशूके-बेवफा के सम्बन्ध की ओर इंगित करनेवाला कोई सूत्र मिल जाए।

एक कौमी गाली, पूरी कौम के नाम

वह यादगार शाम !

वेस्टर्न रेलवेवालों की एक घरेलू डाक्यूमेंटरी की पटकथा पर सिर खपाने के बाद मैं गोधूलि वेला उनके दफ्तर से थका-माँदा बाहर निकला। सोचा, गेस्ट हाउस जाने से पहले चर्चगेट स्टेशन के बाहरी स्टाल पर चाय पी आऊँ।

एक कप चाय और एक प्लेट पकौड़ी लेकर शुरू हुआ ही था कि पीछे से आवाज आई, "एक प्याला चा का सवाल उठा सकते हैं हम। बहुत जोर दोगे तो पकौड़ियों को भी पूछ लेंगे।"

पलटकर देखा—खलीक। और विचित्र वेश में। मैला-फटा पायजामा और उलटी पहनी हुई खादी की मैली गंजी। चेहरे पर दाढ़ी की कुछ हफ्तों की बढ़वार। पाँव नंगे। दाँत पता नहीं कब से साफ नहीं किए हुए।

खलीक के सवालात पूरे किए। फिर उससे पिंड छुड़ाने की कोशिश।

"गोया आपके ये नक्शे हैं कि मेरे साथ रहना तक गवारा नहीं ?", उसने तुनककर कहा, "आपकी बुर्जुआ नाक को बदबू आती है क्या मुझसे ? कह दीजिए, कह दीजिए कि आती है।"

मैं भला क्यों कबूल करता। यों उस साबुन-पानी से अनजान जिस्मे-जीनियस से पसीने की खट्टी गन्ध के भभके-से उठ रहे थे।

खलीक ने मुझे कालर से पकड़ा और मेरी नाक अपनी बालों से भरी काँख में घुसा दी, "कहिए कुछ महक मिली आपको मेहनतकश हिन्दुस्तानी की ?"

मैंने उसे धक्का दिया तो वह हाथापाई पर उतर आया। मैं बहुत आसानी से उसे पीट सकता था लेकिन जोशीजी के अनुसार पिटकर भी वह जीतता। उसके गलत-सही चाहे जैसे 'विद्रोह' के समक्ष मेरी 'समझौतापरस्ती' हारी हुई ही ठहर सकती थी। मैं 'समझौतापरस्त' यों था कि मैंने नौकरी-वौकरी कर ली थी।

मैंने फिलहाल उसी 'समझौतापरस्ती' से काम लिया और कहा, "खलीक, मैं भी तुम्हारी तरह मेहनतकश ही हूँ। कलम घिसकर पेट पालता हूँ। आज ही देखो छुट्टी थी लेकिन दिनभर एक डाक्यूमेंटरी लिखने में झक मारी। मैं तो अभी हजार रुपए माहवारवाला टूट-रूँ-टूँ साहब भी नहीं बना।"

खलीक कुछ नरम पड़े। फिर उन्होंने मंगल-कामना की, "बन जाओगे साले—टूट-रूँ-टूँ साहब ! उससे ज्यादा कुछ बन भी नहीं सकते।"

उसके बाद खलीक सिलसिलेवार हमारे उन तमाम परिचितों की क्रान्तिकारी आत्मा की तृप्ति के लिए अंजली देते गए जो कुछ बन गए थे।

तर्पण करके खलीक प्रसन्न हुए। लेकिन यही प्रसन्नता गले पड़ गई। अब उन्हें यह जिद थी कि अँधेरी ईस्ट की झोंपड़पट्टियों में चलूँ जहाँ वह डेरा डाले थे। उनका कहना था कि जैसे अभी मेरी काँख सूँघकर तुममें कुछ ताजगी आई है वैसे ही वहाँ की गन्ध सूँघकर तुम अपने तमाम बुर्जुआ बासीपन से छुटकारा पा जाओगे। उनका दावा था कि शैलेन्द्र के जो गीत इधर हिट हुए हैं वे खलीक के झोंपड़े में चार घंटे बिताने पर मिली प्रेरणा के ही प्रसाद थे।

"कुछ तो शरम करो यारो। कॉमरेड बने घूमते हो," खलीक ने कहा, "तुम्हारा गांधी बाबा तो कॉमरेड भी नहीं था, उसके लिए तो सारे बिरला हाउस खुले हुए थे, वह तक झोंपड़े में रहता था ताकि इस गोबर मुल्क से उसकी ट्यूनिंग बनी रहे।"

लानत-मलामत से वह गाली-गलौच पर पहुँचा, फिर गाली-गलौच से आगे बढ़कर बेढब हस्त-मुद्राओं पर, और अन्त में पराकाष्ठास्वरूप अंग-प्रदर्शन पर उतर आया। हारकर मैं उसके साथ अँधेरी जाती डबल-फास्ट में चढ़ गया। सारे रास्ते मैं ट्रेन के और उसके प्रवचन के हिचकोले खाता रहा। इस प्रवचन में स्पष्ट चेतावनी दी गई थी कि मनोहर श्याम जोशी वगैरह-वगैरह अदब के सारे हरामजादे, अपनी-अपनी मीडिओक्रिटी की दलदल में लोट लगाते-लगाते एक दिन उसी में धँसकर मर जाएँगे और इन भगिनीभंजकों का कोई नाम-लेवा तक न होगा। लेकिन यह खलीक, जिसके कलाम से टुकड़खोर अदीब घबराते हैं और जिसकी शख्सियत को देखकर वे घिनाते हैं, यह सदियों-सदियों तक, किताबों में और पढ़नेवालों के दिलों में जिन्दा रहेगा। खलीक ने यह भी बताया कि जो भी बीड़ी की जगह सिगरेट, नौटाँक की जगह ह्विस्की, भुखमरी की जगह पर मा़ल, बेकारी की जगह नौकरी, द्विविधा की जगह सुविधा, हथेली की जगह टिश्यू पेपर, गूदड़ की जगह डनलपिलो अपना चुके हैं, और फिर भी इस गरीब मुल्क के अदीब होने का दम भरते हैं, वे सबके-सब अगम्या-विशेष से अकृत्य-विशेष करने के दोषी हैं। साहित्यकारों के स्वर्ग में उनका प्रवेश निश्चय ही निषिद्ध होगा। वहाँ उस स्वर्ग में इस आलतू-फालतू मुल्क, जबान और अदब का कोई नुमाइन्दा होगा तो बस यह नाचीज खलीक !

खलीक ने सूचना दी कि इन दिनों वह भूतनी का जीनियस, अपना मास्टरपीस लिखने में मशगूल है, और यह चीज कुछ इतने ऊँचे पाए की हुई जा रही है कि खुद भूतनी का खलीक इसे पूरी तरह समझ नहीं पा रहा है। इस मुल्क के मीडिओकर अदीब साले क्या खाक समझ पाएँगे ? इस बात का पूरा अन्देशा है कि इस नावेल को कोई साला न छापे। छप भी जाए तो कोई साला न पढ़े। पढ़ भी ले तो कोई साला समझ न पाए। और समझ भी ले तो मारे जलन के कोई साला तारीफ न करे। मगर 'हमको है विश्वास हम होंगे कामयाब, एक दिन'। एक दिन, देख लेना एक दिन। मगर उस दिन तक तो तुम साले भी कहाँ जिन्दा रहोगे ? यह खलीक भूतनी का तो इक्कीसवीं सदी में समझा जा सकनेवाला अदब आज उस झोंपड़ीपट्टी में बैठकर लिख रहा है

कमबख्त !

वह झोंपड़पट्टी ! उस दीन-हीन बस्ती में भी सबसे दीन-हीन खलीक की कुटिया।

खलीक ने बहुत ढूँढ़-ढाँढ़कर एक ढिबरी जलाई। कुटिया के भीतर की इन्कलाबी अराजकता रोशन हुई। एक कोने में लगा कागजों का ढेर जो मैंने देखा तो यही सोचा कि आज की रात यह अमर कृति सुनने में बीतनी है। किन्तु आश्चर्य कि खलीक ने रचना सुनाने का सहज लेखकीय उत्साह लेशमात्र भी प्रदर्शित नहीं किया। उसने जानना चाहा कि कुछ पैसे-वैसे हैं कि गाँठ के भी उतने ही कोरे हो, जितने कि अक्ल के ?

मैंने जेबें टटोलने का नाटक किया कि कुछ रोज़गारी इसे दिखाकर पिंड छुड़ाऊँ।

खलीक ने बाअदब कहा, "आप नाहक जहमत उठा रहे हैं बन्दापरवर ! यह खादिम खुद आपकी जेबों से ढूँढ़ लेगा।"

मेरी विभिन्न जेबों से पाँच-पाँच के दो नोट, एक-एक रुपए के तीन नोट और सवा रुपए की रेजगारी बरामद हुई। रेजगारी मेरी जेब में डालते हुए खलीक ने कहा, "हुज़ूर, ये आपके लिए।" और फिर सभी नोट अपनी जेब के हवाले करते हुए वह बोला, "और ये जश्ने-जम्हूरिया के लिए।" खलीक ने बीड़ी के विज्ञापनवाला टाट का थैला उठाया और कहा, "जश्न के लिए जरा शॉपिंग कर आऊँ बिरादर।"

वक्त काटने की नीयत से मैंने कोने में पड़ा वह कागजों का ढेर उठाया कि उलट-पलटकर देखूँ। खलीक वहीं दरवाजे से चिल्लाए, "हैं-हैं-हैं, मेरे अदब को अपने नापाक हाथ न लगाइएगा, भूले से भी !" वह आए, कागज मुझसे छीने, उनका पुलिन्दा बनाकर एक टूटी हुई अटैची में डाला और अटैची को किसी तरह ताला लगा दिया। मैं उर्दू लिखावट ठीक से नहीं पढ़ सकता और उसमें भी खलीक की, लेकिन इतना तो उन कागजात की एक झलक ही बता गई कि मास्टरपीस के नाम पर अब तक काटा-कूटी, गोंदा-गोंदी ही अधिक हुई है।

खलीक लौटे। नौटाँक का एक अद्धा, बीड़ी के दो बंडल, थोड़े-से चावल और आलू तथा चाय की पत्ती का एक पैकेट उन्होंने अपने झोले से निकाला।

अब स्टोव की खोज शुरू हुई। वह गूदड़ में छिपा हुआ मिला। स्टोव में तेल नहीं था। खलीक ने कहा, "मेरी शक्ल क्या देख रहे हैं, जाकर लाइए या कि सारे पैसे हमारे ही खर्च करने का इरादा है आपका ? तेल नहीं होगा तो डिनर कैसे बनेगा ? आपके पेशाब से चिराग भले ही रोशन होते हों बन्दापरवर, लेकिन यकीन मानिए मेरा यह स्टोव नहीं जल पाएगा।"

तो रेजगारी का एक हिस्सा मैंने स्टोव में तेल भरवा लाने में लगा दिया। इस बीच खलीक नीट नौटाँक पीने लगे थे।

"चाय बनाना तो तुम्हें आता ही होगा, मेरी जान !", खलीक ने पूछा, "बाहर बम्बे से पानी भर लाओ ! और तुम्हें तो भूतनी के इस वोडका में मिलाने के लिए भी पानी चाहिए होगा।"

जलपात्र के नाम पर उस कुटिया में एक कदीमी गडुआ था, और एक अल्यूमीनियम का भगोना। मनोहर दोनों में पानी भर लाया। गडुए को काफी धो-माँजकर। यद्यपि

मनोहर के द्विज-संस्कारों के लिए इतनी तमाम धुलाई के बाद भी ऐसे गडुए का पानी अपेय ही ठहर सकता था।

बगैर दूध-चीनी की चाय मैंने बनाई। खलीक को दी। प्याला मेरे हाथ से लेते हुए उसने कहा, "हेमिंग्वे के सीने के बालों की कसम, घरेलू काम करते हुए तुम बहुत प्यारी लग रही हो मेरी जान !"

मैं धरना चाहता था हाथ लेकिन परिष्कृत जोशीजी चाय की घूँट के साथ गुस्सा पी गए। अब खलीक बोले, "नहीं सीरियसली जोशी ! क्या यह नहीं हो सकता कि तुम इसी तरह हमारी खिदमत में रहा करो ! चिलम भरते-भरते मुमकिन है कुछ सीख जाओ शागिर्दी में।"

फिर मेरी चुप्पी को कमजोरी की निशानी मानकर खलीक ने कहा, "इसमें तुम्हें कोई एतराज भी नहीं होना चाहिए। माशाअल्लाह पहाड़ी छोकरे हो तुम, और पहाड़ी छोकरे तो बर्तन माँजने ही मैदानों में आते हैं।"

अब मुझसे रहा नहीं गया। धर दिया हाथ। खलीक इस वार से बचने के लिए पहले से ही तैयार बैठे थे। झापड़ को उन्होंने अपनी उठी बाँह के कवच पर झेला। फिर जो हथेली उनके गाल पर पड़नेवाली थी, उसे ही चूमकर बोले, "वायलेंस, सदके जाऊँ ! जब तक वायलेंस का यह जज़्बा ज़िन्दा है तुममें, तुमसे कुछ उम्मीद रखी जा सकती है जोशी ! यू आर नाट ए बर्न्ट आउट केस। लेकिन इन्कलाबी जामा पहनाओ इस वायलेंस को, इन्कलाबी !"

अपने गुस्से को, और गुस्से से हुए गम को गलत करने के लिए जोशीजी ने नौटाँक बगैर हैंडल के कई-कई दरारवाले एक मग में डाली। गडुए का पानी उसमें मिलाने की सोची लेकिन मनोहर की अश्रद्धा का विचार कर गए। शुद्ध नौसादर उनके हलक को जलाने लगा।

अब खलीक उठे और जिस भगौने में चाय बनी थी उसी में उन्होंने गडुए का पानी डाला और उस पानी में बगैर बीने-धोए चावल और साबुत आलू। यह 'तहरी' उन्होंने स्टोव पर चढ़ा दी।

फिर उन्होंने फरमाया, "उस्ताद की शागिर्दी में आ ही गया है तो जमूरे चल तेरा माइंड थोड़ा इम्प्रूव कर दें।"

अच्छा तो अब मास्टरपीस पारायण प्रारम्भ होता है—मैंने सोचा। मगर नहीं। खलीक गूदड़ में से एक जेबी किताब ढूँढ़ लाए, जो निश्चय ही किसी फुटपाथी कबाड़ी से खरीदी गई थी। खलीक पढ़ने लगे, 'बी विद मी, लुई द सान ऐंजल, नाव विटनेस बिफोर द टाइड्स कैन रैस्ट अवे, द वर्ड आई ब्रिंग...।'

जोशीजी सुन कम रहे थे, यह ज्यादा सोच रहे थे कि कविता किसकी है ? सहसा उन्हें याद आया और उन्होंने कहा, "हार्ट क्रेन की आव मारिया।"

खलीक ने उन्हें घूरा और कहा, "आपसे किसी ने कुछ पूछा था साहबजादे ? कतई चुप रहिए किलास में।"

मैं चुपचाप सुनता गया वह निहायत लम्बी और उलझी हुई कविता। और उस पर

खलीक का 'वाट-वाज' मार्का अंग्रेजी उच्चारण और अंग्रेजी कविता को मुशायरे की चीज बनानेवाला लहजा। मुझे हँसी आने को हुई।

लेकिन खलीक मियाँ की आवाज भर्राने लगी और उनकी आँखें नम हो चलीं। "तमाम पौराणिक-ऐतिहासिक सन्दर्भों और मिथक-संकेतों से भरी पड़ी बोझिल इस कविता में खलीक ऐसा क्या पढ़े ले रहा है जो उसके हृदय को छू रहा है ?", जोशीजी ने पूछा। मैंने कहा उनसे, "आप इंटेलेक्चुअल तो रोते ही पौराणिक सन्दर्भ में हो, रुदन भी ऐतिहासिक हुआ करे आप लोग्गों का !"

"सम इनमोस्ट साब, हाफ-हर्ड, डिसुएड्स द एबिस, मर्जेस द विंड इन मेजर टू द वेव्स।" खलीक पढ़ रहा था और मनोहर सुन रहा था, इन शब्दों में अपने भीतर की कोई अधसुनी सुबकी पूरी तरह ! उस व्यक्ति को सुबह-सुबह खून की चार कै करते देख रहा था जिसके न रहने पर वह आठ बरस का बालक अनाथ हो गया। इस उल्टी से कुछ और लाल हो उठी थी गुलाब की झाड़ी। इस उल्टी करनेवाले ने अभी तो पूछा था दिल्ली से लौटकर, आ गई तेरी साइकिल मनोहर ?

'ओ दाउ हू स्लीपेस्ट ऑन दाईसैल्फ अपार्ट, लाइक ओशन अथ्वार्ट लेंस ऑफ बर्थ एंड डैथ' पढ़ रहा था खलीक और मनोहर देख रहा था उन बोतलों को जो अब नहीं पी जाएँगी, उस सितार को जो अब नहीं बजेगा और उस संगीतज्ञ पिता को जो अलग-अलग सोया हुआ था। देख रहा था विक्षिप्त उस माँ को जो स्कॉच ह्विस्की की बोतलें एक के बाद एक उँडेल रही थी अर्थी पर, लेकिन जान रही थी कि वह जो अपने पर ही सोया हुआ है अब उठेगा नहीं।

कविता समाप्त हुई। खलीक खड़ा हो गया। वह अब बाकायदा रो रहा था। फिर उसने अपने आँसू पीते हुए, नाटकीय भंगिमा धारण की और कविता का एक बन्द दोहराया, "इंक्वीजिटर ! इंकोग्निजेबल वर्ड ऑफ एडन एंड द एनचेन्ड सेफल्कर, इंटू दाई स्टीप सैवानाज, बर्निंग ब्लू, अटर टू लोनलीनेस द सेल इज़ टू।"

खलीक ने किताब उठाकर किन्हीं अदृश्य शत्रुओं के मुँह पर दे मारी और कहा, "गौर से देख लो भूतनी को। सलामत रहे उसका यह बादबान, खलीक अपनी नई दुनिया खोज लेगा।"

लगभग तैयार 'तहरी' की गन्ध ने तभी एक हड़के कुत्ते को आकर्षित किया। खलीक ने अपनी अँगुलियाँ जलाते हुए भगोना उतारा। तहरी की 'बलि' कुत्ते को चढ़ाई। कुत्ते ने सूँघ-साँघकर नापास कर दी। खलीक हँसा। उसने फिर अँगुलियाँ जलाते हुए भगोना उठाया और सारी-की-सारी तहरी तामचीनी की एक गन्दी प्लेट में उलट दी। अब प्लेट अपने और मेरे बीच रखकर वह उसे खाने लगा। मैंने हाथ नहीं बढ़ाया तो वह बोला, "दारू के नशे के बावजूद आपका हिन्दू जागा हुआ है भूतनी का ?"

"नहीं, नहीं।" जोशीजी ने अपनी प्रगतिशीलता का परिचय देते हुए एक ग्रास मुँह में डाला। उनसे यह कहते नहीं बना कि इतनी गन्दी तहरी, इतनी गन्दी प्लेट में मैं खा नहीं सकता।

चावल अधपके थे। उनके बीच सफेद कंकर थे। आलू के छिलकों की बोराबास

और मिट्टी रची-बसी थी उनमें। चाय की पत्तियों का स्वाद अलग था। इस व्यंजन को ग्रहण करने में जोशीजी ने अपने को किंचित असमर्थ पाया। मगर चुपचाप, छोटे-छोटे निवाले, नौटाँक के सहारे, हलक में उतारते रहे।

खलीक तहरी सटासट सपोड़ गया, यह कहते हुए कि हम अदीब तो कुत्तों से भी गए-गुजरे हैं। बची हुई नौटाँक उसने बोतल से ही गटक ली। खाली बोतल के मुँह पर जबान फेरी। अपना हाथ-मुँह पायजामे के गन्दे पाँयचे पर पोंछा। और फिर एलान किया, "कुत्तो और अदीबो, इस कैंडल-लाइट डिनर के बाद अब पेशेखिदमत है लिटरेरी मास्टरपीस !"

अटैची खोलकर उसने कागज का पुलिन्दा निकाला। देर तक उसे फैलाकर देखा-जाँचा। फिर उसमें से यहाँ-वहाँ से पाँच सफे चुने। उन्हें सिलसिलेवार लगाकर वह मेरे सामने आ बैठा। अपनी माइनस सिक्स आँखों से कुछ देर तक उसने कागजों को घूरा। फिर उसने गला खँखारकर कफ वहीं थूक दिया और कागज पर नजर जमाकर माँ की गाली दी।

सींकिया शायर की दादागीरी का यह सारा नाटक अब मुझे अखरने लगा। मैंने फटकारा, "यह क्या बदतमीजी है बे ?"

"जी ?", खलीक की चुन्दी आँखों ने मोटे शीशों के पीछे से मुझे घूरा, "आप साले कहाँ के सेंसर लगे हुए हैं जो मेरे नावेल के उन्वान पर एतराज कर रहे हैं। जी हाँ, यही गाली मेरे इस नावेल का नाम है। और इस गाली का मैंने, क्या कहते हैं आप हिन्दी वाले, परतीकात्मक उपयोग किया है। एक कौमी गाली, पूरी कौम के नाम।"

जोशीजी ने मुझसे कहा, "सन्दर्भ : दोस्तोवेस्की का रूसी गाली पर निबन्ध।"

हाथ से लिखे इन पाँच पृष्ठों में उपन्यास की प्रस्तावना की शुरुआत-भर थी। इनमें गाँव के तमाम बुजुर्गों-पुरखों को उनके मुँह से सुनी हुई माँ की गाली के माध्यम से याद किया गया था। कहाँ, क्यों, किस मौके पर, किस अन्दाज में उनमें से किसने इस गाली का इस्तेमाल किया था इसकी पूरी तफसील बयान की गई थी। और माँ की गाली की यादों के इस ताने में गाँव और परिवार की तमाम माताओं की, स्वयं धरती माता की यादों का बाना बुना गया था।

जोशीजी ने मुझसे कहा, "अगर खलीक भदेस और भाव-विह्वल की यह अनूठी जुगलबन्दी अन्त तक निबाह ले जाए तो चीज सचमुच दिलचस्प और काबिले-दाद बन जाएगी।"

"और आगे सुनाओ...।" उन्होंने उत्साह से कहा।

"आगे बहुत कुछ है लेकिन फिलहाल किसी को भी सुनाया-पढ़ाया नहीं जाएगा। आइडिया-चोरों की अपनी बिरादरी में कोई कमी नहीं बिरादर। यह शुरू का हिस्सा भी मैंने अब तक कुल दो ही लोगों को सुनाया है—एक श्यामलाल, एक कोई और।"

"कोई और कौन ?" जोशीजी ने जिज्ञासा की।

"आपसे मतलब...?" खलीक ने झिड़क दिया, "आप सी.आई.डी. में हैं क्या साले ? आप तो अपने भाग सराहिए कि खलीक ने आपको इस काबिल समझा कि

अपनी मास्टरपीस का एक हिस्सा सुना दे। अब फरमाइए क्या राय है आपकी ? कुछ वह कीजिए न, क्या कहते हैं आप हिन्दीवाले, आलू-चना।"

"मास्टरपीस के बारे में सिवा इसके क्या राय हो सकती है कि बस मास्टरपीस है", मैंने कहा और फिर नशे को नाटकीयता पर न्यौछावर करते हुए फैसला सुनाया, "खलीक, तुमने ज्याँ जेने की महतारी की बलिहारी कर दी है, तुम्हारी वक़्त पहचानने के लिए किसी सार्त्र की नजर दरकार है।"

खलीक ने मेरे गलबहियाँ डाल दीं। उतने ही नाटकीयता से उसने भी एलान किया, "जोशी प्यारे ! बतौर अफसानानिगार तुम कितने बड़े चूतियानन्दन हो, यह कम-से-कम मुझसे छिपा नहीं। लेकिन, और यह बहुत ही अहम किस्म का लेकिन है, गौर फरमाएँ, लेकिन, अदब के मामले में तुम्हारी जानकारी, समझ और पकड़ का मैंने हमेशा लोहा माना है। तुम गोया के लिटरेट लिटरेच्योर हो। बाकी तो सब ससुरे खानदानी और पैदाइशी किस्म के अनपढ़ हैं। बाहर से ये साले हिन्दुस्तानी भले ही सेविल रो में सिला सूट क्यों न पहने हों, भीतर तो इनके, समझ रहे हो न कहाँ, बालिश्त-बालिश्त-भर खेत की धूल ही जमी हुई है।"

इतना कहकर देहाती खलीक मियाँ कुछ सोच में पड़ गए, फिर बोले, "सच-सच बताओ यार, नोक-पलक सब दुरुस्त हैं न इस चीज़ की ? आइडिया ठीकठाक है न ? चलेगा ?"

"दौड़ेगा।", मैंने कहा, "डर्बी-जीत घोड़े की तरह !"

खलीक तुष्ट हुए, बोले, "सार्त्र तो साला जाने कब इसका फ्रांसीसी तर्जुमा पढ़ेगा। लेकिन सार्त्र को पढ़ने और समझनेवाले श्यामलाल से और सार्त्र के अगवाड़े-पिछवाड़े में तमीज कर सकनेवाले जोशी से, यह गरीब, गँवार बलियाटिक खलीक दाद ले गया, कोई कम बात नहीं है। बहुत बड़ी बात है यह। बहुत बड़ी, बहुत बड़ी।"

और हर 'बड़ी' के साथ खलीक मियाँ मेरा एक मुख़्तसर-सा बोसा लेते चले गए। अब वह लड़खड़ा रहे थे, हिचकियाँ ले रहे थे। मैंने सुझाव दिया, "आराम करो।" वह वहीं फर्श पर लम्बे लेट गए। फिर पांडुलिपि को चूमते हुए हिचकियाँ लेते हुए पूछते रहे, "ग्रेट है न ?"

और मैं दरवाजे का सहारा लेकर किसी तरह सीधा खड़ा हुआ जवाब देता रहा, "सिम्पली ग्रेट।"

यह संकीर्त्तन काफी लम्बा खिंचा। शायद और भी खिंचता लेकिन तभी खलीक मियाँ की 'ग्रेट' का 'ग्रे' लम्बा खिंचा और उन्होंने उल्टी कर दी। नौटाँक में घुली हुई तहरी तीन-चौथाई फ़र्श पर और एक-चौथाई पांडुलिपि पर जा गिरी।

खलीक अब रोने लगे। उन्हें अपनी और संसार की त्रासद नश्वरता का पूर्वाभास हुआ। उन्होंने आशंका व्यक्त की कि खलीक की कमीनगी का घुन उसकी हेल्थ और टेलेंट दोनों को चाट जाएगा ससुरा। ये हजरत खुद मिट्टी में मिल जाएँगे, और अपने ख्वाब को, अपनी मास्टरपीस को भी मिट्टी में मिला देंगे।

मैंने खलीक को नेक सलाह दी कि ऐसी कमीनी अफवाहों पर कान न दें। लेकिन

खलीक, खलीक को कमीना ठहराते रहे।

मनोहर गडुए को बम्बे से भर लाया। उसने खलीक को कुल्ले करवाए। उनका मुँह-हाथ धुलाया। पानी से ही उनकी चम्पी की। कै पर मिट्टी लाकर डाली। पांडुलिपि को उनकी एक फटी तहमद से पोंछकर अटैची के भीतर डाल दिया। फिर उनका गूदड़ करीने से बिछाया। उन्हें सहारा देकर उठाया और गूदड़ पर आराम से लिटा दिया।

यह सब करते हुए मनोहर को बराबर आशंका हो रही थी कि कहीं वह पहाड़ी छोकरोंवाला प्रसंग फिर न छेड़ दे खलीक। लेकिन खलीक मियाँ अब व्यंग्य नहीं, शुद्ध भावुकता बोले। उनका कहना था कि इस्लाम पिछले जन्म में विश्वास करने की अनुमति नहीं देता, लेकिन अगर पिछले जन्म जैसी कोई चीज होती हो तो यह मनोहर श्याम जोशी इस खलीक का सगा भाई रहा होगा।

डैथ-सीनवाला आलम पैदा करते हुए खलीक ने मेरा हाथ अपने हाथ में लिया और यह वचन देने को कहा कि अगर जीनियस खलीक आज ही, चलो आज ही नहीं तो जल्द ही किसी दिन और, मर जाए तो तुम चूतियानन्दन, अपने तमाम चुतियापों से परहेज बरतते हुए, खलीक की मास्टरपीस को पूरा और ठीक-ठीक करके छपवा देने के काम में जुट जाओगे। जब तक खलीक की बाकायदा मौत न हो जाए तब तक तुम इसी तरह यहाँ आते रहोगे, मास्टरपीस कितनी लिखी जा चुकी है, किस तरह आगे लिखी जानेवाली है, यह सब समझते रहोगे ताकि विरासत ठीक से सँभाल सको।

मैंने वचन दिया। मास्टरपीस की कसम खाई और विदा माँगी। लेकिन खलीक मुझे विदा देने के मूड में नहीं थे। वह चाहते थे कि कयामत की इस रात मैं उनके सिरहाने रहूँ। मनोहर इसके लिए तैयार था लेकिन मैं 'कल फिर आऊँगा।" कहकर फूट लिया।

खलीक कराहते हुए बोले, "तुम कभी नहीं आओगे जोशी, क्योंकि तुम भी वही हो जो मेरे नावेल का उन्वान है।"

उनका पहला कयास सही थी। दूसरे के बारे में क्या कहूँ।

बाहर निकलकर मैंने सुना—खलीक रोते-रोते गा रहे हैं—'अटर टू लोनलीनेस द सेल इज ट्रू' बतर्ज 'बाबुल मेरा नैहर छूटो ही जाय।'

जोशीजी, सन्दर्भ : डिलेन टामस होने लगे। मनोहर को जिन्दगी के हर मोर्चे पर पिटकर हाल ही में गुजरे अपने एकमात्र बड़े भाई की याद आई।

मगर जिन्दगी से पहले

जोशीजी ने उस यादगार शाम को मैगनिफाइंग ग्लास के नीचे रखकर मुझसे मशविरा किया। मैंने उनसे कहा, "प्यारेलालजी ! खलीक ने अपना नावेल एक किसी और को सुनाया जिसका नाम आपको नहीं बताया। और आप लोग तो साहित्य-सेवा में जुटते ही तब हैं जब कोई समर्पण करके आपके साहित्य के समर्पण के लिए अपनी बुकिंग करवा चुकी हो। और बन्धुवर बगैर इश्क में देवदास हुए कौन उल्लू का पट्ठा 'अटर टू लोनलिनेस द सेल इज टू' जैसी बेमानी पंक्तियाँ पढ़कर रोता है ? और अन्त में—अगर अप्सरा कू अघोरी मँगता तो मेरे बाप का क्या वाटसन ?"

जोशीजी को मेरे इस फैसले से दुःख हुआ। इन मामलों में अपनी अपात्रता का उन्हें वैसे ही बहुत तीव्र बोध है।

तभी भारतीजी ने गेस्ट हाउस के कमरे में दुर्लभ किन्तु सुखद दर्शन दिए और मैंने जोशीजी से कहा, इस किस्से को भी पत्रकारिता के खाते में डालकर आज एडिटर साहब को सुना दिया जाएगा। मगर जोशीजी के दुर्भाग्य से एडिटर भारती अपने कवि-अवतार में आए हुए थे। हथेली में रखी चमेली की वेणी सूँघ रहे थे और तिर्यक अवस्था में मन्द-मन्द मुस्कुरा रहे थे। नूँ बोले, "चलो डियर विप्रवर, तुम्हें कॉफ़ी पिला लाएँ।"

बाम्बेली में कॉफ़ी पीते हुए और अनन्तर कॉफ़ी की चम्मचों से खाली प्याले बजाने को जीवन नापने का पर्याय बनाते हुए भारतीजी और जोशीजी में साला एक ही संवाद होता रहा। वह कहें, "और सुनाओ डियर ?", जोशीजी कहें, "सब आनन्द है।"

इसके बाद भारतीजी ने जोशीजी को अपने साथ लगभग मौन जलूस में शामिल किया। लगभग ही यों कि नक्षत्रों की छाया में रोड-इन्स्पेक्टरी करते हुए भारतीजी बराबर कोई धुन गुनगुनाते रहे जो मुझे तो 'हे प्रभो आनन्द दाता' मालूम हुई, लेकिन जोशीजी कहते थे पीलू की ठुमरी है !

मनोहर ने मुझे बताया, यह पोएट है, पोएट। इस समय पोएट्री सोच रहा है। जोशीजी ने पेरिस रिव्यू में छपी लेखक-कवियों की इंटरव्यू भेंटवार्त्ताओं का हवाला देकर मुझे रचना-प्रक्रिया के विषय में प्रवचन दिया। मैंने उनसे कहा कि जब इस भाई ने अपना मीटर डाउन कर रखा है रचनाधर्मिता का, तो तू साले फ्री-फंड में क्यों सड़क नाप रहा है। हो जा तू भी शुरू। जोशीजी ने मीटर डाउन किया। और मुझे एक कहानी की रूपरेखा सुनाई जिसमें एक होता है जासूस, एक होती है वेश्या। और फिर होता क्या है जासूस वेश्या द्वारा पकड़ा जाता है, जबकि जासूस को वेश्या पकड़नी थी। मैंने उनसे

कहा कि मैं इसमें संशोधन करना चाहता हूँ बन्धुवर। कहानी यों है—एक होता है वह और पता नहीं वह साला वह होता है कि नहीं, एक होती वह, और पता नहीं वह साली वह होती है कि नहीं और फिर कुछ होता है और पता नहीं क्यों लगता साला यही है कि कुछ हुआ ही नहीं। जोशीजी सुनकर खफा हुए। मनोहर ने मुझे श्रद्धा से देखा और कहा, "बात यही है एक वह होता है, एक वह होती है और जो कुछ होता है वह कुछ भी नहीं होता, क्योंकि वह उनके दो होने से होता है और सच्ची-मुच्ची में वे दो थोड़े होते हैं जी।", मैंने उससे कहा, "जोशीजी और मुझसे पिंड छुड़वा ले तो तू कमा खाएगा लौंडे !"

भारतीजी की रचना-प्रक्रिया जब पूरी हुई तब उन्होंने परिक्रमा सहसा भंग करके कहा, "आऽच्छा डियर।"

उनसे विदा लेते हुए मुझे सख्त अफसोस हुआ कि रचना-प्रक्रियाओं की टक्कर में वह अप्सरा-आख्यान रह ही गया।

अपने कमरे में पहुँचा। साझीदार बुजुर्गों ने अपनी-अपनी पोथियों से निगाहें उठाईं। शंकालु बुजुर्ग मिस्टर तलाटी बोले, "आपका एडिटर फ्रेंड आपको फोर्ट एरिया में कॉफी पिलाया जो इत्ता देरी होया ?"

मैंने कहा, "नहीं, यही बाम्बेली में। कुछ साहित्य-चर्चा छिड़ गई थी।"

"देट्स इट !", श्रद्धालु बुजुर्ग मिस्टर तिरखा बोले, "मिल बैठे दीवाने दो। कॉफी भी ज्यादा पी होनी है अपने मिस्टर जोशी ने। चंगी चीज है कॉफी, बट कदी-कदी नींद डिस्टर्ब कर देती है।"

जोशीजी ने नेशनल ड्रेस धारण की—कच्छा-बनियान। यह नाम मिस्टर तिरखा का दिया हुआ था और दोनों बुजुर्ग कमरे में नेशनल ड्रेस में ही रहते थे। शुरू में मनोहर को कुछ संकोच हुआ था लेकिन मिस्टर तिरखा द्वारा प्रेरित किए जाने पर उसने भी यह बम्बइया बाना अपना लिया था।

नेशनल ड्रेस पहनकर जोशीजी 'एगी ऑन फिल्म्स' नामक पुस्तक के साथ शयन करने लगे। उन्होंने देखा कि आमतौर से धार्मिक पुस्तकें ही पढ़नेवाले बुजुर्ग आदतन आज भी मेरी लाई पुस्तकें मनोयोग से उलट-पुलट रहे हैं। मिस्टर तिरखा के हाथ में 'वाट हैपेंड इन हिस्ट्री' थी और मिस्टर तलाटी के 'सेवन टाइप्स ऑफ एम्बीगुइटीज'। शुरू में जब इन बुजुर्गों के साथवाली यह जगह मिली थी जोशीजी को तो वह बहुत पिनपिनाए थे। लेकिन दो बातों से उन्होंने इनके विषय में अपनी धारणा बदली। पहली यही कि वे आधुनिक न सही, आधुनिकता पढ़ने-सुनने और उसके साथ रहने के विषय में पर्याप्त उत्साही थे। दूसरी यह कि रिटायर होने के बाद भी ये बम्बई नौकरी करने आए थे और बाल-बच्चों से दूर अकेले रह रहे थे। फिर यह भी था कि जोशीजी, बुजुर्गों के राज में कुछ सुख पा गए थे। यथा बटनों का मेरा लगना; कपड़ों का तह होना-टँगना; किताब-कागजों का सँभालना। सख्त पिता-प्रतीक मिस्टर तलाटी जोशीजी के जीवन की बेतरतीबी आक्रोश के साथ ठीक करते, सदय पिता-प्रतीक मिस्टर तिरखा बहुत आमोद के साथ—सुन भाई मिस्टर तलाटी दिस मॉर्निंग, साढ़े-तीन पौने-चार ऐसा ही टाइम हुआ

होगा, मैं गया बाथरूम, रात तैंने खिलवा दिया क्या कहते हैं ढोकला, डजंट सूट मी एट ऑल, ते जी लौटती बारी देखा दूसरे बाथरूम के वाशबेसिन पर एक सोप-केस पड़ा है। उठा लाया कि मिस्टर जोशी अपने का होना है। वही राति गया था मुँह-हाथ धोने, पार्टी-पूर्टी थी न इसकी। ओय भतीजाजी मेरे मिस्टर जोशी, स्लीपिंग लाइक ए डॉग, उठ एनू आइडेंटिफाई कर तेरा है कि नहीं, कि मालखाने इच जमा करा देयाँ ?

मिस्टर जोशी, जो सारा वार्त्तालाप सुन रहे होते, आँखें खोलते और कहते, "मेरा ही है, थैंक्यू चाचाजी !"

मिस्टर तिरखा कहते, "राइटर है अपना मिस्टर जोशी। राइटर्स आर एन एब्सेंट-माइंडेड ब्रीड।"

मिस्टर तलाटी कहते, "आर्टिस्ट मीन्स आधा-पौना-एइसा सन्त-फकीर। पन अनुशासन का बिगेर आर्ट कइसा हो सकेंगा, ये भी सोचना मिस्टर जोशी।"

जोशीजी के लिए यह सन्तोष का विषय था कि यद्यपि इन बुजुर्गों को आधुनिक जीवन अथवा संस्कृति के लिए कोई ललक नहीं थी तथापि वे भतीजाजी की आधुनिकता के विषय में चिर-जिज्ञासु थे। जोशीजी के लिए यह विस्मय का विषय था कि अपनी स्पष्ट पसन्द-नापसन्द के बावजूद ये बुजुर्ग, भतीजाजी की किसी बात से विस्मित या विक्षुब्ध नहीं होते थे। जोशीजी 'अपना एडिटर-फ्रेंड का कह्या पर रंडी-लोक का लायफ का सर्वे कर रहा है' इनके लिए महज एक सूचना होती। जोशीजी की लाई हुई अश्लील 'ट्रॉपिक ऑफ केंसर' इनके लिए महज एक और किताब होती जिसे वे उलट-पुलटकर थोड़ा देख-पढ़ लेते और 'आउट ऑफ कोर्स' मानकर रख देते। हर नई बात इनके लिए बहुत पुरानी थी। 'जरमन हर बात अपन से सीखा। नवा कोच्छ नहीं सब जूना'—मार्का मिस्टर तलाटी का अस्वीकार जोशीजी को उतना ही खल जाता था जितना कि मिस्टर तिरखा का संरक्षण-भाव, 'होता है जरूरी, दिस इल्यूजन ऑफ न्यू, वो तो मेच्योरिटी में समझ आनेवाली गल्लाँ हैं कि दियर इज नथिंग न्यू, नथिंग ओल्ड, दियर इज समथिंग एवर न्यू। लेकिन अभी तो यंगमैन है मिस्टर जोशी। इसने कहना ही हुआ कि चाचाजी मैं नवीं चीज लाया हूँ। यही होता है ओस माया तेरी का प्रभाव। क्या कहा है—तथापि ममतावर्त्ते, मोहगर्ते निपातिताः। महामाया प्रभावेण संसारस्थितिकारिणा।' इसी प्रसंग पर टिप्पणी करते हुए मिस्टर तलाटी ने फतवा दिया था, "हम चाचाजी लोको 'यद्यपि' हुआ और हमारा भतीजाजी मीन्स मिस्टर जोशी 'तथापि', फस्स-क्लास एरेंजमेंट एंड एग्रीमेंट।"

यह अरेंजमेंट कुछ और प्रीतिकर इस वजह से हुआ कि मनोहर ने मेधावी, अराजक बालकवाली अदाएँ दिखाने के साथ-साथ संस्कारी बालकवाली अदाएँ भी दिखाईं। कॉमरेड जोशी, आम तौर पर इनका सार्वजनिक प्रदर्शन नहीं होने देते। दूसरों की क्या हैं, अपने ही नवमस्तिष्क उर्फ निओ-कार्टेक्स के समक्ष नहीं। देवी-पाठ तक मनोहर को और तमाम कामों की आड़ में मन-ही-मन करना होता है। घर में एक स्थायी प्रावधान है—पहले इससे पूछ लो, पाठ तो नहीं कर रहा है ? क्योंकि किसी अन्य कार्य के समान्तर चल रहे इस आध्यात्मिक अनुष्ठान में विघ्न पड़ना, क्रम-भंग होना मनोहर को स्वीकार

नहीं। अनिष्ट हो जाता है साला। देवी-पाठ है कोई जोक तो नहीं—ऐसा कहता है वह।

दोनों बुजुर्ग, पंचांग को एंगेजमेंट डायरी का दर्जा देने की हद तक कर्मकांडी थे, शाक्त थे, आसन साधकर सप्तशती पढ़ते थे। शुरू-शुरू में भोजन करने से पहले पाँच बलि देने, नया कपड़ा पहनने पर पाँव छूने और बुजुर्गों द्वारा पाठ करते समय जलाई गई धूप की 'विभूति' माथे पर लगा लेने जैसे लटकों से अपनी संस्कारी प्रवृत्ति का परिचय दिया मनोहर ने। दाद मिलने पर फिर एक दिन अपना मौन पाठ मुखर हो जाने दिया। आधुनिकता जपनेवाले बर्खुरदार के मुँह से 'महालक्ष्मी प्रीत्यर्थे मध्यम चरित्र पाठे विनियोगः' ऐसा सुनकर बुजुर्गवार चकित-मुदित भये। कॉमरेड जोशी को सप्तशती ही नहीं, पूजा-पाठ के सभी साधारण मन्त्र याद हैं तथा वह अपनी शाखा, इष्ट देवी, गोत्र और वेद का नाम जानते हैं, यह सब इन बुजुर्गों के द्विजत्व के लिए अपार सुख-सन्तोष का विषय बना। दोनों ही कामना करने लगे कि अनुशासनहीन किन्तु संस्कारी यह मेधावी विप्रसुत सनातन महत्त्व के श्रेष्ठ साहित्य का सृजन करे।

इस समय भी मिस्टर तिरखा ने आधे शीशोंवाला पढ़ने का चश्मा उतारकर, एक लम्बी-जम्हाई लेकर, पहले 'श्रीराम' का स्मरण किया और फिर इस बालक के साहित्यिक हितों का। "तो क्या मूड बनता है मिस्टर जोशी का, कुछ लिखना-लूखना है कि लाइट ऑफ कराँ ? नींद तो तैंने आज आनी कहाँ। शैल आई पुट ऑन द लैम्प फॉर यू कि बाहर बालकनी में लिखना है ताजा हवा में ?"

"नहीं, लाइट ऑफ कर दीजिए", मैंने किताब बन्द करते हुए कहा।

मिस्टर तिरखा लाइट ऑफ करने उठे। फिर मेरी इस्पात-अलमारी की ओर देखते हुए उन्होंने कहा, "यह पोस्टकार्ड तैंने देख लिया न भतीजाजी ?"

"कौन-सा कार्ड ?"

मिस्टर तिरखा ने कहा, "ले हद हो गई, कल शामी देखा तेरा एक पोस्टकार्ड टँगा है बोर्ड में। तैंने निकाला नहीं फेर दिस ईवनिंग आई पुट इट हियर।" मिस्टर तिरखा ने कार्ड उठाकर मुझे दिया। उसमें बगैर किसी पते, तारीख या सम्बोधन के सिर्फ इतना लिखा हुआ था—'खूबसूरत मोड़ पर मौसम मातमी है। लव इज दैट लेटर थिंग दैन डैथ, मोर प्रीवियस दैन लाइफ—एनो मीनिंग सूँ ?"

शायद जोशीजी के चेहरे की रंगत बदल गई थी। मिस्टर तिरखा के संयत किन्तु चिन्तित स्वर से वह चौंके, "एवरीथिंग ऑल राइट आई होप, मिस्टर जोशी।"

"जी हाँ।" मैंने कहा।

मिस्टर तलाटी बोले, "आज बहुत थकेला दीखता मिस्टर जोशी। रंडी लोको का सर्वे जो आप करता, उसमें जास्ती भटकता है साइत।"

"ए गुड नाइट्स रेस्ट और चंगा हो जाना है।" मिस्टर तिरखा ने कहा और लाइट बुझा दी।

बुजुर्गवार ने सही कहा था। मैं जमकर सोया और स्वस्थ उठा। सारा दिन प्रसन्न रहा। शाम को जुहू में फिल्मी-इल्मी मंडली में जोशीजी ने बर्गमान का विस्तार से गुणगान किया। जीनियस दिग्दर्शक रथिजित भट्टाचार्य उस मंडली में मौजूद थे। यंग जोसी द्वारा

'गोदार्द' का ध्वस्त किया जाना और बर्गमान का यश प्रशस्त किया जाना उन्हें पसन्द आया। बिमलदत्त ने दादा से जोशीजी की प्रशंसा की। दादा ने उसकी पीठ थपथपाई और कहा, "फिलीम लिखने के कभी आइडिया हो, मेरे पास आओ।"

जोशीजी को मैंने फिल्मों में इंटेलेक्चुअल फादर-फिगर मिलने पर बधाई दी। वह इस मूड में गेस्ट हाउस पहुँचे कि रथिजित के लिए आज ही सारी रात जागकर कोई स्क्रिप्ट-सिनोपसिस लिख डालेंगे।

लेकिन नहीं। रिसेप्शन काउंटर पर उन्हें अपने लिए एक चिट मिली। इसमें लिखा हुआ था, "खोजते मुझे या यहीं बैठे रहते कि कभी खोजती हुई आ जाऊँ। गदहे, प्रेमी, जासूस और मछेरे का धैर्य ही धन है। प्रारभ्य विघ्ननिहिता विरमन्ति मध्याः, एनो मीनिंग सू ?"

जोशीजी को अफसोस हुआ कि मनोहर को देव-भाषा कभी कायदे से क्यों नहीं सीखने दी कि इस समय अपने को इस सुभाषित का मतलब ठीक-ठीक समझा पाता। विघ्न आने पर रुक जाते हैं बीचवाले, ऐसा कुछ होगा इसका अर्थ, वह कह रहा था। जोशीजी संस्कृत पढ़ेले मिस्टर तलाटी की शरण में गए।

मिस्टर तलाटी उवाच, "पूरा श्लोक एइसा माफिक कि प्रारभ्यते न खलु विघ्नभयेन नीचैः, प्रारभ्य विघ्ननिहिता विरमन्ति मध्याः। विघ्नर्मुहुर्मुहुरपि प्रतिहन्यमानाः, प्रारब्धमुत्तमगुणा न परित्यजन्ति। अन्वय करने से स्पष्ट होएगा—नीचैः विघ्न भयेन न प्रारभ्यते, मीन्स नीचा लोक विघ्न का डर से सरू ही नहीं करता। मध्याः प्रारभ्य विघ्ननिहिताः विरमन्ति, मीन्स बीच का लोक सरू करके विघ्न आने से छोड़ देता है। उत्तमगुणाः विघ्नैः मुहुः मुहुः प्रतिहन्यमानाः अपि प्रारब्धम् न परित्यजन्ति, मीन्स बड़ा लोक विघ्न से बार-बार पीटा जाकर भी सरू किएले को छोड़ता नहीं। नीति का मौत हाई वातो बोल गया है भर्तृहरि।"

'बीच का लोक' का यह खिताब पा जाने पर जोशीजी ने इन्तजार की चार शामें अपने कमरे में ही काटीं। पाँचवीं शाम इस गदहे, प्रेमी, जासूस अथवा मछेरे का धीरज जवाब देने लगा और वह उसकी तलाश में चौपाटी जाने के लिए कमरे से निकला। तभी रिसेप्शनिस्ट ने कहा, "तमारा वास्ता फोन छे, मिस्टर जोशी।"

फोन पर मित्रवर उवाच, "आप आयुष्मान खलीक के स्वास्थ्य के सम्बन्ध में चिन्तित थे, अतएव सोचा कि आपको सूचित कर दूँ कि वह उसी वरार्थिनी सौभाग्यकांक्षिणी स्वर-साधिका का पाणिग्रहण करके पुनः अवतरित हुआ है। इस उपलक्ष्य में सायं-स्मरणीय बंग-बन्धु पूर्वेन्दु ने कुक्कुट-पुच्छिकाओं का आयोजन किया है। आप अविलम्ब बंग-बन्धु निवास पहुँचने का कष्ट करें।"

जोशीजी ने सुना और पूर्वेन्दु के घर के लिए टैक्सी पकड़ी।

मैंने जोशीजी से पूछा, "आप खलीक से मिलने की इच्छा लेकर जा रहे हैं कि पतुरिया से साक्षात की ?"

उनकी तरफ से कोई टिप्पणी नहीं हुई।

कृपया अपना नरक खुद तलाशें

फिल्मी पार्टियाँ ऊपरी तौर से सब एक-सी होती हैं लेकिन अनुभवी आँखें जमी हुई और पिटी हुई फिल्मी-हस्तियों की पार्टियों का सूक्ष्म अन्तर पहचानती हैं। जमी हुई फिल्मी हस्तियों की पार्टी में विलायती दारू के साथ ईर्ष्या टूँगी जाती है और चरमोत्कर्ष बेहूदगी और बड़बोलेपन पर होता है। पिटी हुई और अब तक न उभर सकी हस्तियों की पार्टी शुरू ही बड़बोलेपन और बेहूदगी से होती है। लेकिन उसके चरमोत्कर्ष में देसी दारू के साथ-साथ भँड़ास भी बाहर उलट दी जाती है। फिर उल्टियाँ करते और पीठ थपकाते वे तमाम अंजू-पंजू-टिच्चू विफलता के एक विराट और विह्वल भाईचारे में बँध जाते हैं। जोशीजी को फिल्मी पार्टियाँ पसन्द नहीं। शराब वह पीना चाहते हैं तो फ्रेंच इंटेलेक्चुअलों के साथ। पी भी है उन्होंने एक दिन—रामकुमार के सौजन्य से। मनोहर पसन्द-नापसन्द की कहीं कोई बात नहीं करता। शराब से डरता जरूर है। उस शराब से जिसने उसके पिता को मार दिया। मुझे सबकुछ हजम है।

पूर्वेन्दु बैनर्जी के फ्लैट में आयोजित यह पार्टी दूसरी श्रेणी की थी। यह नहीं कि पूर्वेन्दु कोई पिटे हुए व्यक्ति थे, वह विज्ञापन-जगत के एक चमचमाते सितारे की हैसियत रखते थे। यही कि फिल्मी दुनिया में वह अब तक उभरे नहीं थे। उन्होंने एक बेहतरीन डाक्यूमेंट्री बनाई थी और अब कलात्मक फीचर फिल्म बनाने का इरादा रखते थे। खलीक से उन्होंने गीतों के लिए आधा-अधूरा-सा अनुबन्ध किया था। कलात्मक प्रतिभावाली सभी पिटी और उभरती फिल्मी हस्तियों के लिए उनके फ्लैट के दरवाजे हर शाम खुले रहते थे और वहाँ उन्हें देसी सही, ह्विस्की पीने को मिल सकती थी। इसीलिए मित्रवर ने उन्हें विशेषण दे डाला था—'सायं-स्मरणीय'।

तो इन पूर्वेन्दु के यहाँ इस शाम भी कला-वला चाहनेवाली नई-पुरानी फिल्मी हस्तियाँ ह्विस्की के जाम को अपने सपनों के नाम पीती वर-वधू को घेरे खड़ी थीं। एक पैग चढ़ाकर मैंने जुगलजोड़ी को बधाई देने की हिम्मत जुटाई। मैं जो सामने आया, खलीक चीखे, "हमें तुम्हारी मुबारकबाद कुबूल नहीं हो सकती, तुम्हारे लिए हम मर चुके।"

"मरें तुम्हारे दुश्मन !" मैंने कहा।

"मर कहाँ रहे हैं, साले, सामने खड़े हैं। हमें उस दिन वहाँ मरता छोड़ गए और फिर कभी हाल पूछने तक नहीं आए।"

"मैंने तुम्हें कितना-कितना तो ढूँढ़ा है इधर।", मैंने कहा, "तुम मित्रवर से पूछ

लो।"

"कौन भूतनी का मित्रवर।", खलीक बोला, "मेरा कोई दोस्त नहीं इस नामुराद शहर में।"

खलीक-सुन्दरी चहकी, "मैं भी नहीं ?"

खलीक ने कहा, "एक्सेप्शंस प्रूव द रूल", और पत्नी का चुम्बन लिया। फिर मुझसे बोला, "भूतनी के, अदब-तमीज सब भूल गया। भौजाई को परनाम कर।"

मैंने आदाब अर्ज किया। खलीक बोले, "हिन्दुस्तानी है बे। पाँव छू।" मैंने पायलागन कर दिया।

इस बीच दोस्तों का एक और रेला आया और मैं धकिया दिया गया। दूसरा पैग लेते हुए मैं खलीक-सुन्दरी का मुआयना करता रहा। रंग साँवला, बदन थोड़ा भारी, नाक छोटी और घुमावदार, दाँत चमचमाते लेकिन थोड़े उठे-से, निचला होंठ मोटा, लटकता हुआ-सा, ठोड़ी चौड़ी, आँखें छोटी मगर चमकीली, बाल कटे हुए, मेकअप ज़रूरत से ज्यादा। किसी फूहड़, किन्तु कँटीली ऊ.पी. साइड की नार का मॉड संस्करण।

यार लोगों ने कुछ सुनाने की फरमाइश की। भाभीजी ने बगैर आर्केस्ट्रा के गाने में असमर्थता व्यक्त की। बहुत मिन्नत होने पर उन्होंने कहा, "मुझे थोड़ा जुकाम है।", फिर थोड़ा झूमते-झूमते 'हूँ-ऊँ-ऊँ' भ्रमर-गुंजन किया उन्होंने। फिर गला खँखारा, और कहा, "प्लीज कभी फिर, आज आवाज बैठी हुई है।"

मेरी बगल में खड़े एक कैमरामैन ने कहा, "स्साली, नाच-गाना पाल्टी का छोकरी और नखरा एइसा जइसा लता बाई हो।"

सुनकर मुझे सन्तोष हुआ कि पार्टी का बड़बोलेपन और बेहूदगी का पहला दौर अब विधिवत् शुरू हुआ चाहता है।

भाभीजी ने देवरों के जिद पकड़ जाने पर खलीक की 'कँगना-अँगना' गज़ल का मकता गाकर सुना दिया। आवाज़ पतली मगर सपाट। कहीं कोई लोच या मुरकी नहीं।

मकते से आगे भाभीजी की आवाज और याददाश्त दोनों दगा दे गईं। गज़ल के आगे के अशआर खलीक बताने को तैयार थे लेकिन खराब गले के लिए वह क्या कर सकते थे ? तो उन्होंने आगे का बन्द खुद गाया। हूट हुए। फिर उन्होंने दोस्तों के मना करने पर भी ऊ.पी. साइड का हरियाला बन्ना अपनी सूखी आवाज में गाया। पूर्वेन्दु ने बताया कि 'द आयरनी ऑफ नास्टेलजिया पैदा करने को सहर का अपना फिलीम का वास्ते खलीक से मैं एइसा ही गाँव के गीत लिखवा रहे हैं।"

अब चर्चा पूर्वेन्दु की प्रस्तावित फिल्म की ओर मुड़ गई। पूर्वेन्दु ने आग्रह होने पर बताया कि इस फिलीम का थीम : एक गाँव जो उजड़ गिए, एक सहर जो बसे नहीं। इस पर किसी ने खुलकर दाद दी, 'वाऽऽऽ ह !' और किसी ने दबी जबान से जोड़ा, 'अब्बास की दुम !' शायद यह फिकरा पूर्वेन्दु को सुनाई दे गया क्योंकि उन्होंने यह बताना जरूरी समझा कि सत्यजित राय ने स्क्रिप्ट का 'हाय प्रेज' किया है। इस पर एक अधेड़ बंगाली पटकथा लेखक ने कहा कि सत्यजित बाबू जिनगी-भर आउर कुछ नेई किया, सिरीफ ऋत्विक का नकल। उन्होंने फतवा दिया कि सत्यजित एसेंशियली

सेंटिमेंटाल आउर जे भी सेंटिमेंटाल शे ग्रेट आर्टिस्ट होने सकता नहीं। एक बंगाली नवयुवक, जो उन दिनों अपनी पहली फिल्म डायरेक्ट कर रहे थे, बोले कि मणिदा से, सत्यजित राय फॉर यू, उनका नया फिलीम 'कांचनजांघा' देखकर मैं कहे जे मोशन पिक्चर का मीनींग क्या शे आप सभी थोड़ा-थोड़ा समझा। बिफोर 'कांचनजांघा' मणिदा वाज मीयरली ट्रांस्लेटिंग़ गुड लिटरेचर इनटू फिल्म्स, आउर शे भी, इडियम, तोमारा रेन्वा एंड मिजोगुची से उधार लेकर।

एक अदद अवार्ड-विनिंग पंजाबी फिल्म बना चुका एक नवयुवक इस सत्यजित-चर्चा से उखड़ गया। उसने पहले सत्यजित राय को उनकी कद-काठी के अनुरूप एक लम्बी-चौड़ी गाली दी और फिर उन बंगालियों का श्राद्ध करने लगा, जिन्होंने 'आर्ट का ठेका लिया हुआ है और इंडस्ट्री में गन्द फैलाई हुई है।' इस पर पंजाब माफिया और बंगाल माफिया में ले-दे हुई, ऊ.पी. माफिया ने बीच-बचाव किया।

शान्ति स्थापित होते ही खलीक मियाँ ने बगैर किसी सन्दर्भ के लता मंगेशकर को कोसना शुरू किया और जानना चाहा कि वह खलीक-सुन्दरी के लिए सिंहासन खाली करने में इतनी देर क्यों कर रही है ? इससे ऊ.पी. से आए एक लता-भक्त स्वरकार उखड़ गए। उन्होंने प्रथम लता-वन्दना की और अनन्तर यह रहस्योद्‌घाटन किया कि लताजी का वायु-विमोचन तक कतिपय मिरासिनों की औलाद के गायन से अधिक सुरीला होता है। मित्रवर ने इतना और जोड़ा—'और सुवासित भी'। खलीक मरने-मारने पर उतर आए। ऊ.पी. माफिया के इस गृहयुद्ध में पंजाब-बंगाल माफिया ने बीच-बचाव किया। पिटते हुए मित्रवर यही कहते रहे, "मारो भार्या-बान्धवो मारो, अन्त में तो देवाधिदेव तुम सबको मारेंगे ही।"

इस ऊँचे फलसफे से तनाव थोड़ा दूर हुआ। लेकिन तभी एक पिटे हुए हीरो के जमे हुए पी.आर.ओ., जो अब तक पैग पर पैग पीते चले गए थे, 'ही-ही-ही-ही-हिच' की तर्ज पर हँसने-हिचकी भरने लगे। लोगों का ध्यान आकर्षित होने पर उन्होंने कहा, "हम भी साले कैसे-कैसे चे. गेन. दाल, यहाँ इकट्ठा हुए हैं। एक थर्ड रेट शायर ने एक फोर्थ रेट गायिका को घर डाल लिया है और हम सेकेंड रेट ह्विस्की पीकर जश्न मना रहे हैं। यह थाणे के मोटर-मैकेनिक की बिटिया है। माँ इसकी हमल गिरानेवाली दाई है, और बहन एक अस्तबल मालिक के यहाँ जा बँधी है।"

खलीक द्वन्द्व चाहने लगे। खलीक-सुन्दरी रोने लगी।

जोशीजी ने कहा, "वल्गर", मनोहर ने कहा, "दारुण !" स्थिति सम्हालने के लिए मैंने खलीक को पीछे धकेला। ताली बजाई और 'योर एटेंशन प्लीज, लेडीज एंड जेंटलमैन' वाले अन्दाज में शुरू हुआ, "जिस साले के पास अपनी मोटर न हो, वह मोटर-मैकेनिक की तौहीन न करे। हममें से किसी साले के पास कार नहीं है। माफ कीजिए, पूर्वेन्दु के पास है। लेकिन फिर माफ कीजिए, पूर्वेन्दु साले नहीं, जीजा हैं। दीदी कोथाय ? दीदी मोनी।"

इस चीख-पुकार पर पूर्वेन्दुजी की श्रीमती रसोई का मोर्चा छोड़कर ड्राइंग-रूम में आईं। उन्होंने अपने इस भाई को भय-संकोच, विस्मय-विनोद की उस मिली-जुली नजर

से देखा जिससे भले घरेलू लोग, नशे में बहक स्वजनों को देखते हैं। मैंने श्रीमती पूर्वेन्दु के पाँव छुए, उनसे आशीष माँगा। फिर मैंने पहले पूर्वेन्दुजी को खोजा, अनन्तर उनके चरणों को खोजा, और तदनन्तर पायलागन किया। इसके बाद मैं दुल्हा-दूल्हन के पास झूमता हुआ पहुँचा और गतांक से आगे बोला, "तो भाइयो और बहनो, मैं कह रहा था कोई साला किसी साले पर न हँसे क्योंकि क्या पता कब कौन साला, बहनोई बन जाए, या बाप। हँसने का मर्ज ही हो गया हो तो सालो अपने नसीब पर हँसो।"

तालियाँ।

फिर मैंने कहा, "ये खलीक, माई वैरी डियर फ्रैंड, जीनियस है, यह साला मर जाए, मारा जाए, लेकिन इसने एक नावेल लिखा है जो अमर होगा। उस नावेल की फिल्म बनाने की हिम्मत मणिदा, सत्यजित राय फॉर यू, भी नहीं कर सकेगा, भले ही वह मोशन पिक्चर का मतलब कुछ-कुछ अब समझ गया हो। उसकी फिल्म बनाएगा—बर्गमान, अपना इंगमार, स्वीडनवाला।"

सीटियाँ !

"और अपने खलीक की यह गाती-फुदकती चिरैया। इसका और लता बाई का कोई झगड़ा न है, न होगा। इसकी तो टक्कर होगी, शर्ली मैक्लीन से ! यह हॉलीवुड में होगी और खलीक, बर्गमान के साथ स्टॉकहोम में। बातें टेलीफोन से होंगी और मुलाकातें कभी यूरोप के किसी लोकेशन पर।"

पीछे से पी.आर.ओ. की आवाज, "और तुम साले राँची में होगे।"

"शुक्रिया !" मैंने फर्शी सलाम बजाते हुए कहा, "वहाँ से मैं आपको इन दोनों की खबरों की कतरनें आगरा भिजवाता रहूँगा।"

पीछे से वही आवाज, "और मैं तुम्हें कतरनें लौटा दूँगा कि इनकी बत्ती बना लो।"

"शुक्रिया, लेकिन कहीं मेरे कब्ज की फिकर करते-करते आप अपना हाजमा न बिगाड़ लें", मैंने कहा, "तो भाइयो और बहनो, सयानो और सयानियो, अब मैं अमीन सयानी आपसे दरख्वास्त करूँगा कि एक जाम उठाएँ और उसे पीएँ—अदबो मौसिकी की इस श्योर शॉट जुबली जोड़ी के नाम !"

जाम लेकर बड़े जोश से उठा मेरा हाथ ऊपर वहीं का वहीं जम गया। दूसरे सब हाथ भी जहाँ के तहाँ ठिठक गए। पिटे हुए लोगों की इस पार्टी में एक जमी हुई हस्ती आ पहुँची थी।

टमाटर लाल और मोर-नीले के हाई कंट्रास्टवाली उसकी कांजीवरम् साड़ी की चमक और नाक-कान और गले के हीरों की चौंध, गोया समस्याएँ पैदा कर रही थी डायरेक्टर ऑफ फोटोग्राफी के लिए।

वह सीधी खलीक के पास जाकर रुकी और बोली, "न्यौता नहीं दिया, मुबारकबाद देने का हक तो दोगे ?"

खलीक ने उसे गाली दी।

वह बोली, "अच्छे बच्चे बनो, अच्छे बच्चे गाली नहीं देते।" कुछ ऐसी नजर से देखा उसने खलीक को कि उसकी सिट्टी-पिट्टी गुम हो गई। फिर उस प्तुरिया ने वधू

को आसीसा, पर्स से निकालकर सोने के मनकोंवाला मंगलसूत्र बहुत प्यार से उसे पहनाया, उसकी बगल में चाबी का गुच्छा खोंसा और कहा, "अब फ्लैट की इस चाबी की मुझे जरूरत नहीं होगी। तुम्हें कभी कोई जरूरत हो तो निस्संकोच बता देना।"

खलीक गिरियाने लगे। उन्हें अपनी अम्मी मरहूम याद आने लगीं। बीच-बीच में अम्मी के शॉट पर वह इस पतुरिया का शॉट सुपर-इम्पोज करके इसे ही अम्मी-अम्मी कहने लगे। धरती माता-समेत समस्त माताओं को याद करके वह स्वयं को माँ की गाली देने लगे कि हे नर-अधम, तू हरामी तो नहीं था किन्तु तेरा व्यवहार सर्वथा हरामीवत रहा। उन्होंने कहा कि एक म्यान में दो तलवारें नहीं रह सकतीं, इस वचन की सत्यता असन्दिग्ध है किन्तु क्या एक हृदय में, एक निलय में, दो देवियाँ अधिष्ठित नहीं हो सकतीं, इसका विचार भी किंचित अपेक्षित है।

खलीक बक रहा था। खलीक-सुन्दरी अपनी नजरें पतुरिया के जेवरों पर जमाकर मुस्कुरा रही थी। मानो कह रही हो, जो इसके हीरों का हरण न कर पाए उसे मोटर-मैकेनिक और दाई की जाई न मानना। इस होनहार बालिका की ओर देख मैं भी मुस्कुराया। उसने चौथाई आँख मारकर आश्वस्त किया—मैं सब सँभाल लूँगी।

दाई-जाई उवाच, "दीदी ! सयानियों के साये में ही अच्छी चलती है नई गिरस्ती। हमें सेवा का अवसर दें।"

दीदी ने प्रस्ताव ठुकरा दिया। उसने खलीक को खलीक की ही एक रुबाई सुनाई जिसमें कहा गया है कि यह कविकुल श्रेष्ठ अपने नरक का सन्धान, निर्माण स्वयं करेगा, कैसी भी सहायता इस सत्कार्य में उसे स्वीकार्य न होगी।

खलीक फिर गलियाने लगे। उन्होंने अपनी प्रिया से कहा कि यह जो कभी मेरी प्रिया रही थी इसे अविलम्ब मंगलसूत्र तथा कुंजियाँ लौटा दो। दाई-जाई प्रिया ने आज्ञापालन नहीं किया। तब उन्होंने सीधे दाई से सम्बन्ध स्थापित करने की घोषणा की। इस पर दाई-जाई अश्रु-प्रवाह करती भागकर भीतर घुस गई—मंगलसूत्र और कुंजियों सहित।

जोशीजी को यह सारा व्यापार खासा उबाऊ मालूम हो रहा था। सेंटिमेंट से उन्हें सख्त परहेज है। मैं जिस तरह 'सेंटिमेंटल' को 'रिडिकुलस' बनाकर दिखा रहा था उससे उन्हें और भी ज्यादा परहेज है।"

तभी पतुरिया ने 'इंटीमेंट' से महकते रूमाल में खलीक की नाक सिनकवाई, उसे थपथपाया, शान्त किया। फिर वह मेरे पास आई। बोली, "तुम आज से बेकार हो गए जासूस ?"

मैंने जाम उठाया और कहा, "तुम्हारा हुस्न बरकरार रहे, यह जासूस क्यों बेकार होने लगा ?", फिर 'चीयर्स' के साथ पैग पीकर मैंने पूछा, "कहिए आपकी क्या खिदमत कर सकता हूँ ?"

"घर तक छोड़ सकोगे ?" उसका सवाल सीधा-सा था लेकिन जोशीजी उसमें पेचीदा चुनौतियाँ सुन रहे थे।

इन चुनौतियों का शोर दबाने के लिए मैंने थेटरी ठाठ में कहा, "घर तो जरा दिखा

दो, घर तलक चलेंगे।"

खलीक सहसा मेरी ओर झपटा और बोला, "उस घर में घुस गए तो वहीं मकबरा बन जाएगा तुम्हारा !"

मैंने कहा, "तुम्हारे खुरों के निशानों के सहारे हम भी बाहर निकल आएँगे।"

खलीक बोला, "हमारे नक्शे-कदम पर चलने के लिए जिगरा चाहिए जिगरा।"

मैंने कहा, "अब क्या तो आप, क्या आपका जिगरा !"

प्रदर्शनप्रिय खलीक उवाच, "ले देख, जिगरा देख !"

किंचित निम्नस्तर पर स्थित यह जिगरा सूचना दे रहा था कि पार्टी बेहूदगीवाले पहले दौर की पराकाष्ठा पर है और दौरे-दोयम शुरू हुआ चाहता है।

यह अनुमान गलत नहीं निकला। मुख्य अतिथि की हैसियत से दूसरे दौर का शुभारम्भ खलीक ने ही किया। वह मुझ पर थूकने की नीयत से 'खोंख-खोंख' करके मुँह में बलगम भर रहा था कि 'खोंख-खोंख' ने 'अवा-क्क' का रूप ले लिया।

वमन की शरण जाते इस नशे की पीठ थपकाना मेरा दोस्ताना फर्ज था, लेकिन उच्चतर कर्त्तव्य का बोध जोशीजी को अन्यत्र बुला रहा था।

सो मैंने पतुरिया की बाँह गही। दरवाजे की ओर बढ़ा। वहाँ रुककर घूमा। बोला, "गुड नाइट एंड गुड वौमिटिंग एवरीबडी।"

बाहर बिल्डिंग के सीमेंटी कूड़ा-बाड़े में एक काली बिल्ली की आँखें चमक रही थीं। जोशीजी ने बताया कि यह क्लोज-अप इस दृश्य-प्रसंग के लिए बहुत सटीक अन्तिग शॉट है।

अब यहाँ से कट टू...।

भावनाओं का बाजार भाव

लेकिन कोई कट-वट नहीं।

वह गन्तव्यहीन गुम्मी-सुम्मी जोशीजी को साथ लिये चलती रही, चलती रही।

जोशीजी ने बताया आवाँ गार्द फिल्मों में ऐसा भी होता है। और बहुत मानीखेज हुआ करती है ऐसी लम्बी-चुप्पी कूच।

उसकी खामोशी में कुछ ऐसा था जिससे बालक मनोहर बहुत अभिभूत और आक्रान्त हुए। उसके चेहरे में कुछ ऐसा था जिससे बालक बाँच नहीं पा रहा था। ''उस पार के भी उस पार देख रही है यह !'' बालक मनोहर ने मेरे कान में कहा।

''तुम्हें घर जाना था न ?'' मैंने कहा।

''तुम कहते थे कि घर वहाँ है जहाँ से हम भटककर आए हैं'', वह बोली, ''बताओ भला कहाँ से भटककर आई हूँ मैं ?''

''दार्शनिकता जाए भाड़ में,'' मैंने कहा, ''रहती कहाँ हो ?''

''भाड़ में'', उसने कहा, ''वहाँ चल सकोगे ? नहीं, तो अपने साथ ले चलो गेस्ट हाउस। या निडर जासूस नहीं हो तुम ?''

''कमरा शामिलात का है मेरा'', मैंने कहा, ''दो बुजुर्ग साथ रहते हैं—एक गुजराती है।''

''गुजराती बुजुर्ग मुझे बहुत अच्छे लगते हैं !'', वह सिरफिरी बोली, ''मेरे पिता गुजराती बुजुर्ग ही थे।''

''बाप तो गालिबन सबके ही बुजुर्ग होते हैं—भले ही गुजराती न होते हों'', मैंने उस मूरखा को बतलाया।

''मेरे पिता पचास पार कर चुके थे जब मैं पैदा हुई'', उसने मेरी अनसुनी करते हुए कहा, ''उनकी पहली और आखिरी सन्तान। उनकी मृत्यु हुई मेरी दसवीं वर्षगाँठ के दिन। दीया-बाती का समय था। पास के मन्दिर में आरती हो रही थी। मेरे सर्राफ पिता, दुकान से मेरे लिए पाजेब लाए थे। पहनाते हुए मेरे पाँवों पर झुके और झुके ही रह गए। आँगन की तुलसी के पास।''

''स्ट्रोक ?'' मैंने बातचीत को सामान्य स्तर पर लाने की गरज से रोग-सम्बन्धी ब्यौरा माँगा हालाँकि जोशी इस प्रसंग के काव्यात्मक ही रखे जाने का आग्रह कर रहे थे और मनोहर चुपचाप सुनने को कह रहा था।

वह अपनी ही धुन में कहती गई, ''बहुत प्यार करते थे मेरे पिता मुझसे और थोड़ा

डरते भी थे। कभी सोचती हूँ कि मेरे पाँवों पर मरने से ठीक पहले के क्षण में क्या उन्होंने भी यही समझा जो लोगों ने बाद में कहा—देवी के चरणों में शीश रखकर प्राण त्यागे, सद्गति मिलेगी। मेरे वह पिता जो वैष्णव थे, शाक्त संस्कारों से अछूते।''

पूछना तो यह चाहिए था कि देवी-वेवीवाला क्या चक्कर था लेकिन भावुकता के ऊँचे वोल्टेज को ध्यान में रखते हुए जोशीजी ने रघुवीर सहाय का कॉपीराइट मार दिया। बोले, ''और क्या ऐसा है कि जब भी तुम अकेली होती हो या उदास, दुःखी मन में उतर आती है वही छवि ? जीवन-व्यापार की हर भँवर उसी से उठती, उसी में खो जाती प्रतीत होती है ?''

''लेखक हो, ज्योतिषी हो, मनोवैज्ञानिक भी !'', उसने कहा, ''और क्या-क्या हो ? कितने तरीके जानते हो माप-तोल बाँधकर किसी भी शोक का उपहार-पैकेट बनाने के ?''

कटाक्ष से आहत जोशीजी ने सूचना दी, ''जब मेरे पिता गुजरे मैं आठ साल का था।''

उस निर्मम ने कहा, ''तुम्हारी ही भाषा में कहूँ तो बाप तो गालिबन सभी के मरते हैं, भले ही चरणों में शीष धरकर नहीं।''

चुपचाप बढ़ते चले जानेवाला वह शॉट आगे बढ़ा। 'आवाँ गार्द' भी इस कदर 'आवाँ' गोया आगे नहीं जाना चाहिए जोशीजी—मैंने आपत्ति की।

''बैठें ?'' जोशीजी ने पूछा और उसके उत्तर की प्रतीक्षा किए बगैर सागर-किनारे की एक बेंच पर जा बैठे।

पास बैठते हुए उसने पूछा, ''पहेलियाँ बूझना कैसा लगता है ?''

''पहेली पर निर्भर है।'' मैंने कहा।

''मुझे बूझने से दिलचस्पी होगी ?''

''अता-पता मिलेगा ?''

''अता-पता देने की नहीं है। अच्छा इसे बूझो—वह जाते हैं, मगर पहुँचते नहीं; पहचानते हैं, मगर जानते नहीं; मनवाते हैं, मगर मानते नहीं।''

''सन्दर्भ ?'' जोशीजी ने मुझसे कहा। मैंने निवेदन किया, '' फाइल जैनेन्द्र-अज्ञेय विभाग को भेज दीजिए।''

''नहीं बूझे ? कुछ और बताती हूँ उनके बारे में। वे वीर नहीं कि आत्मा दाँव पर लगा दें। कायर नहीं कि आत्मा तिल-तिल गिरवी रखकर तिल-तिल मरें। वे दाँव पर लगाने की बात कहते हैं, लगाते नहीं। गिरवी रख आते हैं पर मौका मिलते ही लाला की आँख बचाकर उठा भी लाते हैं। अब बताओ कौन ?''

''जोशीजी'', मैंने पूछा, ''क्या हुई वह फाइल ?'' उन्होंने बताया, इस टिप्पणी के साथ लौट आई कि यह प्रतिबद्धता विभाग से सम्बद्ध मालूम होती है।

''नहीं बूझ सके ?'' उस सिरफिरी ने पूछा।

मैंने कहा, ''हे देवी। तुम्हारे मन में उठती है यह जो जिज्ञासा उसके समाधान में निवेदन है कि पूर्वाचार्यों ने उक्त लक्षण कलाकार के बताए हैं।''

सुनकर वह हँसी, जलतरंग पर जैसे सप्तक घसीट दिया गया हो। बोली, "तुम ? तुम कलाकार हो या और कुछ ? तुम खलीक हो या उससे कुछ ज्यादा ?"

"आजमाकर देखिए।" मैंने कहा।

"अच्छा बताओ। जो भी आवे है तेरे पास ही आ बैठे है, हम कहाँ तक तेरे पहलू से सरकते जाएँ ? एनो मीनिंग सूँ ?"

मैंने जोशीजी को सावधान किया मगर वह इतने साफ और सीधे शेर की व्याख्या कर ही बैठे।

"यह सब मैं जानती हूँ," उसने व्याख्या को झटक दिया, "यह बताओ 'कहाँ तक' माने कहाँ तक ? कहाँ तक सरकने पर तुला हुआ है शायर ?"

"वह गरीब तो खुद पूछ रहा है कि कहाँ तक सरकूँ ?", मैंने मखौल उड़ाया, "वाजिब दूरी तो कातिल हसीना को तय करनी है।"

"लेकिन यह बताओ कि वह सवाल कर रहा है कि धमकी दे रहा है ?"

"धमकी इसमें कहाँ से आ गई। बल्कि यह तो सवाल भी नहीं। गिड़गिड़ाहट है गरीब की कि और न धकिआओ।" मैंने कहा।

"क्या हसीना उसे धक्का दे रही थी ? क्या हसीना तमाम गैरों को बुला-बुलाकर कह रही थी कि आइए मेरे पास बैठिए और इस शायर को धक्का दीजिए ? जब ऐसा कुछ नहीं था और खुद ही सरक-सरककर दूसरों के लिए जगह खाली कर रहा था तब उसका यह सब कहना धमकी नहीं तो और क्या है ?"

"आपकी शिक्षा-दीक्षा कहाँ हुई देवीजी ?" मैंने व्यंग्य आजमाया।

"कुछ बैडरूम-बाथरूम में, बाकी पागलखाने में", उसने जवाब दिया, "हँसते क्यों हो ? पूरे चार साल पागलखाने में रही हूँ—तेरहवें से सोलहवें बरस तक। बाकायदा पागल।"

"अब बेकायदा हो ?" मैं व्यंग्य पर कायम रहा।

"बेकायदा तो सभी होते हैं", उसने कहा, "तुम नहीं हो ?"

"हो जाऊँगा, आपकी सोहबत में।"

"रहिएगा, हमारी सोहबत में ?"

"रखिएगा तो रह लेंगे।" मैंने लखनवी डायलॉगबाजी को आगे बढ़ाया।

जोशीजी के लिए 'मेरी मोहब्बत की कसम' का सेट मानो लग चुका था। मुफलिस शायर जोश मलीहाबादी, अमराई के पासवाली जनाना ड्योढ़ी में चन्द कबूतरों की निगहरानी में नव्वाबजादी हुस्नबानो से आशिकाना अन्दाज में मुखातिब है, दर्शकों को अन्देशा है कि कहीं नव्वाब गुरूरुदोल्लाह न आन पहुँचें और कहें, अबे कबूतर तुझे कनीज का ट्यूटर बहाल किया था कि सूटर ?

मगर, इस सैट पर नव्वाब क्या, उसकी जादी भी नहीं आई। सिरफिरेपन के उसी मंच पर फिर बैठकर उसने कहा, "रखने से पहले तुम्हारे भीतर झाँककर देखना होगा कि रखने लायक हो कि नहीं ? वही कर रही हूँ।"

मैंने जोशीजी से कहा, "यह स्क्रिप्ट कतई गड़बड़ है। अपने प्रेमी का किसी अन्य

से विवाह होने के उपलक्ष्य में आयोजित पार्टी से यह लौटी है। यह सही है कि आप प्रेमीवाली उस खाली जगह के तगड़े उम्मीदवार हैं लेकिन आपकी अर्जी पड़ने से पहले ही इंटरव्यू होने लगे, कुछ जमता नहीं।'' जोशीजी बोले, ''मैं सहमत हूँ कि एब्सर्ड है। व्यक्तिगत रूप से मैं भी यही उम्मीद कर रहा था कि यह व्यथा और सान्त्वना का प्रसंग होगा।'' मनोहर ने कहा, ''साधक की परीक्षा इस तरह ली जाती है। अन्तर में झाँककर।''

अगला सवाल फिर मीर के उसी शेर पर था (किसी ने पहले क्यों नहीं बताया कि वह वेरी-वेरी इम्पोर्टेंट है।) तीन हिस्सों में—(क) क्या यह जरूरी है कि यह शेर हर किसी के लिए मीर का हो ? (ख) अली यावर साहेब के यहाँ उस दिन मुशायरे के बाद लिफ्ट से जब मैं निकली तब खलीक वहाँ इन्तजार में खड़ा हुआ था और उसने मुझे यह शेर सुनाया था, इसलिए क्या इसे खलीक का शेर नहीं माना जा सकता है ? (ग) क्या इस तरह के सवाल पूछनेवाला पागल होता है ?

मैंने जोशीजी को सलाह दी 'वाक आउट' कर जाओ कि पर्चा मुश्किल है या फिर इतने ही ऊल-जलूल जवाब लिख दो—(क) बिल्कुल नहीं, सम्भव है खुद मीर के लिए मीर का नहीं, किसी मिरासिन का रहा हो। (ख) खलीक का क्या, इसे अली यावर का भी शेर माना जा सकता है। (ग) इस तरह के सवाल पूछनेवाला होर्जे लुई बोर्जेस पढ़ा हुआ पागल होता है।

जोशीजी ने कहा, ''बोर्जेस ने अपनी एक कहानी में सवाल उठाया है कि क्या किसी पूर्ववर्ती की कृति को दुबारा ज्यों-का-त्यों लिखना मौलिक सृजन नहीं ?''

वह बोली, ''वह मुझे मालूम है। क्या तुम यह कहना चाहते हो कि तुम्हारी परीक्षिका खुद बोर्जेस की नकल मार रही है ? मौलिक नहीं है ?''

जोशीजी ने कहा, ''उसकी स्त्रियोचित भावुकता, बोर्जेस को नया आयाम दे रही है।''

''पशु।'', उसने कहा, ''और सो भी ग्रेस मार्क मिलने पर। आइन्दा के लिए याद रखो स्त्रियोचित भावुकता और आयाम जैसे शब्द बोलनेवाला व्यक्ति मौलिक नहीं हो सकता। तुम चौरासीलाखवीं कार्बन-कॉपी हो उस मूल-पाठ की जिसे सँभालने लायक न समझकर फेंक दिया गया है।''

अब तो हद ही हो गई। एक ओर जोशीजी के साहित्यिक अहम् की छटपटाहट। दूसरी ओर मनोहर का रोना। साधक के अन्तर में झाँककर देखा जाता है कि वह पशु, वीर या दिव्य, किस श्रेणी का है ? मैं पशु निकला—थर्ड डिवीजन। तीसरी ओर मेरे जिगर से शराब की खट्टी-मीठी-नोंक-झोंक। और पराकाष्ठास्वरूप चौथे आयाम में एक ऐसा बिग क्लोजअप जो निश्चय ही सेंसर की कैंची को प्यारा होता है। सरकते शायर की बाबत सवाल-जवाब करते-करते हसीना का पल्लू सरककर गोद में जा गिरा था। बगैर बाँह और नीचे गलेवाले ब्लाउज से एक लापरवाह-सी लहक उठ रही थी।

''तुम पहले मर्द नहीं'', बगैर पल्लू सम्हाले उसने कहा, ''जिसे मेरा जिस्म मेरे दिमाग से ज्यादा दिलचस्प मालूम हुआ हो।''

“दिलचस्प तो खैर दिमाग भी हो सकता है तुम्हारा”, मैंने क्लोजअप से निगाह हटाए बगैर कहा, “दिलकश की बात कहो तो अलबत्ता मानी जा सकती है।”

“धन्यवाद हाथ के हाथ लेना चाहोगे कि फिर कभी ?”, उसने पूछा, “आपने वैनिटी सहलाई है, वैनिटी बैग खोल दूँ भ्रमरजी ?”

“पुष्पाजी !”, मैंने कहा, “खोल ही दो ! लेकिन कभी पंखुड़िया बन्द मत कर लेना। कैद होना अपने को माफिक नहीं आता।”

“इन मामलों में कोई पुरुष मौलिक नहीं होता”, उसने मुस्कुराकर कहा, “और यह मैंने तब जान लिया था जब यहाँ नादानी के सिवा कुछ भी न था।”

उसने मेरी हथेली पकड़कर उस बिग क्लोजअप के बाएँ हिस्से पर रख दी थी। शायराना डायलॉग, तवायफाना हरकत। और उसके बाद सरासर हिमाकत। वह कह रही थी, “ऊँ लं मदनायै नमः।”

मनोहर मन्त्र-मुग्ध हुए। जोशीजी परेशान—थोड़े बौद्धिक रूप से, काफी शारीरिक रूप से। यह 'सरल' के कायल हैं, 'तरतीब' के शैदाई हैं। गोया पहेलीनुमा पात्र या साहित्य भी हो तो उसमें कहीं एक 'सिम्पल डिजाइन' झलकता हो। यहाँ उनका बेहद बेतरतीबी से साबका पड़ रहा था। मैंने कहा, “कुछ नहीं फ्राड है, सुसरी !”

तो हथेली एक झटके से छुड़वाकर मैंने कहा, “ऊँ क्लीं फ्राडमालिन्यै नमः। कभी अपने रूप-गर्व से फुर्सत मिले देवि तो यह समझने की कोशिश करना कि सब पुरुष न एक-से होते हैं, न एक-से झाँसे में फँसते हैं।”

“यह झाँसा तो मैंने खास तौर से तुम्हारे लिए रचा है”, उसने आँखों की पुतलियाँ ऊपर को उठाकर कहा, “मेरे अनुपम पुरुष !”

“खेचरी मुद्रा !”, बालक मुझे समझा रहा था। मैंने कहा कि खेचरी की खुरचन बना देंगे अपन। और तभी उसने, गोया प्रतीक में, मुझे पकड़ लिया।

जलतरंग पर सरपट सप्तक मारकर वह बोली, “देखो तो किसका अनुपमेय पौरुष मेरी मुट्ठी में है ? ऊँ ऐं तत्पुरुषाय नमः !”

“तुम रंडी हो !”, मैंने कहा, “जन्तर-मन्तर के इन खेलों के काबिल नहीं।”

“सुना नहीं, जितनी गिरी हुई होगी, ऊपर उठाने में उतनी ही सहायक होगी।”

“बकवास बन्द करो”, मैं गरजा, “हगने-जनने के आलों के बीच बैठी सीढ़ी चढ़नेवाली साँपिन से मुझे कोई दिलचस्पी नहीं। और होगी भी तो तुम्हारी तरह मैं भी वह सब किसी किताब में से पढ़ लूँगा।”

“अगर मैं कहूँ कि बारह-तेरह साल की थी जब, तब कोंचा-कोंची के मारे स्विच दबाकर देख चुकी हूँ कि त्रिकुटी के बीच हल्की नीली मरक्यूरी लाइट कैसे जलती है, तो भी क्या यही आग्रह होगा किताब से पढ़ूँगा, तुमसे नहीं।”

मनोहर श्रद्धानत था। जोशीजी को अफसोस हो रहा था कि 'सर्पेन्ट पावर' नामक पोथी लाए भी लेकिन उसमें चक्रों के रंगीन चित्रों के परिचय के अतिरिक्त और कुछ क्यों नहीं पढ़ा ? मैं इस फिराक में था कि खेल को पूरी तरह फूहड़ बना दूँ। तो मैं शुरू हुआ।

वह बोली, "उत्तिष्ठ, जाग्रत, वीरोभव, नित्यमुक्त स्वभावानुभव !"

जोशीजी इस तान्त्रिक संवाद से उखड़े। उठ, जाग, वीर बन, नित्य मुक्त होकर स्वभाव को अनुभव कर, गोया कर-कराके अलग कर !

बौद्धिक जोशीजी निहायत लचर-सा डायलॉग बोल गए ससुरे, "तुम बायलौजी से ज्यादा कुछ जानती नहीं।"

"अच्छा तो यह आपत्ति है !", वह बोली, "तो फिर बायलौजी को काट फेंको या इस पर काबू पाओ कि आड़े न आए। वैसे क्या तुम्हें यह विकास-क्रम जँचता नहीं कि पहले झटपट बायलौजी, फिर इत्मीनान से रोमांस, साइकौलोजी और स्प्रिचुअलिज्म।"

बायलौजी पर आपत्ति जोशीजी को हुई थी और अब उन्हें भी मेरी तरह सिवा बायलौजी के कुछ सूझ ही नहीं रहा था। लेकिन काम नहीं, क्रोधवाले आयाम में।

"नहीं जँचता !", उसने जोशीजी को मुक्ति देते हुए कहा, "तो फिर वही पुराना रास्ता—दिमाग से दिल, दिल से देह, और फिर वक्त बचा तो देह से आत्मा। यही शायद ठीक भी है क्योंकि देह-लीला शुरू में रख देने पर अनुपम पुरुषों के लिए कहने-करने को कुछ बच नहीं रहता। मगर दिक्कत यह है कि सबसे अन्त में भी उसे रखें तो भी अनुपम पुरुष इसी कोशिश में रहता है कि बाहरी किलेबन्दी टूटे और वह देह पर झंडा गाड़ दे।"

"झंडा !" मैंने व्यंग्य-भरी कवि-सम्मेलनी दाद दी, "झंडा अच्छा कहा है।"

वह मुस्कुराई। बोली, "रंडी को अभिधा बोलने की चुनौती दे रहे हो ?"

चुप मुझे सबसे भली मालूम हुई। मैंने यह भी कहा कि इसे जानने-समझने की कोशिश बेकार है। कुछ करना-कराना हो तो देख लो, वरना चलो। जोशीजी की लेकिन जिद-सी है कि हर घड़ी को खोलकर देखेंगे कि कैसे चलती है ? उन्होंने मुझे बताया, "कभी-कभी आघात, विक्षिप्तावस्था को जन्म दे डालता है। यह एक मूलतः भावुक स्त्री है, गो अपेक्षाकृत अधिक पढ़ी-लिखी, जो इस समय खलीक की बेवफाई से अपना मानसिक सन्तुलन खो बैठी है। इसीलिए आँय-बाँय बक रही है। तन्त्र-मन्त्र यों बोल रही है कि इसने बागची, प्रबोधचन्द्र, 'स्टडीज इन तन्त्राज', पार्ट वन, कैलकटा 1937 हाल में पढ़ी है। अगर मनोहर इसे सिद्धा मानने का आग्रह कर रहा हो तो उससे पूछो कि क्या हेमलेट नाटक में ऑफीलिया के प्रलाप को भी वह सिद्धि का नमूना मानता है ?"

और तब मैंने देखा कि वह रो रही है। मनोहर बोला कि यह भी एक अवस्था-विशेष है आह्लाद की। माँ आनन्दमयी इसी तरह भाव-विह्वल दीखती हैं कभी-कभी भक्तों को। मैंने कहा कि हाँ, यह नौटंकी वह उनसे ही सीखकर आई है तुझ पर आजमाने के लिए। फ्रायड के शिष्य जोशीजी को इस बहस से कोई मतलब नहीं था। वह सन्तुष्ट थे कि उनका अनुमान सही निकला। यह एक दुखियारी नारी है बिचारी, उन्हें दुःख देने के लिए अवतरित कोई चुड़ैल नहीं। उन्होंने उसके ढरके हुए पल्लू को उठाया। पल्लू के कोने से उसके मौन ढरकते आँसू पोंछे। फिर उसके पल्लू को कन्धे पर ठीक-से जमाया। उसकी पीठ थपथपाई। स्वयं खड़े हुए। सहारा देकर उसे भी खड़ा

किया—आमने-सामने।

पाँच फुट ग्यारह इंच के जोशीजी आम तौर पर इस तरह के शॉट में छाये-से रह पाते हैं हीरोइन पर। किन्तु यहाँ हीरोइन का कतई बराबर का कद किंचित कष्टप्रद सिद्ध हुआ। फिर भी उन्होंने तर्जनी से उसकी चिबुक उठाई और अपनी दृष्टि में स्नेहोष्मा भरकर उसकी आँखों को सुखाने का सत्प्रयास किया। फिर बोले नटवर, "अपनी भावनाओं की कद्र करना सीखो, वे इतनी सस्ती नहीं कि भावुकता में बहा दी जाएँ।"

नितान्त कातर और क्लान्त विस्मय से उसने पूछा, "एनो मीनिंग सूँ ?" और उसकी आवाज में जोशीजी को सुनाई पड़ीं अनेकानेक कस्बा-किशोरियाँ जो भाई साहेब से जानना चाहती थीं कि प्यार किसे कहते हैं, वासना क्या चीज़ है ?

भाई साहब उवाच, "प्यार बड़ा है, इनसान ओछा। अपने प्यार के बड़प्पन को गुनो, इनसान के ओछेपन को नहीं। तुमने एक गिरे हुए को सहारा देने के लिए प्यार का हाथ बढ़ाया, उसने झटक दिया तो तुम क्यों इस धक्के से धूल चाटने लगो उसी की तरह ?"

सुनकर उसने अपनी पलकें तितली-पंख-सी फड़फड़ाईं। फिर कृतज्ञ भाव से देखा, उन भाई साहब को, जो अगले प्रेमी हो सकते थे। उनका हाथ अपने हाथ में लिया। और इन जोशी भाई साहब ने, जो बराबर मुझसे और मनोहर से कह रहे थे—देख रहे हो ना, निहायत ही बुनियादी स्तर पर हर औरत वही कस्बा-किशोरी होती है, इस हाथ को उठाया और चूम लिया। उसने निगाहें झुका लीं। शॉट पूरा हो चुका था लेकिन वह एक फालतू संवाद बोल गई, "अब चलूँ, प्यारेलाल आवारा ?"

भावुकता के अन्यतम विरोधी इंटेलेक्चुअल जोशीजी के लिए इससे बड़ी गाली कोई नहीं हो सकती थी। मुझसे बोले, "कुछ कहो इससे तीखा।"

ले मैं क्यों कहूँ, करने को कुछ हो तो बताओ !

किशोर मनोहर, मानव के प्रति मानव की क्रूरता, दिव्य प्रेम की चिर-सम्भावना, किन्तु असम्भावना का विचार कर-कर रुआँसा हो रहा था। उसके होंठ फड़फड़ा रहे थे। इन होंठों के सामने एक पोढ़ा गाल पेश हुआ इस सवाल के साथ, "बहुत नाराज हो, विदा भी न दोगे ?"

इधर से कोई प्रतिक्रिया न होने पर उसने स्वयं ही मनोहर को चूम लिया और कहा, "गुड नाइट स्वीट प्रिंस !"

"कहाँ जाओगी ?", मनोहर ने पूछा।

"रंडी के लिए रात बिताने को जगह की कोई कमी है !"

"अब कब मिलोगी, कहाँ मिलोगी ?"

"ये बातें रंडी से नहीं, दलाल से तय की जाती हैं मनोहर !", उसने कहा, "अपने उस फटीचर दलाल से कहना वह तय करा देगा। क्या नाम है उसका ?"

"बाबू।"

उसने एक राह-लगी टैक्सी को हाथ दिया और उसमें बैठते हुए पूछा, "तुम्हें घर तक छोड़ दूँ ?"

जोशीजी ने कहा, "मुझे यहीं छोड़ दो।" गोया मेरे हाल पर !

“अच्छा !”, टैक्सी स्टार्ट होने पर उसने हाथ हिलाकर कहा, “फिर मिलेंगे, जब बाबू मिलवाएगा।”

फिर जोशीजी की पार्टी, उस अकेले क्षण, अपने दूसरे दौर पर पहुँची। खट्टा-कड़ुआ कई-कई किस्तों में उन्होंने बेंच के पाँवों पर उगल दिया।

और जब वह उगल दिया गया, तब मनोहर ने आँख-नाक बाँहों से पोंछते हुए कहा, “ओ इजा !”

किस माँ को पुकार रहा था यह बालक, इस विषय में थोड़ा सम्भ्रम रहा।

और फ्रायड को नींद आ गई

मैं आज तक नहीं समझ पाया हूँ कि जोशीजी आदि हिन्दी लेखकों के लिए अपमान-बोध इतना अधिक महत्त्व क्यों रखता है ? वासना को प्यार में शुमार न समझ पाई पड़ोसी किशोरी के झापड़ से इनकी जो रचना-प्रक्रिया शुरू होती है तो ससुरी झापड़ों के सहारे ही आगे चल पाती है। मानो पिछली रात हुआ अपमान पर्याप्त न था, जोशीजी चौपाटी पहुँचे बाबू से उस पहुँची हुई चीज़ का सौदा कराने, गो उनकी जेब में हजार छोड़, दस रुपए भी न थे। बाबू मन्द-मन्द मुस्कुरा रहा था लेकिन जोशीजी उससे सीधी कोई बात कह नहीं पाए। बल्कि यों कहना चाहिए कि मैंने उन्हें हर बार टोक दिया यह कहकर कि अगर पतुरिया ने आपसे पैसों की माँग की तो क्या कपड़े उतारकर देने का इरादा है ? प्यारेलाल वह साली तो कपड़े भी हजार लेकर उतारने देती है !

मैंने जोशीजी को सलाह दी कि अगर अपमान का बदला ही लेना चाहते हैं आप तो कलम को तलवार बनाइए और शुरू हो जाइए। लिखिए एक अफसाना आँख-मिचमिचाऊ, कन्धे-उचकाऊ, मीर-मार-शायरी-सुनाऊ शायर और अपने गदराए, गदर करते-से जिस्म को एक पूरे आशिकाना जमाने की उम्मीदों का आईना समझे बैठी इस जरूरत से ज्यादा अक्लमन्द हसीना का ! एक ही वार में उस खलीक और इस खातूने-कजा का काम तमाम कीजिए। देर कहाँ लगती है, इन कामों में।

मैंने फटाफट शायर और हसीना की पहली मुलाकात का सीन लिख डाला। जोशीजी ने उसे मोड़-माड़कर फेंक दिया। उन्होंने कहा—(1) तुम उर्दू लेखकों के साथ जरूरत से ज्यादा उठे-बैठे हो ! (2) तुम मूलतः टकिया लेखक हो ! (3) तुम पत्रकारिता करो, साहित्य मुझ पर छोड़ो।

मैं चुप लगा गया। इंटेलेक्चुअलों की मैं बहुत कद्र जो करता हूँ ! अब जोशीजी शुरू हुए। एक साफ कागज पर उन्होंने लिखा—अमीर बाप की बुढ़ापे की सन्तान। पहलौठी, इकलौती का सिर चढ़ाया जाना। हठ, हर बात के लिए हठ। देवी का अवतार समझा जाना। दसवीं वर्षगाँठ। कैशोर्य से जरा पहले का दौर। पायल पहनाते हुए पिता का पाँवों पर सिर रखे मर जाना। देवी-काम्प्लेक्स। इस्कोजोफ्रेनिक आघात, जिससे अहम् का विस्तार हुआ। जिस पिता को उससे प्यार था, वह उसके चरणों में मरा। जम गया, सहम गया, इलेक्ट्रा कॉम्प्लेक्स। ईरोस एंड थैंटोस। खिलौनों के लिए जिद और साथ ही यह इच्छा भी कि खिलौना टूट जाए। प्रेमी के रूप में पिता-प्रतीक की खोज। सेक्सहीन, सेक्स। अनुष्ठानबद्ध सेक्स। पुरुष को नपुंसक बनाने की इच्छा। हर चुम्बन

पिता का चुम्बन।

नोट्स तैयार होने के बाद जोशीजी ने कहा, "मैं एक कहानी लिखनेवाला हूँ। पिता और पुत्री के चुम्बन की कहानी जिसमें नायिका के आइन्दा जीवन के तमाम और चुम्बनों का पूर्वाभास था। मैं बचपन में मिले उस चुम्बन को सारी कहानी में टेक की तरह इस्तेमाल करनेवाला हूँ। बहुत प्रगीतात्मक-सी होगी यह कहानी। गीत लेकिन एक पगली का गाया हुआ होगा।"

इसके बाद जोशीजी अतिरिक्त प्रेरणा के लिए फ्रायड के पास गए। फ्रायड अपनी दाढ़ी खुजला रहे थे और मन्द-मन्द मुस्कुरा रहे थे। मौन व्रत-सा लिये हुए थे शायद या कि अपनी रचना-प्रक्रिया में व्यस्त। जोशीजी उनके साथ वीएना की एक सुनसान-सी सड़क पर, जिसके दोनों ओर साइप्रस के पेड़ थे (मृत्यु के प्रतीक ?) चहलकदमी किया किए। बाबा फ्रायड कह कुछ नहीं रहे थे लेकिन आम तौर पर जोशीजी आदि नई पीढ़ी के लेखकों से परम सन्तुष्ट प्रतीत हो रहे थे बुढ़ऊ। सहसा उन्होंने हाथ से इशारा किया—जाओ। बल्कि उसे भागो भी समझा जा सकता। जाओ, भागो, खेलो, कूदो, अब तुम लोगों का ही जमाना है, हम तो बुढ़ा गए—ऐसा कुछ कह रहे थे बाबा फ्रायड। कम-से-कम जोशीजी के अनुसार।

जोशीजी फ्रायड से विदा लेकर कुछ देर इस सोच में पड़े रहे कि बाबा फ्रायड को ख़ुश करते-करते कहीं मैं बाबा मार्क्स को नाखुश न कर दूँ।

वहाँ गेस्ट हाउस के कमरे के झरोखे में इस्पात की नीली कुर्सी में बैठे और नीली ही मेज पर पाँव पसारे जोशीजी ने वीएना से लन्दन जाने का प्रबन्ध किया—बाबा मार्क्स से मिलने के लिए। बाबा, ब्रिटिश म्यूजियम की लाइब्रेरी में एक पोथी पढ़ते-पढ़ते सो गए थे। जोशीजी के आने से जागे। बोले, "लेखक हो ? तो काल्डवेल पढ़ो, लूकाच पढ़ो, मुझे परेशान मत करो।"

अब जोशीजी उसी चमत्कार से बाबा तालस्ताय के साथ खड़े हो गए। साँझ समय। वोल्गा तीरे। चेखव भी वहीं थे। उन्होंने बाबा तालस्ताय को बताया—जोशी एक पगली के चुम्बन पर प्रगीतात्मक कथा लिख रहा है। बाबा तालस्ताय ने पूछा—यह जोशी चुम्बन-वुम्बन से आगे बढ़ा है उस पगली के साथ कि यों ही कहानी लिखने बैठ गया है ? और ये कहानियाँ ससुरी प्रगीतात्मक कब से होने लगीं ?

'सन्दर्भ : गोर्की के तालस्ताय से अपनी भेंट के संस्मरण ?', मैंने पूछा। जोशीजी ने सिर हिलाकर हामी भरी। मैंने कहा, "बाबाओं में यह तालस्ताय मुझे भी पसन्द है। खरा सवाल किया है उसने।" जोशीजी ने कहा, "तुम यह समझने में भूल कर रहे हो कि बाबा तुम्हारी तरह भोंडा है। अपने जैसे घटिया आदमी के फूहड़पन और बाबा तालस्ताय जैसे महान व्यक्ति के खरेपन में तमीज करने लायक अक्ल तो होगी तुममें ?"

फिर जोशी ने एक और कोरा कागज लिया और उस पर हस्ताक्षर किए। सुमित्रानन्दन पन्त जैसे नहीं बन पाते। और इस बात का पूरा अन्देशा रहता है कि कहीं इस कोशिश में उपेन्द्रनाथ अश्क जैसे न बन जाएँ। उन्होंने हस्ताक्षर का एक सीधा और सुघर संस्करण आजमाया। फिर इसके नीचे लिखा—सवाल यह नहीं है कि जवाब क्या

है ? उन्होंने फिर लिखा—क्या तुम यही चाहते हो कि अपने से ही प्यार करो और अपने में उसको भी शुमार करना सीखो ? सहसा उन्हें अपने मित्र निर्मल वर्मा की याद हो आई। निर्मल की कहानियों का 'तुम'। अब उन्होंने लिखा—निर्मल वर्मा। फिर नार्मल वर्मा। अन्ततः इस कागज को मोड़-माड़ और गेंद बनाकर फेंक दिया।

एक और कोरे कागज पर उन्होंने लिखा—अपनी ही अभी-अभी भोगी पीड़ा के प्रति सहसा उसका मन औपचारिक-सा हो आया। मानो वह, वह नहीं, राह चलता कोई सदय किन्तु तटस्थ तीसरा था जो थोड़े संकोच, विस्मय और सहानुभूति से देख रहा था इस व्यक्ति को जो सागर-किनारे की इस बेंच पर अपने आन्तरिक उद्वेग का वमन करके कातर पुकारा था—ओ माँ !

उसी कागज पर नीचे मैंने लिख दिया—सन्दर्भ : एमिली डिकन्सन की वह कविता—'आफ्टर एवरी ग्रेट पेन ए फॉर्मल फीलिंग कम्स'। इस कविता के नेपथ्य में आ जाने का सन्दर्भ उस सिरफिरी का तुम्हें कार्ड पर एमिली डिकन्सन की ही एक और पंक्ति लिख भेजना—लव इज दैट लेटर थिंग दैन डेथ, मोर प्रीवियस दैन लाइफ।

जोशीजी ने लिखा—लव एंड डेथ, एरोस एंड थैंटोस, काम और काल। फिर उन्होंने कागज पर बिल्ली बनाने की कोशिश की जो उनकी अनाड़ी ड्राइंग में बिल्ली और चूहे के बीच की-सी कोई शक्ल अख्तियार कर गई।

"विप्रवर ! यह बिल्ली-चूहेश्वर प्रतीकात्मक हैं क्या ?", मैंने पूछा। जोशीजी ने कागज फेंक दिया और एलान किया, "मौसम की खराबी की वजह से कल्पना की तमाम उड़ानें रद्द की जा रही हैं।" उन्होंने अपने लिखे हुए नोट्स, मेरे लिखे हुए 'सीन' से नत्थी किए और उन्हें इस्पात की आलमारी के ऊपर एश-ट्रे से दबाकर रख दिया।

मिस्टर तिरखा ने कहा, "पूरी हुई दिहाड़ी। मैंने मँगा छोड़ी है फुल ट्रे। प्याला चा मिलता है तुझे अभी।"

जोशीजी ने जमकर लिखने का मूड बनाने के लिए फार्मूला 99 आजमाने की सोची। इसके अन्तर्गत जोशीजी एक आध्यात्मिक, एक किसी शास्त्र-विज्ञान सम्बन्धी और एक हल्की या अश्लील, तीन पुस्तकों का लगभग समान्तर पारायण करते हैं। अक्सर देखा गया है कि इस अनुष्ठान में तीसरी पुस्तक को बराबर प्राथमिकता मिलती रहती है। लेकिन दो किताबें बुजुर्गवार दबाए हुए थे, लिहाजा यह अनुष्ठान फिलहाल असम्भव मालूम हुआ।

जोशीजी कपड़े पहनने लगे। प्याला चा उन्होंने पिया। फिर बुजुर्गों से कहा, "मैं जरा टहल आऊँ फिर आगे लिखूँगा।"

मुझे आशंका हुई कि जोशीजी कहीं चौपाटी ही न चले जाएँ। लेकिन वह नेपियन-सी रोड गए अपनी दूर की रिश्ते की बहन के यहाँ। रात खाना वहीं खाने का आग्रह हुआ तो उन्होंने मान लिया। जब कमरे में लौटे, बुजुर्गवार वहाँ थे नहीं। जोशीजी ने कहानी लिखने के लिए एश-ट्रे के नीचे से अपने नोट्स उठाए। उनमें ऊपर से एक चिट नत्थी मिली जिस पर लिखा हुआ था, 'वहाँ आए, उससे मिले, लेकिन मुझसे मिलवाने का सीधा सवाल नहीं किया। मैं भला देखूँ उसे, कब मुझसे देखा जाय है—एनो

मीनिंग सूँ ?'

जोशीजी ने पिन खोलकर चिट निकाली, शेष कागजों को फिर पिन किया, फिर चिट को मुट्ठी में कुछ इस तरह दबाया मानो उन्हें उसका गला घोंटना हो।

तभी बुजुर्ग-जोड़ी ने प्रवेश किया। मिस्टर तिरखा बोले, "भतीजाजी, एक लेडी आई थी तुझे पूछती। मैंने कहा इधर ही कहीं गया है, अभी आ जाता है। बैठी रही कुछ देरी। कागज-कूगज देखती रही तेरे। फिर जाती बारी कहती थी, मैसेज लिख छोड़ा है।"

जोशीजी ने मुट्ठी को कुछ और जोर से कस लिया।

मिस्टर तलाटी बोले, "मैं उस कू बोला सायद मिस्टर जोसी अपना बेन के यहाँ गया होए। पीछे उसने पूछा, कौन बेन ? मैं बोला जो मुम्बई में सो-पचास बेन होए उसका तो एइसा पूछने का। बाई बोला, एक तो मैं जिस कू आप नहीं जानता, एइसा ही और बेन होयेगा। मैं बोला, मेरे कू तो एकीच बेन का बरोब्बर जानकारी जो नेपियन-सी रोड में रहता। बाई बोली, मैं उदर ही जाती।"

मिस्टर तलाटी की आँखें 'बरोब्बर' जोशीजी से कुछ पूछ रही थीं लेकिन वह उस सवाल को पढ़कर भी नहीं पढ़ रहे थे।

कुर्ता उतारते हुए मिस्टर तलाटी ने कहा, "कोई फिलीम लाइन का बाई एइसा जणाय मेरे कू तो।"

"क्वाइट पासिबल", मिस्टर तिरखा पतलून उतारते हुए बोले, "फिल्म लाइन में चंगी वाकफियत है मिस्टर जोशी अपने की।"

जोशी ने बन्द मुट्ठी जेब में डाल ली। बोले, "जाने कौन थी ?"

मिस्टर तिरखा इस्पात आलमारी की ओर बढ़े। उस चिट को न पाकर बोले, "स्ट्रेंज। कहीं गिर गया होना है।" उन्होंने आलमारी के इधर-उधर, नीचे-पीछे झाँका और कहा, "स्ट्रेंज। मैसेज छोड़ा था उसने। खैर लेडी ने मिलना जो हुआ तो फिर आ जानी है।"

मिस्टर तलाटी ने नेशनल ड्रेस में नेशनल आसन साधा और कहा, "बाई अपना चिट लखी तमेरा कहानी का कागजी मा पिन किया एइसा बरोब्बर देखा मैं। मीन्स जैने भी पिन उखाड़ी, वैने चिट लिया।"

जोशीजी ने इस तर्कसंगत अनुमान की दाद नहीं दी। राष्ट्रीय परिधान धारण करके वह अपनी खाट पर लेट गए और समान्तर पारायण के अन्तर्गत क्रमिक पुस्तक तीसरें बाँचने लगे एक खासा अश्लील अमेरिकी उपन्यास, 'नेकेड केम द स्ट्रेंजर'। उनकी कल्पना मगर इससे भी भयंकर अश्लील उपन्यास लिखे चली जा रही थी जिसमें शुरू से आखिर तक नायिका के निर्मम बलात्कार का वीभत्स वर्णन था। उनके दिमाग में एक पंक्ति उभरी—क्या हम सब स्वयं से बलात्कार नहीं कर रहे हैं ? इस पंक्ति के सम्बन्ध में उन्होंने बाबा फ्रायड से परामर्श करना जरूरी समझा। बाबा फ्रायड वीएना में अपने मनोचिकित्सा कक्ष की रोगियोंवाली काउच पर स्वयं सोए पड़े थे। "मशविरे के लिए इतने अधिक रोगी और लेखक आते हैं कि मैं थक जाता हूँ।", उन्होंने कहा, "जल्दी बोलो तुम्हारी समस्या क्या है ?" जोशीजी ने समस्या बताई। बाबा बोले, यह

और कुछ नहीं, ईडिपस काम्प्लेक्स का ही भयंकर रूप से विकृत और विस्तृत रूप है। जोशीजी ने कहा, बाबा, माता से प्यार और पिता से स्पर्द्धा से उपजी इस ग्रन्थि का आप अनन्त बलात्कार से कैसे सम्बन्ध जोड़ते हैं ? बाबा बोले, अब सोने भी दे नहीं तो तेरें बाबा पर भी बलात्कार का लांछन लगेगा।

यह कहकर फ्रायड ने करवट बदली और नाक बजाते हुए सो गए। जोशीजी करवटें बदलते रहे। रचना-प्रक्रिया, रचना पर हावी रही !

आद्यां प्रकृतिं स्मरामि

जोशीजी के दुश्मनों की तबीयत नासाज रहने लगी। उन्हें रोग हुआ कुछ 'अजीब-अजीब-सा' महसूस करने का। शून्य में झाँकने का, और देवदास के प्रति सहसा सहानुभूतिपूर्ण हो जाने का।

मुझे इस गदहा-पच्चीसी-पारी की ये 'सब-धुँआ-धुँआ सा है' वाली अदाएँ कतई पसन्द नहीं आ रही थीं। खासकर इसलिए कि बहैसियत पत्रकार और फिल्मी लेखक मुझे अपने लिए नए रास्तों के खुलने की सम्भावना दीख रही थी। मैं रथिजित भट्टाचार्य से बिमलदत्त के साथ मिल आया था और रथिजित ने फिर यह कहा था कि स्क्रिप्ट के लिए आइडिया लाओ। गोविन्द सरैया मुझे पाँच रुपए पेशगी दे चुके थे कि फिल्म-कहानी लिखो। मित्रवर के स्टोरी-सेशन में भी मैं बराबर बैठ रहा था। भारतीजी, चौपाटी में मेरे अनुसन्धान की कुछ कण्डम पत्रिकाओं को दूर से और बॉम्बेली रेस्तोराँ में एक टॉप पात्रा को निकट से देख चुकने के बाद जहाँ मेरा खाका खींचने के लिए पर्याप्त सामग्री पा चुके थे वहाँ उन्होंने अपनी पत्रिका के लिए मुझसे 'उतरते ज्वार की सीपियाँ' नाम से रिपोर्ताज शृंखला लिखाना भी तय कर लिया था। और तो और, मैंने एक कहानी भी लिख मारी थी जो जोशी और उनके मित्र राकेश को पसन्द नहीं आई लेकिन जिसे 'शैलो' बन्धुओं ने काफी सराहा।

मैंने जोशीजी का ईर्ष्या-भाव जगाना चाहा—इस खबर से कि खलीक-सुन्दरी ने श्रीकान्त नाम से राष्ट्र के हृदय-सम्राट बने फिल्म-हीरो के राखी बाँध दी है और श्रीकान्त, खलीक से अपनी नई फिल्म लिखवा रहा है। "तीस-एक हजार तो कम-से-कम पा जाएगा खलीक", मैंने कहा। जोशीजी बोले, "पैसा ही सब कुछ नहीं होता।" मैंने कहा, "तुम साले एक कहानी लिखो 'पैसा या प्यार ?' स्तर वही है तुम्हारी समझ का !"

मैंने लतीफ लफ्फाजी से भी जोशीजी को पटाना चाहा। अपने को इस असार संसार से दूर 'विचार-संसार' में रहनेवाला मानते हैं वह, लिहाजा कभी-कभी मुझसे असार-संसार के व्यापारों पर ऊल-जलूल टिप्पणियाँ नाक और ओठों के बीच मक्खी-मूँछ-सी मुस्कान सँजोकर सुन लेना चाहते हैं। पढ़ाकू जोशीजी के लिए गोया मैं कूढ़मगज, खिलन्दड़ लेकिन अपने ही ढंग से पुरलुत्फ सहपाठी बन जाया करता हूँ। तो मैंने उन्हें बताया कि हृदय-सम्राट श्रीकान्त बहुत ही कमजोर दिल का आदमी है। रात को वह कमरे में अकेला नहीं सो पाता। उसे बराबर यह भय भी होता है कि कोई कमरे में उसके साथ सोया हुआ (अथवा सोई हुई) कहीं सोते-सोते में उसे मार न दे। लिहाजा वह अपने परिवार

की एक बूढ़ी विश्वस्त नौकरानी को कमरे के एक कोने में फर्श पर सोने को कहता है और एक विश्वस्त बाडीगार्ड को दरवाजे पर लगे काँच पर आँखें लगाकर खड़े रहने का आदेश देता है। इसीलिए सिनेमा के पर्दे पर और उस पर्दे के सामने हर स्त्री का दिल जीतनेवाले इस हीरो के पास वास्तविक जीवन में कोई स्त्री नहीं टिकती। यों भी स्त्रियों से वह बहुत घबराता है। जोखिमभरा कोई भी कदम उनकी तरफ बढ़ाने से पहले वह बतौर बीमा उनसे राखी बँधवा लेता है। इण्डस्ट्री में जोक यह है कि अगर श्रीकान्त को बँधी राखियाँ जोड़कर पतंग उड़ाई जाए तो वह उस चाँद तक पहुँच जाएगी जिसके नीचे खड़ा हुआ वह सिनेमा के पर्दे पर अक्सर नजर आता है। मैंने जोशीजी से जानना चाहा कि खलीक-सुन्दरी से राखी बँधवाने के बाद श्रीकान्त ने जोखिम-भरा काम किया होगा कि नहीं ?

जोशीजी इस तरह की बातें सुनकर अब यही कहते—डिकेडेण्ट, लुम्पेन, शैलो, फिलिस्टीन। जोशीजी मुझे प्रगतिशील गालियाँ दे रहे थे और खुद अपनी नासाजी से निपटने के लिए मनोहर के कहे पर निहायत प्रतिक्रियावादी लटके अपना रहे थे। ज्योतिष का नहीं के बराबर-सा ज्ञान मुझे है जिसका उपयोग मैं मुख्य रूप से श्रद्धालु बालिकाओं के शुक्र पर्वत का अध्ययन करने में और मुझसे कहीं अधिक ज्योतिष जाननेवाले किसी भी व्यक्ति की कुण्डली देखते हुए उसके अपने हर अनुमान से सहमत होने में करता आया हूँ। (वह : शुक्र के बारे में क्या राय है ? मैं : शुक्र छठे पड़ा है। वह : छठा शुक्र अच्छा है वैसे। मैं : अजी बहुत अच्छा है !) अब जोशीजी इस अधकचरे ज्ञान को अपने पर आजमाने लगे। अक्सर उनकी आँखें अपनी ही हथेली बाँचने लगीं। मिस्टर तिरखा से सोलनवाला पंचांग लेकर न केवल वह वार्षिक राशि-भविष्य पूरा पढ़ गए बल्कि उन्होंने यह तय करने की कोशिश भी की कि ग्रह-संचरण उनकी कुण्डली में क्या रंग ला रहा है इस समय। मुझे अफसोस हुआ कि यह पुश्तैनी विद्या-कायदे से नहीं सीखी कि जोशीजी को गोचर का स्पष्ट फलादेश दे सकूँ कि विप्रवर फिल्म लिखने में जुट जाओ। तुम्हारा शुक्र साला बारहवें पहुँच जाएगा ! फिर विलास ही विलास और स्वीट डिकेडेंस में वह मिठास कि स्कूल के सुगनचन्द हलवाई की जलेबी भूल जाओगे प्यारे !

कामरेड जोशी अन्धविश्वासी हरगिज नहीं हैं। लेकिन कुछ ऐसा होने लगा हर रोज कि साहब धारण किए गए वस्त्र और घटना-चक्र में स्पष्ट कार्य-कारण सम्बन्ध स्थापित होने लगा। वैज्ञानिक जोशीजी कुछ इस तरह की बातें मानने को बाध्य हुए मनोहर के आग्रह पर कि हरे चैकवाली कमीज पहनने से घबराहट ज्यादा रहती है दिन-भर। मुझे आशंका होने लगी कि कहीं कामरेड को अन्ततः दिगम्बर ही न होना पड़े इस चक्कर में !

जोशीजी अब सस्ता साहित्य पढ़ने को कतई तैयार नहीं थे। 'प्ले-बॉय' लाया, पलटी तक नहीं। 'भाँग की पकौड़ी' दी, चखी तक नहीं। वह अब एक ही किताब पढ़ रहे थे—'मैजिक माउण्टेन'। इस उपन्यास से तपेदिक के बीमारों का वर्णन पढ़-पढ़कर वह अपनी बीमारी को बढ़ा रहे थे। धीरे-धीरे सभी रोगों के लक्षण उनमें प्रगट होने लगे।

मैंने कहा, "साइकोसोमेटिक हैं, आपके बहम से उपजे हैं।" उन्होंने कहा, "तुम्हारी तरह, तुम्हारी टिप्पणी भी इडियॉटिक है।"

लाख बीमारियों की एक बीमारी यह कि जोशीजी कविताएँ लिख रहे थे। उनकी काव्य-सृजन की प्रक्रिया से ही प्रगट है कि वह मूलतः छोड़ भूलतः भी कवि नहीं हैं। दुःखी मनोहर ने कच्चा माल सप्लाई किया। उन्होंने दो-चार पाश्चात्य काव्य-संग्रह पढ़े, आप्टे का अंग्रेजी-संस्कृत कोश उल्टा-पुल्टा, किसी तरह का छन्द नहीं सधा तो साँस की लय लाने की समस्या से ही जूझे और कविता तैयार। बेढब भाषा : 'अब हविष्य, केवल भविष्य, काल्पनिक इष्य शिशु-आँखों का'। बेढब तेवर : 'अन्तिम प्रहर, अन्तिम लहर गिनता वहाँ, उस आखिरी चट्टान पर, कहीं वह तो नहीं था मैं ? कब गया, कैसे गया और क्या गया था सोचकर ? सहस्र फनधर, उस लहर को देखता अफसोस कर—कहीं वह तो नहीं था मैं ?' सागरसम्पर्क में जोशीजी का नवरहस्यवाद कुछ और कविताओं में भी प्रकट हुआ, यथा, 'अनदेखे अनजान किसी बाण से बिंधा, जल-समाधि पा गया था वह ? या कि यह भी एक क्रीड़ा थी, मेरे मन-पाखी की ? अनुगूँज से पूछा मगर उत्तर नहीं पाया, निरुत्तर प्रश्न मुस्काया।'

मैंने इस तरह की कविताओं का, पहले नकियाते हुए कवि-सम्मेलनी शैली में, फिर गम्भीर खरज में भगवतीचरण वर्मा शैली में पारायण किया कि जोशीजी का कवि-भूत भागे, मगर नहीं।

इसी रहस्यवादी दौर में अन्ततः सीधे परमपिता को सम्बोधित कुछ कविताएँ लिखनी शुरू कीं जो सन्दर्भ धर्मवीर भारती हो सकती थीं लेकिन जिन्हें जोशीजी सन्दर्भ : जॉन डॉन की अन्तिम कविताएँ और सूरदास की आरम्भिक कविताएँ बता रहे थे। यथा : 'न मन्त्र है, न यन्त्र है, बस तितीक्षा है। टूटे हुए अक्षत, बस प्रतीक्षा है, प्रभु आएँ, यहाँ बैठें, कथा-भर सुन सकूँ वरदान की।'

जोशीजी के काव्य में पलीता लगाने के लिए मैंने भी कवि-प्रभु प्रश्नोत्तरी की श्रीवृद्धि की—"प्रभु ! उस वस्त्र को क्या कहते हैं, जो बहुत-बेहद छोटा है, फिर भी ढक लेता है मम पूर्णमिदं ? वत्स वह तो लँगोटा है।" जोशीजी और मनोहर दोनों इस बेहूदी तुकबन्दी से बहुत-बेहद नाराज हुए। लेकिन इसकी कृपा से जोशीजी किंचित काव्य-विमुख हो सके।

अब वह ताश की गड्डी लेकर ऐसे खेल खेलने लगे जो अकेले खेले ही नहीं जा सकते। मिसाल के लिए फल्लास। चार-पाँच जगह पत्ते बाँट देते। हर स्थान पर किसी काल्पनिक पात्र को प्रतिष्ठित कर देते। बारी-बारी से पत्ते देखकर (या ब्लाइण्ड) चाल चल देते। और अन्त में हार-जीत होती तो हमेशा अपने को हारनेवाले पत्तों का मालिक मानते। मैंने अपने से ही खेलने की इस वृत्ति की जोशीजी से फ्रायडवादी व्याख्या चाही। उन्होंने झिड़क दिया।

जोशीजी से भी अधिक चिन्ताप्रद स्थिति मुझे मनोहर की मालूम हुई। इसके नाभि-प्रदेश में, या शायद उससे भी नीचे, एक छोटा-सा पम्प फिट है ससुरा जो भैं-भैं-भैं की आवाज करके चलता है और कुछ ऐसा खींचकर लाता है जो पहले कंठ-प्रदेश को,

फिर कपाल को और अन्त में आँखों को कष्ट देता है। बचपन से इसको रुलाई-पम्प का बटन दबाते रहने की कुटेव पड़ गई है। लुगाइयोंवाली इस हरकत से मुझे चिढ़ है। आधुनिक जोशीजी भी इस पम्प का आधा-पौना झटका ही काफी समझते हैं। जीवन और साहित्य दोनों में वह दबी-सी सिसकी के कायल हैं। आँसू छिपाने के लिए मुँह फेरते-फेरते उनकी हीरोइनों की गरदनें स्थाई रूप से बल खा चुकी हैं और रुलाई-सी आने पर ओठ काटते-काटते उनके हीरो अब सिगरेट कहीं और से पीने को बाध्य हो चुके हैं ससुरे ! बहरहाल मेरे और जोशीजी के संयुक्त प्रयास से यह बालक मनोहर खतरा 440 बोल्टवाले इस बटन को दबाए रहने से बाज आता रहा था। अब साला रखने लगा अँगुली कभी-कभी।

हद तब हुई जब एक सुबह-सुबह मिल्क-बूथ पर खड़े हुए सीटी मारते नौकरों और अखबार बाँचते बाबुओं को देखकर रोने-रोने को हुआ। मैंने साले को हरियाणवी से उखाड़ना चाहा, "भाया क्यूँ रोता सै ?" नूँ बोल्या, "मैं रो रहा हूँ मेमसाहबों के शैम्पेन-सपनों पर, पहाड़ी गाँव में बैठे इन नौकरों के अपनों पर, मैं रो रहा हूँ बाबू की बीमार बबुआइन पर, आज के अखबार की एक-एक लाइन पर !" मैंने पूछा, "दूध पर तो ना रो रा तू ? कौल्टी ठीक-ठाक सै बिस्की ?" नूँ बोल्या, "जिसमें वाइटेमिन ए एहतियातन मिलाया जाता है, जिसका मक्खन आदतन निकाला जाता है, मैं रो रहा हूँ इस दूध पर, जो डबलटोन करके पिलाया जाता है।"

अंधेर यह कि जोशीजी डाक्टर के पास जाने को तैयार नहीं हो रहे थे किसी कीमत। इस बीमारी के बहाने वह हर शाम कमरे में ही पड़े रहते प्रभु प्रतीक्षा में। यह क्रम पूरे दस दिन चला। शायद और भी लम्बा खिंचता लेकिन तभी एक सुबह नहाने के बाद बदन पोंछते हुए जोशीजी को अपनी बाँह पर ताजा खरोंच नजर आई। सोचा तौलिए की रगड़ से लग गई होगी। लेकिन तभी देखते-ही-देखते सीने पर भी वैसी ही एक खरोंच उभर आई हालाँकि सीना अभी उन्होंने पोंछा नहीं था।

मनोहर फौरन 'स्टिग्मा', 'स्टिग्माटा' जैसे बाइबिली शब्द उचारने लगा। जोशीजी, जो मानसिक अवसाद के इस दौर में मनोहर के खासे निकट आ चले थे, उससे सहमत हुए। सोचने लगे किस पाप-पुण्य, कीर्ति-अपकीर्ति के अंकन हैं ये ? मैं कुछ अधिक वैज्ञानिक स्तर पर चिन्तित हुआ—कोशिकाएँ किस तनाव से अपने आप फूट रही हैं ? मैंने जोशीजी से पूछा कि क्या आपका गहन चिन्तन कह रहा है कि उस दिन खलीक के विवाह की पार्टी से बाहर निकलते समय आपने जो काली बिल्ली देखी थी वह आपके मन में संस्थिता है ससुरी और तन पर पंजे मार रही है ? मैं कान पकड़कर जोशीजी को डाक्टर देसाई के पास ले गया। डाक्टर देसाई मुझसे सहमत हुए कि जोशीजी को कुछ नहीं हुआ है।

जोशीजी ने कहा, "तो डाक्टर वही एक ट्रैंक्युलाइजर, एक एण्टी डिप्रेसेंट।"

डाक्टर देसाई मुस्कुराए, "वहम के सभी मरीज, डाक्टरी पूरी सीख जाते हैं।" उन्होंने पर्चे पर लिखा—'वेलियम आधी-आधी-एक, टाफ्रानिल आधी-आधी एक'। फिर उन्होंने पूछा, "आप शादी-शुदा हैं कि कुँवारे ?" और उत्तर की प्रतीक्षा किए बगैर एक

पर्ची और लिखकर दे दी—'वन वूमेन—टू नाइट्स ए वीक।'

मनोहर नुस्खा पढ़कर झेंपा मगर मैंने चहककर कहा, "हर बार वही औरत डाक्टर ?"

डाक्टर साहब आखिर एक फिल्मी हस्ती के बेटे थे, बोले, "ऐसी कोई बाइंडिंग नहीं, आप शौक से ब्राण्ड बदलते रह सकते हैं। लेकिन तब आपको कुछ हो तो मेरे पास न आएँ, मैं वी. डी. स्पेशलिस्ट नहीं।"

मनोहर लजाया, मैं डाक्टर के ठहाके का संवादी बना। पास के ही एक केमिस्ट से मैंने दवाएँ लीं और दोपहर की खुराक जोशीजी को वहीं खिला दी। दवाओं से मस्तिष्क के विद्युत-रसायन-पथों पर यातायात नियन्त्रित हुआ। जोशीजी अपने को बेहतर महसूस करने लगे। टहलते हुए डाकघर पहुँचे और वहाँ से एक पोस्टकार्ड खरीदकर उन्होंने अपनी वृद्धा माता के नाम महज तीन शब्द उसमें लिखे—'इजा, हाँ, मनोहर।' इससे उनका आशय यह था कि माताजी आपका आज्ञाकारी बेटा आपके तमाम पिछले अनुत्तरित पत्रों में दिए गए इस सुझाव से सहमत है कि अब उसे शादी कर ही लेनी चाहिए, जो 'दिया जगी-सी' कन्याएँ आपकी निगाह में हैं उनमें से जिसका भी रूप-दीप अधिकतम जाग्रत हो उससे फटाफट मेरी शादी ठहरा दीजिए। इस पोस्टकार्ड को बम्बे में डालते हुए जोशीजी को इस बात का कोई भास न था कि यह प्रयोगवादी पत्र, पारिवारिक परिवेश में पगलाहट का नमूना ठहर सकता है और गहन आशंकाओं को जन्म दे सकता है।

शादी का फैसला करके जोशीजी घरेलू संस्करण में पल्लवित हुए और अपनी बहन के घर पहुँचे। वहाँ उन्होंने अपना घरेलू मूड नम्बर दो प्रस्तुत किया जो पहले जितना बेतुका होते हुए भी स्वजनों को अपेक्षाकृत अधिक ग्राह्य है। पहले मूड में जोशीजी 'बोर हो गए, बोर कर दिया, बोर मत करो', कह-कहकर बोरियत फैलाते हैं। दूसरे में वह नकलें उतारते हैं, खतरनाक मजाक करते हैं, विभिन्न भाषाओं और शैलियों के गीतों की दो-दो पंक्तियाँ गाते हैं और मध्यम वर्ग के लिहाज की ऐसी-तैसी करते हुए जो जी में आया सो बक देते हैं।

जोशीजी ने रिश्तेदारों की नकल के कुछ आइटम पेश करने के बाद घोषणा की कि मेरी शादी होनेवाली है। भांजियों ने पूछा, कब ? जोशीजी ने बताया कि अगले लगन में। बहन ने बधाई दी और पूछा किससे ? जोशीजी ने बताया कि बस ब्यौरे की एक यही बात तय होना बाकी है। छुटकन्ने भांजे ने, अपने पिताजी की तरह बुजुर्गाना लहजे में कुमाऊँनी में पूछा कि मामा, जब लड़की तय ही नहीं, तब अगले लगन तेरा ब्याह कैसे होगा रे ? मैंने वैसी ही कुमाऊँनी में जवाब दिया कि भांजे जैसे ग्रहण लगने पर मँगते निकल पड़ते हैं गली-कूचों में, वैसे ही यह तेरा मोमा निकल पड़ेगा और कहेगा लगन लग गया महाराज, कन्यादान करो !

भांजे ने फैसला सुनाया कि मामा हमारा आज मूड में है। मामा से फरमाइश की गई कि टेलीफोन डायरेक्टरी को शास्त्रीय संगीत में ढालकर गाने का अपना 'चमत्कार' प्रदर्शित करें। मामा ने अपना यह पिटा हुआ मगर लोकप्रिय कार्यक्रम पूरे उत्साह से पेश

किया।

और इसी आइटम के मध्य जोशीजी को कुछ अजीब-अजीब-सा होने लगा। उन्हें महसूस हुआ कि उनकी वाणी कुछ अवरुद्ध हो रही है, कमरे की रोशनी कुछ बट रही है, वह साफ सुन नहीं पा रहे हैं। मानो सभी इन्द्रियों की शक्ति सहसा घट गई है। एक सन्नाटा-सा है चारों ओर, यद्यपि वह खुद गा रहे हैं और उनके श्रोता हँस-बोल रहे हैं। जोशीजी की हथेलियों में ठण्डा पसीना आने लगा, माथे पर भी। वह गाते-गाते रुक गए। अपनी घबराहट छिपाने के लिए वह खाँसे तो सितारे नजर आने लगे। घबराहट और बढ़ गई।

इसके बाद अनुरोध होने पर भी उन्होंने कोई आइटम पेश नहीं किया। और न वह इस बात के लिए राजी हुए कि रात का खाना खाकर जाएँ। जरूरी काम का बहाना करके वह विदा हुए।

काफी देर वह नेपियन-सी रोड पर टहलते रहे। उनकी उँगलियाँ बार-बार नब्ज की ओर जाती रहीं कि देखें पहलू में जिसका बहुत शोर सुन रहे हैं कहीं वह दगा देने की तो नहीं सोच रही है ? हर बार मैंने उन्हें टोका और याद दिलाया कि डाक्टर देसाई आपका इंजन-पिस्टन सब दुरुस्त ठहरा चुके हैं। फिर किसी तरह समझा-बुझाकर मैंने जोशीजी को आराम करने के लिए राजी किया।

जोशीजी कमरे के दरवाजे पर पहुँचे तो ठिठके रह गए। पर्दे पड़े हुए थे और उनके पार से उस पेटेण्ट पतुरिया का चाशनी स्वर आ रहा था। "वामे छिन्नशिरोधरां तदितरेपाणौ महत्कर्तुकां, ऐनो मीनिंग सूँ तलाटी भाई ?", पूछ रही थी वह।

मिस्टर तलाटी टीकाकार के रूप में, "पूरा श्लोक मा तीन पंक्तियो हंजु छे बेन—प्रत्यालीढ़ पदां दिगन्त वसनामुन्मुक्तकेशव्रजाम..."

रहस्यमयी स्वयं श्लोक पूरा करते हुए..."छिन्नात्मीय शिरः समुच्छलवसृगधारां पिवन्ती परां, बालादित्य समप्रकाश विलसन्नेत्र त्रयोद्भासिनीम्।"

मिस्टर तिरखा की दाद, "वण्डरफुल ! शी नोज इट बाई हार्ट।"

मिस्टर तलाटी की शंसा, "तमारा माटे शब्दार्थ नी शीं जरूरत छे बेन ?"

रहस्यमयी का नम्र निवेदन, "तमे तो एनो झिऊँ अर्थ बतावी शको तलाटी भाई।"

मिस्टर तिरखा की अटकल, "शी वांट्स द सिम्बोलिक मीनिंग पर्हेप्स।"

मिस्टर तलाटी की टीका, "दिस इज ए मैटर आफ हाय फिलासफी मीन्स गूढ़ वातो। देवी नथी इच्छे के साकार विग्रह रूप मा तने जोई लोको भ्रम एटले मोह मा अटकी जाए। एना खातिर ज्ञान नी खड्ग लई पोतानो सर पोते कापी नाक्यो छे। साकार रूप मा महाशक्ति पोतानो अवलम्ब पोतेज छे, एटले पोतानो रक्त पोतेज पीवे छे।"

गुजराती भाषा में गोल मिस्टर तिरखा अटकल का सहारा लेकर अतिरिक्त भाष्य करते हुए, "दैट्स इट। देवी कहती है कि लुक आई एम लाइक यू बट आई एम नाट लाइक यू। मैं ह्यूमन फार्म धारण कीता है, मगर आन मी, ह्यूमन फार्म दियाँ लिमिटेशनाँ अप्लाई नई ना कर दी हैं। बिजली को, हवा को, कोई रूप नहीं ना है, अकार नहीं ना है, फेर भी किरिया-व्यापार सारे चलदे हैं उनादे। ओस तराँ ही महाशक्ति का भी है।"

रहस्यमयी का उपसंहार, "सबसे ऊँचा अंग, सबसे महत्त्वपूर्ण अवयव मस्तिष्क काटकर भी वह रह सकती है, इसलिए देवी है।"

मिस्टर तिरखा की दाद, "वैरी नीटली सम्ड अप।"

सुन-सुनकर जोशीजी को कोफ्त हो रही थी। तो इस महामाया ने इन बुजुर्गों पर भी अपनी जादू की छड़ी घुमा दी है। और छिन्नमस्ता का प्रसंग क्यों चला हुआ है ?

मैंने जोशीजी से कहा कि चक्कर इसने जो भी चलाया हो, उसके केन्द्र में आप ही हैं प्यारेलाल; तो एक लम्बा साँस खींचिए और पर्दा उठाकर प्रविष्ट हूजिए।

"ओ देयर ही इज़।" मिस्टर तिरखा चहके, "मिस्टर जोशी, लेट अगेन ! लेडी बड़ी देर की राह देखती है तेरी।"

मनोहर घोंचूप्रसाद की तरह वहीं दरवाजे पर अटक गया। मैंने उससे कहा, "बर्खुरदार कुछ हलो-वलो कहो, नहीं तो नमस्ते-वमस्ते। इश्क ने क्या इस कदर निकम्मा कर दिया है कि शिष्टाचार के काम के भी नहीं रहे ?" यों कोंचे जाने पर मनोहर आगे बढ़ा और उसने पतुरिया को कुछ इस तरह मुख्तसर नमस्ते की, जिस तरह बच्चे, बड़ों के आग्रह करने पर किसी वी.आई.पी. को सकुचाते हुए हाथ जोड़ देते हैं।

वातावरण बोझिल हुआ जा रहा था। स्थिति उस लेडी ने ही सँभाली। वह उठी। बोली, "दवाइयाँ किसके लिए ले आए मनोहर ?"

"वाइटेमिन्स की हैं।", जोशीजी झेंपते हुए बोले।

"वेलियम और टॉफ्रानिल," उसने धीमी आवाज में कहा, "डिप्रेशन किसे हुआ, क्यों हुआ ?"

"ये तो...", जोशीजी ने कुछ सोचकर सफाई दी, "दीदी के लिए हैं।"

रहस्यमयी सुनकर अविश्वासपूर्वक मुस्कुराई लेकिन सबको सुनाकर उसने कहा, "दीदी की तबीयत अभी ठीक नहीं हुई ? उनसे मिले बहुत दिन हो गए। तुम्हें ये दवाएँ उन्हें देनी होंगी ना मनोहर, चलो मैं भी मिल आऊँ।"

मनोहर इस महामाया को चकित-चमत्कृत देख रहा था। पिछली बार भले ही तलाटी भाई इसे फिल्लम लाइन का बाई समझ गए हों, आज उन्हें निश्चय ही साक्षात आनन्दमयी मालूम हुई होगी। चौड़े लाल पाट की बंगाली साड़ी, आँखों में काजल, माथे पर बड़ी-सी बिंदिया, बाल धुले-खुले, कोई जेवर नहीं, बनाव-सिंगार नहीं, और यही सादगी उसकी सुन्दरता को कुछ और निखारती हुई, भोग्य से पूज्य बनाती हुई।

मनोहर के मन में उसी छिन्नमस्ता स्तवन के अन्तिम श्लोक की अन्तिम पंक्तियाँ उभरीं—'तामाद्यां प्रकृतिं स्मरामि मनसा सर्वार्थ संसिद्धये, यस्याः स्मेरपदारविन्दयुगले लाभम् भजन्तेऽमराः।'

मनोहर की श्रद्धा-विह्वल दृष्टि को अपनी चपल चितवन से गुदगुदाते हुए वह बोली, "चलेगा ?"

एनो मीनिंग सूँ ? सीधा अर्थ—दीदी के घर चलेगा ? खिलवाड़वाला अर्थ मेरी इस धजा से तुष्ट है ? चुनौती भरा अर्थ—वहाँ तक जा सकेगा जहाँ तक यह देवी हर परीक्षार्थी भक्त को ले जाती है ?

मनोहर को तीसरा अर्थ ग्राह्य हुआ। नमित स्वर में उसने कहा, "हाँ।" जोशीजी अपने साहित्यकार को कच्चा माल सप्लाई करनेवाले किशोर की इस मुद्रा से बहुत प्रसन्न हुए। लेकिन मैंने उन्हें लानत भेजी, और कहा कि तुम जो आद्या प्रकृति के रूप में इसका स्मरण करके इसके मुस्कुराते चरण-कमलों से सर्वार्थ सिद्धि की कामना पाल रहे हो, परले दर्जे के फ्राड हो। नास्तिक समीक्षक तुम्हें बाद में एक्सपोज करेंगे, मैं अभी किए देता हूँ। तुम पतुरिया-प्यार के इस चक्कर से बाद में साहित्य का चक्कर चलाओगे और झूठ को सच बनाकर पतुरिया को छिन्नमस्ता के समकक्ष नहीं, तो समानान्तर अवश्य रख दोगे। अपनी उस 'अमर कृति' के प्रथम पृष्ठ पर तुम तान्त्रिक अनुष्ठान का कोई ऐसा श्लोक ढूँढ़-ढाँढ़कर उद्धृत करोगे जिसे केवल हजारीप्रसादजी समझते होंगे। बल्कि सम्भव है कि तुमने वह उनसे ही पूछा होगा। यही नहीं, तुम्हारी खास हिदायत पर कलाकार उपन्यास के आवरण के लिए नेपाल की छिन्नमस्ता से प्रेरित कोई अमूर्त्त चित्र बनाएगा। और भी सुनो, तुम डस्ट जैकेट पर अपने हँसते हुए नूरानी चेहरे और सम्प्रति मार्का बायोडाटा के साथ-साथ स्वयं यह लिखकर छपवाओगे कि आधुनिक सन्दर्भ में पौराणिक साहित्य की पुनर्व्याख्या करना और आधुनिक साहित्य को पौराणिक साहित्य सरीखी मिथक-भंगिमा प्रदान करना, दोनों ही कथाकार मनोहरश्याम जोशी को समान रूप से अभीष्ट रहे हैं। थर्ड रेटर यह फर्स्ट रेट धोखाधड़ी तुम हिन्दीवालों से बाद में करोगे, फिलहाल तो खुद धोखा खाने जा रहे हो !

बायलौजी की होम्योपैथिक डोज़

मनोहर इतने सहज भाव से उसके साथ वार्डन रोड में निकल आया था मानो सचमुच उसे लेकर बहन के घर ही जाना हो। जोशीजी अपने साहित्यिक हितों का विचार करते हुए महालक्ष्मी मन्दिर को गन्तव्य बनाना चाहते थे। मैंने सलाह दी, यहीं सामने सागर-किनारे जा बैठो।

तब तक गगनचुम्बी इमारतों के लिए सागर सोखने का क्रम शुरू नहीं हुआ था और ब्रीच कैंडी का सागर-तट आद्या प्रकृति के प्रेमियों के लिए तीन-सितारा आदर्श-स्थल समझा जाता था। सर्वमान्य संहिता के अनुसार फुटपाथ पर लगी बेंचों पर प्रेमीजन हाथ में हाथ लेने, कमर में हाथ डाल देने और आती-जाती गाड़ियों की हैडलाइटों से बचते हुए चोंच-चुम्मा लेने की हद तक जा सकते थे। सागर-किनारे की दीवार कूदकर बालू पर वे हुक-बटन-जिप-खोल हस्तकौशल आजमा सकते थे। उससे भी आगे चट्टानों पर पहुँचकर जो मर्जी आए, जिसका साहस जुटे, सो करने को मुक्त थे। मैंने जोशीजी को सलाह दी थी कि बेंचों पर न बैठें, कहीं बुजुर्गवार इधर ही से गुजरे तो कष्ट होगा। चट्टानों तक भी न जाएँ क्योंकि उसमें आपके अनुपमेय पौरुष के संकटग्रस्त होने की आशंका है। आप तो दीवार कूदकर बालू पर जा बैठें।

जोशीजी मेरी मानते-न-मानते लेकिन वह रहस्यमयी स्वयं उन्हें चट्टानों तक ले गई। कई जोड़ों से बचते-बचाते उसने उनके ही बीच एक चट्टान के पीछे अपना एकान्त खोजा। हाथ पकड़कर उसने जोशीजी को पास बैठाया और मेन्यू सुनानेवाले अन्दाज में पूछा, "जर्क ऑफ, ब्लो जॉब, सिक्स्टीनाइन, पोक-पोक, वॉट वुड यू हैव सर ?" उसकी आँखों में एक धृष्ट मुस्कान चौड़े फैले चमकते काजल-सी अँजी हुई थी।

मेरी दुनियादारी जवाब देना चाहती थी, "वैल डॉण्ट यू हैव सम एक्जोटिक डिशेज ?"

लेकिन नहीं। वहाँ तो बद्धजिह्व मनोहर विराजमान था। वह पहले दवाओं के पत्तों से खेला। फिर क्षितिज की ओर देखने लगा। त्रयोदशी का चन्द्रमा क्षितिज से उभर रहा था। सागर चढ़ने लगा था। उठती-झपटती लहरों का रेला अभी दूर था। लेकिन बयार पूरी तरह लावण्यमयी और मत्स्यगन्धा हो चली थी। मनोहर ने सागर के सुदूर उच्छ्वास को सुना-गुना और फिर स्वयं एक दीर्घ निःश्वास छोड़ा। रहस्यमयी ने दवाओं के पत्ते उसके हाथ से ले लिये।

"ये दीदी के लिए नहीं, खुद तुम्हारे लिए हैं ना ?", उसने पूछा और जब मनोहर

ने हाँ-ना कुछ नहीं कहा तब वह बोली, "क्या इन्हें खाकर मुझे कोसने के लिए रासायनिक साहस जुटाना चाहते हो मनोहर ?"

मनोहर ने दृष्टि क्षितिज से हटाकर अपने पाँव के अँगूठे पर जमा दी जो किसी उल्टे पड़े आहत तिलचट्टे-सा कुलबुला रहा था।

"शॉट अच्छा है", जोशीजी ने कहा।

"क्या खाक अच्छा है।", मैंने उन्हें दुतकारा, "लुगाइयोंवाली हरकतें।"

तो मैंने उसकी आँखों में आँखें डालीं और मन्द्र सप्तक साधकर कहा, "किसी को कोसने तक के लिए रसायनों का सहारा लेना पड़े इतने लाचार तो हम अभी हुए नहीं। और फिर जिसका जिक्रे-खैर हो रहा है उसे कोसने के लिए तो हमारी खामोशी ही काफी है।"

रहस्यमयी ने दवा के पत्तों से मनोहर के नाक-ओठों पर पंखा-सा झलते हुए पूछा, "तो फिर ये दवाएँ ?"

मनोहर दवा के पत्ते उससे छीनकर समुद्र में फेंकने की सोचने लगा। 'दवा ले, दरिया में डाल' वाली इस दरियादिली को ठुकराते हुए मैंने कहा, "ये दवाएँ इसलिए कि मस्तिष्क का रासायनिक सन्तुलन बना रहे और किसी को कोसने में खामोशी तक खर्च न करूँ।"

"देखती हूँ कि शब्द तो जरूरत से ज्यादा ही खर्च करते हो", मनोहर के नथुनों को दवा के पत्ते से गुदगुदाते हुए वह बोली, "खामोशी में अलबत्ता कंजूसी है। ये दवाएँ खामोशी का डर भगाने के लिए हैं क्या ?"

मनोहर उसकी गदोलियाँ अपनी गदोलियों में लेकर सनातन किस्म की चुप्पी साध गया। जोशीजी ने कहा, "शॉट अच्छा है। नोक-झोंक के बाद की खामोशी। उठती-गिरती छातियाँ। उठती-गिरती ज्वार की लहरें। लम्बे-गहरे साँस इन दोनों के और लहरों के। पहले मन्थर और फिर क्रमशः द्रुत और द्रुततर इन शाटों का अन्तर-गुम्फन। यह चेहरा, वह चेहरा, यह सीना, वह छाती, गुँथी हुई गदोलियाँ और हाँ वे लहरें, वे लहरें।"

मैंने जोशीजी से कहा, "आप इस दृश्य-प्रसंग को नायक-नायिका के आलिंगन पर समाप्त करें, चाहे गदोलियों का बन्धन खुल जाने पर, मेरे लेखे दोनों ही स्थितियों में यह बकवास भावुकता का नमूना होगा। रोमांस की असम्भावना की बात करना भी रूमानी है। अन्त में अजनबी ही रह जाते हों, होते तो साले अपनेपन से बँधे हैं।"

"बाबू दलाल से क्या कहा तुमने ?", मनोहर के कान पर किसी कल्पित कुंडल से खेलती हुई वह चहकी।

"कुछ भी नहीं।", मनोहर ने कहा।

"कूँ नी कहा ?", लाड़ भरी लताड़ से उस कल्पित कुंडल को जोर से खींचती हुई वह बोली। और फिर खिलखिलाई। फिर उसने कहा, "तुम्हारी जेब में पैसे न रहे हों, सीने में इतनी हिम्मत भी न थी कि दलाल से दो-टूक बात कर सको ? क्या ये दवाएँ शरम का डर भगाने के लिए हैं मनोहर ?"

उत्तर मैंने दिया, "बाईजी, हम किसी से नहीं डरते, निडर मूरखाओं से भी नहीं।"

"अच्छा ठाकुर साहब", वह बोली, "तो फिर उस निडर मूरखा को अपनी बन्दूकड़ी से मारने आप आए क्यों नहीं ?"

और ठाकुर साहब शिकार-शृंगार-प्रतीक को अपने ढंग से विकसित करें, वह मनोहर को सम्बोधित कर बैठी, "सुनते हो मनोहर, पूरी शाम मैं तुम्हारी राह देखती रही। अपना वचन निबाहने के लिए मैं उस फटीचर दलाल के पास गई, और तुम उसे लेकर मेरे पास नहीं आ सके ! क्यों भला ?"

यह 'सुनते हो' और 'क्यों भला' वाला तर्जे-बयाँ बालक मनोहर को पूरी तरह सक्रिय कर गया। उसे बेहतरीन डायलॉग दिया कि "मैं उसूलन रंडियों के साथ सोता नहीं।" लेकिन उसने यों कहा, "दलाल मुझे उस औरत से मिला सकता था जिसे तुम रंडी कहती हो, और मैं, मैं तुमसे मिलना चाहता था।"

"और यह, यह कौन है ?", मनोहर की आँखों में झाँकते हुए वह बोली, "यह जो तुम्हारे सामने बैठी हुई है ?"

जब तक गंगा-कुरुक्षेत्र हैं तब तक ससुरा पीड़ा का तीर्थ बना रहे उस बालक का हृदय जिसने उत्तर दिया, "यह तुम हो अपने को झुठलाने की कोशिश करती हुई, जैसे यह मैं हूँ अपने को झुठलाने की कोशिश करता हुआ।"

जोशीजी ने दाद दी। अब ठीक है। टू-शाट पूरा टाइट करा दो। वह उसकी आँखों से आँखें मिलाए हुए है। आँखें झपक नहीं रही हैं।

डायलाग। वह कहती है, "दो झूठ।" यह कहता है, "दो झूठों का एक सच।"

म्यूज़िक बेकग्राउंड में, कुछ याचक-सा—कोई भैरवी की ठुमरी उमरी। साँवरिया-पिया एइसा कुछ। एंड फिन—दोनों का मुँह पास आता। द फार्स्ट कीस। आत्यन्तिक श्रेणी का प्रथम चुम्बन—दम साधकर लिया गया, दम घोंटते हुए दिया गया।

हालिवुडी चलताऊ से लेकर यूरोपीय सिद्धों तक सभी दिग्दर्शकों के यहाँ परम्परा यह है कि इस चमत्कारी चुम्बन के बाद नायिका, नायक के प्रशस्त वक्षस्थल में सिर छिपा लेती है और अगर इसी प्रसंग को आगे बढ़ाना हो तो आगामी शाटों में वह नायक की गोद में सिर रखकर लेटी हुई बालू या पानी पर वही ढाई-पौने तीन आखर लिखती रहती है अपनी अँगुलियों से। वह कुछ ऐसी बेवकूफी की बातें भी करती है जिन्हें सुनकर नायक और दर्शकों के मन में समान रूप से प्यार उमड़ता है।

लेकिन यहाँ, चिरंजीवी भव ऐसे उस मनोहर ने हर काम उल्टा ही किया। उसने अपना मुँह उसकी छतनार छातियों में छिपाया। वह उसकी नरम-नरम गोद में सिर रखकर लेटा। उसने अपनी अँगुलियों से बालू को सँवारा।

'विपरीत मैथुनस्त प्रद्युम्न सत्कामिनी।' छिन्नमस्ता स्तवन के इस फिकरे से मैंने मनोहर को छेड़ना चाहा लेकिन वह उखड़ा नहीं, उल्टा उत्साहित हुआ। विपरीत मैथुन में संलग्न काम और चित्त की पीठिका पर कोटि-कोटि तरुण सूर्यों की तरह जगमगाती शिवा उसकी आराध्या बन चली। और आश्चर्य कि कोटि-कोटि तरुण सूर्यों का स्मरण और त्रयोदशी के उस किंचित अपूर्ण चन्द्र का अवलोकन वह एक साथ, एक धरातल

पर कर सका उस बेला। इधर सूर्य से चन्द्र तक की मन की यह छलाँग, उधर महायोनिचक्र के मध्य चलता व्यापार। दिक्कततलब शॉट था यह। मगर साहब ये इंटेलेक्चुअल तो इसी तरह करते हैं यह कार्रवाई भी !

'मैं मरा जा रहा हूँ, टेढ़े गुलाब को यह बताने के लिए कि मेरी जवानी भी उसी शीत ज्वर से टूट-झुक गई है।' कवि डायलन टामस की यह पंक्ति मनोहर ने अब प्यारी-प्यारी बेवकूफी-भरी बातों के खाते में उसे सुना दी।

उसने उत्तर में मनोहर को झुककर चूम लिया और फिर उस पर झुकी ही रही। क्या खूबसूरत शॉट था यह। वह चेहरा। वे स्तन। और वह चन्द्र त्रयोदशी का। कितनी भयंकर रूप से प्रीतिकर थी वह मनःस्थिति कि साहब कर्कश किन्तु कान्त, सर्वानन्द के पयोनिधि, जिनसे हर कामना पूर्ण होती है ऐसे, उन दीर्घ, लम्ब, सुमनोहर, सुमेरु युगल स्तनों से आच्छादित, दीर्घायु हो जो यह मनोहर नाम्नो बालक, पयोनिधि सुमेरु के ऊपर उग आए, अपनी तनिक-सी अपूर्णता से कितने-कितने आकुल त्रयोदशी के उस किशोर-चन्द्र का दर्शन करने लगा और अभी-अभी तक वधोद्धत योद्धा-समान था जो ऐसा वह इस बालक का लोहित-नद, वैतालिक बनकर उसे लोरियाँ सुनाने लगा।

"चुप बे नैमिषारण्य के !" मैंने कहा, लेकिन जोशीजी ने झिड़क दिया क्योंकि मनोहर के मानस में कुछ शब्द उभरने लगे थे जिन्हें जोशीजी कभी सुविधा से कविता का रूप दे सकते थे—'चाँद के नाम कई हैं, मगर मैं उसे किसी और ही नाम से जानता हूँ, तुम कहो तो आज तुम्हें भी बता दूँ।'

वह मनोहर के सिर पर अब असीसती अँगुलियाँ फेरने लगी। उस कृतज्ञ कविचेता ने अपने नयन मूँद लिये।

फिर किसी ने उसका चश्मा उतार दिया। किसी की अँगुलियों के पोरों की पंख-छुअन उसे अपनी मुँदी पलकों पर मिली। जब तक मेदिनी तिष्ठित है, तब तक प्रतिष्ठित रहे, समझे साहब, वह अबोध जिसने अब अपनी कमजोर नजरवाली बड़ी-बड़ी आँखें खोलीं और पूछा, "तुम्हारा नाम क्या है ?" कुछ इस भक्ति-भाव से मानो इस नारीविशेष का ही नहीं, सकल सृष्टि का रहस्य उसी संज्ञा के नाद में निहित हो ससुरा !

बालक के बिखरे-भूरे बालों की एक लट तर्जनी में लपेटते हुए उसने कहा, "नहीं बताती। अब कैसे जानोगे भला ?"

बालक ने आँखें फिर बन्द कीं और कहा, "अपने भीतर की खामोशी में स्वयं ही सुन लूँगा।"

अब वह यों चुप्पी साधे लेटा था मानो सचमुच खामोशी में उसे वह नाम सुनाई दे रहा हो—बहुत ही सुदूर और मद्धम स्वर में। अब तक अनामा उस रहस्यमयी ने अपने ओठ उसकी बन्द पलकों पर रखे और कहा, "क्या बता रही है खामोशी ?"

बालक मनोहर खामोशी के जीभ जड़ देने की समस्या से हतप्रभ हुआ लेकिन जोशीजी ने बालक के मन में थोड़ी देर पहले उभरी पंक्ति को जीवनोपयोगी साहित्य का दर्जा देते हुए कहा, "मेरी खामोशी कह रही है, उसके नाम कई हैं पर मैं उसे किसी और ही नाम से जानता हूँ, तुम कहो तो आज तुम्हें भी बता दूँ।"

उसके गाल पर गाल धरे वह फुसफुसाई, "बताओ न !"

जोशीजी तमाम पौराणिक नाम ताबड़-तोड़ उलटने-पलटने लगे कि किसी सटीक संज्ञा से इसके अहम् को संज्ञाहीन कर दिखाएँ। मैं इस सारे तमाशे से आजिज आ चुका था, लिहाजा मैंने भावुकता के गुब्बारे में पिन चुभाने के लिए बाबू के दिए नाम से तुकबन्द बनाई, "उसका नाम है पहुँचेली, वह है...।"

भदेस तुकबन्दी मैं पूरी कर नहीं सका क्योंकि पहुँचेली शब्द सुनते ही उसका चेहरा विचित्र-सा हो आया और वह बोली, "मेरी पिताजी इसी नाम से पुकारते थे मुझे। यह नाम तुमने अपनी खामोशी से ही सुना है मनोहर।"

मैंने प्रभु से कहा कि आपकी लीला अपरम्पार, पर क्यों मेरा बंटाढार कराने पर तुले बैठे हैं कि खिलन्दड़ी भी मार्मिक सिद्ध हो रही है ?

"मेरे पिता समझते थे कि मैं देवी की दी हुई हूँ, इसलिए स्वयं देवी हूँ।" वह कह रही थी।

मैंने कसकर जमुहाई ली और 'आ-वा-वा-वा' जमुहाई को थपथपाया भी।

"इस टिप्पणी के लिए धन्यवाद," उसने कहा, "पर जानते हो मेरा सारा बचपन इसी बकवास पर पला है। सूनी कोख भरने के लिए मेरी माँ ने कितने व्रत-उपवास, टोने-टोटके नहीं किए। फिर जब वह चालीस वर्ष की थी, एक दिन सपने में उसे एक सिर कटी देवी दिखाई दी, जिसने कहा, "मुझसे माँग, मैं दूँगी।" अनपढ़ माँ ने पंडितों को बताया। उन्होंने कहा, "देवी छिन्नमस्ता रही होगी। दूर पूर्वी बंगाल में छिन्नमस्ता का पीठ बताते थे। तो मेरे माता-पिता मानता करने वहाँ गए।"

उसकी बात काटते हुए मैंने कहा, "और इसके बाद तुम गर्भ में आईं। जब तक गर्भ में रहीं, माताजी को विचित्र स्वप्न दिखते रहे। और तुम्हारे जनमते ही घर-परिवार में अजीबोगरीब बातें होती चली गईं—कुछ बहुत सुखद, कुछ उतनी ही त्रासद। कुछ सम्पन्न, सफल ज्योतिषियों ने ग्रह-दोष निवारणार्थ खर्चीले अनुष्ठान सुझाए। लेकिन कुछ पहुँचे हुए पर फक्कड़ ज्योतिषियों ने कहा कि यह ऊँचा खेल है, किसी भी अनुष्ठान-वनुष्ठान के वश का नहीं। देवी के प्रसाद का खट्ठा-मीठा-तीता क्या देखना ? श्रद्धा से ग्रहण करो ! अभिजित काल का जन्म, सारे ग्रह विपरीत, गुरु चांडाल युति और गुरु और शनि की परस्पर दृष्टि, देखना क्या है इसमें ? लीला है, माया है। बन्द करके रख दीजिए कुंडली कहीं और फिर भूले से न देखिए, न दिखवाइए, उन्होंने कहा। शेष कथा अगले अंक में।"

सुनकर पहले वह मुस्कुराई, फिर देर तक बालक की आँखों में आँखें डाले रही और बोली, "यह सब भी खामोशी बता गई ना तुम्हें ?"

इसे गहरे व्यंग्य का नमूना मानते हुए मैंने कहा, "सम्भव है ब्यौरे की कोई बात गलत रही हो लेकिन कुल मिलाकर ऐसा ही कुछ हुआ होगा। हजारों-हजार बार सुने हुए हैं ये सारे किस्से।"

"किस्से सुनते-सुनते सिद्ध हो गए।", वह फिर मुस्कुराई, "इतना तक पता चल गया कि मेरा जन्म बारह बजे का है, मेरी कुंडली में बृहस्पति और राहु साथ-साथ हैं,

शनि और बृहस्पति की परस्पर पूर्ण दृष्टि है ?"

"कल्पना की उड़ान में शायद ज्यादा उत्साह दिखा गया।", मैंने कहा।

"नहीं तो, तुमने सब सच कहा। अपनी सिद्धि को अटकल क्यों कहते हो ?" वह बोली, "अपने से क्यों झेंपते हो मनोहर ? क्या ये दवाएँ इसी झेंप को मिटाने के लिए हैं ? तुम मेरी गोद में सिर रखकर लेटे हो, कहो जो भी कहोगे, सच होगा। कहो, कहकर देखो। डरो मत।"

बालक मनोहर को कम्प हो आया। कब-कब, कहाँ-कहाँ बगैर पढ़े-लिखे ज्योतिषी के रूप में उसकी अटकल सही बैठी, भविष्यवाणी सही निकली, उसने इस सबका स्मरण किया और इस सम्भावना का मनन भी कि घूमते-फिरते जो देवी-पाठ वह करता आया है क्या वह सिद्धिप्रद है ? जब मरा-मरा कहनेवालों को राम-राम कहनेवाला मानकर सिद्ध बना दिया गया तो इस बालक को क्यों नहीं जो कैसे भी सही सप्तशती पढ़ता तो है ?

मैंने बालक को यह समझाने की एक बेबस-सी कोशिश भी की कि यह तुम्हारा खाका खींचने के लिए, तुम्हारी हर अटकल को सही करार देकर तुम्हें जबर्दस्त सिद्धि-भ्रम देने पर तुली हुई भी तो हो सकती है ?

"अपनी खामोशी को कुछ और सुनो मनोहर", वह कह रही थी, "क्या कहती है वह ?"

बालक मनोहर अपनी खामोशी को श्रद्धापूर्वक सुनने लगा। मसखरी खामोशी थी कि उसकी श्रद्धा की दुर्गत करते हुए, एक अजीब पंक्ति दुहराती गई—सपने-सपने कुल-कुल जपने। प्रयोगवादी साहित्यिक जोशीजी तक इस कच्चे माल की उपयोगिता के विषय में अधिक आश्वस्त मालूम नहीं पड़े। मनोहर ने खामोशी को कुछ और सुना। अब उस मनचली ने एक और पंक्ति प्रस्तुत की, 'खामोशी भी जब खामोशी हो गई।' जोशीजी को यह कुछ बेहतर मालूम हुई। लेकिन प्रस्तुत प्रसंग में तो यह भी किसी काम की थी नहीं।

"कुछ बताओगे नहीं ?", वह बोली।

मैंने दोनों बेढब पंक्तियों का इकट्ठा उपयोग करते हुए कहा, "शोर न करो, खामोशी अब खामोश होकर, सपने कुल-कुल जपने में जुटी हुई है।"

"थोड़ा सुनने में गलती कर रहे हो !" उसने मुस्कुराकर कहा, "कुल-अकुल जप रही होगी। अकुल कुलमयन्ती चक्रमध्ये स्फुरन्ती। जानते हो ना, कुंडलिनी !"

मैं उठा, और पतलून झाड़ते हुए बोला, "अपन तो यही जानते हैं कि अब यह खेल खत्म करो, पैसा हजम करो !"

"तुम तो ऐसे बोल रहे हो मानो सचमुच दलाल बाबू की मार्फत आए हुए हो !", उसने कहा, "बैठो, या ग्राहकोंवाले ही तेवर हों तो दस बड़े पत्ते देते जाओ।"

मैं चहलकदमी करने लगा और उस खुदा को कोसने लगा जो गंजे को पंजे नहीं देता।

वह उठी। उसने मुझे हाथ पकड़कर आग्रहपूर्वक बैठाया और हँसकर कहा, "तुम

तो पत्रकार भी हो। प्रेस के लिए फ्री शो भी होता है।"

"प्रीव्यू होता है, प्रेस के लिए।" मैंने एक काल्पनिक चूइंगगम चबाते हुए कहा।

"जुबली पर भी तो प्रेस को बुलाते हैं।", वह बोली।

"डायमंड जुबली मुबारक हो।", मैंने कहा, "और कुछ ?"

"खामोशी सपने देखती है तुम्हारी ?" उसने पूछा।

"देखती है जब-जब अन्धी हो जाती है।"

"क्या देखती है ?"

"एक बड़ी-सी काली बिल्ली।"

"क्या करती है बिल्ली ?"

"पंजे मारती है।"

"किसे ?"

"खामोशी को।"

वह न इस तुनकने पर हँसी, न इन बेतुकी बातों पर। उसने बालक मनोहर की चिबुक को अपनी मध्यमा और अनामिका का सहारा दिया, और कहा, "शायद यही उस बिचारी का लाड़ जताने का ढंग हो।" और फिर उसने बालक का निचला ओठ दाँतों से लगभग काटते हुए चुम्बन लिया और उसकी बाँहों में नाखून गड़ा दिए।

निचले होंठ पर उभर आए खून की नमकीनी के आभास पर जीभ फेरते हुए उस बालक ने पूछा, "तुम क्या देखती हो सपनों में ?"

"एक मन्दिर का खँडहर", वह बोली, "मन्दिर के बाहर मेरी माँ खड़ी होती है, लेकिन मेरी माँ का सिर, धड़ से अलग होता है। माँ मुझसे कहती है, भीतर जा बेटी, यह तेरा ही मन्दिर है। मैं भीतर जाती हूँ, और वहाँ, सुनते हो, वहाँ अपनी ही मूरत प्रतिष्ठित देखती हूँ, एनो मीनिंग सूँ ?"

बालक मनोहर उवाच, "खँडहर मन्दिर तुम्हारा पिछला जनम है। जब तुम उस सपने के खँडहर में पहुँच जाती हो, तब पुजारिन, पूजा और पूज्या तीनों तुम्हीं होती हो पहुँचेली। जिस दिन सपने के उस खँडहर का जीर्णोद्धार कर लोगी...।"

"उस दिन ?", श्रद्धाभाव से उसने पूछा।

"उस दिन", बालक मनोहर बोला, "न रात होगी, न नींद और न सपनों की यातना।"

"सपने के खँडहर का जीर्णोद्धार करने के लिए कितने ढेर सारे सपने चाहिए होंगे, यह सोचा है भला ?", उसने बालक को बाँहों में समेटते-झुलाते हुए पूछा।

बालक उसके स्तनों के मध्य अपना मुँह छिपाकर बुदबुदाया, "दुःख मुझे दे दो, सपने मुझसे ले लो।"

और तब जब कि मनोहर उसके हृदय की संयत धड़कन सुन रहा था, जबकि जोशीजी इस शॉट को 'ऑलमोस्ट सिलहूत' में लेने की और हृदय की आदिम धड़कन में सागर का सनातन नाद 'मिक्स' करने की सोच रहे थे, तब साहब इस स्त्री-रत्न ससुरी ने बालक के चेहरे को अपनी गदोलियों से चाँपा, अपने वक्ष से हटाया। स्त्री-रत्न उवाच,

"शब्दों का आदान-प्रदान सुझा रहे हो मनोहर ? अगर मैं कहूँ कि दुःख भी एक सपना है और सपना भी एक दुःख है तो ? अगर मैं कहूँ कि दुःख भी मैं हूँ, सपना भी मैं हूँ तो ? अगर मैं कहूँ, तुम्हारे ही शब्दों में, कि पुजारिन, पूज्या, पूजा तीनों मैं ही हूँ, और उससे भी आगे बढ़कर, यह भी कहूँ कि उस खँडहर के जीर्णोद्धार के लिए तुम्हारे स्वप्न पर्याप्त नहीं, तुम्हारा चैतन्य, तुम्हारी निद्रा, तुम्हारा सर्वस्व अपेक्षित है, तो तुम क्या कहोगे उसे—शब्दों का खेल ? क्या तुम यह आग्रह करोगे कि इस खेल में 'दुःख दे दो, सपने ले लो' वाली सीमाओं तक जाना साहित्य है और उससे आगे सब पागलपन ?"

मैंने जोशीजी से कहा इससे कहो, "हम यही कहेंगे कि पहुँचेली बालिके, तुम हजारीप्रसादजी के उपन्यास पढ़ेली मालूम होती हो।" पर जोशीजी बोले, "तुम बहुत सतही हो। यह झूठ बोल रही है लेकिन इसके झूठ की 'आयरोनिकल' गहराइयों तक जाना होगा।" बहुत चहीता है यह शब्द जोशीजी को 'आयरनी' उर्फ विडम्बना।

मनोहर कुछ और ही सोच रहा था, सुन रहा था, "मुझमें समाहित हो, मैं विश्वयोनि हूँ। अपने दिव्य-स्वरूप में असीसूँ, सच्चिदानन्द की ओर ले जाऊँ, ऐसी कामना कर।"

मूक असमंजस् के इस विडम्बनापूर्ण शॉट को धकियाते हुए मैंने कहा, "क्लीशे, देवीजी क्लीशे बोलती हैं आप ! पिटे हुए आध्यात्मिक फिकरों को पीटती हैं।"

"और तुम मनोहर, कौन-से मनोहर हो ? वह जो क्लीशे बोलता है ? वह जिसे क्लीशे से आपत्ति होती है ? या वह...।"

"...जिसे क्लीशे में विडम्बना दीखती है।" मैंने जोशीजी पर व्यंग्य किया।

"या तीनों ?", वह बोली, "और अगर तुम तीनों हो सकते हो, तो सब क्यों नहीं हो सकते ? और मैं तुमसे कहती हूँ कि सब होकर, कुल-अकुल दे दो मुझे।"

शब्दों के खेल में जोशीजी को निरुपाय होते देख मैंने उसे गाली दी।

वह मुस्कुराई और बोली, "या कि ऐसा है कि तुम्हारे सपने पुल्लिंग मात्र हैं, और मेरे दुःख स्त्रीलिंग मात्र ? तुम एक सनातन शारीरिक क्लीशे का सौदा सुझा रहे हो ? तो प्रार्थना करो कि यह पौरुष तुम्हारा, पिटा हुआ फिकरा न साबित हो।"

मनोहर की श्रद्धा को यह सब अच्छा नहीं लग रहा था। और जोशीजी की विडम्बना भी ससुरी संकटग्रस्त हो चली थी। इन भावुक बौद्धिक प्राणियों के चिन्तन ने मेरी सहज शारीरिक प्रक्रियाओं की लँगड़ी मार दी थी।

"कहाँ बिला गई तुम्हारी अकड़-फूँ ?", वह बेहया पूछ रही थी, "उत्थान और पतन के आदिम क्लीशे से भी नफरत हो चली है क्या ? कभी इस ओर ध्यान जाता है तुम्हारा कि इस चोटी के खोपड़े में भी मानवीय घटाटोप के नीचे नींव के पत्थर-सा रखा है रेंगनेवाले जीवों का मस्तिष्क। कुछ तो कहो मेरे सकुचाए, अपने ही में सिमटे सरीसृप !"

जोशीजी नामक यह साँप नागर था। विष कहाँ पाया, पूछने-समझने की आवश्यकता नहीं थी। सभ्य था इसलिए फ्री-स्टाइल कुश्ती में गुँथने से पहले आवश्यक निर्देश दे गया कि यह शाट चट्टानों के ऊपर से लिया जाएगा। मैं जब इस स्त्री को चाँप दूँगा और उसके दोनों हाथ अपनी बलिष्ठ बाँहों से दबाए हुए, उसकी जाँघों में अपने घुटने गड़ाए हुए, हाँफूँगा तब तुम 'साउंड-ट्रैक' पर उपयुक्त विकृति के साथ मेरा

अनकहा संवाद कहलवाना, "हाँ मैं शुद्ध राग हूँ, हाँ तुम शुद्ध भोग हो ! लाकर देखो मेरे राग को अपने भोग के वश में।" और इस संवाद को सहस्रफनधर सागर के स्वर से 'मिक्स' करवाना भूल मत जाना।

चट्टान के नीचे कंकरियोंवाली गीली बालू पर जब हीरो जोशीजी ने उस भोग्या को चारों खाने चित्त गिरा दिया, गिराकर चाँप दिया तब दोनों हाथ, दोनों पाँव फैलाए किसी सलीब पर जड़ी-सी वह हँसी-हाँफी और बोली, "दिस इज़ नॉट वॉट आई मेंट एट ऑल मिस्टर टी.एस. इलियट।"

अपने प्रिय कवि इलियट की इस पंक्ति का कोड़ा इस तरह दे मारे जाने पर बौद्धिक-साहित्यिक जानवर जोशीजी बौद्धिकता और साहित्यिकता के बोझ को फेंककर सरपट दौड़ चले।

"मैं आपको सजा दे रहा हूँ।", उन्होंने कहा, "अहंकार की सजा।"

"सजा क्या है ?", उसने अनाड़ी जोशीजी को अपने अनुभव से ग्रहण करते हुए पूछा।

"बलात्कार।", जोशी ने कहा, "अविरल, अनन्त बलात्कार।"

"बलात्कार तो अपराध है।", वह बोली।

"अपराध की सजा, अपराध ही से दी जा सकती है।", जोशीजी, स्वर-विस्तार, विलम्बित, सब भूलकर सीधे द्रुत में आ चले थे।

"प्रेम कोई अदालती मामला नहीं बच्चे।", उसने दाँत पीसकर कहा, "लड़ाई है, खूँखार लड़ाई।"

अब जोशीजी की बाँहों पर, सीने पर और गालों पर खरोंच के जो ताजा निशान उभर आए थे वे किस बिल्ली के दिए हुए थे, इस बारे में माथापच्ची की जरूरत नहीं थी।

खूँखार लड़ाई का नियम है कि उसमें कोई-न-कोई मारा जाता है। युद्ध-क्षेत्र से प्राप्त संवाद—जोशीजी खेत रहे। मरणोपरान्त कोई चक्र-वक्र दिए जाने की सिफारिश नहीं। बहादुरी से लड़ते हुए मरे—ऐसा भी कोई जिक्र नहीं।

जोशीजी का काम-ज्वर उतर गया था लेकिन समुद्र में ज्वार उफन आया था। लहरें, इस युग्म पर फेन-फूल बरसा रही थीं। कायदे से परमानन्द का क्षण होना चाहिए था। लेकिन बेकायदा पगले जोशीजी मैथुनोत्तर उदासी में डूब चले थे। झेंपते हुए वह उठे। अपने कपड़े ठीक-ठाक करके चट्टान पर जा चढ़े और बोले, "चलो।"

लेकिन वह न उठी और न उसने अपनी सिकोड़ी हुई, उघरी टाँगों-जाँघों को सीधा करने या ढकने की ही कोई कोशिश की। लहरें अब उसके बिखरे हुए बालों और गिरे हुए पल्लू को भिगोने लगी थीं।

टॉप ऐंगलवाले इस शॉट में—थोड़े दूर पड़े सैंडलों से, खुले ब्लाउज से, सिलवट पड़ी हुई साड़ी से, गले पर झूलती ब्रा से, बिखरे बालों से और पुँछी हुई बिन्दी से बलात्कार और हत्या का आभास मिल रहा था जोशीजी को। और मनोहर को याद आ रही थी आद्या शक्ति की ग्यारहवीं शताब्दी की एक मूर्ति।

जोशीजी नीचे उतरे। चिन्तित होकर उस पर झुके। उसे झकझोरा और बोले, "चलो ना।"

पहुँचेली ने आँखें नहीं खोलीं और खुमार भरी हुई आवाज में कहा, "वह अविरल, वह अनन्त बलात्कार मनोहर, जिसमें किसी भी संशय, किसी भी पुनर्विचार के लिए स्थान नहीं होता।"

"समुद्र चढ़ रहा है।", बालक मनोहर ने भयभीत स्वर में मौसम सम्बन्धी सूचना दी।

"समुद्र को भी चढ़ने दो।", उसने अब अपना एक हाथ पानी में डुबा दिया था, "खारेपन की कितनी प्यास है मुझे, इसकी कुछ खबर है तुझे ? वह तो समुद्र की गहराई में डूबकर ही पूरी होगी, इसी खारेपन से जीवन ने जन्म लिया, इसी में विसर्जित होगा।"

अब दूसरे हाथ से उसने बालक को अपने से चिपका लिया और उसके होंठों को रक्त के सनातन खारेपन का स्वाद देने लगी।

बालक, आतंकप्रद रूप से प्रीतिकर एक कल्पना में खोने लगा। वह और रहस्यमयी एक-दूसरे की बाँहों में सोए-सोए जलसमाधि पा जाएँगे। जोशीजी अनन्त बलात्कार की अपनी धमकी की लाज भर रखने के लिए एक बार फिर उससे जूझने की सम्भावना पर गौर करने लगे।

मैंने मनोहर को झिड़क दिया—रूमानियत को आत्महत्या की हद तक ना पहुँचा। मैंने जोशीजी को टोक दिया—डॉक्टरी नुस्खे पर चलें जरूर, लेकिन ओवरडोज के खतरे से सावधान रहें।

फिर मैंने उस नाटकबाज नारी को हाथ खींचकर उठाया और घसीटता हुआ चट्टान के ऊपर ले आया। उसकी सैंडलें, उसके पाँवों के पास पटककर मैंने हिकारत से कहा, "अभिनय अच्छा कर लेती हो।"

"तभी तो फिल्म डायमंड जुबली मना रही है।" उसकी आँखें अधबन्द थीं और आवाज अलसाई। ठस्का देहाती था लेकिन श्रद्धालु मनोहर को कमलालये कमलाक्षी के दिव्य कटाक्ष की याद दिला रहा था।

कि साहब, निश्चय ही जिसके प्रभाव से मनमथ को प्रथम प्रवेश मिला मधु नामक दैत्य का नाश करनेवाले मंगलमय भगवान के अन्तस में, सागर-कन्या की ऐसी मन्द, अलस, मन्थर और अर्द्धोन्मीलित वह दृष्टि यहाँ मुझ पर पड़े।

उधर कमलाक्षी उस कल्याणी ने अपने किंचित आर्द्र वे वसन उतार दिए थे। वह लज्जातीता नग्न खड़ी उन वस्त्रों को निचोड़ती, फटकारती, सुखाती रही। फिर उसने उन्हें विलम्बित लय में धारण किया। अन्त में सैंडलों में पाँव डालते हुए उसने इस बालक के कन्धे का सहारा लिया और माथे का चुम्बन। फिर चहककर पूछा, "बायलौजी की भी होम्योपैथिक डोज़ में विश्वास करते हो मनोहर ?"

मैंने वार्डन रोड की ओर तेज कदम बढ़ा दिए और कुछ आगे पहुँचकर बगैर मुड़े कहा, "वह बायलौजी नहीं, बलात्कार था।"

"बगैर बायलौजी कोई बलात्कार होता हो, तो वहीं कमरे में बैठे-बैठे कर लिया

करो", उसने मेरे पास पहुँचकर कहा, "चलो बलात्कार ही सही, उसकी भी होम्योपैथीवाली डोज ?"

"ऐलोपैथी डोज दरकार है ?", मैंने धृष्ट होकर पूछा।

"वह भी लेकर देख चुकी हूँ। कोई बात बनती नहीं।" उसने उत्तर दिया, "एक बार में ही मर जाए और मार दे--ऐसी खुराक चाहिए। दोगे ऐसी खुराक ?"

"लगता है खासा अनुभव है बलात्कार का।", मैंने व्यंग्य करके उसका प्रश्न टालना चाहा।

"होना तो चाहिए।", वह बोली, "तेरह साल की थी जब यह सिलसिला शुरू हुआ।"

मनोहर सुनकर ठिठक गया। "कौन था वह ?", उसने कुछ इस व्यग्रता से पूछा मानो उत्तर पाते ही श्वेत तुरंग पर सवार होकर उस नर अधम का वध करने चल पड़ेगा।

पहुँचेली ने जो उत्तर दिया वह इस बालक की भावुकता तो क्या, मेरी दुनियादारी की समझ से भी परे था।

"वह मेरा भगवान था।", वह कह रही थी, "जिसने तेरह साल की बच्ची से बलात्कार किया। दिव्य था वह बलात्कार, चमत्कार था वह बलात्कार जो मेरे भगवान ने किया।"

भगवान के बारे में वह इस तरह की बातें कर रही थी अब, मानो वह उसका यार रहा हो। मैं सोच में पड़ गया। यह सही है कि महानगरीय व्यस्तता, कैसे भी तमाशे को देखने नहीं रुकती। लेकिन इस नौटंकी को देखने के लिए मजमा जुट सकता था। हीरोइन टॉप क्लास थी और संवाद द्विअर्थक !

उसकी आँखें चढ़ी हुई थीं, अंग-प्रत्यंग थरथरा रहा था, वाणी पर भगवान के लिए कुछ विचित्र विशेषण सवार थे, होंठों से फिचकूर निकल रहा था। कुल मिलाकर एक और क्लीशे अफ्रीकी ओझाओं से लेकर, सिद्ध तान्त्रिकों तक, सबका पहना और मैला किया हुआ। आध्यात्मिक मिर्गी का क्लीशे। बहरहाल यहाँ सड़क पर, सरेआम, खासा कष्टप्रद।

बालक मनोहर की घिग्घी बँधी हुई थी। जोशीजी भी इतने नर्वसाय गए थे कि इस दृश्य की सिनेमाई सम्भावनाओं तक का विचार नहीं कर पा रहे थे। मैं खुद पशोपेश में पड़ गया था। फिर इस बुनियादी क्लीशे के चेहरे पर अपनी हथेली से एक भिन्न प्रकार का जोरदार क्लीशे जड़ते हुए मैंने कहा, "चुप हो पहुँचेली की बच्ची।" काँटे ने काँटे को निकाला, विष ने विष को हरा, क्लीशे ने क्लीशे का उपचार किया। उसकी चढ़ी हुई आँखें फिर जगह पर आईं। मेरे चेहरे पर स्थिर हुईं। होंठ बिचकाकर, मुँह मटकाकर उसने कहा, "बालक, मेरा बाप बनना चाहता है !"

वह हँसी। मुझे राहत महसूस हुई। खतरनाक मुखौटा वह फिर धारण करे इससे पहले ही मैंने लपककर एक टैक्सी रुकवाई।

"थैंक्यू बच्चे।", टैक्सी पर बैठते हुए उसने कहा, "अब एक काम और कर दो, कहीं से पानी या कोल्ड ड्रिंक ला दो।"

मैंने सामने पनवाड़ी से बोतल उसे लाकर दी। बोतल लेकर उसने कहा, "और वे कहाँ हैं—डर की दवाएँ ?"

हिप-पाकेट से दवाओं के पत्ते निकालकर उसे दिए। उसने दो गोलियाँ वेलियम निगलीं और फिर एक पूरी टाफ्रानिल।

मैंने 'जान बची और लाखों पाए' वाली मनःस्थिति में टैक्सी का दरवाजा झटके से बन्द किया और एक संक्षिप्त से 'अच्छा' को विदाई का पर्याय बनाकर चल दिया।

"जानते हो क्यों खाती हूँ ये गोलियाँ, किससे डरती हूँ मैं ?", विडम्बना-मास्टर जोशीजी को उसने कुछ सूचना देने के लिए रोका, "एक निडर मूरखा से।"

फिर उसने स्वयं एक सूचना चाही, "तुम तो उससे नहीं डरते ना ?"

बहुत डरते-डरते मनोहर ने कहा, "नहीं।"

"तो देखेंगे।", वह बोली, "देखेंगे।"

कुछ कला-वला हो जाती थी

मनोहर को डर था कि वह आएगी और मैं उसे मुँह नहीं दिखा पाऊँगा। मनोहर को डर था वह नहीं आएगी और मैं कभी उसका मुँह नहीं देख सकूँगा।

गेस्ट हाउस के कमरे के झरोखे में बैठा हुआ वह उस एक चेहरे को देखता रहा मन के पर्दे पर। पहले डिस्ने की आँकी हुई किसी रंगीन फिल्म के रूप में और फिर मथुरा से छपे महिषासुरमर्दिनी के किसी चित्र के रूप में। ऐसा एक चित्र है घर में, जिसके बारे में माँ कहती है—'ध्यान से देखो तो देवी के चेहरे के भाव बदलते नजर आते हैं।'

मन में उतरती-उतराती महिषासुरमर्दिनी की छवि में भाव बदलने का क्रम जहाँ समाप्त होता वहाँ क्रोध ही क्रोध दिखता अब मनोहर को।

अपराध-भावना ने उसे धर दबोचा था। कुछ अपराध तो उसने पहुँचेली के प्रति मेरे व्यवहार से ही ओढ़ लिया था। कुछ और तब ओढ़ा जब देरी होने की सफाई में मैंने बुजुर्गों से कहा, "बहन के यहाँ से महालक्ष्मी मन्दिर चला गया पाठ करने।"

इस पर मिस्टर तलाटी ने पंचांग खोलकर टिप्पणी की थी, "त्रयोदशी को कैसे गया पाठ करने, कल जाता ठीक रहता।"

मिस्टर तिरखा ने कहा था, "ले, कल फिर चले जाना है इसने, पाठ तो जितना करो उतना अच्छा।"

मिस्टर तलाटी उपसंहार में यों बोले थे, "कल आप जावे तो सम्हाल के, आज कहीं काँटा-बींटा में गिर गया दिखता है।"

मनोहर महसूस कर रहा था कि बुजुर्गों ने संस्कारी बटुक को चांडाल स्त्री से संसर्ग में पकड़ लिया है। और यही मनोहर यह भी महसूस कर रहा था कि चांडाल स्त्री रूपी उस देवी का और अनन्तर महालक्ष्मी का अपमान उसके द्वारा हुआ है।

अतएव यह मनोहर वहाँ उस झरोखे पर बैठा शापोद्धार के लिए प्रार्थना करता था अब—'ऊँ ह्रीं क्लीं श्रीं क्रां क्रीं चंडिका देव्यै शापनाशानुग्रहं कुरु कुरु स्वाहा !' कच्चे माल के सप्लायर की इस मनःस्थिति में जोशीजी के लिए 'वार एंड पीस' लिखना असम्भव-सा था लेकिन झरोखे पर मनोहरा के साथ बैठे-बैठे शुरू हुए गुरू।

इस आख्यान में विडम्बनापूर्ण तनाव इस मुद्दे से पैदा होनेवाला था कि यह एक ऐसी पहुँचेली स्त्री के बारे में था जो भटकी हुई थी, किंवा एक ऐसी भटकेली स्त्री के बारे में था जो पहुँची हुई थी। और यह एक ऐसे लेखक-डॉक्टर के बारे में था, जो न

भटका हुआ था, न पहुँचा हुआ था, जो बस 'था'। और जिसका यह मात्र 'होने' का जीवन-दर्शन, एक स्थिर सन्दर्भ-बिन्दु प्रस्तुत कर रहा था नायिका के भटकने-पहुँचने-भटकने के झंझावात-क्रम को।

जितना ही जोशीजी ने मुझे समझाया यही कहने की तबीयत हुई कि 'भटकने-पहुँचने-भटकने' वाली 'वार' तक तो ठीक है लेकिन इस 'था' वाली 'पीस' को आप 'हुआ करे' का दर्जा दें भगवन ! बहरहाल मैं इस बात के लिए निश्चय ही आभारी था कि जोशीजी पहुँचेली पर 'वार एंड पीस' ही लिखना चाह रहे हैं, 'वेस्ट लैंड' नहीं।

अपनी 'वार एंड पीस' का पहला अध्याय, जिसमें 'मैजिक माउंटेन' के सेनेटोरियम जैसे एक ऊँचे दर्जे के पागलखाने में विक्षिप्त किशोरी पहुँचेली को अपने प्रौढ़ लेखक-डाक्टर की ओर आकर्षित होता हुआ दिखाया गया था, लिखने के बाद जोशीजी ने पूछा, "क्या ख्याल है ?"

मैंने उनसे कहा, "कुछ ज्यादा ही ऊँचा ख्याल है। प्यारे भाई, इस सबसे 'युद्ध और शान्ति' का उपन्यास बनेगा कैसे ? दिक्कत यह है कि अभी तो आपने इस कुरुक्षेत्र विशेष में युद्ध के नाम पर एक चील-झपट्टा-सा मारा है कुल। आप इसे खुद ही पढ़ लीजिए और बताइए इससे बाबा तालस्ताय के जल्वे में क्या कमी आनेवाली है ? अजी इससे तो उन हेमिंग्वे की सेहत पर भी कोई असर नहीं पड़नेवाला है जो आपकी तरह बाबा से बहुत आक्रान्त रहे और जिन्होंने शायद आपकी ही तरह 'युद्ध और शान्ति' दुबारा पढ़ने की गलती कभी नहीं की। और आप मेरी मानिए, यह जो नायक आपने रखा है ना, डॉक्टर-कम-राइटर-ज्यादा, जो बाबा फ्रायड और बाबा वात्स्यायन के बीच का-सा कोई बजरबट्टू है, यह बहन का दीना कोई स्थिर-विस्थिर बिन्दु नहीं दे पाएगा उस तूफानी नायिका को, यह तो लट्टू-सा घूमेगा, लट्टू-सा !"

फिर मैंने जोशीजी से कहा, "यह भी सोचिए आपके बाबा मार्क्स इसे पढ़कर क्या कहेंगे ? जाइए बता आइए उन्हें कि बाबा मेरे देश के लोग तो गाय के गोबर में से अनाज बीनकर खा रहे थे और मैं टामस मान की लीद में से। लोग-बाग देश में भूख से मर रहे थे और मैं अशोक के पत्तों पर पड़ती धूप पर मरा जा रहा था और इस कदर कि पूरे तीन पैरे हीरोइन को उसका पैटर्न ही दिखाता रहा कि साहब जोशी की भाषा का सघन टैक्सचर बतर्ज विलियम फाकनर !

जोशीजी मुस्कुराए। गाली आम तौर से देते नहीं। लेकिन इस समय दी। बहुत प्यार से—"साले, यह ही कह दिया होता, सन्दर्भ खलीक यानी अधकचरा वामपन्थी फिलिस्टीन।"

खलीक और वामपन्थियों की चर्चा छिड़ने से मुझे याद आया कि पड़ोस में ही एक सिम्पेथाइजर भाई के टैरेस पर, कलचरवालों का जमावाड़ा इन दिनों हो रहा है—मराठी लोकनाट्य तमाशा की शैली में लिखा गया एक प्रगतिशील आपेरा 'जाग रे, जाग रे जाग' देखने के लिए, जिसमें गीत खलीक के हैं। मैंने जोशीजी से कहा, "यार, अपन भी चलें।" वह राजी हुए, खलीक से उनकी नायिका की स्मृति जो जुड़ी हुई थी।

छत के खुले मंच पर जब तक मैं पहुँचा, आपेरा खत्म होने को था। दरवाजे पर

खड़ी अति-परिष्कृत बाला ने जोशीजी को इसकी सूचना गिट-पिट अंग्रेजी में दी लेकिन उन्होंने फिर भी बतौर प्रवेश-शुल्क चन्दा दिया। बाला के आग्रह पर पार्टी साप्ताहिक 'न्यू एज' खरीदा। पुनः आग्रह पर किसी दूरदराज देश की स्थिति के सम्बन्ध में चिन्ता व्यक्त करनेवाले वक्तव्य पर अपने हस्ताक्षर टिकाए। और फिर पहली दर्शक-सीढ़ी के बगल में 'न्यू एज' बिछाकर बैठ गए। खलीक-सुन्दरी नटी बनी हुई थी इस तमाशे में। इस किंचित स्थूलकाया का बहुत विश्वास से थिरकना-विरकना इस बात का परिचय दे रहा था कि वह नाच-गाना-पाल्टी की सदस्य रह चुकी है कभी।

जब वह दर्शकों को पीठ दिए नाची, मैंने जोशीजी से कहा, 'मंगल-बुध।' इसका सन्दर्भ यह था साहब कि इंडस्ट्री के एक बुजुर्ग कैमरामैन हुआ करते थे जो हीरोइन का पीछे से शाट लेने से पहले डायरेक्टर से पूछ लेते थे 'मंगल-बुध कितना डालने का इसमें ?' गोया कैमरा नितम्बों पर कितनी देर केन्द्रित रखना है ? जोशीजी बोले, "तुम वल्गर हो, देहाती हो।" मैंने कहा, "प्यारे, यह दिहाती तमासा है, इसी नजर से देखा जाता है।" जोशीजी, जाहिर है, यह देख रहे थे कि तमाशे के पेशेवर देहाती कलाकारों को शहरी कलाकारों के साथ उतारकर निर्देशक ने, और तमाशे के परम्परागत रूपाकार में 'वर्ग-संघर्ष' की नई थीम ढालकर लेखक ने, सांस्कृतिक-टकराव-तनाव के कतिपय विडम्बनापूर्ण आयाम किस प्रकार उजागर किए हैं ! उन्हें खलीक द्वारा गीतों में बम्बइया हिन्दी प्रयुक्त किया जाना भी एक दिलचस्प प्रयोग मालूम हुआ, जिसे प्रगतिशील भी ठहराया जा सकता था। कामरेड साहित्यिक जोशीजी की मान्यता यह थी और प्राथमिकता क्रम एवं प्रकार था कि प्रयोग होने चाहिए, प्रयोग दिलचस्प होने चाहिए और यदि वे प्रगतिशील भी हों तो सो मच द बैटर !

क्रान्ति की समूह-वन्दना (मार्क्स-लेनिन हम कू बोला, कायकू रोता तू भोला ! उठ, जाग, खड़ा हो, झूम, गदर कर मार जोर से बूम, जुलुम कू देगा टक्कर आज, सम्हल तू जुल्मी महाराज, जी-जी-जी) के साथ शो खत्म हुआ। मैं 'न्यू एज' पर से उठा और मैंने नवयुग लानेवाली बिरादरी पर एक सरसरी निगाह डाली। वही लोग, टैरेस-थिएटर हो, फिल्म सोसायटी का शो हो, कला-प्रदर्शनी हो, वही लोग। और मार तमाम वही लोग नहीं, वही मुट्ठी-भर लोग, जो जमीन पर हगनेवालों के इस मुल्क में कल्चरदार क्रान्ति और क्रान्तिकारी कल्चर का नगाड़ा बजाते हुए 'अहसासे-जमाना' का परचम उठाए हुए आगे बढ़े रहे हैं, तूफाने-बदतमीजी का सामना करने के लिए। मुझे बहुत प्यारे लगते हैं बकर-दाढ़ी और सुनहरे फ्रेमोंवाले ये लोग और उनसे भी ज्यादा प्यारी लगती हैं इनकी सिगरटिया पीनेवाली सींकिया लुगाइयाँ जिन ससुरियों का सारा जोबन भेजे में खिंच के आ गया है। उच्च जीवन, उच्चतर विचार और उच्चतम विलास में अपनी तो पूरी आस्था है साहब। जोशीजी, अलबत्ता, इन लोगों से बिला वजह खफा रहते हैं। ये दृश्य-पट पर आए नहीं और इन्होंने 'सूडो-सूडो' जपना शुरू किया नहीं ! शायद इसलिए कि जोशीजी खुद 'सूडो' हैं। अजी न होते तो इनकी ही समझे ना क्यों सूँघते फिरते ? और हमारी बिरादरी को 'वल्गर' क्यों कहते ?

काठ की बनी हुई दर्शक-सीढ़ियों से उतरकर लोग-बाग अब 'मंच' गोया कि छत

पर काकटेल पार्टीवाले अन्दाज़ में टहल-हिल-मिल रहे थे गो यहाँ मुफ्तिया काकटेल नहीं, एक रुपए की काफी और सवा रुपए का काजू पैकेट मिल रहा था। बेच रही थी कोने पर खड़ी एक सिगरिटिया बाला जो पूरी तरह सींकिया नहीं हो पाई थी। इस साँवरी सलोनी से मैंने माफी माँगी और कहा अंग्रेजी में कि 'काली पसन्द करता हूँ'। उसने धन्यवाद किया। जोशीजी ने मुझे धिक्कारा।

औरतें आ-जा रही थीं, प्रभु और माइकेल ऐंजलो दोनों को भुलाकर फिलहाल 'फोक सेंसिबिलिटी' के गुण गा रही थीं। जोशीजी कुछ देर चौबे से बतियाये जिसकी बकर-दाढ़ी इन दिनों अंग्रेजी नाटक हिन्दी में खेल-खिला रही थी। कुछ देर कारन्त से उन्होंने हुसेन की कला की 'आर्टी आर्टीनेस' का परिचय पाया। कारन्त, जो इनकलाबी पोस्टरों से शुरू हुए थे, पेरिस में ताँबे के रंग की निर्वसनाएँ बना चुकने के बाद, ऋषिकेश का अमूर्त अंकन कर चुकने के बाद, अब बीजाक्षरों, त्रिकोणों और कमलों से तान्त्रिक कला साध रहे थे। जोशीजी ने फिल्म समीक्षिका डौली के पैकेट में से एक सिगरेट पी और 'फोक सेंसिबिलिटी' के तहत उसे एक कुमाऊँनी लोकगीत का अंग्रेजी अनुवाद सुनाया। डौली ने बर्गमान की 'वर्जिन स्प्रिंग' के 'फोकिश ट्रीटमेंट' का चर्चा किया। जोशीजी फिर एक मराठी लेखिका से बतियाये जिसने अपनी किसी कहानी में अपनी हीरोइन से कुछ सनसनीखेज कहलवा दिया था, जने क्या तो मेरे कितने हों तो मैं हीरो के जाने कहाँ-कहाँ क्या-क्या कर दूँ, समझे ना ! तब से ससुरे सभी इंटेलेक्चुअल उसके पीछे लग लिये थे हालाँकि देखने-सुनने में वह बस ठीक ही थी !

मुझे तभी खलीक आता दिखाई दिया और सर्वथा नवीन धजा से। थ्री पीस सूट, बकर-दाढ़ी, सुनहरा फ्रेम और पाइप ! सूट किसी अच्छे टेलर का सिला हुआ था, फिर भी लगता था कि फिट नहीं आया है, खलीक के जिस्म पर आ भी गया हो, जेहनियत और शख्सियत पर हरगिज नहीं। तो मैंने 'जने क्या तो कहाँ कर दूँ' से विदा ली और खलीक से जाकर कहा, "किब्ला नख्खास में यह सब भी पा गए आप ?"

"वड़चो तुम यहाँ क्या कर रहो, होल-टाइमर होलू ?", कहकर उसने मेरी बात काटी।

"और तुम वड़चो यह वड़चो-वड़चो क्या लगाए हुए हो !", मैंने पूछा, "और वड़चो यह नख्खास से लिया हुआ थ्री पीस किस खुशी में ?"

खलीक ने कहा, "हम रईस हो गए हैं बर्खुरदार और अब सोलहो आने अपने रईस चाचा बना चाहते हैं। पड़ोस में रहते थे बुजुर्गवार, पेशे से वकील, 'लीडर' अखबार को खत भेजनेवाले प्लीडर, नाम रईस खाँ और खुदा के फजल से हम कंगलों की बस्ती में हैसियत भी रईसाना रखनेवाले। वह थ्री-पीस पहनते थे, और दफ्तर में कोट उतारकर वास्केट में ही घूमा करते थे। दिलोदिमाग में बसी हुई है उनके वास्केट के साटन की चमक। ड्रेसिंग गाउन पहने नजर आते थे, लॉन में, माली और ड्राइवर से वड़चो कहते हुए, पाइप पीते हुए।"

"तो वड़चो आपको क्या सूझी कि वड़चो हो गए ?", मैंने पूछा।

"कान देकर सुनिएगा, बड़े राज की है यह बात, रूसो के कन्फेशंस के टक्कर की।

वह जो आप एक अदद इनकलाबी खलीक को जानते थे ना, उस भूतनी के दिल में कहीं रईस चाचा बन जाने की इनकलाबी ख्वाहिश छिपी हुई थी। हर मिडिल क्लास रेवोल्यूशनरी के दिल में कोई-न-कोई रईस चाचा बैठा है वड़चो।"

"आप तो इस तरह टेसुए बहा रहे हैं वड़चो जैसे इनकलाब मरहूम आपके बाप हुआ करते थे।", मैंने कहा।

खलीक गुत्थम-गुत्था करने लगा।

तभी मिसेज पोपट भाई, जिनका मैका ऊ.पी. में था, माथे पर टिकुला लगाए और अंग्रेजी-भोजपुरी दोनों समान अधिकार से उचारनेवाले होंठों पर पान की लाली जमाए, बीच-बचाव के लिए आईं। उन्होंने कहा, "ए भाई लोगन, का कउवा-रोर मचउले हउव !"

खलीक बोला, "कउवा-रोर नाहीं हौ काकी, ई नौटंकी कऽ तैयारी हौ।"

काकी बोली, "नौटाँक झाड़े पर नौटंकिए करबऽ बबुआ। का जमाना हौ, भांडन-लौंडन कऽ राज हो गइल हौ।"

खलीक ने छेड़ा, "भौजी, तोहरो जमाना रहल होई !"

काकी मुस्कुराई, "मुँह-झौंसा ! जा अपन महतारी से ई सब कहऽ।" और फिर अपने बम्बइया अवतार में बोलीं, "सीरियसली ह्वाई डोंट यू अटेम्पट इट किड्स। मॉडर्न नौटंकी स्टेज करने में सच बहुत लुत्फ आएगा मुझे।"

खलीक ने नौटंकी लिखने का वादा किया और फिर अपनी पत्नी की तलाश में आगे बढ़ा। वह एक फिल्मी म्यूजिक डायरेक्टर के मक्खन लगाने में व्यस्त थी। जब उसने पूरी टिक्की खत्म कर दी तब हम लोगों की सुध ली। खलीक से उसने जानना चाहा कि दोपहर बाद कितना काम किया ? खलीक ने सूचना दी एक सीन का रफ-ड्राफ्ट बना लिया है। वह सन्तुष्ट नहीं मालूम हुई इस प्रगति से, और उसने आशंका व्यक्त की कि रफ-ड्राफ्ट कहीं किसी गजल का न हो ! उसने जानना चाहा कि आखिर कैसे होते हैं वे लोग जो बीस रुपए भी न दिलवानेवाली गजल को पचास हजार की फिल्म-स्क्रिप्ट से ज्यादा जरूरी समझते हैं ? कायदे से इस चोट पर खलीक को मरने-मारने पर उतारू हो जाना चाहिए था लेकिन इस नए खलीक अवतार ने बातचीत का रुख मोड़ने के लिए मेरा परिचय दिया। मैंने पायलागन की और बम्बई में दुर्लभ इस अभिवादन से भाभीजी को कुछ याद आया, "अरे आप तो वही हैं जो हमारी शादी के दिन आए थे, पीकर बहुत बहक गए थे। बाद में तारा दीदी से कह रहे थे चलो आत्महत्या कर लें।"

"कौन दीदी ?", मैंने पूछा, "कैसी आत्महत्या ?"

भाभीजी बोलीं, "तारा झावेरी, आपके भाई साहेब की गर्ल-फ्रेंड ! आप उनके साथ पार्टी से समुद्र के किनारे गए। फिर वह कहती थी आप बोले हम दोनों आगे बढ़ते ही जाएँ, बढ़ते ही जाएँ, जब तक खामोश गहराइयाँ लपककर बहुत लाड़ से हमें अपनी गोद में न खींच लें।"

"मैंने ऐसी कोई बात नहीं कही।", मैंने विरोध किया।

"मुमकिन है, इस तरह न कही हो।", खलीक सहमत हुआ, "सख्त चुतियापे की बातें खूबसूरती से कहने के लिए भी टेलेंट चाहिए। बहरहाल आतम-हतया का सवाल आपने उठाया जरूर होगा। आप-जैसे जनखे के आगे एक अदद जालिम हसीना रख दी जाए तो सिवा खुदकुशी के उसे सूझ ही क्या सकता है ?"

जोशीजी ने लेखकीय तेवर अपनाया, "खलीक, यह उसका झूठ है, मुझे दिलचस्पी है उसकी सचाई से। वह है कौन ?"

"सचाई से दिलचस्पी थी तो साया उठाकर देख ली होती बिरादर।", खलीक हँसा और अपनी सुन्दरी के साथ टैरेस से विदा हुआ।

जोशीजी लपके और साथ सीढ़ियाँ उतरते हुए उन्होंने कहा, "खलीक, सीरियसली, वह है कौन ?"

खलीक ने जोशीजी को ऊपर से नीचे तक देखा, "खैरियत तो है ? आप तो ऐसे पूछ रहे हैं मानो जिक्र किसी चुड़ैल का हो। वह तारा झावेरी नाम की एक अमीरजादी है जो किसी और नाम से कभी कहानियाँ भी लिखा करती थी।"

जोशीजी ने कहा, "खलीक, वह लेखिका नहीं, रंडी है, तान्त्रिक होने का नाटक करती है।"

खलीक को हँसता देख जोशीजी बोले, "खलीक, उसने खुद मुझे बताया है सब। अच्छा बताओ वह तुमसे पहली बार एक मुशायरे में मिली थी ना ? और तुमने लिफ्ट के बाहर मीर का वह शेर अपना बनाकर सुनाया था ना उसे—जो भी आए है तेरे पास ही आ बैठे है।"

खलीक हँसता रहा। उसकी सुन्दरी भी हँसने लगी। फिर खलीक ने कहा, "तुम्हारा दिमाग चल गया है बरखुरदार, अगर मेरे पास भी तुम्हारी तरह इश्क लड़ाने के लिए शेरो-शायरी के सिवा कोई हथियार न होता तो मैं अपना ही कोई शेर क्यों नहीं सुना देता ? मैं किसी मीर से कम हूँ वड़्चो ?"

"और तुमने उससे कहा कि वह अफसाना जिसे अंजाम तक लाना न हो मुमकिन वाला मिसरा तुम्हारा है, तुमने साहिर को एक अद्धे के लिए बेच दिया था।"

"वड़्चो मैं सुने ले रहा हूँ तो जो जी में आए सो कहे जा रहे हैं आप !"

"खलीक, मैं सच कहता हूँ, उसने मुझसे यह कहा।"

"तुम्हारा जैसा होल-टाइमर होलू सुनने बैठा होगा, तो उसे ऐसे घटिया अफसाने ही सूझे होंगे।"

"जी हाँ, उसी तरह जैसे रोमांटिक खलीक को सुनाने के लिए उसे जोशीजी की आत्महत्या के अफसाने सूझे। खलीक, मैं जानना चाहता हूँ, हकीकत क्या है ?"

हम नीचे उतर चुके थे। खलीक ने टैक्सी खड़ी करवा रखी थी। उसने पहले सुन्दरी को बैठाया, फिर खुद बैठा; दरवाजा बन्द करके खिड़की से झाँका और दाढ़ी खुजाकर बोला, "एक डायलाग सुन बेटा, कभी काम आएगा। हकीकत वह अफसाना है जो रास न आए तुम्हें। आदाब-अर्ज है।"

"लफ्फाज !" जोशीजी ने जाती हुई टैक्सी की लाल बत्तियों को कोसा, "सूडो !"

गेस्ट हाउस लौटते हुए जोशीजी रास्तेभर सूडो बिरादरी को बुरा-भला कहते रहे। "इ-मेजिन", उन्होंने मुझसे कहा, "शुद्ध देहाती थेटर तक ये साले अल्काजी की भी टैरेस पर खेलते-देखते हैं इम्पोर्टेड सेंट की महक से घिरे हुए !" इस पर मैंने उनसे पूछा, "क्या आप वड़चो ठेठ लोकल सेंट से घिरे हुए इसे देखना चाहते थे ?"

"इ-मेजिन", उन्होंने मुझसे कहा, "ये साले पैसेवाले लोग, गिट-पिट अंग्रेजी बोलनेवाले लोग, ये इस गरीब अनपढ़ देश में क्रान्ति करने का दम भरते हैं।" इस पर मैंने उनसे पूछा, "आपकी रेवोल्यूशनरी ज़ील विश्वविद्यालय की दीवारों पर रायलसीमा और रेल हड़ताल के पोस्टर चिपकानेवाली जुझारू मंडली के लिए लेई बनाते हुए भी हलक-सुखाऊ घबराहट महसूस करने से आगे कभी गई हो तो हमें बताएँ।"

"इ-मेजिन", उन्होंने मुझसे कहा, और फिर थोड़ा रुककर बोले, "खैर तुमसे बात करना बेकार है, तुममें इमेजिनेशन है ही कहाँ ?"

कमरे में लौटकर मैंने जोशीजी से दो-टूक बात की। मैंने कहा कि आप वह 'वार एंड पीस' जब लिख सकें, लिखें; मुझे रथिजित भट्टाचार्य के लिए सिनाप्सिस कोई लिखने दें। मेरी बिमलदत्त से फिर बात हुई है। दादा से मित्तल हिन्दी में बिग बजट फिल्म बनाने को कह रहा है। मौके पर अगर कहानी वहाँ भिड़ा दी जाए तो आपको थ्री-पीस और सुनहरा फ्रेम पहनवाने का डौल हो जाएगा। दाढ़ी तो बहरहाल आपकी हा-ची-मिह्न टाइप ही आ सकेगी, बकर नहीं। जोशीजी ने कहा कि "दादा, 'लार्जर दैन लाइफ' के कायल हैं, 'एपिकल प्रपोर्शन्स' पसन्द हैं उन्हें, सो आप जैसे चालू पत्रकार टाइप के बस के नहीं। बताइए, आप क्या लिखेंगे ?" मैंने कहा, "मैं देहात में डिरामा करनेवाली एक मंडली के बारे में लिखूँगा जो मंच पर एक नाटक खेल रही है, अपने तम्बू में दूसरा।" जोशीजी ने व्यंग्य किया, "सन्दर्भ 'क्राइस्ट रिक्रूसिफाइड' !" मैंने कहा, "आप सन्दर्भ-वन्दर्भ को मारिए गोली, इसमें मुख्य मुद्दा विडम्बना का, आपका मुहावरा इस्तेमाल करूँ तो, इससे पैदा होगा कि जो ड्रामा मंच पर बहुत साफ-सुथरा है, वही जीवन में घपलेबाज साबित होता है, यद्यपि कलाकार वही हैं।" जोशीजी बोले, "आप मेरा मुहावरा बोलने की जुर्रत न करें। दादा को आपने यह थीम सुनाई तो साफ पकड़े जाएँगे। वह पढ़े-लिखे आदमी हैं।"

"तो क्या करें ?" मैंने उनसे पूछा। जोशीजी ने सोचा कुछ देर और फिर बोले, "ठीक है, थ्री-पीस सूट के लिए तो नहीं, कान फिल्मोत्सव पुरस्कार के लिए लीजिए मैं लिखे देता हूँ सिनाप्सिस। हालाँकि यह स्वीट डिकेडेंस की हो नहीं पाएगी।"

वह बालकनी पर जा बैठे लिखने। गो रात के ग्यारह बज चुके थे।

"शाबाश।". मिस्टर तिरखा ने कहा, "मूड बना अपने मिस्टर जोशी का लिखने का।"

मिस्टर तलाटी बोले, "मेरी समझ से तो सुबह जल्दी उठकर लिखना अच्छा होएगा, फ्रेश माइंड से।"

मिस्टर जोशी ने बहरहाल स्टेल माइंड से छह घंटे में हाथ के लिखे तीस सफे का पटकथा-सार लिख मारा। उस सार का सार आगे दिया जा रहा है। वह पूरा नहीं दे

रहा हूँ तो विस्तार-भय से ही नहीं, इसलिए भी कि मैंने जैसे उसे तब कूड़े की टोकरी में फेंक देने लायक समझा था, वैसे ही आज भी समझता हूँ। फेंका नहीं है तो इसलिए कि लोकतन्त्र विश्वासी हूँ और जोशीजी के इस अधिकार का सम्मान करता हूँ कि वह कभी चाहें तो उसका यथोचित उपयोग करें।

प्रसंगवश यह भी बता दूँ कि कथा-सार तैयार करने के बाद सन्तुष्ट जोशीजी ने मुझसे कहा था, "जब इस स्क्रिप्ट पर बनी फिल्म रथिजित को कान-फेस्टिवल अवार्ड दिलवाएगी तब मैं तुम्हें ठेंगा नहीं दिखाऊँगा क्योंकि ठेंगा, तुम्हारे जैसे मूलतः कमीने लोग दिखाते हैं, मेरे जैसे मूलतः कलाकार नहीं।"

मैंने जोशीजी को आश्वस्त किया कि यदि उपरोक्त फिल्म बनी और उपरोक्त पुरस्कार प्राप्त हुआ उसे तो मैं उपरोक्त ठेंगा टेकन फार ग्रांटेड मान लूँगा।

सुकुवा-बन्दुकुवा अथ सार पटकथा-सार

तो साहब जोशीजी ने बताया अपने पटकथा-सार उर्फ सिनाप्सिस में कि एक थी लड़की 'निर्मला' जिसने एक धार्मिक वैश्य दम्पत्ति की लगभग बुढ़ापे में कोख भरी थी, जिसे देवी की कृपा से पैदा हुआ माना गया था। उसका बचपन पौराणिक कथाओं में आकंठ डूबा हुआ रहा था और वह हर पात्र, वस्तु और स्थिति की 'लार्जर दैन लाइफ' पैमाने में परिकल्पना करती थी। माता-पिता ने, पास-पड़ोस के लोगों ने, 'देवी का अवतार' मानकर उसे श्रद्धापूर्वक, 'एपिकल डाइमेंशन्स' दे डाले थे। वह एक प्यारी-सी बच्ची थी लेकिन उसे गुड़िया कभी नहीं समझा गया। गुड़ियों से खेलना भी नहीं जाना उसने। उसने तो बस पूजा ही जानी।

निर्मला जब दस बरस की थी उसके सर्राफ पिता उसके पाँव में पायल बाँधते हुए सद्गति को प्राप्त हुए। निर्मला रोई नहीं, उसने अपनी रोती हुई माँ को समझाया कि पिताजी मरे नहीं हैं, मेरे घर में रहने के लिए चल गए हैं। और यहाँ जब तक मैं हूँ तब तक मुझसे बातचीत करने के लिए अपना एक हिस्सा इन पायलों में छोड़ गए हैं। निर्मला अक्सर उन पायलों से बात करती थी।

जब निर्मला बारह बरस की हुई तब किसी ने (शक महरी पर गुजरा) पायल चुरा ली। गुमसुम रहनेवाली निर्मला रही तो उस दिन भी गुमसुम लेकिन उसकी आँखों में क्रोध और आँसू दोनों पहली बार देखे गए। महरी का इकलौता बेटा बीमार पड़ गया और पायल दो दिन बाद आँगन की तुलसी पर लिपटी हुई मिली। महरी का बेटा अच्छा हो गया। महरी निर्मला के पाँवों पर आ गिरी। निर्मला पूरी तरह देवी बन गई। देवी-भक्त उसके पास आने लगे। इनमें से कई तान्त्रिक भी थे। किसी के लिए निर्मला कन्याकुमारी थी, किसी के लिए सम्भावित भैरवी। माताजी इस बिटिया को देवी मानती थीं लेकिन एक विह्वल-से स्तर पर इस देवी को बिटिया भी मानती थीं। इसलिए देवी-बिटिया को लम्पट से दिखनेवालों भक्तों से सुरक्षित रखने के विषय में सजग रहीं वह। उनसे चूक हुई तो एक निष्कपट पगले के सन्दर्भ में जिसे कुछ लोग सिद्ध भी मानते थे।

यह देवी-भक्त पगला अधिक कुछ बोलता नहीं था। 'अला-बला-टला', 'दो ड्यौढ़े तीन, तीन नाम सत्ताइस' जैसे कुछ निरर्थक वाक्य ही उसके मुँह से सुनने को मिलते थे। निर्मला को इनमें शक्ति-विद्वानों की विद्वत्ता, कर्मकांड के पंडितों के पांडित्य से अधिक अर्थ मालूम हुआ। बिटिया देवी इस पगले को भगवान मानने लगी। नियति के

निर्देश ने इसी पगले पर यह गुरुदायित्व डाला कि देवी को बताए, कहाँ से तू औरत भी है।

यद्यपि बच्ची को औरत बनानेवाले इस झटके से अन्ततः निर्मला पगला गई तथापि उसे अपने पगले भगवान से कोई घृणा नहीं हुई।

बहुत मुश्किल से पागलखाने में इलाज करवाने के बाद लौटी निर्मला का फिर उसी पागल के लिए कलपना, माँ के लिए जबर्दस्त आघात का कारण बना। बेटी के इलाज में उसका पहले ही काफी पैसा खर्च हो चुका था। फिर काफी पैसा और खर्च करके उसने इस बेटी को साधारण-से मगर अच्छे लड़के से ब्याह देने का प्रबन्ध कराया। लेकिन बेटी को अच्छा लड़का नहीं, वही पगला चाहिए था। माँ इस अपनी देवी-बेटी को नहीं बता सकती थी कि पगले को उस अनैतिक अपराध के बाद अन्य श्रद्धालुओं ने मार डाला था। माँ, बेटी के दुःख से घुलकर मर गई।

निर्मला को विरासत में जो थोड़े-से पैसे मिले उन्हें लेकर वह पगले की खोज में यहाँ-वहाँ भटकी। पगला उसे मिला नहीं। पैसे उसके चुक गए। और तब उसने यह खोज की कि इस असार-संसार में जात-जात और भाँत-भाँत के नीमपगले उपलब्ध हैं। कुछ उसका शरीर चाहते हैं, कुछ हृदय, कुछ मस्तिष्क। कुछ को अर्थ दरकार है, कुछ को काम, कुछ को धर्म, कुछ को मोक्ष। उसने पाया कि हर किसी के पास कुछ देने को है, हर किसी चीज का कोई-न-कोई ग्राहक मौजूद है। सर्वत्र एक अपूर्णता है जो परस्पर आदान-प्रदान से भरी जा सकती है। यह देखकर राबिनहुड किस्म की रंडी बन गई वह। इससे ले, उसको दे—यही अब जीवन-धर्म था उसका।

इन नीमपगले ग्राहकों में उसे वे विशेष रूप से प्रिय हुए जो अपने पागलपन में उस मौलिक पगले 'भगवान' के निकट पहुँचते थे। इस प्रसंग में जोशीजी ने खलीक का जिक्र किया, एक कच्छी व्यापारी का जिक्र किया जो दुधमुँहे बच्चे-सा था जीवन के हर उस क्षेत्र में जिसका सम्बन्ध चोरी का माल खरीदने-बेचने के उसके व्यापार से न हो। जोशीजी ने चर्चा की एक अन्धे गायक की जो हारमोनियम लेकर देवी के भजन गाया करता था किन्तु यौन-विकृति का शिकार था। जोशीजी ने वर्णन किया एक अबोध हत्यारे का जो केवल इसलिए लोगों की जान लेता था कि हत्या के अतिरिक्त और कोई व्यवसाय उसे आता नहीं था। लूले-लँगड़े, अन्धे-काने, गूँगे-बहरे, अपाहिजों की एक कतार खड़ी कर दी जोशीजी ने इस देवी के समक्ष। सभी शारीरिक दृष्टि से अपंग रहे हों, ऐसा भी नहीं। जोशीजी ने स्पष्ट किया कि विकलांगता मानसिक, भावनात्मक और, कहते हुए डरें क्यों, आध्यात्मिक भी हुआ करती है। गरज यह है कि जोशीजी के रचे हुए इन पात्रों में किसी का दिल अन्धा था, तो किसी का मानस लँगड़ा, किसी की भावना गूँगी थी, तो किसी की आत्मा बहरी। ममता की मूर्त्ति निर्मला, उन सबको अपना रही थी, पूरा कर रही थी।

मैंने जोशीजी को इस मोड़ पर टोका कि 'लार्जर दैन लाइफ' के चक्कर में आप क्यों देवी से मसीहाई करवा रहे हैं ? हमारे हिन्दुओं के ये 'लार्जर दैन लाइफ' इस प्रकार के आत्म-पीड़न में कतई यकीन नहीं रखते हैं। वे तो घर के पीटते हैं राक्षसों को, समझे

साहब, और देवताओं से वन्दना ग्रहण करते हैं। और हमारा-तुम्हारा-जैसा कोई सामने पड़ जाए तो आँख से अपने चरणों की ओर इशारा कर देते हैं—यहाँ लोट लगा बेटा, देवताओं से फुर्सत मिली तो तेरी भी सुन लेंगे।

जोशीजी ने 'ऑब्जेक्शन ओवर-रूल' किया, बोले, "यह मॉडर्न एपिक है।"

मैंने कहा, "अजी ज़रा सुनिए तो मेहरबान, वह 'लार्जर दैन लाइफ' क्या हुई जो जमाने-भर के लिए 'पुअर मैन की वाइफ' बन गई ?"

जज जोशी ने अपनी हथौड़ी मेरे सिर पर मारी और कार्रवाई जारी रखी। लेकिन मनोहर से उन्होंने परामर्श पहले से अधिक लेना शुरू किया।

अब, उनके कथा-सार के अनुसार, इस ममतामयी को मिला एक क्रान्तिमना, किन्तु किंचित किंकर्त्तव्यविमूढ़ कवि। कभी तेरह साल की एक बच्ची का एक पगले भगवान ने भंजन किया था और अब उसी भंजिता ने पगली देवी के रूप में इस क्रान्तिमना का भंजन किया।

पाप, पुण्य का जन्मदाता है। भ्रष्टता, श्रेष्ठता की जननी है। उलटबाँसी बोलते हुए पटकथा-सार ने कहा कि प्रतिशोध की कामना से उत्पन्न इसी पाप से जन्मा वह प्यार, जो सबसे बड़ा मानवीय पुण्य है। दूसरों से घायल हो चुके, दूसरों को घायल कर चुके, इस भंजित-भंजिता-युगल को बोध हुआ कि अगर कविताएँ क्रान्तिकारी नहीं हो पा रही हैं और क्रान्तियाँ काव्यात्मक, अगर सिद्धियाँ मानवीय नहीं हो पा रही हैं और मानवीयता सिद्धिप्रद, तो इसलिए कि बुद्धि के अहंकार में हम चैतन्य को भुला बैठे हैं, जटिलता के सन्धान में सादगी को खो बैठे हैं।

ऐसा सोचकर वे दोनों नागर कोलाहल से दूर, भारत-नेपाल सीमा पर निर्जन अरण्य में जा बसे। सादगी की खोज गोया नए सिरे से करने के लिए। झरने के पानी की निर्मल शीतलता, पाखी का मुक्त गान, पतंगे को पकड़ने के लिए लपलपाती छिपकली, चट्टानों के पीछे पड़ा साफ-चमकता किसी पशु का अस्थि-पंजर, घास पर सरसराता साँप, हरे-नीले सन्ध्याकाश में उगता सुकुवा, ये सब और ऐसे ही अन्य अनेकानेक अध्यापक, उन दोनों को प्रतीति कराने लगे उस परमात्मा की हृदय-द्रावक सरलता की जिसने रची है यह जटिल सृष्टि।

और फिर एक दिन भोर बेला जब भूतपूर्व भंजिता, झरने में नहा चुकने के बाद केशों को बँट-निचोड़ रही थी और भूतपूर्व भंजित निकट हो एक शिला पर बैठा भाव-शून्य, केशों से टपकती बूँदों से और चट्टान की दरार पर उग आए दरिद्र से जंगली फूल पर मँडराती एक दरिद्र-सी मक्खी से, दीक्षा ले रहा था ऋजुता की, तब वह वक्र, वह जटिल, कुटिल वह संसार, खोजता हुआ उन्हें आ पहुँचा उस अरण्य में।

कुटिल यह जटिलता सशस्त्र थी। स्वयं आहत थी, उद्यत थी दूसरों को आहत करने के लिए। क्लान्त थी यह जटिलता तदपि कठोर थी, कर्कश। पूछ रही थी वह, "ऐ बाबा, इधर कोई पोलिस-वोलिस तो नहीं आई ?"

उस युवक ने, जो कभी कवि था, क्रान्तिकारी था, जिसने स्वयं देखे थे स्वप्न ऐसे ही शस्त्र उठाकर, बदल देने के सृष्टि को, देखा इस अधेड़ प्रश्नकर्त्ता को जिसके हाथ

में बन्दूक थी और टाँग में जख्म। देखा पिस्तौलधारी दो युवकों को। देखा चश्माधारी एक युवती को। देखा उन सबको। और देखते हुए सुना झरने का स्वर, मक्खी का गुंजन। और फिर कहा आगन्तुकों से, "दूर यात्रा से आए हैं, शीतल है जल झरने का, पाँव-धोएँ, श्रम हरेगा। अरण्य है यह, तपस्थली है। सैनिक यहाँ क्यों आने लगे भला ?"

युवक-युवती झरने पर हाथ-मुँह धोने लगे लेकिन वह बन्दूकधारी अधेड़, अपने पाँव में लगी चोट से बेखबर खड़ा हुआ, उसकी ओर शंका से देखता रहा, और उसने पूछा, "तुम लोग कब से यहाँ बैठे हो ?"

भूतपूर्व भंजित उवाच : "हम तो रहते ही यहीं है। कार्त्तिक-कार्त्तिक एक वर्ष हो गया यहाँ रहते। पास ही कुटिया है। साग-सब्जी लायक थोड़ी जमीन। मवेशी हैं थोड़े से। यह निर्मला देवी हैं; इनका ही आश्रम है। जल पीएँ, स्वस्थ हो लें, आश्रम चलें, पाथेय लेने।"

अधेड़ हँसा। फिर बोला, "दूरयात्रा श्रमहरम् पाद्यम् मे प्रतिगृह्यताम्। मूरख, यह तेरा एकदानैमिषारण्ये नहीं है ! यह आधुनिक जंगल है। श्रमहर, पाद्य और पाथेयवाली भाषा क्या, सधुक्कड़ी तब बोलना नहीं जानता साधु इस जंगल का। कहीं से सीखकर आ भी जाए तो उसे साँस की लयवाले छन्द में तो बोल नहीं सकता। कौन है तू जिससे न अतीत की अक्षय आचमनी पकड़ी गई, न वर्त्तमान की विदग्ध वर्त्तिका और न अनागत का अजेय अस्त्र ? कौन है रे तू जो एक झूठ पकड़े हुए, हमें पकड़ने के लिए यहाँ बैठा हुआ है ?"

"यह जान सकूँ इसीलिए तो यहाँ झरने पर झूठ धो देने के लिए आया था।", भूतपूर्व भंजित ने कहा।

"धुल नहीं पाया अब तक ?", अधेड़ ने पूछा और कहा, "दिखा वह कुटिया कहाँ है ?"

इन लोगों ने बहैसियत बिना बुलाए मेहमान तीन दिन उनकी कुटिया में काटे। दूर-दूर तक और कोई आबादी नहीं थी। कोसभर दूर एक मन्दिर था जरूर, जहाँ एक बूढ़ा पुजारी रहा करता था। कभी-कभी आ जाया करता था मिलने। इस दौरान वह कुल एक बार आया। अधेड़ ने भंजित की पीठ पर पिस्तौल रखकर दरवाजा जरा-सा खुलवाया यह कहलाने के लिए कि निर्मला देवी समाधिलीन हैं, किसी से मिलना नहीं चाहतीं।

दो रात भंजित-भंजिता अपनी ही झोपड़ी में उनके बन्दी रहे। वे भारत के थे कि नेपाल के ? डकैत थे कि विप्लवी कि तस्कर ? ऐसे किसी प्रश्न का समाधान मिला नहीं उन्हें। बारी-बारी से तीनों युवजन रात को कहीं गश्त या टोह के लिए जाते और वह अधेड़ उनकी निगहरानी करता। दरवाजा बाहर से बन्द करके जाते, और खिड़की को तो वह पहले ही दिन भीतर से बन्द करके बाहर से ठोक चुके थे। तीसरी रात युवती ने पहली गश्त से लौटकर कुछ संकेत किया और अधेड़ ने कहा, "चलो।" युवती ने पिस्तौल से इशारा कर पूछा, "इन्हें मार दें ?"

अधेड़ ने सिर हिलाकर मना किया। वह अपने दल के साथ बाहर गया। कुटिया

का दरवाजा उसने बाहर से बन्द कर दिया। फिर उसने कहा, "तुम्हें आकर कोई-न-कोई निकाल ही लेगा इस कैद से। कोशिश करने पर तुम खुद ही दरवाजा या खिड़की तोड़ सकोगे। जो हो किसी से यह कहने की गलती मत करना कि हम यहाँ आए थे।"

भूतपूर्व भंजित द्वय ने चार घंटे की हार-मान-चुकी-सी कोशिशों के बाद दरवाजा तोड़ा।

तारों-छिटकी रात थी बाहर। दूर उस मन्दिर में वही विक्षिप्त वृद्ध पुजारी हजारों वर्ष पूर्व ऐसे ही अरण्य में रची गई पोथियाँ बाँच रहा था। भूतपूर्व भंजिता ने कहा, "आओ पहले झरने में जाकर नहाएँ।" वे बढ़ चले झरने की ओर। निकट पहुँचे थे कि तभी नीचे कस्बे से आती पगडंडी पर कोई आहट हुई। भूतपूर्व भंजित ने भूतपूर्व भंजिता को खींचकर उसी चट्टान के पीछे कर लिया जिसकी दरार में खिला था एक दरिद्र पुष्प और सीध में ठीक ऊपर अब उग आया था सुकुवा। भगोड़ों के साथ बिताए तीन दिनों का कुछ ऐसा प्रभाव पड़ा था उसके मस्तिष्क पर कि एक टहनी को बन्दूक-सा तान वह बन गया प्रहरी। यों कुछ न होने पर वह थोड़ी ही देर में हँसकर इस भंगिमा को अपनी खिलन्दड़ी का, मुक्ति के बाद के कौतुकप्रिय आह्लाद का नमूना ठहराने को भी था तत्पर।

तभी वही आहट फिर आई, थोड़ा दाईं ओर से। फिर अँधेरे की अभ्यस्त हो चुकीं आँखों में टार्च की चमक। एक आवाज, "ये शायद वे नहीं।" दूसरी, "बेवकूफ !" फिर एक धमाका। फिर कुछ भी नहीं।

सर्वथा भंजित-भंजिता के निकट अब खड़े थे दो अफसर पुलिस—एक अधेड़, एक युवा। युवा ने कहा, "ये तो वे नहीं हैं सर। हमसे गलती हुई।" अधेड़ थोड़ा-सा मुस्कुराया और बोला, "अनुभव से जानोगे किसी दिन कि कौन-कौन हैं, कौन नहीं, यह तो बस ऊपरवाला ही फैसलाकुन ढंग से बता सकता है। चलो बाकी सर्चपार्टी को इधर भेजें।"

झरने के निकट से वे दोनों अफसर, जो दोनों ही अबोध और अनुभवी थे अपने-अपने ढंग से, नीचे की ओर जाती पगडंडी पर बढ़ चले। एक बार मुड़कर युवा अफसर ने निःश्वास छोड़कर कहा, "कभी जी करता है सर कि कोलाहल से दूर ऐसे ही किसी शान्त-एकान्त स्थल पर, ऐसे ही किसी झरने के निकट कुटिया बनाकर बस जाऊँ।" और अनुभवी अफसर ने उसकी बाँह खींचकर, हँसकर पूछा, "और गलती से मारा जाऊँ ?"

हँसते हुए वे उतर गए उस पगडंडी पर जो नागर सभ्यता की ओर जाती है।

झरने को अब केवल सुकुवा देख रहा था। सारा अरण्य अब सुन रहा था केवल उस वृद्ध का स्वर, "ईशावास्यमिदम् सर्वम् यत्किञ्च जगत्यां जगत्। तेन त्यक्तेन भुंजीथा, मा गृधः कस्यस्विद धनम्।"

कैमरा धीरे-धीरे झरने की ओर बढ़ता है, झरना पूरे पर्दे को भर देता है, और क्रेडिट्स आने लगते हैं।

"और", मैंने जोशीजी से कहा, "मुन्नी की माँ सीट से उठने लगती है। यों कहती

है, मुश्किल से तो एक फिल्म दिखाने लाए और सो भी ये। सिर दुःख गया ! घर जाते ही गरमागरम पीऊँगी चाय। और जरा सीट के नीचे देखिए मुन्नू का लँगोट गिरा पड़ा होगा कहीं।"

इस पर जोशीजी ने ठेंगेवाली बात कही। और हमारी नोक-झोंक से बेखबर वहाँ महानगर के उस झरोखे पर जहाँ सुकुवा-उगानी के समय गगन नहीं, गगनचुम्बी इमारतें ही दीख रही थीं उसे, 'तेन त्यक्तेन भुंजीथा' ऐसा कहते हुए भाव-विह्वल-सा हो आया मनोहर। यद्यपि वह नहीं जानता, कोई नहीं जानता, कि इस श्लोक का ठीक-ठीक अर्थ है क्या ससुरा ! सबकुछ में भगवान बसा है कह रहा है वह कि सबकुछ भगवान से ढका हुआ बता रहा है ? भगवान का दिया हुआ है ऐसा मानकर बगैर अहंकार के भोगने के लिए कह रहा है कि उसे त्यागकर भोगने के लिए ? मनोहर ने त्याग और भोग इन दो शब्दों को इतने सरल सम्भ्रम में गूँथ देनेवाले उस व्यक्ति की कल्पना करनी चाही, उसका आशय जानना चाहा और तब जोशीजी ने इलियटावतार में उसे समझाया कि 'आदम के बेटे, तू न जान सकता है, न अनुमान (कर) सकता है !'

एटार्नाल मिस्ट्री बोर्न इन बैंगॉल

पटकथा-सार बगल में दबाए और एक अद्धा काजूवाली झोले में छिपाए जोशीजी सिनेमा जगत के सौ फीसदी सच्चे जीनियस रथिजित भट्टाचार्य से मिलने चल पड़े। दादा बम्बई-प्रवास के उस दौर में माहिम क्रीम के पास मराठी सिनेमा की एक विफल हस्ती की विधवा के साथ बहैसियत अनौपचारिक पेइंग गेस्ट ठहरे हुए थे। दादा को न जाननेवाले लोगों का कयास था कि दादा, इस विधवा से, या इसकी परित्यक्ता बेटी से फँसे हुए थे। दादा को जाननेवालों की मान्यता थी कि उनका जो भी फँसावड़ा है इस परित्यक्ता बेटी की सालभर की बिटिया से है। जोशीजी के लिए यह श्रद्धामिश्रित विस्मय का विषय था कि दादा, जिन्होंने बंगला में कई सफल कलात्मक और व्यावसायिक फिल्में बनाई थीं, जिन्होंने हिन्दी में भी सफल पटकथा-लेखक और दिग्दर्शक हो सकने के प्रमाण दिए थे, किसी मनोवैज्ञानिक अथवा ग्रह-नक्षत्रीय आग्रह के अधीन कभी स्वेच्छा से, और अक्सर परिस्थितिवश, निम्न मध्यवर्गीय परिवेश में ही रहते आए थे।

विफलता गोया दादा को कुछ उतनी ही रास आती थी जितनी भैंस को दलदल। विफल व्यक्तियों से वह घंटों बातें कर सकते थे लेकिन सफल व्यक्तियों से, और खासकर उन सफल व्यक्तियों से जो उनकी सफलता के हेतु बन सकते थे, बात करने के लिए पाँच मिनट निकाल सकना भी उनके लिए दूभर था। पिटे हुए लोगों के लिए उनके मन में स्नेह ही स्नेह था, पहुँचे हुए लोगों के लिए अपमान ही अपमान। एक विवशता-सी थी उनमें हारने की, हारे हुओं की बिरादरी में ही रह जाने की। जहाँ भी भगत जुटते चर्चा का विषय यही होता कि दादा क्या हो सकते थे, अब भी चाहें तो क्या नहीं हो सकते !

बहुत असमंजस में डालनेवाला था यह तथ्य कि मार्क्सवादी और क्रान्तिकारी समझे जानेवाले दादा, पराजय की फिल्में ही बनाते आए, प्रेरणाप्रद विश्वास की नहीं। विद्रोह उनकी फिल्मों में दारुण रीति से निष्प्रयोज्य रूप धरकर आता। उदाहरण के लिए 'सिंहनाद' में अत्याचारी जमींदार के प्रति अपना विद्रोह व्यक्त करने के लिए गरीब किसान का किशोर बेटा जमींदार के गरजने की नकल में शेर की तरह गरजने की कोशिश करता है गुपचुप कभी एकान्त में। जमींदार उसे पकड़ लेता है। पीटता है। बार-बार कहता है गरज वैसे ही। बालक गरजता है तो पिटता है, रुक जाता है तो पिटता है कि गरज, गरज वैसे ही। भक्तों-प्रशंसकों का ध्यान इस ओर भी गया था कि

कम्युनिस्ट होते हुए भी दादा ने कोई फिल्म 'और वे नव प्रभात की ओर बढ़े' जैसे किसी नुक्ते पर आकर खत्म नहीं की। उनकी फिल्मों के उपसंहार का दर्दनाक दुचित्तापन अक्सर चर्चा का विषय बना था : 'टूसी एकटा मेयेर नाम' (एक लड़की है टूसी) के उस अन्तिम दृश्य-प्रसंग की याद में भक्तजन आँसू बहाते हैं जिसमें जिन्दगी में सदा छली गई, तिल-तिल कर मरी टूसी की लाश के शॉट के साथ आम तौर से चुप रहनेवाली टूसी द्वारा बहुत पहले अपने प्रेमी से कहा गया मामूली-सा वाक्य साउंड-ट्रैक पर डाला गया है 'तोमार संगे एकटा कथा आचे।' (तुमसे कुछ कहना है) और फिर कैमरा किसी दरवेश की तरह घूम-घूमकर नाचने लगता है और वही स्वर अनुगूँज-कक्ष से विकृत होकर, टुकड़े हो-होकर सुनाई देता रहता है—कथा आचे, तोमार संगे, कथा आचे, तोमार संगे।

प्रगतिशील होते हुए भी दादा 'पौराणिकता' के आग्रह के कारण एक स्तर पर घनघोर परम्परावादी भी रहे। उनकी फिल्में पौराणिक सन्दर्भों से कुछ और तीखी, कुछ और उद्भासित हो जाया करतीं। 'आमि आशबो' (मैं आऊँगा) में 'राधा' नाम की नायिका से बलात्कार के शॉट दादा ने जिस कौशल से 'गीत गोविन्द' के पद गाते हुए वैष्णव के शॉटों में अन्तर-गुम्फित किए हैं उसके समक्ष सिने-पारखी नतमस्तक हैं।

जोशीजी ने ये तमाम बातें मुझे रास्ते में सुनाईं-समझाईं और कहा कि दादा को निश्चय ही मेरी यह थीम पसन्द आएगी क्योंकि इसमें वही दारुण दुचित्तापन है। मैंने कहा, साहब अपन की तो समझ में आता नहीं दुचित्तापन। चित-पटवाला खेल जानते हैं हम तो।

जब जोशीजी पहुँचे दादा सोए हुए थे फर्श पर उस हास्यास्पद भंगिमा में जिसके सम्बन्ध में कभी लखनऊ विश्वविद्यालय के हॉस्टलों में कहा जाता था—'थर्ड पॉकेट में हाथ डाले सोए हैं, साहबजादे !' जोशीजी ने आँखें फेर लीं। गुरु भी इसी तरह सोते हैं, समझे ना।

कहाँ बैठें ? दादा फर्श पर होल्डाल में ही बिस्तर खोलकर इस तरह लेटे थे गोया अभी रेल में ही सफर कर रहे हों ! इस 'रिजर्व बर्थ' पर जोशीजी के लिए कूल्हे टेक देने तक की गुंजाइश नहीं। फर्नीचर के नाम पर कमरे में कुल एक डगमग मेज थी। इस पर कागजात बिखरे पड़े थे, जैसे-तैसे किताबों से दबाकर रखा गया था उन्हें। किताबों और कागजात दोनों से इस बात का संकेत मिल रहा था कि दादा महाभारत पर हिन्दी में टैकनिकलर फिल्म बनाने की अपनी बड़ी पुरानी आकांक्षा से अब भी जूझ रहे हैं। इससे मुझे थोड़ी निराशा हुई। मुझे लगा कि दादा को हिन्दी में बिग बजट बनाने को मिली तो वह महाभारत का ही चक्कर चलाएँगे। जोशीजी को इस अनुमान से कोई अफसोस नहीं हुआ। उन्होंने तो कहानी लिखी ही, क्या नाम कहते हैं, कान महोत्सव में दिखाई जानेवाली कलात्मक फिल्म के लिए !

मेज पर इन्हीं कागजों-किताबों के ढेर के बीच कड़ुए तेल की एक शीशी, एक टूटी कंघी, दाढ़ी का सामान, मंजन-बुरुश, बतौर एश-ट्रे इस्तेमाल होती रही प्लेट, सिर-दर्द की गोलियाँ, बीड़ी का एक खाली बंडल, रम की खाली बोतल, दो गिलास जहाँ-तहाँ

फिट थे। मेज के नीचे एक सूटकेस था पुराना लेकिन इतना खस्ता-हाल कि उसे निकालकर आसन की हैसियत बख्शना भी उचित नहीं मालूम हुआ।

बगल के कमरे में मराठी नाटक का रिहर्सल चल रहा था जिसमें विधवा की दुखियारी बिटिया हीरोइन बनी हुई थी। वह कह रही थी, "तुम मुझसे क्यों पूछते हो ?" और हीरो साहब फरमा रहे थे, "क्योंकि अपने से पूछने का साहस नहीं होता।" जोशीजी को यह दुचित्ता डायलाग चित्त कर गया।

अपन तो यही महसूस कर रहे थे कि खड़े-खड़े टाँगें दुख गई हैं तो वापस दादावाले कमरे में आया मैं। अपने झोले से काजूवाली का श्रद्धा और नमकीन का पैकेट निकाला। खाली झोले से फर्श की गर्द झाड़ी कि बैठ सकने का डौल हो। गर्द से मुझे खाँसी आई, दादा को छींक। दादा उठे और धाराप्रवाह अंग्रेजी में डाँटते रहे, बमय हिन्दी गालियों के ! गुस्से के लिए अंग्रेजी, गाली के लिए हिन्दी, वाह रे बंगाली ! मनोहर गिलास-प्लेट धो लाया। खाली बोतल में पानी भर लाया। भरी बोतल और नमकीन की प्लेट दादा के सामने रखी उसने।

दादा मुस्कुराए, बोले, "इसको तूम भी पीएगा मेरा साथ ! आचमन का वास्ता लाया क्या ?"

"मैं नहीं पीऊँगा दादा।", मनोहर ने कहा।

"नहीं पीऊँगा, एक बात !", दादा बोले, "नहीं पीता, दूसरा बात। तोमारा कउन बात मनहर ?"

"पीता हूँ", मैंने कहा, "इस समय नहीं पीऊँगा।"

"इस समय नहीं पीने से कइसा चलेगा ?", शराब की लत से रुग्ण दादा ने कहा, "मैं एल्कोहालिक है कि अकेला बइठ के पीए ?"

फिर दो पैग बनाते हुए बोले, "एइसा करते—तूम पीओ एक छोटावाला छोटा—ये जूनियर, अउर हम पीते बड़ावाला बड़ा—ये सीनियर ! बम बम भोला ! अभी चालू हो जाओ जोसी। ऑन विद द स्क्रिप्ट एंड द ड्रिंक्स !"

जोशीजी ने शराब पीना और स्क्रिप्ट पढ़ना चालू किया, एक कस्बे का सर्राफा। अपनी छोटी-सी दुकान बढ़ाकर दलपत भाई घर जा रहे हैं। आज दसवीं वर्षगाँठ है उनकी बुढ़ापे की इकलौती औलाद निर्मला की, जिसे वह देवी की दी हुई, और देवी-सी ही मानते हैं। यह सब पड़ोसी दुकानदार से उनकी बातचीत से स्पष्ट होता है जो पूछता है कि क्या यह पायल आप अपनी बिटिया के लिए ले जा रहे हैं ?

दादा ने कहा, "कु-कु-कु-किक्क !"

जोशीजी ने हैरान होकर निगाह उठाई। विधवा की पोती कमरे में आ गई थी और दादा ने उसे गोद में उठा लिया था। जोशीजी को चुप हुआ देख दादा बोले, "तूम चालू रहो जी। यह डिंकी हमारा फिल्म का स्टार ! इसका एप्रूवल भी जरूरी।"

जोशीजी कथासार आगे सुनाने लगे। वह उस जगह पहुँचे थे, जहाँ पायल चोरी चली जाती है कि दादा चीखे, "की दारुण व्यापार !"

जोशीजी बतौर मुशायराना आदाब कानों से कान तक फैली एक मुस्कान प्रस्तुत

करते हुए कथासार की जगह, दादा से उन्मुख हुए। उन्होंने खोज की कि 'दारुण व्यापार' उनकी पटकथा में नहीं, दादा की धोती पर हुआ है।

"ए बासोन्ती !", दादा डिंकी को अपने हाथों से पकड़े हुए लेकिन दूर ही दूर रखते हुए दरवाजे की ओर गए, "बेबी छिः-छिः किया।"

दुखियारी वासन्ती आई और अपने दुःख की निशानी ले गई। दादा ने मुझसे कहा, "हीरोइन डिंकी, हीरोइन रिंकू से कोनों रकम कम नेई। रिंकू जानते ? शर्मिला ठाकुर। ओ भी अमारा ऊपर एइसा ही छिः-छिः किए है बहुत बरस आगे। कैसा बीतता समय। मैं कभी सोचते जे टाइम का थीम पर फिलीम बनाऊँ।"

जोशीजी ने दादा का ध्यान प्रीस्टले के उन नाटकों की ओर दिलाया जिनमें 'समय' भी एक अनुपस्थित पात्र है।

"इडियट !", दादा बोले, "तूम और तोमारा प्रीस्टले, दोनू। अभी वेस्ट वाला लोक से सीखने बैठेगा अम कि वॉट इज टाइम। अमारा ऋषि लोक उनका प्रीस्ट और प्रीस्टले से जास्ती बता गिया है काल का बारा में। काल, महाकाल, काली, काल-पुरुष, एंड ऑल दैट।"

जोशीजी ने बहुत समझदारी से सिर हिलाया।

दादा बोले, "जोसी, तूम जान लो दो ही चीज इम्पोर्टेंट काम अउर काल। इसको समझने से ठीक हो जाएगा स्क्रिप्ट।" सूत्र देकर दादा अपनी धोती धोने गुसलखाने में चले गए।

जोशीजी से उन्होंने वहीं से चीखकर कहा, "चालू रहो जोसी, ऑन विद योर सिनोप्सिस।"

जोशीजी बोले, "दादा, आप बाहर आएँगे तो सुना दूँगा।"

दादा फौरन बाहर आ गए। कच्छा पहने हुए। बोले, "जोसी, एक बात ध्यान रखो—अमारा कांस्ट्रेशन इम्मेंस। तुमको बताऊँ। क्लैसिकल म्यूजिक में बहुत शौक होते थे मेरे। एक्सिलेंट तावला प्लेयर। तो मेरे एइसा मास्टरी कि सम पर बाथरूम करने जाएगा और लौटेगा तो सम पर ही। अच्छा अभी दिखाते तूम को। तीन ताल तो एट लीस्ट जानता होता तूम ?"

जोशीजी से मैंने कहा, "हाँ कहकर पिंड छुड़ाओ, नहीं तो पहले तीन ताल सीखनी पड़ेगी।"

"जानते ? गुड। उसी में यह बन्दिश।", दादा बोले और गाने लगे, "भूषण भुजंग घोर, लिपटे सकल बदन, अर्द्धांगी गौरा, सोहे भभूत तन। धा-धिन-धिन-धा, धा-धिन-धिन-धा, ना-तिन-तिन-ता, धा-धिन-धिन-धा। एइसा, ताली—दो-तीन-चार, ताली, छह सात आठ, खाली दस ग्यारह बारह, ताली चौदह पन्द्रह सोलह। अच्छा तूम इसी मध्य लय में रहेगा। आम द्रुत में, अमारा तबला के बोल—

थूना थूना तकिट तकिट धातिरिकिट धिकिट कत्ता दिगन थूना थूना ना ना कततिट वोमतिट तोमकिट धागिन धिना तिट कत्ता घे घे ना ना घे घे घिन तिरकिट तकतिक कड्ान धा धिन तिरकिट तक तिक कड्ान धा धिन तिरकिट तकतिक कड्ान धा ! रेडी

फॉर टेक। ओ.के. रोल इट !"

दादा गुसलखाने में चले गए। जोशीजी ताली-खाली सब भूल गए। थोड़ी देर बाद फ्लश खिंचने की आवाज आई। फिर, भड़ से दरवाजा खुला और 'तनऽ, तनऽ तनऽभू' कहकर मेरी तरफ झुककर एक हाथ बढ़ाया दादा ने, "आया न सम पर हम। विद ए ब्यूटीफुल तिया—धिर-धिर किट-तक धा, धिर-धिर किट-तक धा, धिर-धिर किट-तक धा।"

मैंने हाथ मिलाया और कहा, "वाह।"

दादा बोले, "थ्रिलिंग। दिस लय-ताल। यही आसल चीज। जो अभी बताया तूम को काम अउर काल के बात, तो काल के चाबी यही ताल, काम के चाबी सूर। ताल अउर सूर, ये दो जानने से सब जान गिया समझो। ए बासन्ती, सुनो तो।"

दरवाजे पर दुखियारी वासन्ती प्रगट हुई। बेबी डिंकी के साथ।

"इधर तोमारा बाड़ी में, पास-पड़ोस में कोई ताबला जोड़ी हो तो ले आओ न।"

"तबला नको।", दुखियारी ने कहा, "बेबी इधर रखने का ?"

दादा ने देबी को ग्रहण किया। मुझसे बोले, "तूम अभी चालू रहो जोसी।"

जोशीजी कथासार आगे पढ़ने लगे। दादा डिंकी को कहरवा समझाने लगे, "बकरी का तीन टाँग, बिल्ली का नउ जान, धागिना तिनक धिन, धागिना तिनक धिन, गाओ मत एइसा गान, खाओ मत मेरा कान, धागिना तिनक धिन।" दादा डिंकी से खेलते रहे। दादा पीते रहे कोई कविता-पुस्तक पलटते हुए। दादा ने दाढ़ी बनाई। दादा ने खिड़की पर खड़े होकर रास्ते में जाती किसी स्त्री से कहा कि बच्चों को प्यार से समझाओ अपना बात। दादा बगल के कमरे में मराठी नाटक का रिहर्सल देख आए। दादा ने कपड़े बदल डाले। दादा ने सबकुछ किया पर ध्यान से जोशीजी का कथासार सुना नहीं। जोशीजी बराबर चालू रहे दादा के 'इम्मेंस कांस्ट्रेशन' के भरोसे। आखिर जोशीजी फाइनल फेड आउट पर पहुँचे।

"वैल, वैल !", दादा ने कहा, "दिस कॉल्स फॉर ड्रिंक्स।"

"थीम ठीक है दादा ?", जोशीजी ने बहुत श्रद्धा से पूछा, और पहले से बचाव कर रखने की गरज से इतना और जोड़ा, "स्क्रीन-प्ले तैयार करते हुए ज्यादा क्रिस्टलाइज हो सकेगी।"

"क्या होगा क्रिस्टालाइज !", दादा ने दीर्घ निःश्वास छोड़ा, "तोमारा ग्रैहम ग्रीन तो फोसेलाइज हो चुके। थीम-टा परफेक्टली लाउजी। सुनकर दिमाग थक गिया।"

और यह सुनकर जोशीजी का चेहरा उतर गया।

अब दादा थोड़ा-सा मुस्कुराए, "किन्तु चिन्ता का कोनो कारण नेई। आमि तो सो-कॉल्ड जीनियस और मेरा सो-कॉल्ड जीनियस अभी, इट कॉल्स फॉर ड्रिंक्स।"

"दादा आमार काछे टाका आर नेई।", मनोहर ने कहा।

"वंडरफुल।", दादा ने कहा, "टाका का न होना ! अमारा ऋषि-मुनि इसी का गुन गाए। अउर ओ सब पीये मधू, सोम। अम भी पीएगा भक्त लोग के हुआँ जाकर। कम, लेट्स गो।"

दादा ने खार के लिए बस ली। रास्ते में मैंने पूछा, "दादा, आपका अगला प्रोजेक्ट क्या है ? सुना है पूर्व बंगाल से आए शरणार्थी कवि पर आप जो फिल्म बना रहे थे 'अवरुद्ध गान', वह तो अटक गई है।"

दादा हँसे, "ओटा, अबरुद्ध होए गेलो। टाका खत्म होने से शूटिंग रोक दिए थे—पाँच रील का कम्पलीशन का बाद। अब जब टाका का जुगाड़ हो लो, अमारा हीरो का चेहराटाई चेंज होए गेलो। एक जो इन्नोसेंस था उसका फेस में, आर नेई। अभी क्या करेगा, बोलो ? नया हीरो लेकर री-शूट करेगा ? टाका कउन देगा, तूम ?"

"दादा, नायक में परिवर्तन होने का जस्टिफिकेशन देने से, स्लाइट कम्प्रोमाइज से..."

"जाओ अभी तूम कमप्लीट कर लो ओ फिलीम।", दादा गरजे, "एक ही बात—नाम मेरा मत देना। यही मैं बोले हैं प्रोड्यूसर से कि बना लो अउर क्रेडिट दो 'अबरुद्ध गान' डायरेक्टेड बाई स्लाइट कम्प्रोमाइज। जोसी, मनहर सियाम, कभी मेरा सामने आयन्दा स्लाइट कम्प्रोमाइज शे एक्सप्रेशन मत यूज करना, समझा ! रथिजित भट्टाचार्य जानता नेई कि स्लाइट कम्प्रोमाइज क्या होता ? बिग कम्प्रोमाइज, टोटल कम्प्रोमाइज, एइसा बोलेगा तो ओ रथिजित जानता। सुपर हिट कमर्शियल उससे बनवाने का हो तो एइसा बोलो, वह बनाएगा मूड होने से। बनाया है, जभी मूड हुआ था।"

इसी फटकार में से मैंने अपने लिए एक पतवार ढूँढ़ी, कहा, "दादा, सुना मित्तल आपसे हिन्दी में बिग बजट कमर्शियल डायरेक्ट करने को कह रहा है।"

"नेई बोले अम से ?", दादा ने तुनककर कहा, 'अम करने नेई सकता हिन्दी बिग बजट कमर्शियल ?"

"बिग हिट बनाना आपके बाएँ हाथ का खेल है।", मैंने कहा, "मैं तो..."

दादा मुस्कुराए, "ऐ मनहर, बाएँ हाथ का खेल मत बोलो जी—वह मेरा कमिटेड हाथ—लेफ्टिस्ट ! सारा कामरेड लोग रागेंगे—दादा एई की, आपनी बामपक्खे कमर्शियल काज कोरेचेन। तो अभी, आई हैव डिसाइडेड, अम इन लोग से कहेगा जे मैं भी तोमारी तरह दायाँ हाथ से कमर्शियल बनाते और बायाँ हाथ से कम्युनिस्ट रहते।"

दादा ने ठहाका लगाया। मैं उत्साह से उसमें शामिल हुआ। मैंने कहा, "मित्तल के लिए आपने सबजेक्ट अभी चुना न होगा। जो थीम मैंने अभी सुनाई दादा, उस पर टोटल कम्प्रोमाइज से कमर्शियल फिल्म बन सके शायद। गुरुदत्त की 'साहब-बीबी-गुलाम' इधर अच्छी गई है, वैसी ही..."

"तूम बिमल मित्र है ?", दादा ने पूछा।

"नहीं", जोशीजी ने कहा।

"अउर हाम, गुरुदत्त है ?", उन्होंने पूछा।

"नहीं !", जोशीजी ने कहा।

मुझे अब यह प्रतीति होने लगी थी कि इस जीनियस सत्संग से बीस हजार दिलानेवाली फिल्म का नहीं, कभी पचास रुपए दिलानेवाले संस्मरण का ही डौल बैठ जाएगा।

अब बोले दादा, "एक जिज्ञासा होते मुझे तुम जवान लोग का बारा में। एइसा कियूँ कि तूम लोग को एडवेंचर का कोई सेंस नेई ? तूम सुरु ही टोटल काम्प्रोमाइज से होगा। तोमारा अपना कोई एम्बीशन नेई, तूम जीरो, तोमारा संसार जीरो, तोमारा हर जिनिस का आसलियत उस जिनिस का सतह पर, साहित्य आज का ताजा खबर, तोमारा कलाकृति मोबाइल, चलता-फिरता, अउर तोमारा स्थापत्य हमेशा बुलडोजर का इन्तजार में।"

जोशीजी ने कहा मुझसे सन्दर्भ : आन्तिनियोनी की फिल्म 'लावेंचुरा' प्राचीन गिरिजाघर में आधुनिक स्थापति से कहलाया गया संवाद।

दादा ने कहा, "मजा का बात जे, के तोमारा क्या बोलते एन्टाई हीरो, जीरो होता, बेश, लेकिन तुम एइसा भंगिमा से लिखता जइसा तुम तो वही ट्रेडिशनाल हीरो। जभी तूम ए समझेगा कि अम जीरो और एंटाई-हीरो जो जीरो दिखते ओ एक दुर्दान्त प्लेन पर बहुत ही दारुण रीति से हीरो भी होते, जभी बात बनेगा। जीरो को जीरो बनाने में कोई कला दोरकार नेई, ज़ीरो का दस, सऊ, हाजार, लाख एइसा कुछ बनाने के लिए कला चाहिए।"

जोशीजी से मैंने पूछा, "सन्दर्भ ?" उन्होंने कहा, "आपकी सोहबत में इतना फिलस्टीन हुआ जा रहा हूँ मैं कि इधर शामलाल अदीब का कालम और न्यू स्टेट्समैन की पुस्तक-समीक्षाएँ तक नहीं पढ़ पा रहा हूँ। यों दादा ओर्जिनल भी कह सकते हैं। ओर्जिनल माइंड है इनका।"

इस सोच-विचार में जोशीजी का चेहरा कुछ ऐसा हो चला कि दादा को शायद वह फटकार खाए हुए बालक से मालूम हुए। दादा बोले, "कि-कि-कि-किक्क। ए मनहर, तूम डिंकी जइसा फेस किऊँ बना लिये। राग कोरेचो ? मैं तो एइ मात्र कहना चाहते मनहर, महाआकांक्षा धरो आपना मन में।"

"आप ही ने तो कहा था कि थीम लाउजी है।" मैंने उत्तर दिया।

"ओ तो बोले निश्चय ही, पूछने से फिर भी ओ ही बोलेंगे।" दादा ने कहा, "किन्तु बात क्या है मनहर, लाउजी का भी माने ओनेक स्टैंडर्ड, ओनेक कैटेगरी। एक शरच्चन्द का लाउजी, एक टैगोर का लाउजी, एक ईवन तुम्हारा क्या बोलते शेकसपयिर का भी लाउजी। आच्छा अभी बोलो जो थीम अम को सुनाया तूम, ओ किसका लाउजी ?"

"मेरा।" जोशीजी ने कहा गो यह तय नहीं कर पाए कि बात फख्र से कहनी है कि शर्मसार होकर।

"मेरा मीन्स ?" दादा ने पूछा, "तोमारा कोई नाम तो होगा जी।"

"मनोहर श्याम जोशी।" जोशीजी ने कहा।

"एइसा जनाना का माफिक थैंक्यू-प्लीज का मतून अपना नाम नेई लो जी। सीना ठोककर बोलो, जइसा हम बोलते, आमि श्री रथिजित भट्टाचार्य, आपनि ?"

मैंने सीना ठोका और दादा की जैसी खरज साधकर कहा, "श्री मनोहर श्याम जोशी।"

"हैं", दादा बोले, "दैट्स बैटर। तो एइसा बोलने का, मिस्टर रथिजित भट्टाचार्य,

अबी अम जो थीम सुनाया, ओ मनहर सियाम जोसी का लाउजी।"

बस से उतरकर दादा ने अभिदा के घर का रुख किया। रास्ते में जोशीजी ने साहस बटोरकर कहा, "दादा, थीम में आपको क्या खराबी लगी ?"

"ओ लारकी जोसी।" दादा ने कहा, "तूम उसको ठीक नेई जाना। अम जानता उसको।"

"मैं तो उसको रियल लाइफ में जानता हूँ दादा !" जोशीजी ने कहा।

"रियल लाइफ में जानना एक बात। रियली जानना ओ दूसरा बात। तुम सचमुच उसको नेई जाना। अम जाना। पहले कोलकाता में फिर इदर बाम्बे में। यह लारकी फिलासफी का एम.ए.। तन्त्र पर रिसार्च करता था, साधना-टाधना भी किया है खूब। इसका भाई निखलेश, ब्रिलियेंट स्टूडेंट था। उसको नाक्सलाइट मान लिया पोलिस वाला गलती से। मार दिया उसको परपसली। जभी से ये लारकी खूद नाक्सलाइट हुआ। इसका विपल्वी गुरु वइसा ही जइसा तुम रोल दिया है अपना स्टोरी में वयस्क बन्दूक वाला का। जो हिंसक किन्तु कर्मकांड का सारा बात जानता। अभी इसको ओ दूसरा जितना भी अपराध होता ऊँचा-ऊँचा उससे कनेक्टेड मानता पोलिस वाला। लेकिन वह इसका खिलाफ कुछ करता नहीं जोसी किऊँकि ओ ऊँचा-ऊँचा अपराध, ऊँचा-ऊँचा लोग के दुनिया का धर्म। पोलिस सिरिफ एक बात नेई जानता कि शे लारकी नाक्सेलाइट भी !"

"दादा, आप किसी और की बात कर रहे हैं। मैं जिसकी बात कर रहा हूँ वह एक गुजराती औरत है। इसका नाम तारा झावेरी है। और वह, जैसाकि मैंने कथासार में बताया, पूछती है—एनो मीनिंग सूँ ?" जोशीजी ने विरोध किया।

"वही लारकी जोशी वही, दिब्ब रूप-राशि, एफरवसेंट यूथ, सिनिटिलेटिंग इंटेलेक्ट। तूमसे गुजराती में पूछा होगा, अम से बंगला में ही पूछता—एर माने की ? हर बात में माने माने ? एइसा कहता था। शी इज द एटार्नाल मिस्ट्री, जोसी, अउर एटार्नाल मिस्ट्री कभी बंगाल का बाहिर जन्म लिया ? एटार्नाल मिस्ट्री का नाम तारा झावेरी कभी हुआ ? उसका नाम महामाया सेनगुप्त ! गुजरात में महात्मा पैदा होता जोसी, महामाया नेई।"

जोशीजी फिर विरोध करना चाहते थे। लेकिन मैंने दादा के नशे की कद्र की और पूछा, "दादा, आपको कुछ भी पसन्द नहीं आया ?"

"एंड आच्छा है।", दादा ने कहा, "लेकिन उसमें भी भूल। तुम एइसा बोलने माँगता मानो ओ पुरुष गालती से मारा गिया। एक्सिडेंट, एरर, एइसा। किन्तु नेई, ओ डेस्टिनी, अदृष्ट, बूझे चो। जभी तूम जानेगा कि ओ जो गोली आके लगा तोमारा सो-कॉल्ड एरर से, ओ डेस्टीन्ड था, लगना ही था, तभी सुरू से स्क्रिप्ट सही रास्ता पकड़ेगा।"

"लेकिन दादा, आप ऐसी बात कैसे करते हैं, आप तो रेवोल्यूशनरी हैं।" जोशीजी ने शंका की।

"रेवोल्यूशनरी है जभी अम बताया कि हीरोइन तान्त्रिक ई नेई रेवोल्यूशनरी भी है। अम द्वैत मिटा दिया बाममार्ग और बामपन्थ का ! अउर रेवोल्यूशनरी है जभी अम

बोला कि ओ पुरुष जो रेवोल्यूशन से भागे थे, एक स्त्री का पीछे ऊहाँ जांगोल में, ओ डेस्टीन्ड थे कि मारा जाए अदृष्ट का बन्दूक से। बूझले ?''

जोशीजी देख रहे थे कि उनका कथा-सार कहीं से कहीं ले जा रहे हैं दादा। सन्दर्भ : 'ब्रिज आन सां लुई रे : थॉर्टन वाइल्डर' किए जा रहे हैं उसे। उन्होंने विरोध किया, ''लेकिन रेवोल्यूशनरी होकर आप नियति की बात कैसे कर पाते हैं ?''

''ओ एइसे कि जो आसाल क्रान्तिकारी होगा ओ जानेगा जे क्रान्ति मानव जातीर अदृष्ट।'', दादा ने कहा।

क्रान्ति को मनुष्य की नियति ठहरानेवाली यह बात जोशीजी को जँची नहीं। और उनके मन में बैठी यह शंका कुछ बलवती हुई कि दादा शायद थोड़े सेंटिमेंटल हैं।

करेजुआ में तीर एकटि फिल्मेर नाम

अभिदा अपने घर में मिले नहीं। उनके मेहमान आलोदा जरूर मौजूद थे। दादा ने उनसे सेवा-सत्कार करने के लिए कहा। आलोदा ने ब्लैकनाइट की एक बोतल प्रस्तुत की, थोड़ा चुरन्दम-खुरन्दम। शराब पीते हुए दादा ने मेरा परिचय कराया कि यह मनहर सियाम जोसी मेरे लिए उस फिल्म का स्क्रिप्ट लिख रहा है जिसे मित्तल प्रॉड्यूस करेगा।

"सब्जेक्ट क्या है ?", आलोदा ने मुझसे पूछा।

मैं कुछ जवाब दूँ इससे पहले दादा बोले, "माई लिवर। कोलेजा कलाकार का। ए सब्जेक्ट अम लोग लिया है।"

आलोदा विस्मित हुए, "कोलेजा !" विस्मित तो मैं भी कुछ कम नहीं था।

"यस सरी !", दादा ने कहा, "कोलेजा। फिल्मेर नाम कोरेजुआ में तीर, तीरेर नाम तिरिया, तिरियार नाम चाण्डालिका आरु चंडी, करेजुआर नाम कलासाधक। यू गेट द पिक्चर ?"

आलोदा सुनकर हँसे। दादा ने उन्हें झिड़क दिया, "हँसता किऊँ तूम ! फिलिम टा सीरियस। बहुत फैंटेस्टिक स्क्रिप्ट लिखा है मनहर सियाम अउर ग्रेहम ग्रीन। ओपनिंग सीक्वेंस, तोमरा एडवर्टाइजमेंट फिलीम जइसा। ओही डायरेक्टनेस, ओही क्रूडेटी। ये है आपका कोलेजा, अभी कोलेजा थामकर शुनून जे कोलेजा का एक जन डाक्टर क्या बोलता। डाक्टर मोशाय बोलता, बहुत-सा बात, कोलेजा का बारा में—लेजेण्ड से, लिटरेचर से, पुराना वैद्य लोगों का पोथी से अउर तोमारा मॉडर्न सायंस से। एइसा समझो आलो, जइसा कोई नाशाबन्दी वाला लोक बनवाया हो फिलीम। मे बी आइ विल आस्क प्रोहिबिशन पीपुल टू स्पोंसर इट, मोरारजी से कराएगा मुहूर्त्त। आच्छा, जब डाक्टर बता चुकता अपनी बात अम सुरू करता एक जिंगल, कोलेजा, कोलेजा, कोलेजा। कोलेजा को ध्यान दे भाई, ओ ही तेरा बाप अउर माई। बिमोलदा के हियाँ हैं एक टेलेण्टेड लारका गूलजार उससे लिखवाएगा। और इसी गाना पर क्रेडिट्स—के. डी. मित्तल प्रजेण्टस, ए फिल्म बाई रथिजित भट्टाचार्य, बेस्ड ऑल एन ओरिजनल स्क्रिप्ट बाई ग्रेहम ग्रीन एण्ड मनहर सियाम। कोलोबरेट किया दोनू। सहजोग तो मैं भी दिए स्क्रिप्टे लेकिन मेरा ओ परसन्द नहीं, तोमारा रिटन-डायरेक्टेड एण्ड म्यूजिक बाई बूझे चो ? अभी आलो, तूम जरा समझने का कोसीस करो। अमारा हीरो एक सराबी, मात्र सराबी। आगे एइसा नेई था—मात्र सराबी। आगे अउर भी कुछ था—आपना मासी माँ का, जे उसे पाला, होनहार छेले। मेधावी अनाथ लारका जिस पर केतना लोग का केतना माने होप्स ! ब्रिलियण्ट

बॉय। अउर शे ब्रिलियण्ट बॉय ऐंजीनियर नेई हुआ, कलाकार हो गिया ! पढ़ाई छोड़ा। ट्रेड यूनियन का काम किया। ओ भी छोड़ा। कविता लिखा। ओ भी छोड़ा। फिन नाटक लिखा-खेला। एक फिलीम बनाया। सराब पीना सीखा। गाली देना सीखा। सेंटिमेण्टाल मिडिल क्लास का हीरो बन गया रेवोल्यूशनरी। जेतना अपराध-भाव हुआ उसे अपना मिडिल क्लास स्वजन से धोका करने का उतना ही पीया सराब।''

आलोदा ने दादा का खाली गिलास भरते हुए जोशीजी की ओर कुछ इस नजर से देखा कि नायक के रूप में स्वयं दादा का चरित्र, तुमने तो क्या लिखा होगा।

दादा ने एक घूँट भरी। फिर बोले, ''अभी नायिका। बहुत सीधा-सा गाँव का लारकी। ओनेक सुन्दर। बाप उसका संस्कृत का पण्डित। बाप का शे ही एकमात्र सन्तान। देवी का दिया हुआ, एइसा मानते उसका बूढ़ा बाप। बहुत माने कथा-टथा सुनाया उसको देवी का। बाप इनका मर गिए जभी दस बरस का होते लारकी। गाँव में एक अउर अनाथ छोटा बाच्चा। उसका यह बने माँ जइसा। निखिलेश नाम इस लारका का। इस लारकी का नाम महामाया। गाँव में एक अउर होते—वही अमारा सराब पीने वाले हीरो। इन बहुत मदद किए महामाया अउर निखिलेश का। उनको प्रेरणा दिए लिखने-पढ़ने का। जब भी कैलकेटा से आते यही कहते पढ़ो-पढ़ो, मेरा माफिक हुसियार बनो। अच्छा जभी ये महामाया तेरह बरस के होते, इन्हें रेप कर दिए एक सूडो तान्त्रिक। पइसावाला, पण्डित बननेवाला ओ साला अधकचरा मानूस तन्त्र समझाता-समझाता बलात्कार कर दिए कन्याकुमारी से।''

दादा ने लगातार दो-चार घूँट भरीं। बोले, ''आलो, अभी तूम समझो जरा, ए बलात्कार ही अमारा फिलीम में आधा-अधूरा मानूस का प्रतीक। एई उनका तन्त्र, एई उनका धर्म, एई उनका विज्ञान अउर एई उनका दर्शन। इस घटना से महामाया पागल हो गिए। किन्तु शे पागलपन ओनेक माने विचित्र। ए पागलपन थोरोली जानने का, पूरा तरह जानने अउर समझने अउर करने का पागलपन। बूझे चो आलो ! थोरोली—यही अमारा हीरोइन का चाबी, जइसा अमारा हीरो का चाबी सूडो। तारपोर, महामाया तन्त्र सीखे थोरोली, रिसर्च किए कोलकाता में। निखिलेश को पढ़ाए, उसे भेजे आई.आई.टी. खड़गपुर। कोलकाता में इन लोग को मिले ओई अमारा सूडो। उन इच्छा व्यक्त किए जे महामाया उन का नाटक में हीरोइन बने। ओ राजी हुए नेई, महामाया। उनको परसन्द नेई नाटक का ओ सब वामपन्थ-टामपन्थ। महामाया तो बाममार्गी। ओनेक माने डिस्कशन, बहस हुए दोनू के। हीरो अमारा ओ बोलते महामाया से जे तूम तो सेल्फिश, अपना ही मोक्ष चाहती, ए रकम दीन-हीन लोग का कल्याण कइसा होगा ? हीरो अमारा ओ बोलते जे बाममार्ग का मतलब ही लेफ्टिस्ट, ओ तो रेलिजन ही एंटाई-एस्टेब्लिशमेंट का, तोमारा काली ओ तो देवी ही आउटलॉ का, डाकू, बिप्लबी, राजद्रोही ओ सब पूजते उसे। फिन तूम कइसा अमारा इस लेफ्टिस्ट प्ले में पार्ट नेई करता ? निखिलेश सुने, इम्प्रेस हुए। इस सो-कॉल्ड जीनियस का बात से। निखिलेश उसका, क्या बोलते, चामचा बन गिये बिचारा। तारपोर एक दिन...''

दादा ने गिलास में बची शराब एक साँस में पी डाली और बोले, ''एक दिन जभी

निखिलेश, आपना इस नया हीरो का साथ जलूस में गिया, उदर पात्थरबाजी फायरिंग ओ सब हुआ। निखिलेश मार गिया इसमें। निखिलेश जो पार्टी मैम्बर नेई, सिम्पैथाइजर नेई। निखिलेश जो सूडो बिप्लबी का चामचा मात्र। इसका ट्रॉमेटिक इफेक्ट होना चाहिए था अमारा बिप्लबी हीरो पर। सांघातिक प्रभाव। किन्तु नेई। हुआ ओई सूडो-ट्रॉमेटिक। अउर जास्ती पिया साराब ओ ! आलो, गिव मी सम मोर।"

आलोदा ने दादा के गिलास में और ढाली ह्विस्की। दादा ने एक घूँट भरी। फिर मुस्कुराए। बोले, "एनीवे, काफी-प्याला का रेवोल्यूशन से तो जास्ती बड़ा सराब-प्याला का रेवोल्यूशन।"

दादा कुछ देर पीते-सोचते रहे, फिर कहा उन्होंने, "ओ जे लारकी, महामाया, उस पर निखिलेश का मार जाने का सांघातिक प्रभाव हुए। शे लारकी आये अमारा सूडो बिप्लबी का पास अउर बोले। क्या बोले, ए जोसी ! बताओ आलो को !"

जोशीजी सकपकाए लेकिन मनोहर पूरे विश्वास से बोला, "उसने कहा—तुमने मेरे भाई को मार दिया।"

"हैं ! डायरेक्ट एक्यूजेशन। तूमारा वजाँ से, तूमारा उसको उदर ले जाने का वजा से मारा गिया, एइसा कुछ नहीं। तूमने मारा। सीधा बात, साफ बात। तो ओ सूडो क्या बोला जोसी ?"

मनोहर उवाच, "उसने कहा—यह एक दुखद दुर्घटना थी।"

"हैं ! एन आन्फॉरच्यूनेट ट्राजेडी, एइसा बोला वह आलो, जइसा तोमारा सूडो लोक का सूडो नेता सूडो पार्लियामेंट में बोलता। आन्फॉरच्यूनेट ट्राजेडी तोमारा, ऑल सिम्पेथीज अमारा हार्टफेल्ट। एइसा सुनकर ओ लारकी कहा कि अगर यह दुर्घटना, अगर दुर्घटना में मारा जाना ओई मेरा भाई का अदृष्ट तो क्या तूम निमित्त नेई उस अदृष्ट का ? इसका जवाब क्या दिया ओ सूडो, बताओ जोसी ?"

"वह बोला, न मैं नियति को मानता हूँ, न निमित्त को।", मनोहर ने उत्तर दिया।

"अउर तब आलो, ओ लारकी, ओ बोला शुनून मोशाई, अभी तीन में से एक बात करो। मुझे मार दो, आपना को मार लो, या मेरा साथ चलो अउर उन लोक का दुनिया को मार दो जिनका ट्राजेडी सूडो है, अउर सिम्पेथी भी। इस पर ओ हीरो अमारा क्या कहा जोसी ?"

"लैफ्ट एडवेंचरिज्म।"

"अउर लारकी ने क्या कहा ?"

"एनो मीनिंग सूँ ? एर माने की ?"

"हैं ! उस लारकी का तो यही सवाल। तो आलो, अमारा सूडो उसको मतलब समझाया। पूरा क्लास-स्ट्रगल का थ्योरी। स्ट्रेटेजी, टेक्टिस, कंट्राडिक्शंस, डायलेक्टिस एंड ऑल दैट। लारकी बोला—मैं ए सब तो बूझता नेई, तोमारा नाटक अउर फिलीम में ओ जो एम्बीगुअस एंड होते ओ बी बूझा नेई था मैं। मेरा तो तान्त्रिक रीते कोई द्वैत नेई कहीं। तूम एक दिन बोला मुझसे कि बाममार्ग बिप्लब का धर्म। फिन अभी बिप्लब से कइसा भागता तूम ? क्या तोमारा बामपन्थ भी सिरिफ तूम को मोक्ष दिलाएगा

साराब पिला-पिला के ? एम्बीगुइटी खिला-खिला के ? तूम कइसा रीयलिस्ट बन्धू जे एम्बीगुइटी अउर कंट्राडिक्शन का माला जपता। एम्बीगुइटी तो माया। द ग्रेटेस्ट इल्यूजन एवर !''

आलोदा पर्याप्त बोर हो चुके थे, वह उठते हुए बोले, ''ओद्‌भुत। यू मस्ट टेल मी द होल स्टोरी सम डे दादा।''

''मैं तूम को अभी बता रहे, तूम जाते किदर ?'', दादा ने डाँटा।

''आमार बैजोयन्ती संगे अपोइंटमैंट आछे।'', आलोदा ने कहा।

''तोमारा उस रेचेड हिन्दी फिलीम प्रोजेक्ट के लिए ?'', दादा बोले, ''मैं अभी उसको बोल देते, विलम्ब होबे।''

आलोदा के हाथ जोड़ने के बावजूद, दादा उठे, उन्होंने फोन मिलाया और वैजयन्ती माला के सेक्रेटरी को सन्देश दे दिया कि आलो मुखर्जी अपनी फिल्म का स्क्रिप्ट रथिजित भट्टाचार्य से डिस्कस कर रहे हैं, उन्हें थोड़ी देर हो जाएगी।

आलोदा माथा पकड़े बैठे थे। दादा ने उनसे कहा, ''कि-कि-कि-किक।'' और फिर वचन दिया कि 'काल-पोरसूँ दो दिन आके तोमारा हिन्दी फिलीम का स्क्रिप्ट रिवाइज करेगा मैं !''

आलोदा सुनकर थोड़ा स्वस्थ हुए। दादा के बारे में मशहूर था कि भले ही वह बॉक्स ऑफिस फिल्में खुद बनाते-लिखते न हों लेकिन अगर वह दूसरे की चुनी हुई फार्मूला कहानी को यहाँ-वहाँ से छू भर दें तो बम्बइया शब्दावली में मामला 'जॉलीगुड हॉलीवुड' हो जाता है। दिक्कत यही थी कि अगर दादा से इसके लिए बाकायदा अनुबन्ध किया जाता था तो वह पैसे लेकर भी काम नहीं करते थे। हाँ किसी से मौज-मस्ती में कह दें कि मैं सहायता करूँगा तो बगैर अपनी तरफ से कुछ पैसा माँगे मनोयोग से काम कर जाते थे। दादा अक्सर अपने भक्तों से कहते थे कि अम सारा क्राफ्ट उन फिलीम से सीखे जिन्हें तोमारा इंटेलेक्चुअल लोग बी ग्रेड बॉक्स ऑफिस स्टफ कहते। फिलीम का खेल अम जभी दोनू प्लेन पर जानते, बॉक्स ऑफिस का बी, आर्ट का बी।

''तो आलो !'', दादा ने कहा, ''ओ सूडो सीधा जवाब दिए नेई, लारकी के सीधा सवाल का। लारकी चले गए, न उन सूडो को मारे, न आपना को। अमारा सूडो ओई फिलीम बनाते रहे जिनका एंड कइसा ? बोलो जोसी !''

''एम्बीगुअस।'', जोशीजी ने कहा।

''हैं ! आच्छा ओ फिर देखे ओ लारकी हिंआ-हुआँ सब जागा जाता है अब। सब बड़ा-बड़ा लोक को जानता है। बहुत माने, क्या, जोसी ?''

''चालू है।'', मैंने कहा।

''है चालू, हंड्रेड परसेंट !'', दादा ने कहा, ''जितना भी तस्करी, हेराफेरी, बादमासी, धोखाधड़ी है हाईक्लास उसमें देखते हैं अब अमारा हीरो, अमारा हीरोइन को। यह लारकी ईवन उसका फिलीम के लिए फाइनेंसर लाया एक बारी। अउर स्कॉच तो बहुत पिलाया ! आच्छा अमारा ए सूडो बिप्लबी हीरो एइसा बी सुने जे एक आउर कोई

लारकी, गाँव का लोक, आदिवासी लोक, जिसे देवी कहता। कभी सहसा आ जाता उन लोक का पास। चमत्कार-टमत्कार दिखाता, हैं। अउर उन लोक को एक ही बात बोलता ए देवी—मार दो, छीनकर ले लो। पोलिस बहुत खोजता उसे, नेई मिलता। एवरबडी बैफल्ड। अउर तब एक दिन, ए सूडो तोमारा, जो आपना बिरादरी में माने ओनेक बोल्ड, बदतमीज एइसा माना जाते थे, जो आपना प्रोफेशन में फेल होते जाते थे बराबर, ओ एक दिन बहुत पीया जभी देखा एक एंड जो एम्बीगुअस नेई थे। गिव सी सम मोर आलो।"

आलोदा ने ढाली। दादा ने चुपचाप पी। फिर बोले, "ओ ड्रांकर्ड सूडो, डिस्कवर किए अपना अन्तरतम का गाम्भीर में, जे ए शहरी लोक का चालू लारकी अउर ओ आदिवासी लोक का देवी, दो नेई, एक है। ओई लारकी जे पूछते थे हर बात में माने ? माने ? माने ? माने मील गए हैं उनको। एइसा जब ओ सूडो सोच लिये तभी उनका मन में विचार उठे जे आई एम डेस्टीन्ड टू डाय एट द फीट ऑफ दिस वूमेन। मुझे बी वइसा ही मरना है इसका श्री चरणों में जइसा ओनेक बरस आगे इसका बाप मरा था इसको पायल पहनाता हुआ। ओ बाप जो देबी से माँगकर इस बेटी को पाया था और जाना था जे ए बी देबी है। बाप का माफिक किऊँ मरना था उसको जोसी ?"

जोशीजी गोल। लेकिन मनोहर ने कहा, "क्योंकि उसी सूडो ने उसके शरीर में शक्ति का आह्वान किया था। जब वह सुप्रतिष्ठित हो गई थी तब उसके समक्ष नमित होना धर्म था। और मरण से बड़ा नमन क्या हो सकता है ?"

"ओद्‌भुत।", आलोदा ने उबासी लेते हुए कहा और कलाई-घड़ी पर एक चोर-नजर डाली।

"वंडरफुल इंडीड !", दादा ने कहा, "मनहर सियाम हैज ग्रेटली इम्प्रूव्ड ऑन ग्रेहम ग्रीन। ग्रीन का लिखा में ओनेक सुधार किया तूम जोसी। अभी इदर आओ, पाँवे हाथ दिये प्रणाम कोरो !"

मनोहर ने पायलागन किया। दादा ने आशीर्वाद दिए। आलोदा ने घड़ी देखी।

दादा बोले, "आपना बोरडम एतना ऑब्वियस किऊँ करता आलो ? तोमारा समझ से परे है, मैं जानता, बट स्क्रिप्ट है। प्रोफेशनल चीज है अमारा लोक का। श्रद्धा माँगता है। काल-पोरसूँ दो दिन अम तूमारा ग्रेट स्क्रिप्ट देखेगा तो एइसा बोर हो के देखेगा ! हाँ तो अभी सून तूम। सूडो अमारा उन आदिवासी लोक का मध्य उसे ढूँढ़ने के लिए भटके। ये ओडेसी-सीक्वेंस। बहिर आरु अन्तर-जात्रा-प्रसंग। अम एडिट कर देता तोमारा वास्ता इसे। भटकता-भटकता ओ सूडो पहुँचे एक निरजौन जांगोल में। उनका कान्धा में एक झोला, उनका हाथ में दारु के एक बोतल हैं, उनका खाकी हाफ-पैन्ट-कमीज मैला, उनका कैनवास का जूता फटे हुए। थक गिया है। गाछ का सहारा लेकर खड़े होता है। सुनता है कहीं कोई उपनिषद पढ़ता है। क्या पढ़ता जोसी ?"

जोशीजी ने 'तेन त्यक्तेन' सुना दिया। दादा बोले, "ओ त्यक्तेन-ट्यक्तेन एम्बीगुअस। ओ ग्रेहम ग्रीन ! जांगोल में पुजारी पढ़ रहा है—प्रणवो धनुः शरोह्यात्मा ब्रह्म

तल्लक्ष्यमुच्यते, अप्रमत्तेन वेद्धव्यं शरवत् तन्मयो भवेत। ओंकार का धनुष, आत्मा का तीर, ब्रह्म लक्ष्य, अभी मारो तुम आपना को ही तीर बनकर !"

दादा ने बोतल थामी और कहा, "बोतल से पीता है दारु अमारा हीरो। जानता नेई, उदर एक पहाड़ी-जइसा जो है उसी में ओ देबी का छुपने का जागा। तो उदर से देबी का आदिबासी गार्ड लोक, इनको पोलिस का सिपाही समझता और तीर चला देता।"

अब दादा उठे, बोतल लेकर खड़े हुए और बोले, "अभी यह फाइनल सीक्वेंस। तीर सूडो के इदर करेजुआ में लगा है, गाछ का सहारा खड़ा अब ओ कौलेप्स कर रहा है; गाछ पर उसका पीठ का गिरते हुए रगड़ना स्लो मोशन में लेता अम; उसका हाथ का बोतल टिल्ट होता है, एइसा माफिक, लुक आलो, अउर उसमें से दारु गिरता है, एइसा माफिक, लुक आलो, अउर कैमरा..."

आलोदा ने दादा के हाथ से बोतल ली, ढक्कन लगाकर रख दी।

"एई की ?", दादा बोले, "एई की ?"

आलोदा उत्तर में एक सहिष्णु मुस्कान प्रस्तुत करते रहे।

"चल जोसी !", दादा बोले, "अमारा लोक एइसा फिलस्टीन का कम्पनी में बइठ नेई सकता। बानिया का बाच्चा साला। इनको आर्ट का चिन्ता नेई, पइसा का वरी। ओ राजा जामींदार लोक जे होता था, रक्त तो ओ भी तोमारा माफिक चूसता था। किन्तु एक गरिमा था उन लोक का व्यापार में। ए ग्रेस, ए ब्लडी सेविंग ग्रेस, माई डियर आलो। जभी साला उन लोक जिनगी जीया ठाठ का, आर्ट पैदा किया सूक्ष्म अउर विराट का। तूम ! तूम साला क्विसलिंग, तोमारा जीवन-दर्शन क्विब्लिग, तोमारा बिजनेस निबलिंग, अउर क्या बोलते, तोमारा आर्ट, ओ साला पिफलिंग। पिफ-लिंग। तोमारा तिजोरी के चूहे का माने लिंग में तोमारा इस पिफ-लिंग आर्ट से जास्ती ओउजन, जास्ती ताकत, आई कम क्वाइट सर्टेन। यू पीपुल, यू डोंट डिजर्व ऑल दिस !", और दादा ने उस सजे-धजे कमरे की आरती-सी उतारी। फिर दादा ने यह बोतल उठा ली और सूचना दी, "मैं इसे ले जाते एंड डोंट आस्क मी टू थैंक यू।"

फिर उन्होंने मुझसे पूछा, "ए जोसी, कार्पेट भी अम ले जाए क्या ? बिचारा आलो का हेल्थ खराब होता है इसका चिन्ता में।"

मैंने कहा, "दादा, गलीचा अभिदा का है।"

दादा बोले, "ओभि का है तो ओभि डिजर्व्स इट। ओ अपना लोक का माफिक होमो इरेक्टस, खड़ा हुआ आदमी। कभी खड़ा-खड़ा थक जाता, खड़ा हुआ आदमी। दैन ही डिजर्व्स टू रेस्ट ऑन हिज वैल-डिजर्व्ड कार्पेट !"

अब दादा ने सहसा बोतल की ओर इशारा किया, "दिस इज योर्स, आई होप ?"

"येस।", आलोदा ने कहा, "एंड यू आर वेलकम टू कीप इट।"

"ओ सब ग्रेसफुल फॉर्मेलेटीज़ अम से बोलने का जरूरत नेई। अम ले जाते तो इसलिए कि अम डिजर्व करते, तूम नेई। कभी तूम पीकर गिरा है नाली में आलो ?"

"नहीं।", आलोदा अब भी मुस्कुरा रहे थे।

"दियर यू आर !", दादा ने फैसलाकुन अन्दाज में कहा, "गिरेगा तो ओई जो खड़ा हुआ हो। क्या बोलता, गिरता रहता शैस्वार ई मायदानी जांग में। तूम कइसा गिरेगा, तूम तो घुटने का बल चलता आलो। कि-कि-कि-किक्क, माई स्वीट चाइल्ड। एंड डोंट फारगेट योर मैनर्स, योर दादा इज लीविंग।"

शिष्टाचार का स्मरण कराए जाने पर आलोदा ने झुककर पालागी कर दी। दादा ने उन्हें आशीर्वाद दिए। उनकी फिल्म को भी। उनकी पत्नी और बच्चों की कुशल पूछी। 'काल नेई तो पोरसू' से आलोदा की हिन्दी फिल्म की स्क्रिप्ट रिवाइज करने का वादा किया और साथ ही यह आदेश भी दिया कि अमारा हिन्दी कांस्लटेंट जोसी को कुछ एडवांस दो। आलोदा ने पचास रुपए दिए जो मैंने दादा की जेब में डाल दिए। आलोदा छोड़ने के लिए आए। उन्होंने ही टैक्सी रुकवाई। दादा ने जाते-जाते कहा, "गॉड ब्लैस यू माई चाइल्ड, एंड बेस्ट ऑफ लक फॉर योर पिफलिंग स्टारिंग उत्तम एंड बेबी नाज।"

दादा ने टैक्सीवाले को अपने भक्त वृत्तचित्र-निर्माता श्रीनिवास के घर का पता दिया—जुहू।

तन्त्र का पेटिकोट में घुसो नका

एक अजनबी कमरे में मैंने अपनी आँखें खोलीं। किसी अमीर का शयन-कक्ष। 'यह श्रीनिवास का घर तो है नहीं।', मैंने अपने से कहा। दीवारों पर अमूर्त्त तान्त्रिक चित्र लटके हुए थे दो-एक में सर्प-युगल और कमल, दूसरे में उर्ध्वमुख, अधोमुख त्रिकोणों के जोड़े। 'कहीं यह चित्रकार कारन्त का घर तो नहीं ?' जोशीजी ने पूछा और मैंने कहा, 'चित्रकार ऐसे घरों में नहीं रहते, ऐसे घरों में वे रहते हैं जो उनके चित्र खरीदने की हैसियत रखते हों।'

मेरा सिर फट रहा था। मैं उठा और साथ के बाथरूम में घुस गया। तमाम सुविधाओं और प्रसाधन-सामग्रियों से लैस ऐसे बेहतरीन बाथरूम जोशीजी की तबीयत झक कर देते हैं। खलीक की तरह उनके मन में पड़ोस के किसी रईस चाचा की नहीं, अपने ही पिता के ऐश्वर्य की स्मृतियाँ बसी हुई हैं। और उनका इनकलाब उन्हें बराबर मध्यवर्गीय झंझटों से इसी ऐश्वर्य तक पहुँचाने के लिए कृतसंकल्प रहा है शायद। तो पहले वह पुरुषों माटे योरुप पद्धत पर निबटे। फिर उल्टी से गँधाते अपने कपड़े उन्होंने एक बाल्टी में डाल दिए। उन्हें धोने की एक विफल-सी कोशिश की। फिर गर्म-ठंडे दोनों नल खोलकर टब भरा। पॉटर और मूर के बेदिंग साल्ट पानी में डाले। और धँस गए उसमें। गुनगुना जल उनके तनाव की गाँठें खोल गया। जोशीजी किंचित स्वस्थ होकर स्मृति के चलचित्र की ताजा रील देखने लगे।

रात की बात उन्हें इतनी ही याद थी कि आलोदा से विदा लेकर श्रीनिवास के घर गए। वहाँ दादा के बहुत-से भगत तुरन्त जमा हो गए। थोड़ी दादा खुद लेकर आए थे, कुछ श्रीनिवास के पास थी, बहुत-सी भगत लोग बीच-बीच में जाकर कहीं से लाते रहे—दारू के एक दरिया में डूबीं-उतराईं सिने-प्रतिभाएँ। दादा ने बीच-बीच में कई असम्बद्ध किस्तों में भगत-मंडली को, 'मनहर सियाम ने लिखा है शे' स्क्रिप्ट के कुछ दृश्य-प्रसंग सुनाए। पहले फिल्म 'करेजुआ में तीर' ही थी। फिर, पता नहीं, क्यों कब वह एक और फिल्म बन गई जिसका नाम था—'किछु गल्प कीने नीन' (थोड़ी कहानी खरीद लीजिए)। इसमें तीन पुरुष पात्र थे, एक नाटककार-फिल्मकार, एक कवि, एक उपन्यासकार। स्त्री कुल एक थी, असाधारण रहस्यवाली एक साधारण स्त्री। इन तीन पुरुषों की एक कमेटी-सी बैठाई गई थी, इस औरत का असली रहस्य जानने के लिए। ये तीनों ही पुरुष काफी घोंचू किस्म के थे, लेकिन इनकी देश के तानाशाह से बहुत छनती थी। उसे इनकी विद्वत्ता में आस्था थी। अतएव इस घोंचू-कमीशन को व्यापकतम

अधिकार दिए गए थे और ये घोंचू, जो जिन्दगीभर घबराए हुए चाटुकार रहे थे, अब बुढ़ापे में सहसा 'पावर' मिलने पर परम प्रसन्न थे। तो नाक के बाल तोड़ते, खैनी खाते, नसवार सूँघते-छींकते, दमे से खाँसते और एक कूल्हा जरा-सा उठाकर हल्के होते ये हास्यास्पद-से बूढ़े, पूरी गम्भीरता से उस स्त्री की असलियत जाँच रहे थे। पहली बार किसी की जिन्दगी पर उन्हें सर्वाधिकार प्राप्त हुआ था। स्त्री भी जानती थी कि अगर इन बूढ़ों ने मुझे दोषी पाया तो पुलिसराज मुझे फाँसी दे देगा। जब उसने अपनी साधारण-सी कहानी सुनाई, बूढ़ों को कतई विश्वास नहीं हुआ। फिर उसने बारी-बारी से तीन कहानियाँ सुनाईं। पहली, सदस्य नं. एक, यानी नाटककार-फिल्मकार, को प्रिय रहे कथानकों-सी थी, इस पर उसे अविश्वास हुआ, शेष दो को विश्वास। दूसरी, सदस्य नं. दो, यानी कवि, के एकमात्र खंड-काव्य के पौराणिक कथानक से मिलती-जुलती थी। इस पर उसे अविश्वास हुआ, शेष दो को विश्वास। तीसरी, सदस्य नं. 3, यानी उपन्यासकार, के एकमात्र सफल उपन्यास के कथानक के खासी निकट थी। इस पर उसे अविश्वास हुआ, शेष दो को विश्वास। और अन्त में उस स्त्री ने एक बहुत ही बेतुकी और अजीबोगरीब-सी कहानी सुनाई जिसमें इन तीनों झूठी कहानियों का चर्चा तो था ही, जमानेभर के अन्य साहित्यकारों के झूठ भी मिला दिए गए थे। और इस अद्भुत गल्प पर बूढ़ों को न केवल विश्वास हुआ, अपितु सुनकर वे इतने उद्वेलित, इतने विह्वल, इतने आक्रान्त और इतने आतंकित हुए कि हृदय-गति रुक जाने से मर गए। पुलिस-राज की नींव हिल गई।

दादा ने मुदित-चमत्कृत भक्तों को बताया कि यह स्क्रिप्ट जॉर्ज ऑर्वेल से लिखवाने की मैं सोचे, किन्तु जॉर्ज, अउर दूसरा एक्स-कम्युनिस्ट का तराह, रोए-हँसे-सोये सपना देखे ओई बिग ब्रदर रहते उनका सामने। उसको देने से तो अमारा राइटर-कमीशन का तीनू मेम्बर स्टालिन बन जाते। फिन मैं ट्राय किए ए तोमारा आर्जेन्टीना का राइटर, बोर्जेस, आच्छा बोर्जेस क्या किए, अमारे जोक को माने एकदम पंडितोंवाला जोक बना दिए। तब अम बिमल बाबू से बोले कोई एइसा लेखक लाओ, जे बहुत पढ़ता, पढ़ा हुआ पर विश्वास करता, अउर माने मूर्ख होने का हद तक अबोध होता। बिमल बाबू बताया एइसा है एकठो मनहर सियाम। अउर अभी मानना होगा, दिस मनहर सियाम, बोर्जेस का पैला ड्राफ्ट को माने ओनेक इम्प्रूव किया है।

ऐसी ही किसी फब्ती पर जोशीजी भड़के थे। मनोहर भी कहानी के इस नए संस्करण से खिन्न-खिन्नतर हुआ जा रहा था—निमित्त और नियति का प्रेमी जो ठहरा। तो जोशीजी उठे थे। दादा के सामने 'आमि श्री मनहरसियाम जोसी, आपनि ?' वाली भंगिमा में खड़े हुए थे, लड़लखड़ाते। उन्होंने क्या कहा—यह ठीक-ठीक याद नहीं। लेकिन दादा ने उनके पंजों में अपने पंजे फँसाकर कहा था, "कुस्ती लड़ो जोसी, अपना थीम से, कुस्ती। ग्रेपल विद इट, कम टू ग्रिप्स विद इट। वॉच आउट अम लगाता धोबी-पछाड़ तोमारा थीम को।"

और दादा खुद गिर पड़े थे अपने नशे और अपनी धोती से उलझकर। तब वहीं फर्श पर पड़े-पड़े उन्होंने कहा था, "लाउजी, सुनो मेरा भाई लोक, मेरे हेल्थ, जोसी का

थीम से भी जास्ती लाउजी।''

जोशीजी ने कहा था, "थीम, दादा, मेरी थीम।"

दादा ने कहा था, "तूम जोसी दो काम करो पैला—एक कुस्ती लड़ना सीखो, दूसरा ताबला बाजाना। ए दोनों सीखने से थीम तोमारा ठीक हो जाएगा।"

निद्रालु दादा पर झुककर तब जोशीजी ने पूछा था, "दादा, आप अगली सिटिंग कब देंगे ?"

और दादा ने कहा था, "अभी अम तोमारा थीम को स्लीपिंग देते। इंग्रेजी में एक अउर मुहाविरा। ग्रेपल करने से हुए नेई, तो अभी, आई एम स्लीपिंग ओवर इट।"

भक्तों के ठहाकों के बीच क्रुद्ध जोशीजी श्रीनिवास के रोकने पर भी बाहर निकल आए थे और रात कितनी बीत चुकी है इससे बेखबर सूने बस-स्टैंड पर जा खड़े हुए थे। इसके बाद उन्हें कुछ याद नहीं कि होमो इरेक्टस कहाँ गिरा, कब गिरा, और कौन उठा लाया उसे इस अभीष्ट बेडरूम-बाथरूम में ?

नहाकर मैंने दाढ़ी बनाई और जितने कोलोन-वोलोन वहाँ रखे थे, उन्हें लगा-मल लिया। अध-निचुड़े कपड़ों को नल और शावर पर टाँगकर एक तौलिया लपेटे मैं वापस बेडरूम में आया।

जोशीजी अब एक ठो साटनवाला गाउन पहनकर, बेक्रफास्ट को नजरअंदाज करते-से, शराब और प्यार के हैंग-ओवर को बिना दूध-चीनी की काफी से सहलाना चाहते थे। वह उस ऐश्वर्यपूर्ण टब से नहीं, सीधे अमेरिकी लेखक फिजराल्ड की 'स्वीट डिकेडेंस' की किसी ऐश्वर्य-गाथा में से उठकर आए हुए थे मानो। अगले दृश्य में नायिका को आकर जोशीजी को स्विमिंग पूल की ओर ले जाना था और वहाँ थोड़ा तैर लेने के बाद उसकी सीढ़ियों को पकड़े हुए आए-गए ढंग से अलसाए-से स्वर में कहना था—'मुझे गर्भ ठहर गया है। शायद तुमसे !'

तभी दरवाजे पर दस्तक हुई। वह ? नहीं, यह एक स्वस्थ-सुन्दर युवक था। उसने पूछा, "होप यू वेयर एबल टू स्लीप इट ऑफ मिस्टर जोशी ?" मिस्टर जोशी प्रसन्न भये। न सही नायिका, उसका भाई-वाई, या दूसरा यार। और अंग्रेजी में बातचीत। 'यू वेयर क्वाइट ए साइट मिस्टर जोशी, फ्राइटफुली फनी, इफ आई मे से सो।', उसने कहा और ज़ोशीजी मुस्कुराए कि वत्स, अंग्रेजी में जो कहना चाहे कह ले। गिटपिट अंग्रेजी बोलनेवाली बालाओं से नफरत करने का दम भरनेवाले इनकलाबी जोशीजी, मूलतः अंग्रेजी के दीवाने हैं। और ऐसे मौकों पर अपने पिता की तरह ऑक्सोनियन लहजे में अंग्रेजी बोलकर उन्हें परमानन्द प्राप्त होता है। तो उन्होंने उस युवक से जमकर बातचीत की, नाश्ता लेते हुए अनन्तर उसकी गाड़ी में लिफ्ट पाते हुए।

बातचीत का सार यह कि पेशे से वास्तुकार, विरासत से धनी व्यापारी, केरशाप फ्रामजी डोभानवाला नामक यह युवक, श्रीनिवास का दोस्त और दादा का भक्त था। श्रीनिवास से मिलने आया था, दादा का प्रवचन सुनने बैठ गया था। बाद में बस-स्टैंड से कोई फर्लांग-भर आगे, औंधे मुँह पड़े जोशीजी उसकी कार की हैडलाइटों में दमके थे। जोशीजी तान्त्रिक मन्त्र पढ़ रहे थे उस बेहोशी-की-सी अवस्था में। डोभानवाला को

दादा द्वारा सुनाई गई उनकी स्क्रिप्ट भी तन्त्र से प्रभावित जान पड़ी थी। उसके अनुसार शुरू से ही एक 'अंडर-करेंट' थी 'तन्त्रा' की इस स्क्रिप्ट में, और अन्त में जहाँ वह स्त्री, जो और कुछ नहीं 'कैरिकेचर फॉर्म' में यिन, फीमेल प्रिंसिपल, कॉस्मिक एनर्जी, देवी चाहे जो कह लीजिए सो है, सारी कहानियों को अपनी कहानी बताती है तो 'इल्यूजन' का संसार 'कंसंट्रेट' होकर 'एक्स्प्लोड' कर जाता है। डोभानवाला ने बताया मुझे 'तन्त्रा' से बहुत दिलचस्पी है। उसने जोशीजी को तान्त्रिक चित्रों और पुस्तकों का अपना संग्रह दिखाया। उसने जानना चाहा कि क्या जोशीजी इस 'स्वामी मुक्तानन्द फैलो' को जानते हैं जो 'टच थिंग' का धनी है, महज छूकर 'शक्तिपाता' करा देता है ?

जोशीजी ने स्वामीजी के सम्बन्ध में, तन्त्र के सम्बन्ध में, अज्ञान स्वीकार किया। डोभानवाला ने फैसला किया कि जोशीजी के लिए 'तन्त्रा', कमोबेश 'इंट्यूटिव काइंड ऑफ ए थिंग', सहजानुभूत विद्या है शायद। जोशीजी ने उसे बताया कि यद्यपि शक्ति-पूजा की हमारे परिवार में परम्परा रही है तथापि 'शक्ति' का मुझे जटिल अथवा सहज कैसा भी बोध नहीं है। प्रसंगवश डोभानवाला ने बताया कि एक देवीजी हैं तारा झावेरी। बहुत बड़ा कारोबार है उनका। तारा झावेरी को भी इधर तन्त्र से दिलचस्पी हुई है, डोभानवाला की देखा-देखी। क्या जोशीजी तारा झावेरी को शिष्या बनाना चाहेंगे ? जोशीजी सुनकर हँस दिए और गिटपिट अंग्रेजी में उन्होंने जानना चाहा कि अन्धे का अन्धों को राह दिखाना किस काम का ? उन्होंने यह सूचना भी दी कि 'संसार बहुत छोटा है'। तारा झावेरी को मैं भी जानता हूँ। लेकिन एक लेखिका के रूप में।

डोभानवाला ने कहा कि तारा झावेरी लेखिका भी शायद हो, उसकी 'वाइव्ज' स्ट्रांग है और 'स्ट्रांग वाइव्ज' वाले अकसर लेखक भी होते हैं—जैसे कि आप जोशीजी।

जोशीजी को स्त्रैण कमनीयता और सुन्दरता (बेहूदा ढंग से लम्बी नाक छोड़) से लैस, मिनमिनाकर बोलनेवाला यह अमीरजादा डोभानवाला, यह फैशनपरस्त तान्त्रिक, कतई पसन्द नहीं आया। उन्होंने उसकी स्मृति दाखिल-दफ्तर कर ली कि 'निठल्ले अमीरों' की अपने इनकलाबी मूड में ऐसी की तैसी करनी हुई कभी तो इस डोभानवाला को कागज पर उतार देंगे। मुझे डोभानवाला कुल मिलाकर 'माई डियर' किस्म का आदमी मालूम हुआ और मैंने आग्रह करके उससे उसकी तान्त्रिक अंग्रेजी कविताएँ सुनीं जिन्हें वह निसीम एजकिल से सम्पादित-संग्रहीत कराने के चक्कर में था। 'तन्त्राज' पर एक रंगीन डाक्यूमेंटरी बनाने की उसकी योजना का भी मैंने साधुवाद किया और उसमें यत्किंचित सहयोग करने का वचन दिया। मुझे खाली दिमाग और भरी जेबवाला यह नवयुवक इतना बढ़िया मालूम हुआ कि मैंने कभी-कभी 'वीकेंड' (शनि-रवि) उसके 'बैचलर पैड' (कुँवारखाने) में बिताने की बात भी इसी पहली मुलाकात में तय कर डाली। बालक मनोहर ने, जिसकी हार्दिक इच्छा यही रहती थी कि सब उसे पसन्द आएँ और सबको वह पसन्द करे, मेरी और डोभानवाला की मैत्री का स्वागत किया। जोशीजी अलबत्ता नाक-भौं सिकोड़ते रहे। मैंने उन्हें याद दिलाया कि डोभानवाला के घर का बाथरूम बहुत अच्छा है।

डोभानवाला मुझे दफ्तर छोड़ गया। वहाँ से शाम को जब मैं अपने कमरे में पहुँचा,

बुजुर्गों की जोड़ी ने गम्भीर मुद्रा में मेरा स्वागत किया। मिस्टर तिरखा चिन्तातुर मालूम होते थे, मिस्टर तलाटी रुष्ट। मैंने रातभर गायब रहने की सफाई में यह कहा कि बहन के घर देर हो गई।

मिस्टर तलाटी ने कहा, "फोन कर सकता था आप।"

मिस्टर तिरखा ने बचाया, "मिस्टर जोशी, फॉरगेटफुल एज युजुअल।"

मैंने कहा कि फोन खराब था बहन के यहाँ। मनोहर ने मुझे बारम्बार धिक्कारा। इस मामले को रफा-दफा करके मैं सन्तुष्ट होना ही चाह रहा था कि मिस्टर तलाटी ने बगैर किसी प्रसंग के पूछा, "एक जो लेडी इदर आया था अपने को आपका बेन बताता था, छिन्नमस्ता का वातो करता था, उससे मूलाखात होता होएँगा आपका कभी ?"

मैं सावधान हो गया। मैंने बात गोल रखने की गरज से कहा, "क्या आप छिन्नमस्ता की कथा ढूँढ़ लाए उसके लिए ?"

"कथा तो वह हम लोग को सुनाएगी !", मिस्टर तलाटी ने कहा।

"येस ए माईटी पंडिता !", मिस्टर तिरखा ने कहा, "बट येट सो स्ट्रेंज। वैसे होता है। जीनियस-मैडनेस, डिविनिटी-डिप्रेविटी इनकी डिबाइडिंग लाइनां बहुत ही थिन हो जाती हैं कदी-कदी। बट स्ट्रेंज। वैसे अपने हिन्दू माइंड के लिए कुछ भी स्ट्रेंज नहीं, एक स्ट्रेंज होने के अहसास को छड के।"

अब जोशीजी और मनोहर दोनों स्तब्ध थे। लेकिन मैंने स्वयं को संयत रखते हुए कहा, "चाचाजी, यह छिन्नमस्ता की कहानी है क्या ?"

मिस्टर तिरखा विषयान्तर से क्षुब्ध प्रतीत हुए लेकिन चाचाजी ने भतीजाजी को बताया, "एक बारी अपनी माँ भवानी, वह जी नहाने गई, इन द होली वॉटर्स ऑफ रिवर मन्दाकिनी। नहा के किनारे बैठी सी गी के दिस नॉटी फैलो, अपना मनमथ, ओसने बाण चला दिया। फेर जी यह मदर-ऑफ-अस-ऑल, बॉडिली डिजायर में एतनी सेल्फ-एब्जॉर्ब्ड हो गई के उसने खयाल ही नहीं आया कि साथ आई डाकिनी ते वर्षिणी भूखी बैठी हैं सवेर की। ते जी..."

मिस्टर तलाटी ने उनकी बात काट दी और शुष्क स्वर में कहा, "देवी कइसा इन बे छोटा देवियो का भूख-प्यास मिटाने को सर काटकर खून पिलाया और छिन्नमस्ता कहलाया वह सब आप किदर चोपड़ी में बाँच लेना मिस्टर जोशी। अभी जरा इस औंधा-खोपड़ी का वातो करो जो आपका बेन बनेला है।"

"मैं उन्हें अच्छी तरह जानता नहीं।", मैंने कहा, "मेरी दादी से पहचान है उनकी।"

"आपका दीदी जानता उनको बरोबर ?", मिस्टर तलाटी के स्वर में ही नहीं, आँखों में भी चुनौती थी।

मैं चुप रहा। फिर मिस्टर तलाटी ने मुस्कुराकर कहा, "हम लोक को मिला वो लेडी एक दिवस। आपको बतावे क्या करती थी, क्या बोलती थी आपका बारा में ?"

"क्या बात हुई, तिरखा अंकल ?", बचाव के लिए मैं मनोहर के सदय पिता-प्रतीक की ओर बढ़ा।

और मिस्टर तिरखा हँसने लगे। नियम से हर रोज दो बार—एक बार सुबह, एक बार शाम—हँसा करते थे वह। फिंह-हिं-हिं-हो-हो-हैं-हैं-फिं-हिं-हिं-फिंही-फिंही-फूँई-हिं-हिं-फूँ-फूँ, ऐसी कुछ थी स्वरमालिका उनके हास्य की। हँसते-हँसते उनकी गोल-गोल आँखें कोटरों से बाहर निकल आया करती थीं। अन्त में वह बाँह से आँखें पोंछते हुए कहा करते थे, "ए गुड लाफ इज गुड फॉर हैल्थ।", मैंने देखा कि दिन में दो से तीसरी बार मिस्टर तिरखा कभी नहीं हँसे—कम-से-कम मेरे सामने और इस बात की कल्पना कर सकना मुश्किल था कि उनका जैसा व्यक्ति दफ्तर या सड़क पर हँसता होगा कभी। यह भी गौर-तलब था कि हँसी की ये दो खुराक वह कभी भूले नहीं। अगर हँसने लायक कोई भी बात न होती तो वह किसी पुरानी बात को याद कर-कराके हँस लेते थे, या फिर कोई चुटकुला सुनाकर।

मिस्टर तलाटी कभी नहीं हँसते थे। मुस्कुराते वह अलबत्ता थे, सो भी अधिकतर आँखों से ही, और उनकी हर मुस्कान चुनौती में लिपटी हुई होती थी।

हँसी के आँसू पोंछकर मिस्टर तिरखा ने एलान किया, "भतीजाजी मेरे, मेरी तो सेहताँ सुधर गई क्योंकि ए गुड लॉफ इज़..."

"गुड फॉर हैल्थ।", मैंने कहा।

"तो तू भी सुन ले कि चाचा तेरा क्यों हँसता था अभी।", जनेऊ से नंगी पीठ रगड़ते हुए मिस्टर तिरखा बोले, "सुनाने में शरम कैसी ? बुजुर्ग हमारे कह गए हैं, प्राप्तेषु षोडषे वर्षे पुत्र मित्र वदाचरे। तेरी तो उम्र सोलह से दस-एक साल ज्यादा ही होनी है, मित्र-वर्गा हुआ तू। ते जी मैं और मिस्टर तलाटी अपना, दोनों गुजरात लंच होम में अर्ली डिनर लेकर, टहलते-टहलते बालकेश्वर साइड निकल गए। यही कोई सात-साढ़े सात का टाइम हुआ होगा। रोशनी थी तब भी, मामूली-सी। हमें एक हवेली के लॉन में खड़ी कोई लेडी दिखाई दी। सूरत पहचानी हुई-सी थी, एंड वॉट इज मोर हमारी ओर हाथ हिलाती थी लेडी। यह अपना मिस्टर तलाटी कहने लगा कि देखें क्या बात है, कौन है ? मेरा, यू नो, जनरल एटिट्यूड कि छड परे। दैन...।"

"ओ बाई चिल्लाया—हल्लो मिस्टर तिरखा चाचाजी।", मिस्टर तलाटी ने किस्सा आगे बढ़ाया, "तब मैं इनको बोला मेरे ध्यान यह वही बाई जो अपना मिस्टर जोशी का बेन बोलता था अपने को।"

"दैट्स राइट।", मिस्टर तिरखा ने कहा, "ते मैंने कहा कि क्वाइट पासिबल शी लिव्ज हियर, चलो मिल लें, नो हार्म, मे वी इसने अपने मिस्टर जोशी के लिए कोई मैसेज-मूसेज देना होवे। फेर जरा नजदीक गए हम बिल्डिंग के।"

दोनों बुजुर्ग चुप थे। आवश्यक था कि बालक उनसे कथाक्रम आगे बढ़ाने को कहे। "फिर ?", मैंने पूछा, "फिर क्या हुआ चाचाजी ?"

"फिर बेड़ा गर्क हुआ और क्या !", मिस्टर तिरखा बोले, "भतीजाजी, लेडी के साथ एक जेंटलमैन था।"

"कइसा लेडी, किदर का जेंटलमैन।", मिस्टर तलाटी ने आपत्ति की।

"लेडी के साथ जेंटलमैन था तो ?", बालक मनोहर को कथा का उपसंहार संदिग्ध

प्रतीत हो रहा था।

"ऐसी 'तो' का कोई जवाब हुआ है आज तक ?", मिस्टर तिरखा ने कहा, "हिज्जे करके-करके बतावाँ ? प्राप्तेषु षोडषे हो गया है कि नहीं ? समझ ले अपने आप !"

"लेकिन आपने तो कहा था लेडी लॉन में खड़ी थी।", सोलह-पारा मनोहर शंका करने लगा, "सहसा यह जेंटलमैन और यह सबकुछ।"

"आई विल टेल यू।", मिस्टर तलाटी ने अपने नथुनों को फैलाकर और होंठों को चबाकर कहा, "ये जेंटलमैन, बाई का पेटिकोट में घुसेला था। जइसा...।"

"कोई पालतू कुत्ता।", मिस्टर तिरखा ने सुझाया, "कोई पूडल-शूडल वर्गा छोटा कुत्ता।"

मिस्टर तलाटी ने सुझाव स्वीकार किया, "पालतू कुत्ता का माफिक ही था ओ जेंटलमैन। बाई उसकू भगाया भी वइसा ही। जा, बोले, भीतर जा, मेरा मिलनेवाला आया। और वह नाटा-मोटा, बूढ़ा, कुत्ता जेंटलमैन भाग भी गया भीतर। बाई बाहर आया। बहुत देर हमारा साथ घूमा। कुछ-कुछ बताया आपका बारे में। सुनने से इंट्रेस्ट होएगा मिस्टर जोशी ?"

"आप लोगों को बता चुका हूँ।", मैंने ऊबे-ऊबे ढंग से कहा, "कि मैं वेश्याओं के बारे में अपनी एक लेखमाला के लिए सामग्री इकट्ठा कर रहा हूँ। मैं जानता हूँ कि वह एक वेश्या है।"

"अरे इसका मीनिंग यह कि वह बाई ठीक बोला !", मिस्टर तलाटी ने कहा, "हम लोग उसको कितना बताया कि मिस्टर जोशी तुमको बेन ही बोलता अपनी, लेकिन वह बोला कि मिस्टर जोशी मुझे रंडी मानता।"

"दैट्स राइट।", मिस्टर तिरखा बोले, "और अब सुना नहीं जोशी अपना कह रहा है कि रंडी है।"

"वह सूरत का बहुत हाई क्लास झावेरी फैमिली का बाई, उसको रंडी नहीं बोलने का।", मिस्टर तलाटी ने मिस्टर जोशी को झिड़का, "हम उसका फैमिली को बरोबर जानता मिस्टर जोशी।"

"लेकिन उसने खुद मुझसे कहा कि वह...", मैंने विरोध करना चाहा।

"जो भी कोई बोलता है, उसको सच ही मान लेवे क्या ?", मिस्टर तलाटी ने चुनौती-भरे शब्दों में पूछा, "अगर ऐसा है तो हम भी सच मान लेवे कि मिस्टर जोशी सिद्ध पुरुष, भूत-भविष्य सब जानता है, चेहरा देखकर जन्म-पत्री बता देता है।"

"आप तो जानते हैं कि यह झूठ है।", मेरा लहजा गड़बड़ा गया था।

"मिस्टर जोशी, सच और झूठ का फैसला मीन्स बहुत कठिन !", मिस्टर तलाटी ने कहा, "आप जभी इस लेडी को अपना बेन बताया, क्या वह सच था ? अभी वेश्या बताया है—यह सच है क्या ? जरा मने बताओ जो तमेरा इस बाई से रिलेशन सूँ ?"

"क्यूरोसिटी का !", मैंने कहा, "जिज्ञासा का।"

"बट भतीजाजी मेरे, सुना नहीं, क्यूरोसिटी किल्ड द कैट।", मिस्टर तिरखा ने याद दिलाया। भतीजाजी खामोश रहे।

"मिस्टर जोशी, हम लोगो आपको आपना बेटा सरीखा मानते !", मिस्टर तलाटी ने कहा, "लेकिन आप हमारा बेटा नहीं, यह पन जानते। और आज का जमाना में बेटा भी होय तो बाप की बात सुनता नहीं। मुझे खुद का ज्ञान है इसका। लेकिन आप हम लोगों को रिस्पेक्ट दिया।"

"ही हैज बीन एक्जैम्प्लरी इन हिज बीहेवियर !", मिस्टर तिरखा ने अपना सर्टिफिकेट दिया, "बहुत सोणा, लायक मुंडा है अपना मिस्टर जोशी।"

"जभी हम भी अपना रीते आपको प्यार दिया है।", मिस्टर तलाटी बोले, "दुःख नी वात तमे झूठ बोली ने विश्वास भंग करयो। हमारा ही नहीं, उस बाई का भी। मिस्टर जोशी, जिस दिवस वह बाई इदर आई थी, उसी दिवस, सामने दरिया का किनारे आप उसको जणाया कि मैं सिद्ध-पुरुष। आप प्रामिस किया अनन्त बलात्कार, मीन्स एंडलैस रेप, मीन्स योग-तान्त्रिक-सेक्स, मीन्स डिवाइन रेपचर। बाई दुबारा इदर नहीं आया आपसे मिलने तो इस करके कि आप उसे निराश किया। ए ब्रीच ऑफ कट्रैक्ट ऑन योर पार्ट मिस्टर जोशी।"

"प्रॉमिस्ड बट फेल्ड टू डिलीवर डिवाइन रेपचर।", मिस्टर तिरखा ने कहा, "तलाटी अपना ऑडिट-अकाउंट वाला है, इसे तो यही अप्रोच लेना हुआ।"

"ऑडिट अकाउंट वाला है जभी इतना तो एक नजर डालकर कह सकता कि उस लेडी का खाता दोन नम्बर का नहीं, वह खुद भले ही दस नम्बर का हो।", मिस्टर तलाटी अब पूरे मूड में थे, मूड में आने की निशानी यह कि उन्होंने पालथी मार ली थी और आँखें बन्द करके होंठों पर आत्मतुष्ट, आत्ममुग्ध मुस्कान सँजो ली थी, "जब भी हम सीरियसली उसका खाता ऑडिट करने बैठेगा, चार-पाँच दिवस का भीतर आपका क्यूरोसिटी को बता देगा कि बाई का असली कहानी क्या ? इट इज द प्रॉमिस मिस्टर जोशी, और तलाटी ब्रीच ऑफ कॉण्ट्रेक्ट करता नहीं।"

मैंने कहा जोशीजी से कि बुड्ढा भी गया काम से ! बल्कि आप तो इस दृश्य की कल्पना करें ये दोनों ही बुजुर्गवार जेंटेलमैन, काम से गए हुए हैं, उस लेडी के पास जिसका खाता एक नम्बर का है। अब देखिए कौन पेटिकोट में फिट होता है, कौन ब्लाउज में ? जोशीजी को यह मसखरी पसन्द नहीं आई। अपराध-बोध से ग्रस्त मनोहर को पसन्द आने का तो खैर सवाल ही नहीं उठता था।

मिस्टर तिरखा उबासियाँ लेते हुए अब तोंद पर हाथ फेरने लगे थे। यह इस बात का संकेत हुआ करता था कि चलो भाई, अब काम करें। उन्होंने कहा, "प्राप्तेषु षोडषे हो गया भतीजाजी, बात इसने समझ ही लेनी है, अब चल भाई मिस्टर तलाटी डिनर के लिए।"

मिस्टर तलाटी ने आँखें खोलीं, मुझे अपनी दृष्टि से बाँधा-बींधा और कहा, "आप बूढ़ा लोगों का बकबक से बोर होता होगा मिस्टर जोशी, पन एक बात और बोलेगा अभी। मेरा यज्ञोपवीत होया, पीछे मैं एक प्रकांड पंडित से रिक्वेस्ट किया, महाराज मेरे को तन्त्र-मन्त्र, साधना, एइसा कुछ सीखाओ। पंडित बोला कि पैला चूतड़ों पे राख मली ने आओजो। आप नोटीस किया होगा दर रोज मैं सिरीफ कीलक, कवच, अर्गला, रात्रि

सूक्त, मध्यम चरित्र, अने देवी सूक्त ही पढ़ता, अक्खा सप्तशती नहीं। फुल पाठ ओनली ऑन महाष्टमी, और उसमें भी सम्पुट-नर्वाण वह सब नहीं। ये सभी उसी सिद्ध पंडित का डायरेक्शन से। आग्रह करने पर हमको सब सिखाया-बताया। बोला, ब्राह्मण का बेटा है सीखने में कोई वांदा नहीं, बट विद स्ट्रिक्ट वार्निंग, मीन्स जब तलक गृहस्थ छोड़ने का मन न होय सिद्धि-साधना का बात भी नहीं सोचने का। नहीं तो पगला जाएगा, पतित हो जाएगा, सिद्ध मगर होगा नहीं। वही चेतावनी आपको भी देता मिस्टर जोशी, माफ करना अगर बुरा लगे।''

''दैट्स राइट !'', मिस्टर तिरखा ने कहा, ''वन शुडंट डैबल विद तन्त्र। इन एनी केस, वह लेडी जो हैगी, मिस्टर जोशी मेरे के किसी मसर्रफ की नहीं। इसके वास्ते तो माँ इसकी ने कोई सोणी-सी कुढ़ी ढूँढ़ रखी होनी है।''

मिस्टर तलाटी कुर्त्ता पहनते हुए उठ खड़े हुए थे। कुर्ते के गले से सिर बाहर आने पर उन्होंने कहा, ''और जो घर-संसार नहीं बसाना होय, तन्त्र का पेटिकोट में घुसी जावे का जिद होय तो मिस्टर जोशी चूतड़ों पर मलने के लिए कहीं से राख ढूँढ़ी ने लावे, जरा कठिन से मिलता है राख मुम्बई में।''

जोशीजी जल-भुनकर खुद इस कदर राख हो चुके थे कि राख ढूँढ़ने की जरूरत ही नहीं थी। उन्होंने सैंडल में पाँव डाले और 'मुझे लौटने में शायद देरी हो।', ऐसा कहकर बुजुर्गों से भी पहले कमरे का वह संसार छोड़ दिया !

कौन है जो नहीं है हाजतमन्द

नितान्त ही पराजितमना प्रजाति के एक अदद जोशीजी अपने कमरे से निकलकर सागर किनारे धूम्रपान करने लगे।

उनका एक पाँव फुटपाथ पर था और दूसरा सागर-किनारे की मुँडेर पर। दृष्टि क्षितिज पर जमी हुई थी, निर्निमेष। मुँडेर पर टिके हुए पाँव के घुटने पर टिके हुए हाथ की गदोली पर टिकी हुई थी उनकी चिबुक। चिबुक पर टिके थे होंठ और होंठों में टँगी थी कुछ-आग-कुछ-धुँआ-बहुत-राख एक सिगरेट। आमतौर पर सूटा मारकर सिगरेट पीनेवाले जोशीजी यह भंगिमा-विशेष अपने अनुपस्थित किन्तु चिरकल्पित डायरेक्टर-कैमरामैन के लिए साधे हुए थे।

सिनेमाई हीरो इस तरह के मूक शॉटों में, मन-ही-मन कुछ सोचकर इस पार या उस पार किस्म का कोई फैसला कर लिया करते हैं। वह निर्णय पर पहुँच चुके हैं, इसकी सूचना दर्शकों को तब मिलती है जब तमाम महँगाई और कड़की के बावजूद वे आधी बची हुई, और आधी भी यूँ ही होंठों पर लगी-लगी ही जली हुई, सिगरेट उछालकर फेंक देते हैं और कैमरे से मुँह मोड़कर चल पड़ते हैं।

लड़ने के लिए या बच भागने के लिए ? दर्शक की इस जिज्ञासा का समाधान करती है हीरो की चाल और हीरो के कैमरे के दूर जाने के शॉट की लम्बाई। कूल्हे हल्के हों, कन्धों में तनाव हो, बाँहों में चपलता और चाल में दृढ़ निश्चय, तथा शॉट अधिक लम्बा न हो तो जानिए 'अब इ ससुर ऊहाँ जाय के ससुरी के पिटिहैं'। कूल्हे फद-फद कर रहे हों, कन्धे लटके हुए हों, बाँहें बोझिल और चाल मन्थर हो, तथा शॉट लम्बा हो तो जानिए कि 'इ मनई के का पीट सकत है, इ तो खुदे यतीमखाना के बावर्चीखाना के छिछुन्दर-अइस हुई चुका है।' जोशीजी समझते थे कि एक विकल्प और है। डायरेक्टर इस शॉट को साधे रहे तब तक जब तक कि दर्शक इस पसोपेश में न पड़ जाए कि 'मनई का आँख में ई पनिया कैसन आई गवा, रोवत है कि सिगरेट का धुँआ लगत है सरहू के ?' लेकिन वह विकल्प, मनोहर के लिए रिजर्व है साहब !

तो यहाँ जीवन की पटकथा के इस दृश्य-प्रसंग में जोशीजी को विकल्पहीनता ने सताया। शॉट होल्ड करना बेकार—क्योंकि उनका मन किसी निश्चय की ओर बढ़ ही नहीं रहा है और उनकी आँखों में सिगरेट अथवा दिल किसी के भी धुएँ से आँसू आ नहीं सकते। जिस आदमखोर शेरनी ने उन्हें घायल किया है उससे लड़े तो कहाँ-कैसे, भागकर बचे तो कहाँ-कैसे ? उसका ठिकाना अज्ञात है। वह हमला करने का स्थल और

समय स्वयं चुनती है।

मुझे यह देखकर खुशी हुई कि प्राप्तेषु षोडषे हो जाने के उपलक्ष्य में जोशीजी ने रहस्यमयी की भी तरक्की कर दी थी—बिल्ली ग्रेड से शेरनी ग्रेड में। जोशीजी की न्यायप्रियता में मुझे कभी कोई सन्देह नहीं रहा। मुझे आशंका थी तो यही कि कहीं मनोहर के दबाव में आकर आदमखोर शेरनी ग्रेड से शेराँ वाली तेरी सदाई जय ग्रेड में न डाल दें इसे। कभी, समझे ना, भूल ही जाएँ एफिसियेंसी बार !

भग्नक्रम इस पटकथा को तभी भगवान ने भड़भड़ाया। इस भड़भड़ाहट की अनुभूति जोशीजी को उदर देश में सामान्य रूप से सर्वत्र और विशेष रूप से धुर दक्षिण में हुई। जोशीजी ने इस बात पर गौर करना चाहा कि जिस भंगिमा-विशेष में खड़ा रहा हूँ इतनी देर से, उसका कोई दूर-दराज का सम्बन्ध उन योगासनों से तो नहीं, जिन्हें कब्ज की शिकायत दूर करने में सहायक ठहराया गया है। दुर्भाग्य कि इस दिलचस्प मुद्दे का विचार करने का समय उनके पास था नहीं। प्रकृति जोशीजी को पुकारने में बहुधा विलम्ब कर जाती है लेकिन जब भी पुकारती है, सर्वथा दुर्निवार-सा आग्रह परिलक्षित होता है उसकी पुकार में। 'क्या हुआ, हाफ-पैंट में निकल गई ?' विलक्ष-स्मित के लिए बाध्य करनेवाले इस प्रश्न की अनेकानेक मनोहर स्मृतियाँ जोशीजी को प्रकृति के इस आग्रह के समक्ष सदा-सर्वदा के लिए श्रद्धानत बना गई हैं।

जोशीजी को वापस गेस्ट हाउस तक जाने का प्रस्ताव निरापद नहीं मालूम हुआ। अस्तु वहीं मुँडेर के पार सागर-किनारे की चट्टानों की ओर बढ़ गए।

मैंने जोशीजी को याद दिलाया कि इसी परिवेश में आप उस पहुँचेली के साथ एक अन्य शारीरिक प्रयोजन से उस दिन पधारे थे। मैंने जानना चाहा कि क्या जोशीजी में वह क्लासिकी दृष्टि है (सन्दर्भ : हक्सले का निबन्ध 'रोमांटिसिज्म एंड क्लेसिसिज्म') जो पटकथा में उस प्रसंग के शॉट, इस आनेवाले प्रसंग के शॉटों के साथ रख सके ?

जोशीजी का मूड इस प्रश्न से कुछ और उखड़ा। उन्होंने झल्लाकर मुझसे कहा, "क्लासिक को कॉमिक से कनफ्यूज करनेवाले कूढ़मगज। हक्सले ने सिर्फ यही कहा है कि क्लासिकी कवि, जीवन को समग्रता में देखते थे और नायक को अतिमानव बनाते हुए भी एक स्तर पर साधारण मनुष्य के रूप में प्रस्तुत करते थे। हक्सले ने कहीं पर यह नहीं लिखा है कि हर पर्व के आरम्भ में क्लासिकी नायक को लोटा लेकर दिशा-जंगल जाते हुए दिखाने की बाध्यता थी कोई।"

मैंने कहा, "अजी जोशीजी ! क्लासिकी हीरो को मारिए गोली, आप तो जा रहे हैं न, और सो भी बगैर लोटा लिये ? और वहीं जहाँ अभी उस दिन मांसलता के ढाल पर आप लोटा किए, लोटा किए ! तो यह बताइए प्रभु इस नए रस को क्या कहते हैं जो आपको न फ्लाइट के लिए प्रेरित कर रहा है, न फाइट के लिए ? बगैर लोटे के ही सही, बस तुरन्त कहीं एकान्त में बैठ जाने के लिए बाध्य कर रहा है जो ससुरा ? मैं अज्ञानी सम्भ्रम में पड़ा हुआ हूँ। कृपया यह बताएँ कि अगर आपका पिछला पर्व 'वार' का था तो उसमें वीर-रस, चलिए दया-वीर प्रकार का ही सही, होते हुए भी उन्माद, अपस्मार, जड़ता जैसे अनुभव क्यों पाए गए भला ? और अब यह 'पीस' का ज़ो पर्व

आरम्भ होने जा रहा है उसमें निर्वेद से अधिक लज्जा और घृणा आने की आशंका क्योंकर है ?"

जोशीजी अनमने भाव से मुझे सुन रहे थे और पूरी एकाग्रता से खोज रहे थे 'एकान्त स्थल' जो शान्त रस में उद्दीपन की हैसियत रखता आया है। उन्हें यहाँ से वहाँ तक हर सम्भावित 'एकान्त' में जुगल-जोड़ियाँ ही नजर आ रही थीं। "इन ससुरों को प्रेम करने के लिए और कोई जगह नहीं मिलती क्या ?", जोशीजी ने मुझसे पूछा। मैं उनसे यह तो कह नहीं सकता था कि आपको किसी भी काम के लिए कोई जगह नहीं मिलती क्या ? लिहाजा मैंने साहित्य-चर्चा जारी रखी। मैंने कहा, "अगर आप यह कहना चाहते हों कि आप एम.ए. (हिन्दी) टाइप राइटर नहीं हैं, तो आपको एम.ए. (इंगलिश) टाइप राइटर मानकर मैं आपसे अन्य एक प्रश्न करना चाहूँगा। प्रभु ! आपके मित्र ऑडेन ने एक कविता लिखी है, जिसका कुछ बेढब-सा नाम है, संग्रहालय में क्लासिकी उस्ताद की बनाई गई पेंटिंग देखकर। पेंटिंग में दिखाया गया है कि मोम के पंख लगाकर सूरज को छूने के लिए उड़ा हुआ ईकेरस गिर रहा है और जिस खेत पर वह गिरनेवाला है उसमें एक किसान इस महान त्रासदी से बेखबर जुताई किए जा रहा है।"

"बकवास बन्द करो 'म्यूजे द बोजार्त' मेरी पढ़ी हुई है।", जोशीजी ने कहा।

"क्षमा करें, धृष्टता हुई। लेकिन आप सहमत होंगे कि यह कविता आप आधुनिकों की मूलतः क्लासिकी दृष्टि की ओर इंगित करती है। कृपया बताएँ कि तब क्या स्थिति बनेगी जब ईकेरस न केवल गिर रहा होगा उस खेत पर, बल्कि वहीं स्वयं (गन्नों की आड़ में ?) लोटा लेकर बैठा होगा बेखबर ? दो प्रश्न किए हैं मैंने जोशीजी। वैकल्पिक हैं, किसी एक का उत्तर दे दीजिए।"

जोशीजी ने कहा, "भड़भड़िया भडुए ! तेरे जैसे फिलिस्टीनों को मैं साहित्य-चर्चा के लिए सु पात्र समझता ही नहीं। और समझता भी होता तो यह कोई वक्त है, साहित्य-चर्चा का !"

जोशीजी ने अन्ततः निर्जन स्थल ढूँढ़ लिया था। फिर भी एक नजर इधर-उधर डाल लेना आवश्यक समझा उन्होंने और पाया कि सैकते, सर्वथा निर्जन नहीं। कोई एक है और, चट्टान के पीछे दुबका, उठंग हो गया है जो अब उन्हें आता देखकर। उसकी दृष्टि लोलुप है किंवा शंकालु ? और यह है कौन उजबक ? इन प्रश्नों का उत्तर जोशी मुझसे नहीं, क्राफ्ट-इबिंग आदि उन पाश्चात्य विद्वानों से माँग रहे थे जिन्होंने यौन-विकारों का विशद विवेचन किया है।

जोशीजी आखिर हारकर बैठ गए। वह ऑल्टर-ईगो भी बैठ गया। चट्टान के घूँघट से अब जरा बाहर को निकली हुई उसकी आँखों में भाव ऐसे आ-जा रहे थे मानो ओडिसी नृत्य कर रहा हो वह। मैंने जोशीजी से कहा, "क्राफ्ट-इबिंग को मारिए गोली। यह बताइए बन्धुवर कि 'डोभानवाला के बाथरूम से लेकर जमीन तक' इस शीर्षक से आप वार्त्ता करना चाहेंगे ? यह साहित्य का मसला नहीं, समाजशास्त्र का है। काला आदमी आज भी गोया के जमीन पर ही हग रहा है, करोड़ों की तादाद में और आप

जैसे इसी को रो रहे हैं कि टाइल्ड बाथरूम नसीब नहीं हुआ ! कुछ तो कहिए कॉमरेड। सुलभतम शौचालयों के इस देश में सुलभ शौचालय बनाने की क्रान्ति कराइएगा ? लाइन क्या है ससुरी ? क्या अपन लोगों को आलों लेजेफों गोया क्रान्ति गान गाते हुए घुस जाना है डोभानवालों के रईसाना पाखानों में ? क्या साथ ही गरीब खलकत को भी उसी में घुसा लेना है ? वे साले गन्दा कर देंगे तो ? या हमें गांधी बाबा की तरह खड्डे खुदवाने हैं ? या हमें घर-घर रईसाना पाखाने बनवाने हैं ? या घर-घर साधारण फ्लश लगवा देने हैं ? कुछ कहिए तो इस अहम मसले पर।"

जोशीजी कुछ नहीं बोले। वह बैठे-बैठे चलने की एक सर्वथा भूली हुई नृत्यविधा से जूझ जो रहे थे। तभी वह एक उठा, चट्टानों के पीछे से। बगैर जोशीजी की ओर देखे उसने कच्छे का नाड़ा कसा। लोटा उठाया। और चल पड़ा अपनी राह। मैंने जोशीजी से पूछा, "भाईजान, 'इल्यूजन एंड रियेल्टी' किसने लिखी है, कॉल्डवेल ने ?", मैंने जोशीजी से यह भी पूछा, कि "क्या अब आप गालिब के उस मिसरे की रचना-प्रक्रिया पर कुछ कहना चाहेंगे कि साहब, कौन है जो नहीं है हाजतमन्द ?"

अब जोशीजी थोड़ा-सा मुस्कुराए। बोले, "डिकेडेंट फिकरेबाज !", कहकर वह शुचिता-सन्धान में जुट गए। पास ही पड़े अखबार के एक टुकड़े को उन्होंने टिश्यू पेपर मान लिया। इस टुकड़े में एक सिनेतारिका अपने सौन्दर्य का राज समझाती हुई देखी जा सकती थी तो भी मैं फिकरेबाजी से दूर ही रहा। जाोशीजी को शुचिता में किंचित न्यूनता का आभास हुआ। मुट्ठी भर सिकता उठाकर उन्होंने अतिरिक्त प्रक्षालन किया। तब इस फिकरेबाज से रहा नहीं गया। उसने कहा, "जोशीजी, न सही राख, धूल तो आप मल ही चुके, अब निडर होकर उस पेटिकोट की तलाश में निकलिए !"

जोशीजी ने कुछ नहीं कहा, सागर-जल में हाथ-वाथ धो आने के बाद, वार्डन रोड पर लौटकर उन्होंने यह टिप्पणी जरूर की कि 'अगर तुम यह समझ रहे हो कि मैं उसकी चतुराई या झूठ से डर गया हूँ तो यह तुम्हारी भूल है। मैं कतई निर्मम और तटस्थ हूँ, इस पहुँचेली के सम्बन्ध में। मेरे लिए वह और कुछ नहीं, एक, शायद नगण्य, पात्रा है। समझे ना।"

"हाँ।", मैंने कहा, "आप लोगों के लिए तो लुगाइयाँ, पात्राएँ ही हुआ करें ससुरी। लेकिन पात्रा है तो लिख-लिखाकर परे कीजिए !"

"बात यह है", उन्होंने कहा, "मैं उसे पूरी तरह जान नहीं पाया हूँ अभी।"

"बन्धुवर !", मैंने आपत्ति की, "आप तो बाइबिली अर्थ तक में जान चुके हैं उसे ! इतनी सनसनीखेज नायिका है आपके पास, फिर क्या संकट है ?"

जोशीजी का जवाब, "मुझे बैस्ट सैलर नहीं लिखना है।"

"तो चलिए वह लिख दीजिए जो दादा ने आपको समझाया, भले ही मजाक में, करेजुआ में तीर।", मैंने नम्र निवेदन दिया।

"आवश्यकता से अधिक सेंटिमेंटल है वह सब !", जोशीजी ने फरमाया, "बेहूदा ढंग से नाटकीय। चीखने-चिल्लानेवाले दर्द से मुझे एलर्जी होती है। दादा और दादा की रुग्ण कल्पना, मनोहर को मुबारक। तुम्हें पता है ना, यह दादा भी मनोहर की तरह

अक्सर रो पड़ते हैं, स्क्रिप्ट लिखते हुए, सीन डायरेक्ट करते हुए !"

"और रोने से आपको एलर्जी है !", मैंने कहा, "आप तो इस पतुरिया में से भी काव्यात्मक किन्तु भावुक नहीं, ऐसा कोई तत्त्व निकाल लाने के चक्कर में होंगे प्यारेलाल ! लेकिन यह तो ससुरी, पहेली बनी हुई है, एलानिया, झाँसेबाज पहेली ! काव्यात्मक का चक्कर कैसे चलाइएगा पहेली से ?"

"पहेलियों से मैं परेशान नहीं होता।", जोशीजी ने कहा, "और न मुझे उनका उत्तर सुझानेवाले संकेतों की ही कोई गरज है। मैं तो इस नायिका को, जिसे तुम असामान्य समझ बैठे हो, उसकी रोजमर्रा की सामान्यता में जानना चाहता हूँ।"

"गोया आप उसे लोटा लेकर जंगल-दिशा जाते देखना चाहते हैं ?", मैंने जिज्ञासा की।

"तुम अपने लोटा-मेनिया से बाज नहीं आओगे ?", जोशीजी ने कहा, "छोटी-छोटी चीजें होती हैं तमाम जिन्हें जानना जरूरी होता है।"

"ताकि उन्हें लिखा जाए ?", मैंने जानना चाहा।

"उन्हें तो न लिखा जाए, लेकिन उन्हें जानते हुए और सब लिखा जाए।", जोशीजी ने बताया, "छोटी-छोटी चीजें, मिसाल के लिए रमी में वह बहुत समझकर वह पत्ता फेंके और उसी से तुम्हारी बाजी खत्म हो जाए तो वह क्या करती है ? लिपस्टिक लगाने के लिए होंठ से होंठ चबाती है कि होंठों पर जीभ फेरती है ? साड़ी पहनने के बाद किस अदा से यह देखती है कि पेटिकोट कहीं से झाँक तो नहीं रहा है और अगर झाँक रहा हो तो साड़ी किस विधि से खींचकर पेटिकोट ढँकती है ?"

"जी हाँ !", मैंने कहा, "तन्त्र का पेटिकोट ठहरा !"

"गम्भीर लेखक के लिए", जोशीजी ने फतवा दिया, "कोई पेटिकोट तन्त्र का पेटिकोट नहीं होता या शायद सभी पेटिकोट तन्त्र के पेटिकोट होते हैं। जीवन की क्षुद्रतम भंगिमा में गहनतम रहस्य छिपा होता है उसके लिए। किसी सद्यःस्नाता का हाथों से केश फटकारना असाधारण अर्थवत्ता रख सकता है उसके लिए।"

"धूप-खिली छत पर धुले-खुले केश !", मैंने कहा, "केशों से चल जाएगा ना काम ? और कुछ तो नहीं ?"

कुछ देर पहले ऑडेन की जिस कविता की चर्चा चल रही थी उसमें कहा गया है कि पुराने उस्ताद जीवन के सनातन सत्य जानते थे। तो साहब इन उस्तादों ने ही यह भी बताया है कि निर्मल मन से कामना करोगे तो जो माँगोगे वही मिलेगा। अतएव ठीक दो हफ्ते बाद जोशीजी को अपनी नायिका के खुले-धुले केश देखने को मिले। परमेश्वर से सुनने-समझने में थोड़ी ही गलती हुई। नायिका हाथों से नहीं, तौलिए से केश फटकार रही थी। और धूप-खिली मध्यमवर्गीय छत की, छींट के ब्लाउज और रंगीन पेटिकोट की बात तो जोशीजी ने इंडेंट में लिखी ही नहीं थी जो परवरदिगार यह हाजत रवा करते।

अगर मैंने कही, अनुगूँज से कही

वह सिलसिलेवार दूसरा शनिवार था कि मैं डोभानवाला को मेजबानी का मौका देने पहुँचा था। रात के खाने के बाद हम दोनों अंग्रेजी कविता कोन्येक में घोलकर पीते रहे। जोशीजी तब किंचित चिन्तित हुए जब यह बालक घूम-फिरकर प्रेम-कविताओं की ओर लौटने लगा। ससुरा ईलियट के प्रसंग तक में कहीं से 'धूप अपने केशों में बुन' और 'आहत आश्चर्य से मुख मोड़ अपना' जैसे लटकोंवाली कविता ढूँढ़ लाया। प्रेम कविताएँ पढ़ते हुए वह व्यर्थ ही झेंपा-झेंपा-सा नजर आ रहा था। इससे जोशीजी के मन में आशंका जाग रही थी। फिर कोई स्नेहवत्सला परांजपे आ पहुँची। जोशीजी थोड़े निश्चिन्त हुए। परिचय मिला कि इनके पति एक अन्तरराष्ट्रीय कम्पनी के सेल्स मैनेजर हैं, और स्वयं लगभग शौकिया इंटीरियर डेकोरेशन करती हैं। पिता डिप्लोमेट हैं। इनकी जिन्दगी का एक बड़ा हिस्सा विदेश में बीता है। प्रेम-कविताओं का प्रसंग छिड़ा है ऐसा जानकर स्नेहवत्सला ने भीं न जाने कहाँ से ढूँढ़कर एक मामूली फ्रांसीसी कवि की गैर-मामूली ढंग से रूमानी कविता सुनाई 'सी ज पार्ल द मोनामूर'। इसका आशय कुछ ऐसा था साहब—

अगर मैंने कही बात अपने प्यार की, कही जलधार से; जिसने मुझे सुन लिया जब मैं उस पर झुका। अगर मैंने कही, कही बयार से, शाखों के बीच जो फुसफुसाई-खिलखिलाई। अगर मैंने कही, कही पाखी से, गाया-गुनगुनाया जो हवाओं के साथ। अगर मैंने कही, अनुगूँज से कही।

"आपसे ऐसी ही समझदारी की उम्मीद थी देवीजी !", मैंने दाद दी, "बहुत अच्छा था वह 'सी ज पार्ल सेस्ता लको'। फिर से पढ़िए तो—अनुगूँज से कही।"

डोभानवाला और स्नेहवत्सला दोनों मेरी ओर देखने लगे। जोशीजी ने अंग्रेजी में बताया कि 'पोएट्री एप्रिशियेट' करने की यह 'इंडियन वे' है। डोभानवाला ने बताया कि जोशीजी 'पंडित' हैं। स्नेहवत्सला यह सुनकर बहुत गद्गद हुई क्योंकि भारत के बारे में वह 'सिम्पली क्रेजी' हो चली थी और विदेश-प्रवास, कहना चाहिए, एक 'पर्सपेक्टिव' दे चुका था उसे 'सॉर्ट ऑफ' इस 'मैगनिफिसेंट इंडिया', इस 'लेंदे माग्नीफीक' के बारे में।

फ्रांसीसी माहौल में भी मैंने कनपुरिया अवतार छोड़ने से कतई इनकार करते हुए कहा, "भव्य भारत देश मेरा, यह भी अच्छा कहा है देवीजी आपने। अब आप कृपया कविता-पाठ जल्दी पूरा करें, और भी कवि हैं, आ-पही नहीं एकमात्र। हाँ नहीं तो !"

जोशीजी ने मुझसे कहा, "तुम और तुम्हारी बेहूदा लताफत।" देवीजी से उन्होंने कहा, "कविता आगे पढ़ें।" देवीजी ने उनसे अनुरोध किया, "आप ऐसे ही दाद देते रहें, अनुष्ठान की-सी गरिमा मिल जाती है इससे सारे व्यापार को।" देवीजी कविता का अन्तिम बन्द पढ़ने लगीं। यह बन्द क्या था, सूची-पत्र था ससुरा। मानो कवि से पूछा गया हो कि "अगर प्रार्थी ने, किन्हीं चीजों को प्राणपन से कभी चाहा तो उनकी सूची नत्थी करे।" कवि की सूची यों थी—एक जोड़ा तेरे नयन, कभी उदास कभी उल्लसित; एक जोड़ा तेरे होंठ, अलस-सरस मार्का; (वजन तो किया नहीं कि कितना) तेरा गुनगुना मांस; तेरे गात सन्तापहर और तेरी छाया, जिसे मैं ढूँढ़ता हूँ।

स्नेहवत्सला यह सूची-पत्र सुनाते हुए बराबर बालक डोभानवाला को निहार रही थी और मेरे सरकार अधिकाधिक झेंपे-झेंपे-से नजर आ रहे थे। मैंने जोशीजी से कहा, "आप और आपका क्राफ्ट-ईबिंग !' और स्नेहवत्सला को दाद दी, 'तोनोम्ब्र क ज शेरशे—तेरी छाया जिसे मैं ढूँढ़ता हूँ। बहुत दिव्य है यह कल्पना। छाया-मैथुन ससुर !" स्नेहवत्सलाजी ने जानना चाहा कि क्या दाद मिलने पर सलाम-वलाम कुछ करना होता है ? जोशीजी ने उन्हें बताया कि वह मुशायरे में होता है। मैंने उनसे कहा कि अपने यहाँ नमस्कार करने का चलन है। देवीजी ने नमस्कार का खाँटी स्वरूप जानना चाहा। मैंने उन्हें बद्ध करों को कपाल से हृदय तक ले जानेवाला वह भरतनाट्यम नमस्कार सिखाया जो अब शायद केवल थाईदेश में प्रचलित है। इस पर डोभानवाला ने अनुरोध किया कि 'दिस न्यासा थिंग' मुझे 'एक्स्प्लेन' करें गुरुवर।

मुझे फिर फिकरेबाजी सूझ रही थी। जोशीजी अपनी टूटी-फूटी फ्रांसीसी में दो-चार जुमने बोलना चाहते थे। स्नेहवत्सला से कि कभी उपन्यास में काम आए वह वार्त्तालाप—कि साहब, हिन्दी राइटर स्पीकिंग फ्रेंच ! लेकिन मनोहर सोफे से उठकर फर्श पर जा बैठा। जिज्ञासुओं को उसने न्यास समझाया। पहले अँगुलियों पर अनुष्ठाभ्यां नमः से लेकर करतलकर पृष्ठाभ्यां नमः तक। फिर षडांग न्यास।

'ॐ खड्गनी शूलिनी घोरा गदिनी चक्रिणी तथा। शंखिनी चापिनी बाण भुशुंडिपरिधायुधा—हृदयाय नमः, सी दिस वे, योर होल पाम टचिंग द कार्डिएक रीजन' से लेकर 'ॐ सर्वस्वरूपे सर्वेश सर्वशक्तिसमन्विते। भयेभ्यस्त्राहि नो देवि दुर्गे देवि नमोस्तु ते—अस्त्राय फट्—सी लाइक दिस प्लेसिंग टू फिंगर्स ऑन योर लैफ्ट पाम' तक।

स्नेहवत्सला भावविह्वला भई। स्वयं अंग-न्यास करने लगीं, कराने लगीं वत्स डोभानवाला से। डोभानवाला ने बताया कि 'द मन्त्रा' से जिस अंग को भी छू दो वही 'वाइब्स' पाकर जाग्रत हो उठता है। जोशीजी कहने लगे कि 'स्वीट डिकेडेंस' की फिल्म का यह अच्छा दृश्य-प्रसंग है।

अब स्नेहवत्सला का अनुरोध हुआ कि जोशीजी 'संस्कृटश्लोकाज' चैंट करके बताएँ। बालक मनोहर 'हे हे यशोदे तब बालकोसो मुरारिनामा वसुदेव सुनु।' गाने लगा सुब्बालक्ष्मी स्टाइल में। लेकिन डोभानवाला को जिद हुई कि वह सुनेंगे। 'रेड-टीथ-गॉडेस' वाला तो मनोहर ने सुनाया 'या रक्तदन्तिका नाम देवी प्रोक्ता मयानघ। तस्याः स्वरूपं वक्ष्यामि श्रृणु सर्वभयापहम्'—

कि राजन् ! रक्तदन्तिका नाम से उल्लेख किया है कि जिसका, उस देवी के सर्वभयहर रूप का वर्णन करता हूँ, सुनिए। रक्तिम अम्बर, रक्तिम वर्ण, रक्तिम ही हैं सब अंगों के आभूषण; रक्तिम आयुध, रक्तिम नेत्र, रक्तिम ही हैं भीषण केश, रक्तिम तीक्ष्ण नख, रक्तिम दशन, रक्तदन्तिका है वहाँ। जैसे नारी, पति पर अनुरक्त होती है, वैसे ही देवी, अनुरक्त होती है भक्त से।

और तभी वह आई। ऊपर से नीचे तक लाल लिबास में, रक्ताम्बरा सौ फीसदी। माणिक-मूँगोंवाले आभूषण। सुर्ख नेलपेंट। सुर्ख ही लिपस्टिक। सुर्ख सैंडल और जूड़े में एक सुर्ख गुलाब। रक्तदन्तिका भी किसी मगही जोड़ा लगानेवाले की मेहरबानी से।

वह आई और मनोहर के सामने प्रतिष्ठित हो गई।

मनोहर ने वन्दना जारी रखी। और जब उसने कहा, "भक्तानुसम्पाय देवि सर्वकाम दुधोस्तनौ" तो सहसा सर्वकामनाएँ पूर्ण करनेवाले वे स्तन उसकी नाक पर छा गए।

काँपते स्वर में उसने वन्दना जारी रखी। जोशीजी का ख्याल था कि 'स्वीट डिकेडेंस' वाली फिल्म के लिए यह शॉट अद्भुत रहेगा कुल मिलाकर। मैंने कहा, "हाँ इस असार संसार के डोभानवाले और स्नेहवत्सलाएँ तो निश्चय ही अभिभूत होंगे इससे।"

'भुक्तवाभोगन्यथाकामम् देवीसायुज्मवापनुयात'–कि राजन् ! जो भी भोगना चाहता हो, उसे भोगकर, देवी के बराबर हो जाता है भक्त।

और साहब तब कहा मनोहर ने कि मैं छह साल का बच्चा हूँ। मुझे सन्निपात हो गया। ज्वर का यह चालीसवाँ दिन है। निर्णायक दिन। मुझे बिस्तर पर से हटाकर बैठक के एडवर्डी सोफे पर लिटा दिया गया है। सिरहाने कुशन है। तपते लेकिन तो भी बेजान और ठंडे-से मेरे शरीर पर वह पीले बालोंवाला कम्बल पड़ा हुआ है जिसे 'केमल रग' कहा जाता था। मेरी माँ का चेहरा मुझ पर झुका हुआ है और पूछ रहा है–"कैसा लग रहा है मनोहर ?"

"डर लग रहा है।", मनोहर ने कहा। "मैं मर तो नहीं जाऊँगा ?", मनोहर ने पूछा। "डर लग रहा है।", मनोहर ने कहा। "तुम मेरे पास हो ना ?", मनोहर ने पूछा।

अभी आएँगे तेरे ताऊजी। झाड़ेंगे मोर-पंख से।

आ गए हैं, मेरे ताऊजी। झाड़ रहे हैं देवी-कवच पढ़कर। ब्रह्मराक्षस वेताला, कूष्माण्डा भैरवादया नश्यन्ति दर्शनात्तस्य, कवचे हृदि संस्थिते।

राक्षसों का भय दूर करता है देवी-कवच। कौन-सा है वह कवच किन्तु, जो दूर करता है भय देवी का ?

"डर लगना अच्छा है।", इस माँ ने कहा मनोहर से, "सुपात्रता का लक्षण है वह।"

"कायरता !", मनोहर ने अचरज किया, "कायरता को सुपात्रता का लक्षण कैसे मानूँ ?"

"भय से संकेत मिलता है श्रद्धा की सम्भावना का, इसलिए।", वह बोली।

मनोहर थरथरा रहा था। जोशीजी बता रहे थे कि सन्दर्भ रामकृष्ण परमहंस का अविश्वासी नरेन्द्र दत्त को पाँव के अँगूठे से छू देना, द सो-कॉल्ड टच थिंग, सृष्टि का

संगीत सुन लेने के बाद नरेन्द्र दत्त का विवेकानन्द हो जाना, दिग्दर्शक बिमलराय, संगीतकार सलिल चौधुरी। काफी गोया के 'क्रिटस्च', फूहड़ भावुकता-आध्यात्मिकता, समझे ना, सतही।

मनोहर थरथरा रहा था। मैंने जोशीजी से पूछा, "स्वीट डिकेडेंस में यह आर्टी-आर्टी-सूडो तन्त्रा रखिएगा कि नहीं ?" उन्होंने जवाब दिया, "मुझे हर सूडो चीज से घृणा है।"

मनोहर थरथरा रहा था। पसीना आ गया था उसकी हथेलियों में। जोशीजी महा-बोर यों हो रहे थे कि इस बालक को न कोई दिव्य-विव्य सृष्टि संगीत सुनाई दे रहा था और न महाशून्य में सर्कस के जोकरों की-सी लोट-पोट लगाती नीहारिकाएँ दिखाई दे रही थीं। वह कुछ भी नहीं सुन रहा था अब, न डोभानवाला-स्नेहवत्सला-संवाद, न वातानुकूलन यन्त्र का स्वर। वह देख भी कुछ रहा था अब, तो बस एक जोड़ा आँखें और उन आँखों का उदास-उल्लास। उन आँखों में घनीभूत, उन आँखों से घनीभूत द्वाभा। और वह अनुभव कर रहा था तो सन्तापहर, सुवासित किसी स्पर्श का आभास।

और अब कमरे में बिजली की रोशनी नहीं थी। द्वाभा ही द्वाभा थी। और कौन था जाने जिसने कभी 'फोक-सेंसिबिल्टी' के तहत उसे किसी लोकगीत की यह पंक्ति सुनाई थी—'जब चाँद और सूरज मिलते हैं, तब प्रार्थना पैदा होती है।' या कि यह खुद ही लिखी थी उसने कभी ?

मनोहर कह रहा था कि मेरा ज्वर टूट चुका है। मुझे पथ्य दिया जा रहा है—लोहे की सींक पर भुना मुनक्का और काली मिर्च का नमक। पिता मेरे आज पीये हुए नहीं हैं। पूजा के कमरे में पढ़ रहे हैं 'न मन्त्रम् नो यन्त्रम्' भराई हुई आवाज में। 'कुपुत्रो जायेतो क्वचिद् कुपिमाता न भवति।' माँ कभी नहीं नाराज होती रे। बेटा कितना ही खराब क्यों न हो। मर जाने का डर दिखानेवाला ! बार-बार बीमार होनेवाला ! मैं मरा नहीं हूँ रे, मैं बच गया हूँ माँ।

बहुत थकी-थकी-सी मनोहर की आँखें देख रही थीं एक सुर्ख गुलाब। वह अपने से कह रहा था कि अब मैं जब भी सोऊँगा तब इसी तरह से खिड़की के पार गुलाब देखती जागेंगी मेरी आँखें। माँ का हाथ पकड़कर जागेंगे मेरे हाथ। पिता का सितार सुनते हुए जागेंगे मेरे कान।

स्पष्ट है कि यह सब मनोहर की कल्पना में हुआ। जब वह गुलाब-वुलाब उसे दिखने लगा तब वह पहुँचेली के कन्धे पर सिर रखे बैठा हुआ था। स्नेहवत्सला, डोभानवाला के कमर में हाथ डाले हुएं थी। सबके सामने शराब के खूबसूरत गिलास थे। कहीं किसी प्रकार के स्पर्श-चमत्कार उर्फ टच-थिंग की चर्चा नहीं थी। दो सज्जन और आ गए थे इस बीच। एक मेरे मित्र प्रोफेसर धूर्जटि एक्स-कम्युनिस्ट, एक्स-एंटी कम्युनिस्ट, एक्स-लोहियाइट और सम्प्रति शुद्ध हिन्दू। दूसरे थे कोई विश्वबन्धु, बातचीत के तेवर से कॉमरेड भाई।

मैंने मनोहर को समझाया कि तूने एक छोटी-सी झपकी ले ली यार। ज्यादा ही पी गया लगता है। अभी भी नींद-सी ही आई हुई है।

गरमागरम बहस छिड़ी हुई थी, राजनीति और संस्कृति पर। भाषा अंग्रेजी में धूर्जटि राष्ट्रीय स्वयंसेवक संघ का पक्ष ले रहे थे। विश्वबन्धु उसे फासिस्ट संस्था ठहरा रहे थे। उनका कहना था कि निक्करवाले हिन्दू संस्कृति तो जानते नहीं, हिन्दू नस्ल जानते हों शायद। स्नेहवत्सला का कहना था कि हिन्दू धर्म ही मुझे जानना होगा तो मैं बैनारस के उस स्वैमी से सीखना पसन्द करूँगी, कैरपैट्री या क्या है उसका नाम ? या फिर स्वैमी अगेहानन्द से। धूर्जटि का प्रश्न था कि क्या करपात्रीजी की तरह आप भी वर्णाश्रम और वे तमाम दकियानूसी बातें मानेंगी ? विश्वबन्धु को जिज्ञासा थी कि अगर आर.एस.एस. हिन्दू धर्म के सुधार के लिए है तो आर्यसमाज ही क्या बुरा था ? धूर्जटि का प्रश्न था कि क्या आप कॉमरेडों को भारत और अलाँ भारत और फलाँ मैत्री-संघ की दारू पार्टी से बाहर कभी भारत याद आया आज तक जो आपसे भारत या हिन्दू संस्कृति पर बात की जाए ? विश्वबन्धु का कहना था कि कॉमरेड डाँगे आपके गुरु गोलवालकर को हिन्दू संस्कृति पढ़ा सकते हैं, शिवाजी पर भी उनसे बेहतर प्रवचन दे सकते हैं। धूर्जटि का कहना था कि दें जरा और फिर देखें क्या बावेला मचता है उनकी बिरादरी में। डोभानवाला का निवेदन था कि आर.एस.एस. 'कम्यूनल' है। धूर्जटि का कहना था कि मुझे वह स्थिति स्वीकार नहीं हो सकती जिसमें अल्पसंख्यकों की साम्प्रदायिकता 'प्रोग्रेसिव' समझी जाती हो और बहुसंख्यकों का अपने विषय में बात करना या सोचना तक 'रिएक्शनरी' कहा जाता हो।

दिलचस्प थी यह बहस लेकिन मनोहर के लिए दुखदाई। उसे समझ में नहीं आता कि लोग इतना लड़ते क्यों हैं ? अच्छे-भले लोग, तकरीबन एक-से ही लोग। जोशीजी के लिए यह सूडो लोगों की क्लीशे-रिडन सूडो बहस थी। उन्होंने कहा मुझसे, "सन्दर्भ हक्सले का उपन्यास 'पॉइंट-काउंटर-पॉइंट'। राजनीति का व्यसन करनेवालों की फालतू उबाऊ बहस। तुम्हें तो मालूम ही है, मेरा 'पॉइंट-काउंटर-पॉइंट' हिन्दी को देने का इरादा कतई नहीं है। 'स्वीट डिकेडेंस' वाली फिल्म के लिए अलबत्ता यह गौरतलब है कि पहुँचेली यहाँ फर्श पर किस लापरवाह दिहाती ठस्के से बैठी है घुटने मोड़कर, पिंडली तक पेटिकोट उठने देकर। कैसे यह धूर्त धूर्जटि इस समय हिन्दू संस्कृति के साथ-साथ अपने घर की किसी मुँह-लगी छमक-छल्लो नौकरानी का भी स्मरण कर रहा है पहुँचेली को देखकर। यह भी गौर-तलब है कि स्नेहवत्सला का पल्ला गिर गया है और स्नेह की गोलाइयाँ विश्वबन्धु को ग्लोबल अफेयर्स से भी ज्यादा गौरतलब मालूम हो रही हैं। डोभानवाला का हाथ स्नेहवत्सला की जाँघ पर है। इसके बाद नैशोत्सव होना चाहिए कायदे से। तभी 'स्वीट डिकेडेंस' वाली फिल्म बन पाएगी।"

लेकिन यहाँ वही निक्कर-पुराण छिड़ा हुआ था। और मुझे आश्चर्य था कि मैं क्यों चुप हूँ ? मगर मैं चुप था। और देख रहा था कि मनोहर देख रहा है पहुँचेली के पेट पर दाईं ओर एक तिल। दूध छुड़वाया हुआ बच्चा जिस पर आश्वासन की याचक एक अँगुली रखकर सो सके। मेरी तिलकुटिया ! इस पर अँगुली रखकर सो जाऊँ—ऐसा पूछा मनोहर ने।

"आज खामोशी में बहुत उदार कैसे हो गए मनोहर ?", तिल को देखती उसकी

आँखों को देखते हुए पहुँचेली ने पूछा।

"एक लुहारवाली कहूँगा !", मैंने उत्तर दिया।

"सुनारवाली कैसे भूल गए आज ?", चुनौती-भरे स्वर में उसने पूछा, "सुनारवाली से इस समय डरे हुए हो क्या ?"

मैंने ध्यान उसकी इस चुनौती से हटाया, फिर बहस कर केन्द्रित किया और कहा, "धूर्जटि। सन्धियों के बारे में मेरी आपत्ति बुनियादी है—इनके निक्कर सही नाप के नहीं। मेरे एस्थेटिक सेंस को कष्ट पहुँचता है इनकी भद्दी टाँगें देखकर।"

धूर्जटि चीखा, "तुझे चुप देखकर मुझे ताज्जुब हो रहा था, बगैर नाप का रूसी टोपा पहननेवाले अहमक, लेकिन तू चुप ही रहता तो बेहतर था।"

मैंने उसकी ओर दोस्ताना हाथ बढ़ाया, "चल समझौता हुआ, मैं टोपा उतारे देता हूँ, तू निक्कर उतार।"

धूर्जटि ने मेरा हाथ धकिया दिया। मैंने कहा, "और धूर्जटि, सन्धियों के 'बौद्धिक' बहुत भावुक होते हैं। और इनका हिन्दू इंडिया का इतिहास, मुसलमानों के आने के बाद शुरू होता है !"

"कहीं से शुरू होता तो है बन्धु !", धूर्जटि ने कहा, "तुम्हारे फादरलैंड का तो लिखा ही नहीं जा पाता। रोज बदलते हैं उसे।"

"पॉइंट-काउंटर-पॉइंट", जोशीजी बोले, "बोरिंग।"

मैंने फिर दोस्ताना हाथ बढ़ाकर एक आखिरी-सी कोशिश की, "चल समझौता हुआ धूर्जटि। विवेकानन्द इस दरिद्र देश में बार-बार जन्म लेने के इच्छुक हुआ करते थे। उन्हें बुलवाते हैं और उनके हाथ में क्रान्ति की बन्दूक थमवा देते हैं।"

देर काफी हो चुकी थी और प्रगतिशीलों और प्रतिक्रियावादियों, दोनों के अनुसार मैंने बातचीत का स्तर इस प्रस्ताव के साथ निहायत ही निम्न स्तर पर पहुँचा दिया था, इसलिए सभा विसर्जित कर दी गई। मनोहर की अँगुली उसी तिल की ओर बढ़ रही थी और पहुँचेली उसके कान में पूछ रही थी, "छूना है ?"

'इन्फेंटाइल रिग्रेशन' से बचने के लिए मैं उठ खड़ा हुआ। जोशीजी जमने के मूड में थे कि धूर्जटि के जाने के बाद शायद फिर माहौल फ्रांसीसी हो और पहुँचेली 'स्वीट डिकेडेंस' में फिट हो पाए। लेकिन जब पहुँचेली ने उनसे अंग्रेजी में अनुरोध किया कि 'कृपया मुझे और स्नेह को 'तन्त्रा' सिखाइए, कैरशाप कहता है आपको सहजबोध है इस विद्या का' तो उन्होंने नींद का बहाना बनाना ही बेहतर समझा।

तो मैं उस ए-वन शयनकक्ष में गया जो मैं जोशीजी के 'वीक एंड' के लिए हथिया चुका था। वहाँ मैंने डोभानवाला के सौजन्य से जोशीजी को दाँत-वाँत-मजा, गार्गल-वार्गल-किया, मुँह-हाथ-धुला, कोलोन-क्रीम-लगा, ड्रेसिंग-गाउन-स्लीपर-पहना, महँगी-सिगरेट-पीता, वोडहाउस का उपन्यास पढ़-पढ़ सोने का मूड बनाता, आदर्श अमीरजादा बना दिया। उन्हें मेरी माले-मुफ्त-दिले-बेरहम वाली इस पैटिबुर्जुआ प्रवृत्ति से बहुत आपत्ति है साहब, लेकिन 'स्वीट डिकेडेंस' की फिल्म के लिए आदर्श अमीरजादा बन जाना उनके लिए कुल मिलाकर सुग्राह्य की रहा। अब उन्हें प्रतीक्षा थी कि वह

आएगी और अनुगूँज से वह सब करने का चक्कर चलेगा, काव्यात्मक !

मनोहर उस तथाकथित स्पर्श-चमत्कार की चर्चा छेड़ने को उद्यत हुआ। मैंने उससे कहा, "अव्वल तो कुछ हुआ ही नहीं, और हुआ भी तो हिप्नोटिज्म का कोई चक्कर रहा होगा। और यह तू जो रोज कोई साली शैशव-स्मृति या जमाने का कोई तथाकथित दर्द ढूँढ़कर रोने-रोने को-सा होता है न, उससे बाज आ। या साले जा और तिलकुटिया पर अँगुली रखकर सो जा।"

जोशीजी ने वोडहाउस पढ़ते-पढ़ते ही मुझसे कहा, "तुम हमेशा सतही बातें करते हो।"

मैंने उनसे पूछा, "अच्छा जोशीजी, डिप्नोटिज्म नहीं तो क्या यह शक्तिपात का चक्कर था ?"

जोशीजी ने वही टिप्पणी दुहराई। मैंने कहा, "जोशीजी, अगर न इसका, न उसका, तो आखिर किसका चक्कर था, कुछ कहिए तो !"

जोशीजी ने कहा, "मेरा उन लोगों से कोई संवाद नहीं हो सकता जो 'चक्कर-क्या-था' वाली भाषा में बोलते-सोचते हैं।"

मैंने कहा, "जोशीजी, चक्कर क्या है ? आप इतने खफा क्यों हैं ?"

उत्तर में उन्होंने वोडहाउस की लिखी हुई किन्हीं लॉर्ड एम्सवर्थ और उनके इनामी सूअर की कथा जोर से बन्द की और कहा, "प्राइज पिग। इनामी सूअर !" बत्ती बुझाकर वह बहुत देर तक करवटें बदलते रहे कि शायद वह आए। लेकिन नहीं आई वह। और तब उन्होंने तकिए से ही कही साहब यह बात कि एक अदद झुठल्ली से प्यार हो गया है मुझे। परम्परावादी थे ससुरे जो अनुगूँज से कहते थे।

काम में कामू का क्या काम

एक अजीब-सा सपना दिखाई दिया साहब। पहले तो कोई कह रहा था कि तुमने सुना हरीश के बाप ने छत के कुंडे से लटककर फाँसी लगा ली। मेरी ही उम्र का था साहब यह हरीश। कोई खास दोस्ती या सम्बन्ध नहीं। तब भी बुरा लगा। मध्यवर्गीय हाय-तौबा, रोना-धोना। और फिर साहब, मैं सपने में उड़ रहा था बहुत मजे में। दूसरे तमाम लोग बहुत चिन्तित नजर आ रहे थे साहब, लेकिन अपन तो मजे से छत के आसपास तिर रहे थे। फिर किसी ने कहा तिकोना-तिकोना। मैंने समझा साहब कि यार लोग कह रहे हैं डालीगंज के रेस्तोराँ में बैठकर चाय-तिकोने चलाएँ। मैं उतर गया साहब। लेकिन नीचे एक अजीबोगरीब हस्ती टकराई मुझसे। स्ट्रेंग्यूलेटर ऐसा कुछ नाम बताते थे अपना, और बात-बात में कहते थे ट्राइएंग्यूलेट। गणित ही बोल रहे थे साहब वह तो। एक बहुत दिलचस्प सवाल किया उन्होंने मुझसे कि इंट्रीगल लॉग सेक एक्स टेन एक्स डी एक्स ? अपन को याद था यह सवाल, कैम्ब्रिज मैथ्स ट्राइपॉस में '33 जने '34 में पूछा गया। फट कहा, "सबस्टीट्यूट टेन एक्स इज इकुअल टू टी।" पड़ गया साहब अपना इम्प्रेशन तगड़ावाला। फिर पूछा उन्होंने, रस्से पर स्ट्रेंग्यूलर स्ट्रैस कितना है ? यह सवाल न सिर्फ पल्ले नहीं पड़ा, बल्कि सुनकर दम घुटने-सा लगा सोच-सोचकर।

और तब मेरी नींद खुली। तकिया मैं अपने ही हाथों से अपने सीने पर दबाए हुए था और उसका एक सिरा मेरे नथुनों पर रोक-सी लगा रहा था। मैं हड़बड़ाकर उठा। मैंने नाइट-गाउन की डोर जो देखी तो कोफ्त-सी हुई कुछ। मैंने नाइट-गाउन उतार फेंका। घड़ी देखी—तीन बज रहे थे। जाकर मुँह-हाथ धोया साहब ठंडे पानी से। फिर डोभानवाला से सप्रेम प्राप्त सुनहरे सिगरेट-केस और लाइटर का जलवा दिखाया मैंने जोशीजी को। विलायती सिगरेट अच्छी लगती है साहब ऐसे मौकों पर। जोशीजी चहलकदमी करने लगे।

होते-होते उन्होंने मुझे सूचना दी कि "यह डोभानवाला का घर नहीं है। यह हिमाचल के किसी रजवाड़े का महल है जो आजकल होटल बना दिया गया है। यहाँ इन दिनों मैं अपना नया उपन्यास लिखने आया हुआ हूँ। तुम्हें तो याद ही होगा कई साल पहले मैं यहाँ अपना पहला उपन्यास लिखने आया था और अनामा नामक उस लड़की से मेरी प्रथम भेंट हुई थी जिससे मैं विवाह भी शायद कर लेता अगर मैं प्रतिमा नामक एक और लड़की के स्नेहपाश में न बँध गया होता।—

मैंने कहा, "गोया अगर तब आपमें अनामा की आध्यात्मिक गहराई और प्रतिमा

के शारीरिक उभार में तमीज करने के लिए अपेक्षित प्रौढ़ता होती।''

जोशीजी झल्लाए, ''तुम सीन सुनो-समझो। प्रतिमा से मैं तलाक ले चुका हूँ और पता नहीं किस आग्रह के वशीभूत यहाँ अपना नया उपन्यास लिखने चला आया हूँ। और अनामा भी...।''

''उसी ससुरे आग्रह के वशीभूत यहाँ आई हुई है।'', मैंने कहा, ''तुम सीन सुनाओ, भूमिका मत बाँधो।''

''सबेरे मैं उद्यान की संगमरमर-बेंच पर बैठा हुआ था। अनामा कहीं बाहर जा रही थी। उसने मुझे देखा, मगर अनदेखा करती हुई सीधी चली गई।''

''चली गई।'', मैंने अन्तिम शब्द दुहराए और स्वीकारात्मक सिर हिलाया। यही उस जमाने में बम्बइया इंडस्ट्री में सीन सुनने-समझने की विधि हुआ करती थी, ''सन्दर्भ : थर्ड मैन का आखिरी शॉट। फिर आगे ?''

''आगे ?'', जोशीजी ने खिड़की की ओर जाते हुए कहा, ''शाम से पानी बरसता रहा है। अब भी बिजली चमक रही है रह-रहकर। मुझे नींद नहीं आ रही है, बेचैनी-सी है कुछ।''

''बेचैनी-सी है कुछ।'', मैंने उसी विधि से कहा, ''सन्दर्भ : प्रियाहीन मन डरपत मोरा। आगे ?''

''आगे ?'', जोशीजी ने खिड़की के पर्दे हटाए और कहा, ''पुनर्मिलन।'

पहुँचेली बाहर लॉन में खड़ी इतनी रात गए अपने गीले बालों को तौलिए से फटकार रही थी। किसी स्पष्ट इंडेंट के अभाव में निर्वसना। मनोहर ने गोया के स्पेस्फिक इंडेंट दिया था सो प्रभु ने फटाफट जैसी-तैसी रक्तदन्तिका हाजिर कर दी थी। मैंने कहा, ''जोशीजी, इस समय वह पुनर्मिलनवाला सीन ही फिल्मा लेते आप। लेकिन सेट गड़बड़ है, मौसम गड़बड़ है। कहाँ है वह गार्डन सीट ? वह नहीं हो पाई तो झूला-ऊला डलवाते कोई ! और इस उमस भरी बम्बइया रात को घमंडी घनों से पिटी हुई पहाड़ी रात कैसे मान लें ?''

बहरहाल जोशीजी को कोई शिकायत न थी। उनका कहना था एक परिदृश्य, एक मौसम, अपने भीतर का भी होता है। होटल में ऊपरवाले कमरे में एक कोई जो डोभानवाला, (अपने साथ भगाकर लाई गई ?) किसी स्नेहवत्सला के साथ ठहरा हुआ है ना, सुनो ग्रामोफोन पर अंग्रेजी रिकार्ड बजा रहा है। ''लव मी टैंडर, लव मी ट्रू, ऑल माई ड्रीम्स फुलफिल, फॉर माई डार्लिंग आई लव यू, एंड आई ऑल्वेज विल।''

पहुँचेली ने मुस्कुराकर जोशीजी का स्वागत किया और पूछा, ''क्या तुम भी यही कहने आए हो कि मुझसे प्यार करते हो, और हमेशा करोगे ?''

पुनर्मिलन प्रसंग की इससे बेहतर शुरुआत नहीं हो सकती थी मगर जोशीजी को यह स्वीकार नहीं हुई। कहा उन्होंने, ''आमतौर से मैं इतनी पिटी हुई बातें कहता नहीं।'' गो, मेरे ख्याल से, उनका यह जुमला भी तब तक काफी पिट चुका था।

''क्या तुम इतना भी नहीं कहोगे कि मैं कुल मिलाकर दिलचस्प-सी, रादर इंट्रेस्टिंग, लगती हूँ ?''

"हाँ।", जोशीजी ने दरियादिली से काम लिया, "पहेलीवाले अर्थ में दिलचस्प।"

"धन्यवाद।", वह बोली, "लेकिन पहेली बूझने के लिए क्या तुम्हारे ऑडिटवाले काफी नहीं, जो स्वयं भी मेरे परिचितों के यहाँ पहुँच रहे हो ?"

"कौन ऑडिटवाले ?"

"वही जो मेरे ऑडिटवाले भी हैं।", उसने बालों को तौलिए में लपेटते हुए कहा, "तुम्हारे खातों में से कुछ दिलचस्प सूचनाएँ निकालकर दी हैं उन्होंने।"

"मसलन ?"

"यह कि जिससे भी तुम्हारी शादी ठहराई जा रही है वही अपने बाप के स्टेनो के साथ भाग जा रही है।", उसने हँसते हुए कहा।

जोशीजी दाँत पीसने लगे। बगैर-राख-मला वह अवधूत ऑडिटर तलाटी। क्या जरूरत थी इसे बताने की कि माताजी ने मनोहर के प्रयोगवादी पत्र को पागलपन का नमूना माना तो बम्बई जीजाजी को लिखा। उन्होंने कमरे में आकर फटकारा। फिर माताजी को आश्वासनप्रद पत्र भेजा कि पुत्र आपका सकुशल है, उसे कोई रोग है तो यही कि कन्यार्थी हो चला है। जाग्रत दीप-सी एक कन्या चुनी गई लेकिन उस सयानी ने अपने पिता के किसी कर्मचारी का घर रोशन करना अधिक श्रेयस्कर माना।

पहुँचेली बोली, "मेरे ऑडिटरों को तुमने बताया कि शादी इसलिए नहीं हो पाई क्योंकि तुम करना चाहते थे। तुम्हारी कुण्डली में ग्रह ऐसा है कि जो चाहोगे, नहीं होगा। जो नहीं चाहोगे, होगा।"

"जी हाँ !", मैंने कहा, "इसलिए मैं सारी कामनाएँ नेगेटिव में करता हूँ।"

"और इसी में मारे जाते हो कभी-कभी।", उसने कहा, "रक्तदन्तिकास्तव पढ़ते हुए तुम्हें कहना यह चाहिए था कि कुछ हो।" फिर मुस्कुराकर वह बोली, "मगर तुमने कहा, कुछ न हो।"

बालक मनोहर काँपा, लेकिन, मैंने जम्हाई लेते हुए पूछा, "तो ?"

"वह तुम बेहतर जानते हो।", उसने कहा।

"मैं तो कुछ भी नहीं जानता।", जोशीजी बोले, "मैं तो यह तक नहीं जानता कि तुम हो कौन ? तान्त्रिक–जैसाकि तुम खुद कहती हो ? रंडी–जैसाकि बाबू ने बताया ? लेखिका–जैसाकि खलीक ने बताया ? क्रान्तिकारी–जैसाकि रथिजित भट्टाचार्य का अनुमान है ? व्यापारी–जैसाकि डोभानवाला कह रहा है ? और तुम, इतने झूठ बोलती हो, अपने बारे में, दूसरों के बारे में, कि तुम्हारा सच इस गोरखधन्धे में छिप जाता है। मुझे दिलचस्पी है झूठ के गोरखधन्धे में छिपे हुए तुम्हारे सत्य से।"

"दिलचस्पी और जिज्ञासा में अन्तर है।", वह बोली, "और ऑडिटरों ने मुझे बताया कि तुम्हारा मुझसे जिज्ञासा का सम्बन्ध है।"

"चलो जिज्ञासा ही सही !", जोशीजी ने कहा।

" 'जिज्ञासा ही सही' नहीं, 'जिज्ञासा ही' कहोगे, तो उत्तर मिलेगा।", उसने जोशीजी की बाँह पकड़कर लॉन-परिक्रमा का क्रम शुरू करते हुए कहा, "और सो भी यही कि जिसके बारे में तुम्हें जिज्ञासा है, वह स्वयं जिज्ञासा है। जिसके लिए तुम भटक

रहे हो, वह स्वयं भटकन है। इस उत्तर से सन्तोष होता है ?"

"नहीं !", जोशीजी ने कहा, "मैं पिछली सदी का कथाकार नहीं, जो इस उत्तर से सन्तुष्ट हो जाऊँ। और न यह प्रश्नोत्तर किसी उपनिषद् में हो रहा है, जो तुम्हें पहेलियों में बोलने का अधिकार दिया जाए।"

"अगर तुममें अब भी यह बोध है कि तुम आधुनिक कथाकार हो और यह एक आधुनिक नगर का आधुनिक भवन, तो इस प्रश्नोत्तर के लिए बेड-रूम चलें, बिस्तर पर संवाद करें ?"

"मैं बुद्धिजीवी हूँ", जोशीजी ने कहा, "और कुल मिलाकर मुझे तुम्हारे शरीर से ज्यादा दिलचस्पी, तुम्हारी असली कहानी में है।"

"एक कहानी मैंने सुनाई तो थी तुम्हें", वह बोली, "कि एक लड़की थी जो देवी ने प्रसाद में दी, जिसका बाप उसे पायल पहनाते हुए मर गया; जिसके भगवान ने उससे बलात्कार किया।"

"कौन भगवान ?", जोशीजी ने पूछा, "कैसा बलात्कार ?"

"एक आदमी। उम्र में मुझसे बीस साल बड़ा। बहुत ही योग्य, विद्वान, सम्भ्रान्त। वह कुछ भी हो सकता था—कांग्रेसी नेता, मन्त्री, प्राध्यापक, प्रसिद्ध लेखक-कवि, अपने पुरखों की तरह धनी व्यापारी। लेकिन नहीं, वह भटका संन्यासी-सा हो गया। पूरी तरह संन्यासी भी नहीं हो पाया। लौट आया, लेकिन पूरी तरह गृहस्थ भी नहीं हो पाया कभी। मैं विचित्र-से सवाल किया करती थी इसलिए मेरे पिता ने उसकी सहायता माँगी। वह एक तरह से मेरा ट्यूटर हो गया। और होते-होते जब मैं तेरह साल की थी तब मैंने ऐसा सवाल पूछा जिसका जवाब कानूनी भाषा में बलात्कार ही कहा जा सकता है।"

"गोया आपने उससे तान्त्रिक सम्भोग का चक्कर चलाया !", मैंने कहा।

"हाँ चक्कर ही तो था।", उसने कहा, "चक्करों का चक्कर।"

"और तुम पगला गईं ?", मैंने पूछा।

"फौरन नहीं, तब जबकि उसे बुरा आदमी मानकर मेरी माँ ने उसका और मेरा साथ छुड़वा दिया।"

"लेकिन तुम उसे भूल न सकीं, पागलखाने से लौटकर उसी को खोजा। उसी की भैरवी बनीं।" मैंने हँसी उड़ाई, "और ? और ?"

"और मेरे गर्भ ठहर गया। और हम बदनाम हो गए दोनों उस छोटे-से कस्बे में। और मेरी माँ इसी सदमे से चल बसी। मुझे विशेष कुछ मिला नहीं था विरासत में और वह तो कब का संन्यासी हो चुका था। उसे उसके बड़े भाई कुछ भी देने को तैयार नहीं थे। तो वह मुझे ले गया अपने ननिहाल, जहाँ उसके निस्सन्तान मामा ने थोड़ी-सी जमीन और एक टूटा-फूटा मकान उसके नाम कर रखा था।"

"कर रखा था, उसके नाम, टूटा-फूटा मकान !", मैंने वही सीन सुनने-समझनेवाले अन्दाज में सिर हिलाया, "आगे ? ततः किम ?"

"छुक-छुक गई रेलगाड़ी। छोटा-सा एक स्टेशन आया। सहारा देकर उतारा उसने मुझे। सजी-सुन्दर एक बैलगाड़ी थी बाहर। सहारा देकर बैठाया उसने मुझे और कहा

गाड़ीवान से, जरा हौले भाई, जरा हुसयारी से। कच्ची पगडंडियाँ थीं, खेतों और अमराइयों को छूती हुई आगे बढ़ती थीं जो। वह गाड़ीवान से फस्ल और मौसम के बारे में बातें कर रहा था।"

"कर रहा था।", मैंने कहा, "बहुत ठीक। फिर ?"

"और उसी बातचीत के बीच सहसा उसने भरपूर नजर देखा मेरे भरे-पूरेपन को और फिर अपना कान लगा दिया मेरे फूले हुए पेट पर और सुनी वह धुक-धुक-धुक-धुक।"

"धुक-धुक-धुक-धुक !", मैंने कहा, "यहाँ से कट करो सीन को। यह भी समझ लो कि हम समझ गए वहाँ उस टूटे-फूटे से मकान में जिसका 'विश्रान्ति' या ऐसा ही कोई नाम था, भारत की आबादी में एक की वृद्धि हुई, फिर ?"

"हुई और होते ही खत्म हो गई।", वह बोली, "वह मर गया मनोहर, वह जो मेरी कोख से जनमा था। और उसके बाद मैं फिर कभी माँ नहीं बनी।"

"यह भी कुल मिलाकर बुरा नहीं हुआ।", मैंने कहा, "आप आप लोग फिर चढ़ लिये गाड़ी पर छुक-छुक-छुक-छुक। फिर ?"

उसने हँसकर कहा, "फिर यह कि वे कितनी ही गाड़ियों पर सवार हुए, कितने ही फासले तय करे उन्होंने लेकिन यह एक जो जरा-सा फासला बच्चे की मृत्यु ने ला दिया था उनके बीच, वही, वही तय नहीं हो सका मनोहर, वही।"

"वही, वही, वगैरह भी ठीक है !", मैंने कहा, "लेकिन तुम्हारे रंडी या जो कुछ भी हो तुम, सो बन जाने का औचित्य ? जरा उस दर्शक पर भी रहम करो जो अढ़ाई रुपया खर्च करके यह बायस्कोप देखने आया है।"

"उस बिचारे के पास कोई कामधन्धा तो था नहीं। कई बड़े-बड़े लोगों से, रईसों, राजाओं से उनकी जान-पहचान थी। जवाहरात का काम उसका पुश्तैनी धन्धा था। सो चार पैसे जवाहरात की दलाली में ही कमाने लगा। और मैं, क्या मैं जवाहर नहीं हूँ, उसका काटा हुआ, उसका तराशा-जड़ा हुआ !"

"तराशा-जड़ा हुआ जवाहर !", मैंने कहा, "सो तो है। प्रत्यक्ष के लिए प्रमाण क्या वगैरह। लेकिन वह ससुरा तराशनेवाला, सो किस बिल में बिला गया ?"

"तुमसे यह कहना तो बेकार होगा कि किसी के भगवान के लिए इस तरह नहीं बोलते।", उसने गम्भीर होकर कहा, "लेकिन यह जान लेने पर कि उसे लकवा मार गया, शायद तुम अपनी लफ्फाजी अपने तक ही रखने को तैयार हो सको।"

"आई एम सॉरी।", जोशीजी बोले, "वह, वह जिन्दा है या...।"

"तुमसे मतलब ?", उसने कहा और फिर मनोहर का हाथ, अपने हाथ में लेकर नरम होते हुए बोली, "जासूसी या जिरह करनेवालों की जिज्ञासा की कोई मर्यादा तो होनी चाहिए ना ? तुम यही बताओ मेरा अब तक का बयान सच लगा कि झूठ। कि कुछ सच, कुछ झूठ ? तुम मेरे सच को कितना झूठ, और मेरे झूठ को कितना सच, समझ सके हो मनोहर ? क्या तो शब्द इस्तेमाल किया था तुमने उस दिन, झाँसा, तो झाँसे में फँस रहे हो कि नहीं ? इस झाँसे में जो मैंने खास तौर से तुम्हारे लिए ही सोचा है !"

अब वह चलती-चलती रुक गई थी। अब हम आमने-सामने थे। उसकी दो बाँहें मेरे कन्धों पर थीं। और इस टूरिस्ट होम के ऊपरवाले कमरे में ये जो डोभानवाला-स्नेहवत्सला ठहरे हुए था न, उनके पास न जाने कितने रिकॉर्ड थे एल्विस प्रेस्ली के क्रन्दन के। और अब वे दोनों सुन रहे थे, "इट्स नाव ऑर नेवर, कम होल्ड मी टाइट। किस मी माई डार्लिंग, बी माइन टुनाइट।" सुन ही नहीं रहे थे, इसकी धीमी लय पर नाच भी रहे थे और यह समझते हुए कि या-तो-अभी-या-फिर-कभी-नहीं वाला यह निर्णायक पल है, नाचते हुए कठिन पाश में बँधकर, इस रात चुम्बन भी ले रहे थे।

मैंने कहा, जोशीजी से, "गुरु हो जाओ शुरू, बालरूम डांसिंग तो आपने सीखा नहीं, वरना हिन्दी राइटर डूइंग इंग्लिश डांस का चक्कर भी चलवा देते। चलो तुम रास ही रचाओ, हम बाद में इंग्लिश गाना हटवाकर, आज वन क्रीड़त श्यामा श्याम, और क्या नाम, खंडन अधर करत परिरम्भन ऐंचत जघन दुकूल, डलवा देंगे।"

लेकिन जोशीजी ! फरमाया उन्होंने, "सच यह है कि तुमने शराब पी है। झूठ यह है कि इतनी कि जबान लड़खड़ाने लगे। व्याख्या के मोह में अनुभव के सत्य को झुठला रही हो तुम !"

"तुम सचमुच जीनियस बच्चे हो। अनुभव-अस्तित्व तो सत्य है लेकिन इन्हें पीकर जितने भी बहक रहे हैं, बहका रहे हैं, वे सब झूठे हैं। कामू तुम कामोत्तेजक भले न हो, विचारोत्तेजक अवश्य हो।" उसने कहा और मनोहर को कुछ उसी अन्दाज से चूमा कि 'लाल हौं वारी तेरे मुख पर।"

"तो तुम्हें पसन्द नहीं आई यह कहानी मनोहर ?", फिर उसने हँसकर पूछा।

"नहीं।", जोशीजी ने कहा, "बहुत भावुक है।"

"कोई और गढ़कर सुनाऊँ ?", उसने पूछा।

"नहीं।", जोशीजी ने कहा, "कहानी नहीं, सच्चाई।"

"यह कहने से भी काम नहीं चलेगा कि जैसी तुम्हें पसन्द हो, खुद गढ़ लो ? जो भी गुण, जैसी भी क्रिया, तुम्हें अपेक्षित हो, उसी हिसाब से मेरी कल्पना कर डालो।"

"तुम तो हद करती हो !", जोशीजी बोले, "गुण-क्रियानुसारेण क्रियते रूपकल्पना। उसका कोई रूप नहीं इसलिए रूप की कल्पना गुणक्रिया के अनुसार करते हैं ! तुम क्या समझे हुई हो अपने को, देवी ?"

"देवी होने में कोई एतराज है तुम्हें !", वह जोर से हँसी।

"नहीं !", मैंने निर्वसना के उन्मुक्त ठहाके में साथ दिया, और कहा, "जब तक स्त्रीलिंग हो, मुझे कोई एतराज नहीं।"

वह मुझे हाथ पकड़कर बेडरूम में ले गई। मैं समझता था स्थितियाँ पर्याप्त अनुकूल और सामान्य हो चली हैं। लेकिन जोशीजी वहाँ भी साहब प्रश्नोपनिषद् हो गए। बोले, "वैसे तुम कौन हो ?"

वैसे की भी एक ही रही ! गोया ऐसे माफिक न आ रही हो !

"तारा झावेरी !", उसने कहा, "तुम्हें बताया होगा लोगों ने।"

"तारा झावेरी कौन है ?", उन्होंने पूछा।

"तारा झावेरी है, क्या यही पर्याप्त नहीं ?", वह मुस्कुराई।

"नहीं !", जोशीजी ने कहा।

"तो क्या यह कहूँ कि मैं तारा हूँ, लाल रंग का ह्रींकार मेरा माथा है, पीले रंग का स्त्रींकार मेरी नाभि है, उजले रंग का हूँकार मेरा हृदय है, धुएँ के रंग का फट्कार...।"

"हे भगवान !", जोशीजी ने कहा।

"स्त्रीलिंग !", उसने भूल-सुधार कराया, "हे भगवती कहो।"

जोशीजी अंग्रेज हो लिये। बोले, "ओह गॉड !"

"तो मैं क्या परिचय दूँ अपना ?", उसने मुस्कुराकर देखा मनोहर को जो अब देख रहा था उसके पेट के एक तिल को, "यह कि मैं तिल हूँ, बहुत-बहुत छोटा-सा तिल।"

फिर मनोहर की अँगुली उस तिल पर रखकर कहा उसने, "मैं तिलकुटिया हूँ।"

मैंने जोशीजी से कहा कि यह जो आप अक्सर आत्मचरितात्मक हो जाते हैं न बुजुर्गों के सामने, वही आपको कष्ट दिलवा रहा है इस समय। उन्होंने कहा कि तिलकुटियावाली बात तो शायद उनसे नहीं कही गई थी।

बालक मनोहर अँगुली धरे रहा यथास्थान। वह बोली, "तुम जानना चाहते हो ? पहले यह देखना होगा कि जान सकने लायक हो कि नहीं ?"

बालक ने कहा, "हाँ।" और सो गया।

इब्ने शादी हुआ करे कोई

जोशीजी ने 'वॉर एंड पीस' स्थगित करके 'वेस्टलैंड' शुरू कर डाली अब कि साहब, "आप आप हैं और आप हैं आप, बहुत खुशी होगी मिलकर आपको, आपसे ! पाप को पुण्य से, पुण्य को पाप से क्या काम है ? किसका कब, क्यों, कहाँ, क्या नाम है ?–जानता नहीं। मानता नहीं मन, बाधाएँ, तप्त तन आएँ, मिलें, मिल-जुल चून-चूल हिलें। कर ही लें सिद्ध किसी जन्तर या जाप से।"

पहले तकिए से कहा और अब जब जमाने से कहने बैठे सरहु तो यह जन्तर-मन्तर बनवाकर मुमताज महल की याद में !

मनोहर, डोभानवाला से हथियाया गया तन्त्र साहित्य पढ़-पढ़कर घबरा रहा था। रात सोते हुए चौंक-चौंक जाता जब, तब एक काल्पनिक तिलकुटिया पर अँगुली रखकर सोने की कोशिश करता और यह तिलकुटिया सिकुड़ती-सिकुड़ती ससुरी वही हो जाती कि साहेब न उसकी लम्बाई है, न चौड़ाई !

डोभानवाला और स्नेहवत्सला किन्हीं नए आचार्य से 'सेक्स-योगा' की दीक्षा लेने चले गए थे माउंट आबू। सो वह 'स्वीट डिकेडेंट वीक एंड' भी नहीं मिल पा रहा था मुझे।

मैं यों ही बहुत गोया के लटकन किस्म के मूड में था। दफ्तर में रोज झिकझिक चल रही थी। पत्रकारिता में कोई लम्बा हाथ मारने की मेरी तदबीरों को लकवा मार जा रहा था बार-बार। दादा अब 'महाभारत' पर बिग बजट बनाने की सोचने लगे। आलोदा के प्रॉजेक्ट में भी वह व्यर्थ ही अपने को और मुझे फँसाए हुए थे जबकि फाइनेंस उनका जुट नहीं पा रहा था। मेरी दो और हो सकनेवाली बीवियाँ भाग चुकी थीं–कम-से-कम मेरे लिए तो भाग ही गई थीं। और भले ही पहुँचेली के फिर न दिखने का मुझे आशिकाना जोशीजी और नादान मनोहर जितना विषाद न रहा हो, कहीं यह अफसोस जरूर था कि बकौल शख्से बुरे कामों के लिए एक अच्छी चीज हाथ से निकल गई दिखती है। तिस पर जोशीजी की 'वेस्टलैंड' और मनोहर की 'लॉस्ट लुक।'

डॉक्टर देसाई ने मेरे लिए दवाओं की मात्रा बढ़ा दी।

कोई महीने भर बाद मैं खलीक के यहाँ गया प्रेरणा लेने के लिए। लेकिन वहाँ से कुल मिलाकर पहले से भी अधिक 'साईं अवसर के परे, को न सहै दुःख-द्वन्द्व ?' वाली मनःस्थिति में लौटा। खलीक और श्रीकान्त में झगड़ा शुरू हो गया था। खलीक के अनुसार इसलिए कि उस उल्लू के पट्ठे ने जिन्दगी में कुल एक किताब पढ़ी

है—'श्रीकान्त' और उसी की कहानी वह हर फिल्म में डलवाना चाहता है। खलीक-सुन्दरी के अनुसार इसलिए कि खलीक आलसी और जिद्दी है। मियाँ-बीवी में भयंकर खटकी हुई थी। बीवी जब बहस में गुस्सा होकर अपने कमरे में जा बन्द हुई तब खलीक ने बोतल खोली और दर्द की पोटली भी। पता चला कि खलीक इसलिए खासकर दुःखी है कि बीवी ने गर्भपात करवा लिया है जबकि खलीक को बाप बनने का कुछ ज्यादा ही शौक चर्राया हुआ था—खासकर बेटी का। उसका नामकरण भी किए हुए थे भाईजान—अतिया। फिल्म 'गिरस्ती' के इस समान्तर गोया कलात्मक सिनेमा संस्करण से मुझे बेहद कोफ्त हुई। खलीक भावुक है यह मुझे मालूम था लेकिन भावुकता को वह बगैर भदेसपन या भँड़ेतरी के परोस सकता है यह अवश्य मेरे लिए दुखद आश्चर्य का विषय था। खलीक किसी कीमत मुझे जाने देने के लिए तैयार नहीं था। फ्रेंच पोएट्री सुनने और कोन्येक पीने की कुटेव का मारा मैं, खलीक की यह बलियाटिक भावुकता सुनने और थ्री एक्स रम पीने में काफी से ज्यादा कष्ट पाता रहा।

जब वहाँ से लौटा तब फोन पर उस पहुँचेली की आवाज सुनने को मिली, "यह तीसरा फोन है मेरा। तुम फौरन चर्चगेट स्टेशन के घड़ियाल के नीचे मिलो। तुमसे एक जरूरी काम है क्रूकेड रोज़।"

"क्या ?", मैंने पूछा।

"यही दिखाना है कि माई यूथ इज नॉट, रिपीट नॉट, बेंट विद द सेम विंट्री फीवर।"

मैं इसके जवाब में कुछ कहना चाहता था लेकिन एक तो उसने फोन काट दिया था, दूसरे रिसेप्शन काउंटरवाला मेरे मुँह से निकलते रम के भभकों पर ही नाक-भौं सिकोड़ रहा था। अगर मैंने वह सब भी कह दिया होता तो मुझे पर्सोना-नॉन-ग्राटा करवा के छोड़ता वह। मैंने बुजुर्गों से झूठ बोला कि बहन की तबीयत ठीक नहीं है, मुझे बुलाया है उन्होंने। शायद देरी हो जाए।

मैंने जोशीजी से कहा, "बिरादर, अब आप सब मुझ पर छोड़ दें। सेवा कर देंगे ससुरी की। चूल-चूल न हिला दी, समझे ना, तो गुरु मुझे तुम ताड़न का ही अधिकारी मानना। तुम तो इतनी मेहरबानी करना कि अपनी 'स्वीट डिकेडेंस' लेकर एक कोने में खड़े हो जाना, फिर देखना, हम किस विधि यूथ बेंड करते हैं उसकी।"

मगर परवरदिगार बदस्तूर मसखरी के मूड में थे ! टैक्सी लेकर चर्चगेट पहुँचा मैं और घड़ियाल के नीचे न वह, न उसका फरिश्ता कोई। तैनात हुआ इन्तजार के मोर्चे पर। और जब लम्बा ही खिंचने लगा यह इन्तजार, आपके जोशीजी महाराज सवार हो गए इस काया पर। गाने लगे आए न बालम वादा करके। घुमाने लगे अपनी आँखों को स्लो पैनिंग शॉट लेते हुए। पीने लगे सिगरेट-पर-सिगरेट और रौंदने लगे ठूँठों को अपने बेमुरव्वत जूते से।

आखिर हार मानकर वह पंजा-खोल-सीना-तान चल पड़े और तब, हाय तब, उन्होंने सुना कोई कह रही थी, "मैं चालीस मिनट के इन्तजार के लायक ही ठहरी मनोहर ?"

दो बाँहें फैलाए, राह छेंके हुए खड़ी थी वह, मतमारी मतवारी जिन एंड लाइम किंवा

यौवन की मदिरा पीए, कौन कहे ? जोशीजी उसे देख नहीं पाए थे तो इसीलिए कि अकड़कर चलने में जोशीजी का कैमरा कुछ ज्यादा ही पीछे को झुक गया था। मैंने कहना चाहा कि तेरी किंवा की किंवा करूँ, लेकिन मुँह खुला जोशीजी का, "तुमने घड़ियाल के नीचे मिलने को कहा था।" भला बताइए इतने 'माइल्ड प्रॉटेस्ट नोट' से कहीं कोई काम बना है ?

"तुम कित्ते प्यारे तो लग रहे थे वहाँ मेरे इन्तजार में खड़े हुए !", उसने कहा, "यही जी किया कि मेरी राह देखते को देखती ही रहूँ।"

"तो अब क्या आदेश होता है उसके लिए देवि !", मैंने कहा, "बस यों ही खड़ा रहे ? कुछ सेवा-वेवा नहीं करवाइएगा ?"

"जासूसी करोगे ?", उसने पूछा और चल पड़ी।

साथ चलते हुए मैंने कहा, "अजी आप कहेंगी तो हम दलाली भी करेंगे। हुक्म फरमाएँ, जासूस जोशी आपकी खिदमत में हाजिर है।"

वह हँसी। फिर खुद ही बोली, "वैसे हँसी की बात नहीं है।"

मैंने कहा, "अजी आपके यहाँ हँसनेवाली कोई बात हो कैसे सकती है ! आपकी तो किसी को सुबह-पहले सूरत याद ही आ जाए तो दिनभर रोने में ही बीते ससुरे का। आदेश करें किस साले की जासूसी करनी है ?"

"एक आदमी को ढूँढ़ना है।"

"जानवर को ढूँढ़ने नहीं बुलाया, बहुत कृपा की !", मैंने कहा, "अच्छा तो इस आदमी की पहचान यही है कि आदमी है।"

"ठिगना-सा है, फिल्मोंवाले मुकरी-जैसा !", वह बोली, "माथे पर दाईं आँख के ऊपर घाव का निशान है, थोड़ा लचक-लचककर चलता है।"

"लचक-लचककर चलता है तो पकड़ने में दिक्कत न होगी !", मैंने कहा, "नाम क्या है उसका ?"

"मालूम नहीं।", उसने कहा, "उसने बाप का नाम शादीलाल था।"

"करता क्या है यह इब्नेशादी ?", मैंने पूछा।

"मालूम नहीं।", उसने कहा, "उसका बाप मोती के धन्धे में था। बसरा के मोती।"

"मुझे बाप को ढूँढ़ना है कि बेटे को ?", मैंने पूछा, "यह कैसे कि आपको बाप की जानकारी है, बेटे की नहीं ?"

"मैं झावेरी की बेटी हूँ। मेरे पिता मोती का धन्धा करनेवाले उस शादीलाल को जानते थे।"

"और इस इब्नेशादी से आपके पिताश्री या आपकी कोई पहचान नहीं, देवीजी ?", मैंने पूछा।

"मेरी है, कुल एक यादगार रात की।", वह बोली, "सुनना चाहोगे उस रात की कहानी ?"

"कहानियाँ सुनने के सुख के लिए ही आते हैं आपके पास !", मैंने कहा।

"जब वह जा रहा था ना", वह बोली, "उसने मुझे नगदी की जगह एक मोती दिया—बड़ा-सा। इस पर मैंने उससे शादीलाल का जिक्र किया कि वह भी ऐसे ही मोती लाता था। जब मैं यह बता रही थी, वह पतलून पहन रहा था। जिप लगाते हुए उसने मुझे गाली दी और कहा, "शादीलाल मेरा बाप था। उम्र तो तुम्हारी ज्यादा लगती नहीं। बचपन से ही आ गई थी क्या धन्धे में ? और मनोहर, यह सुनकर मुझे हँसी का दौरा-सा पड़ गया।"

"दौरा-सा पड़ गया !", मैंने कहा।

वह हँसी के दौरे की बात सुनाते हुए हँस रही थी। फिर उसने हँसी को लगाम दी, पर्स खोला, एक बड़ा-सा गुलाबी झाँईवाला मोती अपनी हथेली पर रखकर मुझे दिखाया।

"एक्जिबिट ए देखा।", मैंने कहा, "आप बयान जारी रखें।"

"पहले तो वह मेरे हँसने पर झल्लाया। फिर पतलून की पेटी कस, पाँवों में चप्पल डाल, वह मेरे पास आया, इतना-सा मुस्कुराया और मेरा गाल नोंचकर बोला, "साली कुत्ती, तेरी जवानी का खीमा बनवाकर कुत्तों को डाल दूँगा—एनो मीनिंग सूँ मनोहर ?"

"मीनिंग यह कि भूखे कुत्तों का मसीहा रहा होगा वह।", मैंने कहा।

"तुम मेरी बात को झूठ मानने पर उतारू हो ?" उसने पूछा, "क्या तुम इतने कायर हो कि अपनी कायरता भी स्वीकार न कर सको ? तुम साफ क्यों नहीं कहते कि मुझे उसे ढूँढ़ना नहीं है।"

"किसी अस्तित्वहीन को ढूँढ़ सकूँ ऐसा आध्यात्मिक हुनर है नहीं मेरे पास।", मैंने कहा।

वह चलते-चलते रुक गई। उसने अपना पल्लू गिराया। मुझे आमन्त्रित किया कि उसके ब्लाउज में झाँकूँ और देखूँ चाकू से बने एक घाव का निशान।

मुझे यह निमन्त्रण स्वीकार नहीं हुआ—भीड़-भाड़वाली उस सड़क में।

"छोड़ो, जासूसी मत करना !", वह बोली, "कथाकार तो हो, कहानी तो सुनो इस घाव की। जब उसने वह कुत्तीवाली बात कही, मैंने उसकी आँख के ऊपर बने घाव के निशान को चूम लिया और बताया कि मुझे यह बहुत अच्छा लग रहा है। तब उसने एक चाकू निकालकर मेरी छाती की चमड़ी को गोंदा और कहा कि इस घाव का निशान देखकर मुझे याद कर लिया करना।"

"फ्लैश बैक खत्म !", मैंने कहा, "अब कट करके कहाँ ?"

"उसे ढूँढ़ने, अगर तुम्हें हिम्मत हो।", वह बोली, "मैं अनुमान कर सकती हूँ कि वह स्मगलर है। मैं अनुमान कर सकती हूँ कि कहाँ से उसका अता-पता लग सकता है। लेकिन मैं खुद गई तो मुझे कुछ पता नहीं चल पाएगा। क्या तुम जा सकोगे, उसे ढूँढ़ने ? टैक्सी रुकवाऊँ ?"

मैं साफ इनकार करना चाहता था लेकिन जोशी को उनके दादा समझा रहे थे—"झूठ हो, सच हो, लुक एट द सिनेमेटिक पॉसिबिलिटीज—इम्मैंस। अभी जो सीन बोला—गुंडा और रंडी। मोती जो दिया। चाकू-टाकू से घाव बनाने का व्यापार। जब मैं

सुनते थे, सारा होता देखते थे स्क्रीन पर। ह्वॉट ए सीन जोसी। क्या बोले फुल ऑफ क्लिशे ? स्टीरियोटाइप ? लाइफ ही ऐसा है, तो लाइफ छोड़ देगा जोसी ? आत्महत्या करेगा ? इट इज एनादर थिंग कि आत्महत्या भी क्लिशे। स्टीरियोटाइप में आर्कटाइप देखने से ही होने सकेगा मोशाई। क्या बोले कॉम्पिलिकेटेड ? जटिल ? जटिल क्या नहीं है, शे बताओ ? क्या है जिसको तोमारा आधुनिक मेधा कह सकते कि ए बिलकूल सिम्पल है ? जटिल से डरना क्यों ? सादगी, जोसी, एलिमेनेशन से नहीं आते, रिदम से आते। कुछ छोड़ दिया, कुछ रख लिया, ओ सब पुराने सेंसिबिलिटी। मॉडर्न माइंड सब रखेगा, फिन भी सम्भ्रम में पड़ेगा नेई। तुम कॉम्पिलिकेशन का चिन्ता करो मत। अपना रिदम से, लय-ताल से अम इसे बना देगा, समथिंग विच इज ब्यूटिफुली सिम्पल एंड सिम्पली ब्यूटिफुल। तो अभी जाओ, सेक्स हुआ, मिस्टिसिज्म हुआ, लिटरेचर हुआ, अभी क्राइम एंड वायलेंस।

जोशीजी बोले, "ठीक है, चलो।"

साहसी मो होणार

टैक्सी कोलाबा को बहुत पीछे छोड़ती हुई एक ऐसे इलाके में रुकी जिससे जोशीजी परिचित नहीं थे। पास ही कहीं समुद्र है—इसका वह लहरों के शोर से अनुमान कर सकते थे। सामने कुछ झोंपड़ीनुमा मकान थे। पहुँचेली ने इनमें से एक मकान की ओर इशारा किया और जोशीजी से दो संकेत-स्थल तय करके चली गई। खतरा न होने पर—पास ही ईरानी रेस्तोरा के सामने, खतरा होने पर—गेट वे ऑफ इंडिया।

जोशीजी घबराए-घबराए हुए से उस मकान की ओर बढ़े। बस्ती सुनसान थी लेकिन खतरेवाली कोई बात नजर आती नहीं थी। सलीब से मंडित एक कब्र के आसपास दौड़ते सूअर, दड़बों में दुबकी मुर्गियाँ, सुखाने के लिए लटकाई गईं सॉसेज के लड़ियाँ, मछली, कच्ची शराब और भुनते मसाले की गन्ध, किसी बच्चे के रोने की आवाज, सागर की नमी और ताड़ों के बीच टँगा फिल्मी-सा चाँद।

जोशीजी जानते थे, सन्दर्भ हिचकॉक की फिल्में, कि सहसा ऐसे ही उजाड़ या सड़े-गले घरेलूपन में चीते-सी छलाँग मारती आती है हिंसा। यही 'सहसा' परीक्षक है 'साहस' का।

जब जोशीजी के खटखटाने पर एक झुर्री-झुर्री औरत ने झोंपड़े का दरवाजा खोला तब जोशीजी को आश्वस्त होना चाहिए था, पर हुए नहीं। इस बुढ़िया की आँखें उस फटी-फटी निरुत्साह नजर की धनी थीं जो सामनेवाले को असमंजस में डालती है। आदेशानुसार जोशीजी ने बताया कि ग्राहक हूँ। बुढ़िया ने उन्हें भीतर आने दिया। एक तिपाई की ओर इशारा किया। जोशीजी बैठ गए और गौर करने लगे कमरे की सजावट पर। किसी 'प्रगतिशील' बम्बइया फिल्म के लिए बनाया गया गरीब ईसाई के घर का सैट ! घर जॉन चाचा का। और इस सैट में लगी खटिया पर 'जॉन चाचा' लेटे हुए भी थे। जोशीजी को लगा कि लाइट, साउंड, कैमरा, क्लैप होने पर खटिया से जॉन चाचा की भूमिका में डेविड उठेगा और कहेगा, "रामू, गॉड ब्लेस यू माई चाइल्ड। तुम आ गया ! बहू को बाहर टैक्सी में कइसा छोड़ा रे, तुम तो इदरीच रहेगा दोनू।"

बुढ़िया उसी गैर-सवालिया निगाह से जोशीजी को घूर रही थी. जोशीजी को शिकायत हुई यह ललिता पवार क्यों नहीं है ?

बुढ़िया ने अब दोनों हाथ अपनी कमर पर रख लिए थे। इस भंगिमा में जोशीजी को 'सहसा' हिंसा की आशंका दिखाई दी। वह सकपकाकर उठे। उन्होंने कहा, "दरअसल मैं...।" संवाद अधूरा रह गया क्योंकि सकपकाकर उठने में जोशीजी ने कोई

बोतल गिरा दी और इस आवाज से 'एक्शन' शुरू हुआ। खटिया पर लेटा 'डेविड' फुर्ती से उठ बैठा। यह 'डेविड', सोहराब मोदी अधिक लग रहा था–अन्धा सोहराब मोदी। अपनी चादर के भीतर किसी चीज पर (चाकू ? पिस्तौल ?) मुट्ठी कसते हुए उसने पूछा, "कौन आहे जेन ?"

"गिराहिक।", बुढ़िया जेन ने बुझी आवाज में कहा।

"बेबी परत आली काय ?", बूढ़े ने पूछा, "बेटी लौटी ?"

"दारू चा गिराहिक।" जेन ने कहा, "तुम सो जा अभी, झोंपून जा।"

फिर जोशीजी से मुखातिब होकर बोली, "छोकरी माँगता, दारू ?"

'दारू।", जोशीजी ने कहा।

"कितना होने का ?"

जोशीजी ने एक अँगुली उठा दी, उनका मतलब था एक पैग।

जेन ने व्याख्या की, "अक्खा बाटली ?", और जोशीजी की हाँ की प्रतीक्षा किए बगैर पूछा, "साथ में खानै कू ?"

जोशीजी बोले, "कुछ नहीं।"

जेन ने जोशीजी के सामने एक और तिपाई पर बोतल-गिलास और काँदा रखा, बोली, "चार रुपया दास आना, बाटली जो तोड़ी उसका दोन आना मिलाकर।"

जोशीजी ने एक पंजा दिया और छुट्टा-नहीं-मँगतावाले तेवर दिखाए। बुढ़िया ने नोट टॉफियों के एक पुराने डिब्बे में डाला और अपनी कढ़ाई लेकर बैठ गई। वह मरियम का चित्र काढ़ रही थी।

जोशीजी को चाहिए था कि तजुर्बेकार की तरह पीते। और फटाफट पी लेने के बाद गला खँखारकर के.एन. सिंह की तरह पूछते, "ए बुढ़िया, वह जो एक नाटा-सा होता लचक-लचककर चलनेवाला बदमास छोकरा वह अभी किदर ? बताती है कि तेरे इस बूढ़े को खत्म कर दूँ ?"

जोशीजी इस मिस्कास्टिंग पर एतराज करने लगे। उन्होंने यह भी कहा कि मुझसे यह काली मिरचवाली पी नहीं जा रही है।

मैंने कहा, "तो चुपचाप यहाँ से उठो। और वहाँ जाकर जो मन में आए कह दो। परले दर्जे के झूठे लफ्फाज का रोल तो तुमसे निभ ही जाएगा।" मगर यह सुझाव उनकी जवानी को उतना ही बदजायका मालूम हुआ जितनी कि दारू उनकी जबान को।

बूढ़ा खटिया से बोला, "बेरी परत आली काय ? माइखेल कुठे ?"

"तुम्हीं झोंपून जा।", जेन ने कहा।

"बेबी कहाँ गई।", जोशीजी पूछ ही बैठे, आ बैल मुझे मार वाली शैली में। पूछना ही था तो उस इब्नेशादी के बारे में पूछा होता।

"बेबी कहाँ गई ?", जोशीजी की जवानी ने मेरी फटकार और बुढ़िया की चुप्पी दोनों को चुनौती दी।

"तुम अभी पी।", जेन ने कहा, "इदर खाली पीने का, बात करने का नहीं। तुमको छोकरी मँगता हो तो बायाँ बाजू चौथें झोंपड़ में जाने का।"

लेकिन जोशीजी अब रोल को पकड़े बैठे थे। अपनी आँतों में कुलबुलाती कै करने पर उतारू कायरता को दबाकर बोले, "ए बुढ़िया ! तुम अभी बता बेबी किदर ? और वह जो एक नाटा-सा होता लचक-लचककर चलता, वह छोकरा किदर ?"

खटिया पर बूढ़ा फिर उठ बैठा, "अरे हीतर शम्भूची गोष्ठ ! शम्भू का बात पूछता तुम ?"

जोशीजी उठ खड़े हुए। उन्होंने बोतल हाथ में उठा ली—गदास्वरूप। और बोले, "हाँ शम्भू ! शम्भू अबी किदर ? जल्दी बताने का, टायम खोटी करूँ नका।"

अन्धे बूढ़े की गदोली अब सारे बिस्तर पर थप-थप करती किसी चीज को खोज रही थी। कोई पिस्तौल-विस्तौल ? अन्धा है यह तो कैसे मारेगा। आँखों में पट्टी बाँधा निशानेबाज। सन्दर्भ : मत चूके चौहान।

बूढ़ा बुदबुदा रहा था, "डोले गेले, आँख गया मेरा। इन लोग सुनता नहीं मेरी बात। पेस्कल सयाना होता। माइखेल मूरख। बेबी मेरा बच्ची, उस शम्भू का साथ भाग गया !"

"तुम्हीं झोंपून जा।", बुढ़िया ने कहा, फिर बाहर की ओर इशारा करके जोशीजी से बोली, "तुम अभी जा।"

भूमिका याद करते हुए जोशीजी ने एक अधमरी-सी कोशिश की, "अभी जाता।"

"कभी ?", बुढ़िया ने पूछा।

"जभी शम्भू का ठिकाना बता देगा तुम लोग, जरा जल्दी बोलने का हो, कौन-का पास गया शम्भू और बेबी ?", जोशीजी ने कहा और बोतल की गरदन पर अपनी अँगुलियों का कसाव महसूस किया। उन्होंने कैमरामैन को समझाया—यह क्लोज अप का इंटर-कट-शॉट है—बोतल पर कसी अँगुलियाँ।

बुढ़िया की आँखों का फटा-फटा-पन कुछ और खस्ताहाल हो चला। बूढ़े की गदोली अब बिस्तर को थपथपा नहीं रही थी। लेकिन उसके चेहरे पर 'जिन खोजा तिन पाइयाँ' वाला सन्दर्भ विराजमान था।

"अभी बताता तुमको।", बूढ़े ने कहा।

अचूक चौहान को कौन-सा हथियार मिल गया है ? जोशीजी ने देखा उसके हाथ में बेड-स्विच है। इससे क्या कर लेगा !

"बता !", के.एन. सिंह जोशी ने कहा, "बताने में अक्खी रात तो लगा मत।"

चुप्पी। जोशीजी अन्धे को देख रहे हैं, अन्धा उन्हें देख (?) रहा है, बुढ़िया न जाने जोशीजी को कि दरवाजे को। जोशीजी जाने हुए हैं कि तनाव बढ़ाने के लिए शॉट होल्ड किया जा रहा है, साउंड ट्रैक पर भी सागर-स्वर के अतिरिक्त और कुछ नहीं है... हू-जू-शू-हू-जू-हू-शत्ड़ाप-भुम्म-तड़ाप-हू-झू-शू-हू...।

और फिर बुढ़िया किसी से बोली, "शम्भू विषयी विचारतो।" और इसके साथ ही जोशीजी ने अपनी पीठ पर चुभन महसूस की। उन्होंने जानना चाहा कि क्या बूढ़े का बेड-स्विच किसी सुदूर घंटी से मिला हुआ है ? क्या डायरेक्टर इस तथ्य को पहले एस्टेब्लिश कर चुका था ? यह जो भी मेरे पीछे चाकू किंवा पिस्तौलधारी खड़ा है इसकी

एंट्री दर्शकों को दिखाई गई है कि वे भी इसी पसोपेश में हैं कि माजरा क्या है ? दादा ने उनसे कहा कि स्विच-घंटी ओ सब बताने का जरूरत नहीं। आंडरस्टैंड करता ऑडियेंस। और विलेन का एंट्री भी हम एस्टिब्लिश किए नहीं। जभी बुढ़िया बोलते थे, कैमरा उन पर था। अभी कट करके कैमरा तुम पर। तुमको आपना चेहरा का मासल टेंस करके जताना कि अभी डेंजर। एक झपाटे से घूमेगा तूम और फाइट सुरू !

जोशीजी घूमे लेकिन झपाटे से नहीं। आहिस्ता-आहिस्ता। जो भी था उनके पीछे वह भी घूमा, और जोशीजी की पीठ के साथ-साथ चुभन भी घूमी। अब जोशीजी का मुँह दरवाजे की ओर था। वह आगे बढ़े। बाहर निकले।

बूढ़े ने पूछा, "माइखेल आला काय ?"

बुढ़िया ने कहा, "तुम्हीं झोंपून जा। रात्र फार झाली।"

फिर जोशीजी को पीछे दरवाजा बन्द होने की आवाज सुनाई दी। वह चल रहे थे, और चुभन उनके पीछे-पीछे चल रही थी कि किसी मनचली-मचलती किशोरी-सी। वह उन्हें धकेलती हुई झोपड़ी से कुछ दूर ताड़ों के कुंज में ले गई।

"बाटली नीचे रख।", चुभन ने मर्दाना आवाज में कहा, "हथियार कोई और होए तो इदर दे।"

जोशीजी ने सिर हिलाया।

एक गदोली ने उन्हें छिपे हथियार की खोज में थपथपाया।

फिर एक हाथ ने जोशीजी को जबर्दस्त धक्का दिया और वह बचते-बचाते भी गिर पड़े। गिर पड़ने पर उनका चेहरा अब गिरानेवाले के चेहरे की सीध में था। जोशीजी को दुःख हुआ कि चेहरे पर 'मुझे-क्यों-मार-रिया-है-बे-फजूल-बच्चा-समझ-के' मार्का भाव मनोहर क्यों ला रहा है ? उन्हें दुःख हुआ कि यह जो उन पर झुका हुआ खड़ा है, बहुत ही प्रीतिकर ढंग से क्यों मुस्कुरा रहा है और स्वयं सुकुमार किशोर-सा क्यों है ? साले एक्स्ट्रा सप्लाई करनेवाले धाँधल मचाए हुए हैं, इसे कौन दर्शक गुंडा मानेगा ?

किशोर-नुमा युवा ने बोतल की ओर इशारा किया, फिर इशारों से पूछा, "पीनी है ?"

जोशीजी ने सिर हिलाकर कहा, "नहीं।"

उसने हाथों-आँखों के इशारों से पूछा, "यहाँ क्यों आए ?"

किसी गूँगी-बहरी का प्रेमी है क्या यह ? या भाई ? वह बेबी नाम्नी (इसकी बहन ?) गूँगी-बहरी तो नहीं ? जो हो, जोशीजी को यह संकेत-भाषा नितान्त ही अपमानजनक प्रतीत हो रही थी।

इस बार उसने प्रश्न को वाणी दी, और रिप्लाई-पेड की हैसियत बख्शने के लिए जोशीजी को एक झापड़ भी मारा।

"शम्भू के बारे में पूछना था।", जोशीजी ने कहा।

उसने कहा, "तुम पोलिस ?", और जोशीजी के 'नहीं' कहने पर पूछा, "तुम किसका आदमी ?"

"किसी का नहीं।", जोशीजी ने कहा।

"कौन ने भेजा इदर ?", रिप्लाई-पेड सवाल था यह।

"एक बाई !"

"बाई चा नाव ?"

"मालूम नहीं।"

"बाई चा नाव ?" रिप्लाई-पेड।

बचाव का मोर्चा सम्हालकर मैं गिड़गिड़ाया—"मुझे कुछ नहीं मालूम। मैं तो चर्चगेट स्टेशन के बाहर खड़ा था। वहीं मुझे मिली। उसने मुझसे कहा एक छोटा-सा काम करोगे तो बीस रुपए दूँगी। दस उसने पहले दिए जिसमें से पाँच मैं इस बाटली के दे आया। पाँच यह देखो मेरे पास हैं। उस बाई ने बोला था जाकर इस झोपड़े में पता करूँ लचक-लचककर चलनेवाला वह नाटा आदमी कहाँ है ? मुझे छोड़ दो भाई। मेरी बुढ़िया माँ है, छोटे भाई-बहन हैं। गरीब हूँ इस करके लालच में आ गया इधर।"

"बाई अभी किदर ?", गुंडे ने पूछा।

"बाई गई।", मैंने कहा।

"गई ?", गुंडा बोला, "तेरा बाकी दस कभी देगी बोली ?"

मैंने कहा, "परसों, वहीं चर्चगेट स्टेशन पर।"

"तुझे परसू तक इदरीच रहना क्या, हमेरे पास ?", यह सवाल रिप्लाई-पेड था।

मैं फिर गिड़गिड़ाने लगा। मेरी माँ अब बुढ़िया ही नहीं, टाँगों से लाचार भी हो गई। मेरी छोटी बहन को तपेदिक हो गया। मैं दर-दर ठोकर खाता एक नवयुवक बन गया जिसकी किसी ने (शायद इसी बाई ने) पाकिट मार ली और ऐसी असहाय अवस्था में जिसके सामने यह प्रस्ताव रखा गया कि लचक-लचककर चलनेवाले शम्भू के बारे में पूछताछ करे।

गुंडे ने अपने चाकू से नाखूनों का मैल निकाला। दारू पी। कुछ सोचा। फिर उसी अपमानजनक संकेत-भाषा में कहा, "जा फूट !" जोशीजी ने आपत्ति की कि यह गुंडा हिंसा के दृश्य-प्रसंगों में हास्य क्यों डाल रहा है ? मेरी ऐसी-तैसी हो रही है और दर्शक हँस रहे हैं। दादा ने कहा, "एइसा माफिक ही दर्शक जानेगा कि केतना त्रासद है हास्य आउर केतना हास्यास्पद है त्रास।"

मैं उस कब्र के सलीब पर पहुँचा था कि उस साले गुंडपडे ने पुकारा, "होय !" मैंने सलाह दी भाग लो लेकिन जोशीजी पलटे और सलीब के ऐन सामने ठिठककर खड़े हो गए। चाकूधारी बहुत इत्मीनान से उनके पास आया और बोला, "बाई कू अभी जा के बोलने का कि बाई, शम्भू तेरा भीतरवाला खीसा-पाकिट में। क्या बोलने का ?"

जोशीजी बोले, "बाई, शम्भू तेरा भीतरवाला खीसा-पाकिट में।"

"हाउ।", गुंडे ने कहा, "और कभी बोलने का यह बात ?"

मेधावी छात्र जोशी उवाच, "अभी जा के।"

अब गुंडे ने, 'हाउ, अभी जा के !' के मन्त्र के साथ जोशीजी का दायाँ गाल और 'बाई किदर ?' मन्त्र के साथ जोशी का बायाँ गाल जगाना शुरू किया। बारी-बारी से गाल बढ़ाने को बाध्य लगभग सलीब पर टँगे हुए जोशीजी मान रहे थे कि यह शॉट

बेहतरीन है। लेकिन मैं जान रहा था कि साहसी की भूमिका ग्रहण कर ली तो पटकथा के अनुसार मुझे पीट-पीटकर बेदम कर दिया जाएगा और फिर पानी-वानी पिलाकर, तरोताजा कर, पिटाई का यही सिलसिला छोड़ देगा बेरहम जमाना। तो कुछ यों सोचते हुए कि प्रभु इनको क्षमा कर, ये नहीं जानते कि मुझसे क्या कहलवा रहे हैं, मैंने कहा, "सड़क पर जो ईरानी रेस्तोराँ है, बाई उसके सामने टैक्सी में मेरा इन्तजार कर रही है।"

गुंडा मुझे साथ लेकर टैक्सी की खोज में निकला। जोशीजी को जगह-जगह एक बड़ा-सा पोस्टर नजर आ रहा था अब जिस पर लिखा हुआ था—

धी गोमान्तक हिन्दू आसोसिएसन, कुलाबा, मुम्बई,

सादर करीत आहे

विश्वासघात ची वेल

कलाकार

अनामा सहस्रवरकर, माइखेल गुंडपडे अणि बालगन्धर्व जोशी

ईरानी रंगायन येथें दर रोज रात्रे 10½ वाजता

ज्यों-ज्यों टैक्सी के करीब पहुँचे वे, मनोहर के धिक्कारने पर जोशीजी ने चाहा कि नाटक का नाम बदलकर 'साहसी मी होणार' कर दें। मगर कैसे ? फिर उनकी जवानी और मर्दानगी की रक्षा के लिए मैंने गुंडे का बाजू जोर से पकड़ा और भयातुर चीखा, "माइखेल, बाई का पास पिस्तौल है। हम लोग को मार देगी।"

गुंडा ठिठका। उस ठिठके क्षण टैक्सी स्टार्ट हुई। गुंडा टैक्सी की ओर लपका। मैंने कहा भाग लो लेकिन जोशीजी ! टैक्सी एक धचके के साथ चल पड़ी। गुंडा पलटा और जोशीजी की हथेली दोस्ताना ढंग से दबाकर बोला, "बूम कायकू मारा ?"

जोशीजी बोले, "बाई के पास पिस्तौल थी, इसलिए।"

गुंडा हैंडशेक से कलाई मोड़ने पर पहुँचा, "बाई का पास पिस्तौल होता कइसा मालूम ?"

जोशीजी बोले, "बाई ने मुझे भी पिस्तौल से डराया था।"

गुंडा कलाई मोड़ने से, बाँह कन्धे से उखाड़ने की ओर बढ़ा, "बाई का पास पिस्तौल एइसा पैला कायकू नहीं बोला ?"

जोशीजी मारे दर्द के कराह उठे और रुआँसे होकर बोले, "मैं भूल गया। आपने पूछा भी नहीं। जैसे ही याद आया बताया। मैं उससे मिला हुआ होता तो उस समय भी क्यों बताता ? आप वहाँ जाते, वह पिस्तौल से आपको मार देती। टैक्सी भी उसी का कोई आदमी चला रहा है। उसके पास भी पिस्तौल है।"

बैंया मरोड़नेवाला सैंया पसीजा। फिर हैंडशेक पर लौट आया। बोला, "कइसा मालूम तुमको ?"

कथावाचक जोशी उवाच, "पाकिट कट जाने पर पैसा माँगूँ तो किससे ? मैं स्टेशन के बाहर निकला कि शायद कोई पहचानवाला मिले। तभी यह टैक्सी मेरे पास आकर रुकी। ड्राइवर ने पूछा, 'किदर जाने का ?' मैंने बताया अँधेरी, लेकिन मेरे पास पैसा नहीं है। उसने कहा, 'बैठ, मैं महालक्ष्मी तक छोड़ दूँगा।' मैं ड्राइवर की बगल में बैठ

गया। तभी पीछे दुबकी यह बाई उठी और इसने पिस्तौल दिखाकर वह सब कहा मुझसे।"

"ड्राइवर का पास पिस्तौल होता यह कइसा मालूम हुआ ? जरा सोच के बताना अभी।", गुंडे ने पूछा। और आगे भी जोशीजी का हर बयान खत्म होते ही वह ऐसे ही प्रश्न पूछता चला गया। कथाकार जोशीजी किस्सा सँवारते चले गए। उन्हें कभी यह लग रहा था कि गुंडा पुलिसवाली जिरह कर रहा है, कभी यह कि वह पगला सुल्तान है और मैं एक हजार एक रातों तक किस्सा सुनाने की सामर्थ्य रखनेवाला शहरजाद। इस किस्सागोई से आधुनिक जोशीजी को सख्त कोफ्त हो रही थी लेकिन दादा उन्हें बता रहे थे कि किस्सागोई मधुर मजबूरी है और यह मानीखेज ही तब होती है जब सर पर तलवार लटकी हो।

श्रोताओं की संख्या में दो की वृद्धि हो गई। एक वह बुढ़िया और एक कोई अधेड़। किस्से के पाँचवें संस्करण की समाप्ति पर गुंडे ने पूछा, "ड्राइवर जभी बाई से बात करते क्या नाम बोलते ? बाई उसकू किस नाम से बुलाते ? ये दोन लोग यार होते क्या ? जरा सोच के बोलने का अभी।"

जोशीजी सोच रहे थे कि बाई को 'बॉस' की भूमिका दूँ कि 'छमिया' की कि बुढ़िया ने शहरजाद जोशी से कहा, "तुम अभी बन्द कर बकबक", और गुंडे से कहा, "इसकू छोड़, यह कोई चक्रम, तू अभी जा एंटनी का साथ काजी का पास। इसका आने का बात भी उसी कू बोल।"

गुंडे ने जोशीजी से कहा, "भाऽऽग।"

जोशीजी भागे।

गुंडे ने कहा, "रुऽऽक।"

जोशीजी रुके। गुंडा हँसा। बुढ़िया जोशीजी के पास आई और बोली, ""तुम जा अभी।" और इस बार जोशीजी भागे तो गुंडे के 'रुऽऽक' कहने पर भी नहीं रुके।

नैमिषारण्य की नहीं होती साहब

'बायोग्राफ़ी पॉइंट ऑफ-व्यू से ठीक ही रहा कुल मिलाकर', जोशीजी ने आर.सी. चर्च से बस लेकर संकेत स्थल नं. दो की ओर जाते हुए यह फैसला सुनाया मुझे। अब जोशीजी डस्ट जैकेट पर यह लिखवाने के हकदार हो चले थे कि 'बम्बई में आपने अपराध जगत का निकट से अध्ययन किया।' जोशीजी की यह तमन्ना है कि उनका बायोडेटा दिलचस्प और सनसनीखेज बने। यह नहीं कि जिन्दगी-भर सम्प्रति वही रहे, समझे ना !

जोशीजी को इस बात का भी सन्तोष हुआ कि गिड़गिड़ानेवाले प्रसंगों पर कैंची चलवा दें या उन्हें चतुराई का रूप दे दें तो कुल मिलाकर उन्हें साहसी ही ठहराया जाएगा। और इस बात के लिए तो यकीनन दाद मिलेगी कि बहुत होशियारी से पहुँचेली को बच भागने के लिए इशारा और मौका दिया।

दाद उन्हें मिली भी। पहुँचेली से साहसी और चतुर होने के लिए। परमात्मा से कृतज्ञमना होने के लिए। परमात्मा कुल मिलाकर जोशीजी से इतने प्रसन्न हुए कि उन्होंने पहुँचेली से यह प्रस्ताव रखवा दिया कि पीला हाउस चलो। अगर उसका नाम शम्भू है, अगर बेबी नाम्नी कोई उसके साथ भागी है तो वहाँ कृष्णन से सब पता चल सकेगा।

टैक्सी में पीला हाउस जाते हुए कथाकार जोशी गुंडे से अपनी फाइट का कुछ ज्यादा ही उत्साह से जिक्र करने लगे। आधुनिक जोशीजी को परम्परागत अलंकारों का—विशेषतया अतिशयोक्ति का—प्रयोग करते देख चित्त प्रसन्न हुआ। 'बाई का पास पिस्तौल है।' वाला संवाद दुहराते हुए उनकी किस्सागोई पराकाष्ठा पर पहुँची और टैक्सीवाले ने 'च्वाइंक' ब्रेक लगाकर गाड़ी रोक दी।

"क्या बात है ?", जोशीजी ने पूछा।

"आगल जाएगा नहीं।", ड्राइवर ने कहा।

"गाड़ी खराब कैसे हुई ?", जोशीजी ने जानना चाहा, "अभी तक अच्छी-भली चल रही थी !"

"गाड़ी ठीक है।", ड्राइवर ने कहा, "पन मेरा भेजा खराब हो गया है। आप अभी उतर जाओ सेठ, कोन दूसरा टाक्सी पकड़ लो, अपन को इदर तक का भाड़ा भी नहीं मँगता।"

सेठ, सेठानी को लेकर उतर गए। पहुँचेली खिलखिलाई। उसने कहा, "तुम बहुत

कुछ तो पहले ही थे, अब गुनाहों के देवता भी हो गए हो।''

वह पास ही एक इमारत में गई और वहाँ से फोन करके उसने टैक्सी मँगवा ली। इस बार टैक्सी में जोशीजी कतई चुप रहे।

पीला हाउस के पास उसने टैक्सी छोड़ दी और पदयात्रा कराती हुई जोशीजी को एक टप्पर बस्ती के नुक्कड़ में ले गई। उसने कहा, ''दाएँ से तीसरे मकान में कृष्णन् रहता है। उससे कहना मोटा बाई ने पूछा है बेबी और शम्भू कहाँ हैं ? पूछकर तुम मुख्य सड़क में आना। वहाँ एक ढाबा-सा है, उसी के आगे मैं तुम्हें मिलूँगी।''

जोशीजी ने दाएँ से तीसरा दरवाजा खटखटाया। दरवाजा खुलने पर जो व्यक्ति दृष्टिगोचर हुआ वह दाक्षिणत्य हरगिज नहीं लगता था। लेकिन मिस्कास्टिंग की महामारी का स्मरण करके जोशीजी ने पूछा, ''कृष्णन् !''

वह बोला, ''कृष्णन् होएँगा तेरा बाप। मैं कासिम, तेरे बाप की माँ का खसम ! खोटा धन्धावाला जभी से इदर में बसा, सरीफ लोको का नींद खोटी होता साला।''

भड़भड़ कई दरवाजे खुले। सरीफ लोको, जो सब साले दस नम्बरी नजर आ रहे थे, जोशीजी का घिराव कर बैठे। जोशीजी, 'काफ्का-काफ्का' पुकार रहे थे। मैंने उनसे कहा कि काफ्का शैली की कहानी ही लिखनी थी तो वहाँ सागर-किनारे एक अदद हाजतमन्द से आपकी छोटी-सी मुलाकात क्या बुरी थी ? क्या सिचुएशन थी वह कि मारे डर के लोग-बाग जो करते हैं, वह करते हुए आप डर से मर रहे थे।

सरीफ लोकों में से एक अपनी लुंगी को दो दूनी चार करता हुआ मेरी ओर बढ़ा। मैंने उससे पूछा, ''कृष्णन् ?''

''माईसेल्फ कुट्टी !'', वह हथेली बढ़ाकर बोला, ''योर गुड सेल्फ प्लीज ?''

''जोशी !'', मैंने उससे हाथ मिलाते हुए कहा, ''कृष्णन् किदर रहता ?''

''यही गली जी !'', वह बोला, 'मैं दिखाएगा। बाद में आप देगा ना जी टिप-विप !''

कृष्णन् का घर, बस्ती के दूसरे छोर पर दाईं ओर से तीसरा था। कुट्टी ने उससे मलयालम में कुछ कहा। कृष्णन् काफी घबराया-सा नजर आ रहा था। जोशीजी ने जब उससे कहा, ''मोटा बाई पूछ रही है बेबी शम्भू कहाँ है ?'' तब उसने बहुत घबराकर दरवाजा बन्द कर दिया।

कुट्टी मुझसे कुछ उसी अन्दाज से मुखातिब हुआ जिससे बिल लाए हुए बैरे ग्राहक से मुखातिब होते हैं। मैंने उसे एक रुपया दिया, धन्यवाद किया।

उसने रुपया लेते हुए कहा, ''हॉट टू मेंशन जी ! सोशल सर्विस मेरा हॉबी ओनली।''

फिर बहुत श्रद्धा से उसने पूछा, लुंगी को चार दूनी आठ करके, ''तुम मोटा बाई का सर्विस में मिस्टर ?''

मेरे इनकार करने पर वह मुस्कुराया, ''तुम भी मेरा जैसा जी ! सोशल वर्कर !''

और सहसा उस विनम्र समाज-सेवक ने मेरी लात-घूँसों से सेवा कर दी। वह एक निहायत उलझी-सी कहानी भी सुना रहा था, जिससे जोशीजी को कोई दिलचस्पी नहीं

थी। अपराध के उपन्यासों का प्रेमी होने के नाते सामान्य परिस्थितियों में मुझे इस कहानी से बहुत दिलचस्पी हो सकती थी। उसके कथानक को अधिक स्पष्ट और रोचक बनवाने के लिए कई समझदारी के सवाल भी पूछ सकता था। मिसाल के लिए यह कि अगर शम्भू, बेबी के प्रेमपाश में बँधा हुआ आपके काजी भाई के हाथ लग गया है तो महज इसीलिए मेरी मोटा बाई कस्टमवाले साहब से कहकर और याकूब भाई से मिलकर कांडलावाला मामला तय क्यों करा दे ? और यह भी कि आखिर कांडलावाला चक्कर है क्या ?

बहरहाल परिस्थितियाँ इसके लिए उपयुक्त न थीं। कुट्टी सारे व्यापार को अनुष्ठान की-सी गरिमा प्रदान करते हुए मेरी कुटाई और मेरे दिमाग की धुलाई कर रहा था। मैंने उसे आश्वस्त किया कि आप लोगों का सन्देश मोटा बाई तक पहुँचा दिया जाएगा। बन्दा आपको शिकायत का कोई मौका नहीं देगा। एक आखिरी धक्का देकर कुट्टी ने मुझे धूल-धूसरित किया और मुड़ी हुई लुंगी में दो का भाग देकर चला गया।

मोटा बाई ने कृष्णन्-कुट्टी कांड के ब्यौरे से जरा भी दिलचस्पी जाहिर नहीं की। मेरी पिटाई को भी उसने मजाक ही बना दिया। वह ले गई मुझे एक बन्द रेस्तोराँ के पिछवाड़े। फटेहाल-से एक छोकरे ने दरवाजा थोड़ा-सा खोला और कहा, ''पीरजी भाई मने किएला है। मोटा बाई तुम कू इदर नहीं आने देने का बोला।''

''कादिर भाई कू बुला नी !'', मोटा बाई ने कहा।

''कादिर भाई अभी इदर नहीं। तुम अभी जा मोटा बाई !''

मोटा बाई ने उस छोटा बालक को परे धकेला और इस मोटा बालक को घसीटते हुए भीतर ले गई। अब हम ढाबे से कुछ ही ऊँची हैसियत रखनेवाले उस रेस्तोराँ के रसोईघर में थे। कुछ छोकरे बचा-खुचा भकोस रहे थे, कुछ रसोई और रेस्तोराँ धो रहे थे। कुर्सियाँ उल्टी करके मेजों पर रखी हुई थीं। एक अधेड़ काउंटर पर खड़ा गल्ला गिन रहा था। उसने हमें देखा, माथा पीटा और कहा, ''मोटा बाई तने हाथ जोड़ी ने बोला था इदर मत आ, मेरा कादर को मत बिगाड़। हमारा तो इतनाइच ठीक नसीब का दिएला।''

अब तक हम मुख्य रेस्तोराँ और किचन के बीच के उस गलियारे में पहुँच चुके थे, जिसके आजू-बाजू 'फैमिली केबिन' थे। इनमें से ही एक का अध-फाटक खोलते हुए पहुँचेली बोली, ''थोड़ा दारू और मीट होय तो भेज पीरजी सेठ, मैं खा-पी के चली जाएगी अभी। कादर, तू रख अपना खींसा में सम्हाल के। मैं तो यह पकड़ ली नवाँ पंछी।''

नवाँ पंछी उर्फ जोशीजी अब उस फैमिली केबिन में मुखातिब थे। ऊपर से नीचे तक लाला लाल उस ललमुनियाँ से, जो ललमुनियाँ ही तो नहीं थी कमबख्त।

जोशीजी मुखातिब थे एक प्लेट ठंडी-बासी मछली से, एक प्लेट ठंडे बासी मांस से, 'पाव' रोटी से, देर के कटे पड़े चटनी में भीगे प्याज के लच्छों से, शराब की एक बोतल से, दो खाली गिलासों से।

''ऐसे लाल साड़ी-ब्लाउज कितने बना छोड़े हैं ?'', मैंने शराब ढालते हुए पूछा।

"लाल साड़ी-ब्लाउज ही बनवा रही हूँ, जब से सुना है कि तुम रक्तदन्तिका के भक्त हो।", उसने कहा।

मैंने जाम उठाया और कहा, "तुम्हारे पंचमकार झाँसे के लिए।"

उसने मेरे गिलास से अपना गिलास छुआ दिया। फिर पाव-रोटी को शोरबे में डुबाते हुए वह बोली, "मुद्रा की जगह पाव रोटी बहुत उपयुक्त नहीं। लेकिन आस्था हो तो किसी को क्या नहीं माना जा सकता ?"

"नहीं माना जा सकता है !", मैंने नकल उतारी, "सत्य वचन !"

"वैसे तुम तो सिद्ध हो, व्यर्थ ही मैंने तुम्हारे लिए यह बासी पंचमकार जुटाया।"

मैंने कहा, "इस अकिंचन को सिद्ध मानने के लिए किन शबदों में धन्यवाद करूँ आपका ?"

"मैं मजाक नहीं कर रही हूँ।", उसने पर्स खोलते हुए कहा, "तुमने उस गुंडे से कहा था न—बाई के पास पिस्तौल है ? यह देखो।"

अब एक छोटा-सा नगीने-जड़ा तमंचा जोशीजी के हाथ में था। जोशीजी तजुर्बेकार की तरह उसे जाँच-परख रहे थे यद्यपि तमंचों की उन्हें कोई जानकारी थी नहीं। उसके घोड़े पर अनाश्वस्त-सी अँगुली रखकर उन्होंने निशाना साधने का पोज लिया और कहा, "दिलचस्प खिलौना है। एंटीक होगा। बेचने की कोशिश कर रही हो ?"

जोशीजी शायद घोड़ा दबा देते लेकिन पहुँचेली ने उनसे तमंचा छीन लिया। झुककर जोशीजी की चरण-रज ली और कहा, "सत्य-वचन ! एंटीक है। मैं इसे बेचना चाहती हूँ—तुम्हें।"

फिर उसने प्याज की प्लेट का निशाना साधा। घोड़ा दबाया। काग खुलने की-सी आवाज हुई। प्लेट टूट गई।

पहुँचेली ने कहा, "काम का खिलौना है, खरीदोगे ?"

जोशीजी हतप्रभ हुए। लेकिन मैंने रेमंड शेंडलर के जासूस-पंजा-साहित्य का स्मरण किया। सुनहरे केस में से एक सिगरेट निकाली। उसे केस पर ठोका-बजाया। फिर मुँह के एक कोने में खोंसकर बुदबुदाया, "कीमत ?"

मेज के पार झुककर उसने लाइटर से मेरी सिगरेट सुलगवाई और कहा, "तुम्हारी आत्मा।" कुछ कौंध-सा गया हमारे मध्य।

मैंने सिगरेट का लम्बा-सा कश लिया और ढेर-सा धुँआ उगल दिया कैमरे के मुँह पर। फिर कहा, "पड़ता नहीं खाता।"

पहुँचेली ने शराब को गिलास में नचाया और पूछा, "कायकू नहीं ?"

"तुम मुझे यहाँ नए पंछी की हैसियत से लाई हो और पंछी के आत्मा नहीं होती, इसलिए।"

"पंछी तो खुद आत्मा है।", पहुँचेली बोली, "परियों की कहानियाँ कभी नहीं पढ़ीं क्या ? गीत नहीं सुने एक डाल पर बैठे दो पंछियों के ?"

"परियों की कहानियाँ मैं भूल चुका हूँ।", जोशीजी ने कहा, "और फिल्मी गीत मैं कान से भले ही सुन लूँ, मन से सुनने लायक नहीं समझता उन्हें।"

"क्या वह गीत भी कभी नहीं सुना मन से जो तुम्हारे पूर्वज आंगिरस ने शौनक को सुनाया था—'द्वा सुपर्णा सयुजा सखाया, समानं वृक्षं परिषस्वजाते' ?"

इलियट की 'दा-दत्ता' और मॉम की 'क्षुरस्य धारा' देख लेने के बाद जोशीजी ने अतिरिक्त आयाम उर्फ सनातन गूँज के चक्कर में मनोहर को वेद-वेदान्त कंसल्टेंट नियुक्त कर दिया था। लेकिन एक डाल पर बैठे हुए आत्मा-परमात्मा रूपी दो दोस्ताना पंछी कि जिनमें से एक खाता है फल और दूसरा लंघन किए हुए है, उन्हें इस जासूसी फिल्म में कुछ जँचे नहीं। उनका कहना था कि अगर बातचीत को बौद्धिक ही करना था तो (सन्दर्भ : फॉस्ट) शैतान के हाथ आत्मा बेचने का उल्लेख किया जाना चाहिए था।

तो उन्होंने उपनिषदों को परे धकेला यह कहकर, "उपनिषदों में कही गई हों या फिल्मी गीतों में, ऐसी भोली-भाली सीधी-सादी बातें नादानों को ही मुबारक।"

"तब तो तुम्हें विज्ञान की यह भोली-भाली बात भी पसन्द नहीं होगी कि अमुक प्रजाति के पेड़ पर अमुक प्रजाति के दो पक्षी बैठे हैं और वे दो पक्षी ही हैं और कुछ नहीं ?", पहुँचेली ने पूछा।

जोशीजी चुप रहे। उन्हें इतने भोले-भाले और सीधे सवाल पसन्द नहीं।

पहुँचेली ने पूछा, "या तुम उनमें से हो जो यह कहना पसन्द करते हैं कि पेड़ पर जो दो पक्षी बैठे हैं वे हैं तो केवल पक्षी लेकिन शायद वे केवल पक्षी भी नहीं हैं ? क्या तुम 'लेकिन-शायद' के पुजारी हो मनोहर ?"

"हूँ तो पुजारी लेकिन शायद पुजारी नहीं हूँ !", मैंने हँसकर कहा, "इस घटिया बस्ती में, इस घटिया रेस्तोराँ में क्या इसी बढ़िया लफ्फाजी के लिए लाई हो मुझे ?"

"मैं तो यह पिस्तौल बेचने आई थी।", पहुँचेली ने तमंचा फिर हाथ में उठा लिया था, "सौदेबाजी में लफ्फाजी तुमने शुरू की। बोलो, लोगे ?"

"शैतान के हाश अपनी आत्मा बेचने के लिए कह रही हो ?", जोशीजी ने पूछा।

"शैतान हमारे यहाँ नहीं होता।", उसने हँसकर कहा, "और बेचने-खरीदने की बात भी नहीं। क्या तुम अपनी आत्मा देकर यह पिस्तौल लोगे जो पिस्तौल ही है लेकिन शायद पिस्तौल ही नहीं है ? या मैं मान लूँ कि पिस्तौल लेने की चर्चा से तुम्हारी हथेलियों में पसीना आने लगा है ?"

"आत्मा के बदले केवल एक पिस्तौल ?", सिगरेट के धुएँ में आँखें चुँधियाते हुए मैंने पूछा।

"साथ में एक व्रत और...।" वह कह रही थी।

"और ?", मैंने कहा, "पिस्तौल से ज्यादा दिलचस्पी मुझे इस 'और' मैं है, उस व्रत में है।"

"तुम्हारी यह दिलचस्पी सनातन है !", उसने हँसकर कहा, "व्रत वही मरने-मारने का, करने-कराने का। दिलचस्प 'और' यह कि जो माँगोगे वही मिलेगा।"

मेज के पार उसका एक बहुत ही खतरनाक-सा हाथ जोशीजी की ओर बढ़ रहा था। मैंने कहा, "गुरु अटेंशन हो जाओ, यह कहीं टच-वच न कर दे आपको।"

जोशीजी बोले, "यह बहुत तनावपूर्ण टू-शॉट है। यह वैसा प्रसंग है जिसमें सीन चुराए जाते हैं।"

"उपनिषद् से सीधे किसी घटिया पत्रिका में छपे चमत्कारी अँगूठी के विज्ञापन पर !", जोशीजी ने मुस्कुराकर उससे कहा।

"जो चमत्कारी अँगूठी चाहेंगे उन्हें चमत्कारी अँगूठी मिलेगी, जो क्रान्तिकारी तमंचा चाहेंगे उन्हें क्रान्तिकारी तमंचा मिलेगा।", वह बोली, "विज्ञापन की भाषा भले ही घटिया हो, विज्ञापित वस्तु ऊँचे पाए की है। लोगे ?"

जोशीजी गहन चिन्तन में लीन भए। मैंने कहा उनसे–"गुरु आप क्या लेंगे ? सच्ची बात तो यह है कि इस बेला यह ले रही है आपकी खबर। आपसे लाख बार नम्र निवेदन किया है कि प्रातः उठकर व्यायाम किया कीजिए और रात से भिगोए पाँच बादाम और एक मुट्ठी चना खाया कीजिए। आपको साले बौद्धिक व्यायाम से ही फुर्सत नहीं। तो दिखाइए जल्वा गुरु अपने कसरती माइंड का !"

जोशीजी गहन चिन्तन में लीन रहे। और अब मनोहर ने उनसे कहा, "देखो वह मन-ही-मन मुस्कुरा रही है। गम्भीर अन्तःस्मित। भीतर ही भीतर, गम्भीर रूप से, घातक रूप से। क्रुद्ध है यह। पीकर पुनःपुनः उत्तम पान को अरुणलोचना हो गई है। मद से लाल हो चला है इसका मुख।"

खामोशी को तोड़ने के लिए मैंने शादीवाला वह मन्तर पढ़ दिया साहब कि कौन ससुरा देता है, किसे देता है, क्यों देता है। सुनाकर मैं हँस दिया जोर से ताकि लौंडे अपनी-अपनी घबराहट से उबरे।

"नैमिषारण्य की नहीं होती !", वह बोली, "तुम्हें ही आपत्ति हुई थी। और अब अगर उसकी होने लगी हो तो मैं पूछती हूँ कि यह बित्तेभर की पिस्तौल तुमसे क्यों नहीं उठाई जाती ?"

मैंने कहा जोशीजी से, "गुरु, यह तो गीता प्रेस गोरखपुर के सौजन्य से प्रेमपूर्वक आपकी सेवा कर रही है। बन्धु, जब आप कर्टसी इलियट वेद-वेदान्त से अभिभूत हुए थे तो इस समय आप हेतु-हेतुमदभूत वर्त्तमान हो सकने की स्थिति में क्यों नहीं हैं ? उपनिषदों के पृष्ठों पर ही यदि आपने दंड पेले होते विधिवत् तो इस देवी पर प्रगट हो जाता कि अगला खास शिष्य रहा है शंकराचार्य का। आपका साला बौद्धिक व्यायाम भी बस ऐसा ही है जोशीजी। शारीरिक आप करते नहीं। कसरती नौजवान होते तो उस सन्ध्या सागर तट पर इस देवी को सन्तुष्ट-प्रसन्न कर देते। उस स्थिति में देवीजी को आपकी बौद्धिक-आध्यात्मिक रीति से सेवा करने की आवश्यकता ही न पड़ती।

मेरी यह बकबक शायद जोशीजी बरदाश्त कर भी जाते, लेकिन मनोहर का इस पहुँचेली सूरत में घर के ठाकुरद्वार में टँगी हुई व्यंक्टेश स्टीम प्रेस मुम्बई और ब्रजवासी ऑफसेट प्रेस मथुरा में छपी हुई, तमाम-तमाम सूरतें देखना-दिखाना उन्हें नितान्त आपत्तिजनक, कष्टप्रद और अपमानजनक प्रतीत होने लगा।

"तुम तो मुझसे ऐसे बातें कर रही हो।", जोशीजी ने कहा, "मानो मैं सहज ही विश्वास करनेवाला कोई गँवार होऊँ।"

"वह तुम नहीं हो, यह मुझे मालूम है।", वह बोली, "देखना यही है कि क्या सहज ही अविश्वास करनेवाले होशियार हो ? क्या तुम भी उनमें हो जो हर चीज में ढोल की पोल देख चुके हैं और अब पोल का ही ढोल बजाए जा रहे हैं ?"

मैंने पूछा, "ताली-वाली बजाने की होती है ?"

पहुँचेली ने खुद ताली बजा दी। मैंने अपने गिलास में बची शराब पी। रूमाल से मुँह पोंछा। सिगरेट सुलगाई और कहा, "ताली भी बज गई। अब खत्म करें नौटंकी ?"

"पर्दा तो अंजाम पर पहुँचकर गिराया जाता है।"

"खूबसूरत मोड़ देकर छोड़ने की नहीं होती ?"

"नौटंकी है। गँवार खेलते हैं, गँवार ही देखते हैं। किन्तु-कदाचित उन्हें रास नहीं आता।"

"हम-तुम तो गँवार नहीं।", जोशीजी ने आपत्ति की।

वह मुस्कुराई और बोली, "तुम जरूर पंडित हो मनोहर मन्यमानाः। लेकिन मैं तो स्त्री हूँ, अल्पबुद्धि।"

"समझ गए !", मैंने कैमरे के मुँह पर धुआँ छोड़कर कहा, "अब क्या आदेश होता है ?"

"एक स्त्री का हठ है कि जिज्ञासु हो तो पिस्तौल उठाओ, नहीं तो कहो मात्र भवभीत हूँ, त्रस्त हूँ संसार से, डर भगानेवाली दवा चाहता हूँ।"

जोशीजी सन्दर्भ ढूँढ़ रहे थे। मैं हँसी उड़ाना चाहता था इस देवी की। लेकिन उसकी हँसी कैसे उड़ाएँ जो स्वयं हँस रही हो ? बालक मनोहर 'अल्पबुद्धित्वात प्रतिज्ञा या कृता' वाला रिकार्ड सुनाकर जोशीजी को परेशान कर रहा था कि साहब, देवी मूरख बनाने के लिए कहती है कि मैं मूरख हूँ। अपन ने भी साहब लगे हाथ जोशीजी को 'यो मे प्रतिबले लोके सा मे भर्त्ता भविष्यति' की अधिकारी टीका सुना दी कि भैया मेरे, सृष्टि की शैया पर चलनेवाले ये खेल हैं ही कसरती जवानों के लिए। जो बराबर की टक्कर लेने में समर्थ पाया जाएगा, समझे भाई, जो दर्प चूर करने में सफलता पाएगा, वही नर-पुंगव पाणिग्रहण के लिए बुलाया जाएगा। सींकिया इंटेलेक्चुअल तो अपना कर्णमल निकालने तक के काम के नहीं ससुरे !

इधर मैं मनोहर की श्रद्धा की यह जीवन्त व्याख्या कर रहा था, उधर वह भाई मेरा, नमामि भवभीतोऽहं कहकर, समझे ना, एक साथ ही शीश नवाने और पिस्तौल उठा लेने का कार्यक्रम प्रस्तावित कर रहा था। तो मैंने कहा, "जोशीजी, गुरु अटेंशन हो जाओ, कभी यह बालक मरवा न दे आपको !"

जोशीजी ने अपने कैमरामैन को जरूरी हिदायत दी। कुर्सी पीछे धकेलते हुए एक झटके से उठे, फुर्ती से झुके और एक भरा-पूरा हाथ उन्होंने उस ललमुनियाँ के गाल पर जड़ दिया। वैसे ही वह कौन कम लाल था ! नारी की सेवा करने की इस प्रयोगवादी रीति की मैंने यथाशक्ति निन्दा की साहब !

अब जोशीजी ने डायलॉग नं. एक बोला, झुके-झुके ही, "तुम मुझे छलना चाहती हो, पुराणों में लिखी एक ऊल-जलूल कहानी से।"

फिर पीछे को धकेल दी गई कुर्सी के पीछे खड़े होकर, कुर्सी की पीठ को अपनी गदोलियों से जकड़कर, उन्होंने डायलॉग नं. दो बोला, "तुम मुझे उल्लू बनाना चाहती हो, हजारों साल पहले जंगलों में कुछ निठल्लों द्वारा की गई बकवास का सहारा लेकर।"

फिर जोशीजी ने तेजी से दो कदम बढ़ाए और उस मूरखा की कुर्सी के पास खड़े होकर डायलॉग नं. तीन बोला, "तुम मुझे गीताप्रेस गोरखपुर, व्यंकटेश स्टीम प्रेस मुम्बई, और ब्रजवासी ऑफसेट प्रेस मथुरा से ठग नहीं सकतीं, समझीं।"

"अब रिएक्शन शॉट के लिए हीरोइन के क्लोजअप ले लो।", जोशीजी ने कहा अपने कैमरामैन से। वह माथा पीटकर यों बोला, "क्या शॉट लूँ अब आप ही देख लो, आपकी वहीदा रहमान तो हँसे ही जा रही है।"

हँस-हँसकर पीते हुए और पी-पीकर हँसते हुए उसने कहा, "बहुत सोच-समझकर बुना था यह झाँसा तुम्हारे लिए। नहीं फँसे ! अद्‌भुत हो। मार्क्सवाले क्रान्तिकारी झाँसे में तो क्या फँसते ? ई इज इकुअल टू एम सी स्क्वायर और एंट्रापीवाले वैज्ञानिक झाँसे में भी क्यों आते ? लेकिन पता नहीं क्यों मुझ मूरखा को यह विश्वास था कि एक ऊलजलूल-सी कहानी और एक भौंडी-सी तस्वीर से तुम्हें पकड़ा जा सकता है। और इसे भी मेरी मूर्खता ही कहो कि मैं माने हुई हूँ अब भी कि उस कहानी और उस तस्वीर ने तुम्हें गर्दन से पकड़ रखा है, गर्दन से।"

जोशीजी को घोर आपत्ति हुई—"इतना लम्बा डायलॉग एक शॉट में क्यों ? और मुझे गर्दन से पकड़ रखा है यह निराधार दावा क्यों ?"

मैंने उनसे कहा, "देवीजी सम्भाषण की गरिमा में आस्था रखती हैं तभी यही कहा कि गर्दन से पकड़ रखा है। अगर आप वास्तव में मुक्त हैं, तो प्रस्थान कीजिए। रोक कौन भूतनी का रहा है यहाँ आपको ?"

जोशीजी छटपटाए, कुछ और भी इसलिए कि मनोहर साउंड ट्रैक पर गर्ज-गर्ज क्षणं मूढ़ं डलवा रहा था मिस्टर तिरखा के भाष्य सहित : 'भतीजाजी मेरे देवी ने आख्या गरज ले मूढ़, इडियट मोए, गरज जितना आए तेरे जी में। मैं तो पीने लगी हूँ मधु, जिन-जुन जेड़ी भी ड्रिंक्स लेती हैं लेडीज, ते फेर जब मैंने पी लेनी है तब होनी वही है, द यूजुअल थिंग, मैंने तैंने दिला देना है मोक्ष, और देवताओं ने मुक्ति।"

जोशीजी ने कैमरामैन को सावधान किया कि अब मेरा सिंगल शॉट का लम्बा डायलॉग है, ध्यान रहे आउट ऑफ फ्रेम न हो जाऊँ।

गरजे वह, "अगर तुम्हें सारी कहानियाँ याद हैं, तो मुझे भी। अगर तुम्हें सारी स्थितियों का आभास है, तो मुझे भी। अगर तुम स्क्रिप्ट लिख सकती हो, सैट बनवा सकती हो, लाइट-साउंड-कैमरा—वह सब नियन्त्रित कर सकती हो, तो मैं भी। लेकिन उस झूठ से अँधेरे में बैठे दर्शक झाँसे में आते हैं। मैं अँधेरे में बैठा दर्शक नहीं। मैं दिग्दर्शक हूँ और विश्वास करो मेरा रचा हुआ झूठ, तुम्हारे झूठ से ज्यादा दिलचस्प, ज्यादा कारगर और ज्यादा विश्वसनीय होता है।"

जोशीजी को भय था कि वह पूछेगी, "ताली बजाने की होती है ?" लेकिन वह

कुछ नहीं बोली। बहुत मनोयोग से मांस खाती रही, मदिरा पीती रही। जोशीजी की डायलॉग-डिलिवरी का यह असर जरूर हुआ कि कुछ छोकरे केबिन के अधफाटक पर आ गए। वे उचककर यह देखने की कोशिश कर रहे थे कि इस केबिन में जहाँ प्यार-मोहब्बत की बातें कही और की जाती हैं, आज यह ससुरा 'खूने नाहक उर्फ गुनाहे-बेलज्जत' क्यों खेला जा रहा है ?

अब पहुँचेली ने उनमें से एक छोकरे को बुलाया। उसे बिल के पैसे दिए, टिप दिया। टैक्सी लाने को कहा।

"पैक अप !", पहुँचेली ने हाथ पोंछते हुए कहा, "हाँ, यह भी एक सैट था, स्क्रीन-टेस्ट के लिए। तुम नाकाबिल पाए गए मनोहर। तुम्हारे अभिनय में आत्मविश्वास की कमी है।"

साहब यह तो अपनी दुर्गत ही हुई जा रही थी। तो मैंने अपनी कुर्सी उसकी बगल में लगाई। उसकी जाँघ पर अपना हाथ रखा और पूछा, "वह बायस्कोप था कौन-सा जिसके लिए स्क्रीन-टेस्ट लिया जा रहा था ?"

"हमबिस्तर, यह है उसका नाम !", उसने मेरी आँखों में आँखें डालकर कहा।

"तब तो यह निश्चय ही बहुत दुःख का विषय है कि हम लुढ़क गए !", और उसके स्तनों को जाग्रत करते हुए मैंने कहा, "अगली बार सेहत सुधारकर आएँगे टेस्ट देने, रुहानी-जिस्मानी, समझीं ना ?"

वह बोली, "स्क्रीन-टेस्ट बार-बार नहीं होते।"

मैंने कहा, "हम तो उसी को जारी माने लेते हैं।" और तब उसके स्तनों के बीच देखा—घाव का एक छोटा-सा निशान। पिछली मर्त्तबा यहाँ कोई निशान नहीं था। बालक मनोहर घबराया। घबराहट को ढकने के लिए मैंने फिर ढक दिए वे स्तन और कहा, "ब्यौरे का बहुत ख्याल रखती हैं देवीजी। गोया घाव का निशान बनवाकर चली थीं आप किसी अस्तित्वहीन शम्भू की साक्षी के तौर पर !"

"हाँ !", वह हँसी, "वैसे बेकार ही इतना सब झंझट किया। तुम्हारे टेस्ट के लिए तो एक मामूली-सा सेट, मामूली-सा सीन ही काफी होता। मैं जय काली कलकत्तेवाली कहकर हवा में से भभूत पैदा करती और तुम कह देते 'ट्रिक' है, बाजीगर भी कर लेते हैं या तुम श्रद्धा से झुककर कह देते चमत्कार है। या तुम कह देते मेरी बला से।"

"मैं यही कहता !", मैं सहमत हुआ, "मेरी बला से !"

"तुम अब भी वही कह सकते हो। बुद्धिमान हो इसलिए चाहो तो कोशिश करने पर इस झंझट-भरे स्क्रीन-टेस्ट की बाजीगरी भी समझ जाओगे। रक्तदन्तिका स्तवन पढ़ते ही मैं रक्तदन्तिका बनकर कैसे आ गई ? ऐसे कि डोभानवाला मेरा साझीदार है। उसने मुझे छिपा रखा था उसी घर में। उसने तुमसे आग्रह किया कि तुम रक्तदन्तिका स्तवन पढ़ो। पढ़ते ही मैं आ गई। मुझे कैसे मालूम हुआ कि तुम रक्तदन्तिका स्तवन जानते हो ? ऐसे कि मिस्टर तलाटी तुम्हारे बारे में मुझे सारी जानकारी देते रहते हैं। क्यों देते रहते हैं ? इसलिए कि मेरे मुलाजिम हैं। स्तवन पढ़ते हुए तुम बेहोश-से क्यों हो गए ? इसलिए कि मैंने अपने स्तनों पर जहरीली सुगन्ध

लगा रखी थी। तुमको मैंने पर्स में से निकालकर पिस्तौल कैसे दिखा दी ? ऐसे कि जो ड्राइवर टैक्सी चला रहा था वह मेरा आदमी था। उसने गाड़ी से जहाँ हमें उतार दिया वहाँ मेरी बिल्डिंग थी। उस बिल्डिंग से मैं यह पिस्तौल लाई ! तुम्हें तरह-तरह के लोग मेरे बारे में तरह-तरह की बातें क्यों सुना रहे हैं ? इसलिए कि वे सब मेरे दोस्त हैं, षड्यन्त्र के साझीदार हैं। लचक-लचककर चलनेवाला शम्भू तो अस्तित्वहीन था कि माइखेल और उसके घरवालों ने क्यों तुम्हें परेशान किया ? इसलिए कि वे मेरे नौकर हैं। कृष्णन् क्यों घबराया ? कुट्टी ने क्यों तुम्हें मारा ? इसलिए कि मेरा कहा उनके लिए पत्थर की लकीर है। जितना तुम सोचोगे, स्क्रिप्ट की पेचीदा सादगी उतनी ही तुम पर उजागर होती जाएगी।''

तभी छोकरे ने आकर बताया कि टैक्सी लग गई है। बाहर निकलते हुए पहुँचेली ने उस छोकरे से कहा कड़ककर, ''होटेल यह कौन-सा होता ?''

''कादर भाई का !'', छोकरा डरते-डरते बोला।

''कादर भाई कौन का होता ?'', पहुँचेली ने कड़ककर पूछा।

''तेरा, मोटा बाई, तेरा।'', छोकरे ने काँपते हुए कहा।

पहुँचेली मुस्कुराई। उसने छोकरे को टैक्सी लाने का तगड़ा टिप दिया। मुझसे मुखातिब हुई और बोली, ''देखा, सबकुछ मेरा है, यह होटलवाला सैट भी !''

उसने टैक्सीवाले से माहिम क्रीक चलने के लिए कहा। जोशीजी पहुँचेली पटकथा से जूझने में इतने व्यस्त थे कि उन्हें मेरी इस जिज्ञासा से कोई दिलचस्पी नहीं हुई कि यह कहीं दादा के पास तो नहीं जा रही है ? उन्हें मेरा यह प्रस्ताव भी मंजूर नहीं हुआ कि इसके साथ ही रहो अब। इतनी रात गए बुजुर्गवारों को जगाना ठीक न होगा।

एक सिगरेट सुलगाकर जोशीजी बोले, ''मैं ऐसा अविश्वासी भी नहीं कि संयोग की सम्भावना को सिरे से नकार दूँ। और ऐसा सहज विश्वासी तो खैर हरगिज नहीं जो यह मान सकूँ कि खलीक से लेकर कुट्टी तक सब तुम्हारे अज्ञात इशारों पर नाच रहे हैं !''

''तुम्हें कहना चाहिए बाबू से लेकर इस छोकरे तक जिसने कहा कि तेरा, मोटा बाई तेरा !'' वह बोली, ''तुम यह क्यों भूल जाते हो कि बाबू दलाल ने तुम्हें मुझे दिखाया, उसने तुम्हें हैंगिंग गार्डन्स भेजा। और अज्ञात-वज्ञात कुछ नहीं मनोहर, सौ फीसदी ज्ञात इशारों पर नाचे ये सब। क्या लगता है बाबू जैसे किसी दलाल को इस बात के लिए राजी कर लेने में कि एक यह जो जिज्ञासु-जानकार ग्राहक बहुत ऊँचे किस्म के माल की तलाश में है उसे बता दे कि ऊँचा माल यह पहुँचेली है। मनोहर जब तुम्हारे ऑडिटर मेरा खाता जाँचकर तुम्हें रिपोर्ट देंगे तब तुम जान जाओगे कि खलीक, दादा, डोभानवाला जैसे कितनों को ही मैं खरीद सकती हूँ। बहुत ही कहना चाहिए रिसोर्सफुल हूँ।''

''और सेरकेस्टिक भी !'', जोशीजी को आपत्ति हुई।

''नहीं, मैं व्यंग्य नहीं, सत्य बोल रही हूँ। मैं तुम्हें तर्कसंगत बात बता रही हूँ। तर्क

से तुम्हें कोई आपत्ति हो रही है ? पक्के अविश्वासी हो तो तर्क को कभी मत छोड़ो। सहज-विश्वासी, सहज-अविश्वासी टके के तीन मिलते हैं। सुविधाविश्वासी टके के तीन सौ। क्या तुम सचमुच मेरी बला से कहनेवाले सुविधाविश्वासी हो ? क्या तुम तर्क से भी घबराते हो कि न्यूटन से आइन्स्टाइन और आइन्स्टाइन से जाने कहाँ ले जाएगा वह तुम्हें ?"

जोशीजी सन्दर्भों में खो रहे थे, समझे साहब, और बालक मनोहर भावविह्वल हुआ जा रहा था। तो मैंने कहा, "सर्वप्रथम इस पांडित्यपूर्ण विवेचन के लिए आपका साधुवाद करना चाहूँगा। तत्पश्चात यह नम्र निवेदन कि आप यह फलसफा छाँट किस तुफैल में रही हैं ? इतना फलसफा तो हमें आदरणीय जैनेन्द्रजी से भी कभी इकट्ठा सुनने को नहीं मिला शनिवार समाज, शहर दिल्ली में ! सत्य है कि आप उपयुक्त हीरो न मिलने के कारण आहत हैं इस वेला और इसके चलते आपका अनर्गल प्रलाप, सर्वथा क्षम्य और स्वाभाविक है। किन्तु इसका अर्थ यह तो नहीं कि आपके द्वारा हमारी दुतरफा सेवा होती रहे और हम मुँह पर पट्टी बाँधे रहें !"

"तुम पट्टी क्या, लँगोट भी न बाँधो, मेरी बला से !", उसने हँसकर पूछा, "चलोगे साथ ?"

जोशीजी को यह प्रस्ताव स्वीकार नहीं हुआ। वह गेस्ट हाउस के सामने टैक्सी से उतर गए।

"अलविदा !", उस पहुँचेली चीज ने कहा, "जिज्ञासु बालक।"

"विदा होना थोड़ा-सा मर जाना है।", जोशीजी एक फ्रांसीसी कवि का कॉपीराइट मार गए।

"तुम किस्तों की विदाई, किस्तों की मौत के ही ग्राहक हो मनोहर !", वह बोली, "इकट्ठा फैसला करनेवाले तमंचे के नहीं।"

और तब, ऊपर से नीचे तक जो लोटन हो चला था, उस मनोहर ने कहा पहुँचेली से, "आचमनी उठाने को कहा होता।"

टैक्सी स्टार्ट हो चुकी थी। मुँह बाहर निकालकर, हाथ हिलाते हुए, वह बोली, "एक और सैट ? एक और टेस्ट ? देखेंगे।"

अब विकट समस्या थी रात्रि-विश्राम की। जोशीजी का ख्याल था कि उस महानगर को जागते हुए देखा जाए जो कभी सोता ही नहीं। मनोहर अपनी नैमिषारण्यी में रट रहा था—एतद् वै तत, एतद् वै तत। जोशीजी का आग्रह था कि सुकुवा-उगानी की प्रतीक्षा की जाए। बहुत बढ़िया शॉट होगा यह कि साहब सुकुवा-उगानी की बेला, सड़क पर कोई अकेला, बढ़ता सागर की ओर और जपता चला जाता—यही है वह, यही है वह। एतद् वै तत !

मगर यह बालक किस सुकुवा-उगानी के लिए ठहरनेवाला था ! यह तो बढ़ता ही चला गया समुद्र की ओर कि साहब आमन्त्रण सनातन खारेपन की क्रोड़ का। मैं उल्टे पाँव दौड़ा। कमरे का दरवाजा खटखटाया। बुजुर्गों को जगाया। उन्हें बताया कि बहन के घर से लौटते हुए मुझे दो गुंडों ने पकड़ लिया। वे तो मेरी जान ही ले लेने पर आमादा

थे ! किसी तरह बचकर आया हूँ। बताते-बताते मैं रो पड़ा साहब।

लड़खड़ाती जबान और पिटी हुई काया के लिए यह सफाई बुजुर्गों ने सुनी।

मिस्टर तिरखा ने कहा, "स्ट्रेंज ! कुछ छीना तो नहीं ?"

मैंने सिर हिला दिया।

मिस्टर तिरखा ने फिर कहा, "स्ट्रेंज !"

मिस्टर तलाटी ने कुछ नहीं कहा। उस रात।

मूँगफली भी अश्लील होती है

मनोहर को मैंने संस्कारी बालक बन जाने दिया कि शायद उसी से इसका अपराधबोध कम हो। कमरे में बैठा हुआ वह बुजुर्गों से उधार ली हुई धार्मिक पोथियाँ बाँचता रहा। जोशीजी, मस्तिष्क के बारे में आधुनिक विज्ञान के पोथे पढ़ने लगे। ये पोथे बाबा फ्रायड की ऐसी-तैसी फेर रहे थे और जोशीजी को समझा रहे थे कि उनकी सारी व्यथा-कथा मस्तिष्क के रसायनों से उपजी है ससुरी। उनका यह विलक्षण वगैरह व्यक्तित्व और कुछ नहीं स्नायुओं में तमाम चक्कर चलानेवाले रसायनों का चक्कर है। इस रासायनिक नियतिवाद से उनका जी और घबरा गया। मैंने इन दो सनातनियों के मध्य वर्त्तमानी बने रह सकने के लिए शेखू भाई से वृत्तचित्रों के भाष्य का अनुवाद-कार्य थोक में ले लिया और कसकर बोर होता रहा। गोया यह त्रिमूर्त्ति उस एक मूर्त्ति को याद न करने की जुगत करती ही रहीं।

एक शाम जब मैं 'दिस इज फॉलोड बाई वीडिंग' को 'इसके बाद निराई' बनानेवाले चक्कर से बेहद ऊब गया, तब मैंने फैसला किया कि जाकर दादा से मिलूँ। तो रैमनार्ड में शेखू भाई को कुछ हिन्दी अनुवाद मैच करके देने के बाद मैं माहिम क्रीक पहुँचा। वहाँ पता चला कि दादा की तबीअत इधर ठीक नहीं थी। एक रात कोई औरत आई थी उनके पास। परसों वही उन्हें कलकत्ता ले गई। जोशीजी पूछने लगे मुझसे कि कौन औरत ? वही जो माने-माने-माने पूछती है ? मैंने उनसे कह दिया कि शर्लक होम्स को भी परसों रात एक औरत आकर लंडन ले गई और वह ससुरी यह पूछती थी, ह्वॉट डज इट मीन ?

वहाँ से कैडल रोड—खलीक के यहाँ। खलीक रँडुआपा भोग रहे थे। उनकी सुन्दरी लड़-झगड़कर मैके चली गई थी और खलीक को सन्देह था कि यह मैका एक माखनप्रेमी संगीतकार के घर में वाकै है। खलीक इस बीच श्रीकान्त से पूरी तरह झगड़ लिये थे। बीच-बचाव के बाद यह तय हुआ था कि खलीक को पैसा और क्रेडिट पूरा मिलेगा लेकिन श्रीकान्त एक अन्य लेखक, पंडित जनार्दन से संशोधन करवा सकेंगे और पंडितजी को 'एडीशनल डायलॉग्स' का क्रेडिट दिया जाएगा। बहुत देर तक खलीक मियाँ श्रीकान्त के साथ-साथ इस पंडित को भी कोसते रहे जो सौ फीसदी आधुनिक बालक था और जिसने अपने बालपन को छिपाने के लिए पिछली पीढ़ी के फिल्म लेखकों की उपाधि ओढ़ ली थी।

खलीक ने अपने उपन्यास के कुछ हिस्से सुनाने की इच्छा प्रकट की और जोशीजी

ने उसे वही 'सन्दर्भ दोस्तोवएस्की का गाली निबन्ध' वाली 'बिग कैनवेस' कृति समझते हुए इस प्रस्ताव का स्वागत कर डाला। लेकिन यह कोई और ही उपन्यास था जिसका 'कैनवेस' दो जोड़ा टाँगों के बीच कहीं खो गया था। एक जोड़ा टाँग अहसान नकवी नामक एक फिल्मी लेखक की थी, दूसरा जोड़ा टाँग चन्द्रकला पारीख नामक एक अमीरजादी भूतपूर्व लेखिका की। बकौल शख्से यह उस किस्म का अश्लील उपन्यास था जिसमें कहीं ससुरा सूर्योदय-सूर्यास्त तक नहीं होता। गोया अहसासे-जनाना पूरी तरह हावी हो जाता है अहसासे-जमाना पर।

जोशीजी ने जितना सुना उतने ही क्रुद्ध होते चले गए। फिर उन्होंने खलीक को टोका यह कहकर, "क्या 'भाँग की पकौड़ी' के पब्लिशर से एडवांस लिये हुए हो ?"

खलीक बोला, "ग्रोव प्रेस से ! यह हेनरी मिलर के अफसानों के टक्कर की चीज है भाईजान !"

"ट्रैश है। लगो है !", जोशीजी ने चीखकर कहा, "तुम तारा झावेरी जैसी नायाब औरत को बाजारू बनाकर अपने लेवल पर ला रहे हो साले !"

"मैं ला रहा हूँ।", खलीक बोला, "रंडी तो आप उसे बता रहे थे भूतनी के। मैंने तो वह ज्यों की त्यों उतार दी है ! एक बहुत हसीन, जहीन और दिलचस्प ढंग से मक्कार लुगाई !"

"तुम उससे मोहब्बत करते थे खलीक, फिर, फिर यह सब क्या लिखा है तुमने ?", मनोहर ने दुखी होकर पूछा।

"क्या कभी आपको मैं किसी भी सिरे से उन चूतियों में नजर आया जो मोहब्बत करते हैं ?", खलीक बोला, "वह मेरा इस्तेमाल कर रही थी, मैं उसका।"

"आप हैं ही किस काम के जो आपका कोई इस्तेमाल वह करती ?", जोशीजी ने चुनौती दी।

"आप शायद कानों में रूई डालकर मेरा नावेल सुनते रहे हैं !" खलीक ने कहा, "आपने सुना नहीं कि कैसे एक्साइज, इनकम टैक्स, कस्टम जैसे महकमों के आला अफसरान से वह मेरी लिखी हुई या मेरी बताई हुई गजलों-नज्मों के सहारे इश्क लड़ाती थी ? कैसे आपका यह खादिम उसके कहने पर इन महकमों के ही किसी जम्हूरे की सदारत में मुफ्तिया मुशायरे करवा देता था भूतनी का ! आपसे उसने क्या करवाया था कि आप किसी भी मोर्चे पर कुछ कर ही नहीं सके ?"

"खलीक, तुम झूठ बोल रहे हो।", जोशीजी बोले, "उसके कहे पर झूठ बोल रहे हो। यह गन्दा-गलीज नॉवेल भी तुमने उसके कहे पर लिखा है मुझे सुनाने के लिए। तुम उससे मिले हुए हो। मिलकर एक झूठ गढ़ रहे हो, मुझे चक्कर में डालने के लिए लेकिन मैं इसका पैटर्न पकड़कर रहूँगा खलीक, हर पेचीदा झूठ की बुनियाद में बहुत ही सादा-सा पैटर्न होता है।"

खलीक हँसा। बोला, "आपको पेरोनिया हो गया है। किसी को भी क्या पड़ी है कि आपके लिए झूठ गढ़े। आपके लिए ! माशा-अल्लाह कभी सूरत देखी है अपनी आइने में ? ओल्ड कॉफी-हाउस में कॉफी पी-पीकर भी बेसिकली आप सेंटीमेंटल ईडियट,

बल्कि मोरोन ही रहे साले !"

"सालों को न कोसिये खलीक मियाँ !", मैंने कहा, "सालों के टुकड़ों पर ही पल रहे हैं आप !"

खलीक फ्री-स्टाइल में गुँथ लिया और मैंने जोशीजी के उकसाने पर, उसके दो-चार जोरदार हाथ धर दिए। जवाब में उसने सरासर फाउल करते हुए मुझे पेटी के नीचे घूँसा मारा। मैं दर्द से दुहरा हो गया।

खलीक अब खुद बुनियादी तौर से भावुक मूरखोंवाली बातें करने लगा। उसने बताया कि यह मारा-मारी हम नहीं कर रहे हैं, एक नामुराद, बेरहम, वहशी वगैरह-वगैरह शहर हमसे करवा रहा है। वह जोशीजी को पास ही एक छोटे-से रेस्तोराँ में 'चाय-तिकोने' के लिए ले गया, हालाँकि बम्बई में समोसे, तिकोने नहीं कहलाते। वहाँ चाय पीते हुए नखलऊ अनवरस्टी के हास्टलों के पिछवारे डालीगंज में बने कतिपय छोटे-छोटे रेस्तोराओं का आह्वान किया इन लौंडों ने। इस मूड में मनोहर ने फिर तारा झावेरी की चर्चा की और एक सर्राफ को देवी की कृपा से मिली बेटी की वह कहानी सुनाई जो उसने उस पहुँचेली से सुनी थी। खलीक मुस्कुराया, "वह परले दर्जे की मक्कार है। यह तो उसकी लिखी हुई एक कहानी है। मुझे भी सुनाई थी उसने !"

फिर समुद्र की ओर जाती सड़क पर खलीक मियाँ कुछ इस अन्दाज से जोशीजी को टहलाने लगे मानो वह फैजाबाद रोड हो और उसके सिरे पर समुद्र नहीं, लड़कियों का कालिज आई.टी. मिलनेवाला हो इनको। वही साला बरकलिया पीना और बातें, समझे ना ! अन्तर केवल इतना था कि जहाँ तब ये साहेबान 'विदरिंग अवे ऑफ स्टेट' पर गुफ्तगू किया करते थे, वहाँ आज इनके लिए गौरतलब मुद्दा 'विदरिंग अवे ऑफ सोल' था। और जैसे तब भी खलीक 'राज्य सत्ता के क्षरण' पर प्रवचन सुनाता और जोशीजी केवल सुनते, अपनी टिप्पणियाँ गोया के 'रिजर्व' रखते हुए फिलहाल, वैसे ही आज वह 'आत्मा के क्षरण' पर खलीक मियाँ का तजकिरा सुनते रहे चुपचाप।

खलीक का कहना था (1) यह सही है कि हार्ट क्रेन की तरह मैं भी कोलम्बस बनकर कहता आया हूँ कि सलामत रहे मेरा बादबान मैं नीली ऊँची घास के इस मैदान गोया समुद्र के उस पार अपनी एक नई दुनिया तलाश लूँगा लेकिन मैं यह सोचने को मजबूर हो चला हूँ कि बसेगा तो साला वहाँ भी अमेरिका ही ! (2) हम लोग गलत वक्त में, गलत मुल्क में पैदा हुए हैं गोया के घटियापन के दौर में एक निहायत ही घटिए-से मुल्क में। मुमकिन है कोई इनसान अपने आसपास के तमाम घटियापन से ऊपर उठ सकता हो, नया दौर ला सकता हो, लेकिन मैं, बहरहाल, वह इनसान नहीं हूँ। मैं तो उनमें से ही हूँ कि जिन्हें हिस्ट्री ही बड़ा बना सकती थी। (3) अगर घटियापन से कोई बचत नहीं तो मैं महज पैसे के लिए यहाँ बम्बई में घटिया क्यों बनूँ ? हॉलीवुड क्यों न जाऊँ जहाँ घटियापन के रेट ऊँचे हैं ? हाथी का क्यों नहीं खाऊँ, समझे ना ? (4) अगर परवरदिगार ने मुझे बनाया ही कुछ ऐसा है कि सोफे पर समझे ना क्या करते हुए मुझे रूहानी तकलीफ होती है और मूढ़े-मंजी पर बैठकर चैन आता है तो मुझे किस पागल कुत्ते ने काटा है कि मैं बम्बई में समझे ना क्या ? (5) मिडिल क्लास को हमारा

गालियाँ देना भी हमारे बेसिकली मिडिल क्लास होने की निशानी है। (6) जब अपना-अपना एक्स-कंम्युनिस्ट मैनिफेस्टो लिखकर हर साला कहीं-न-कहीं जा रहा है, अमेरिका, विलायत या बम्बई, तब मैं बलिया और मिडिल क्लास में वापस जाकर कौन गुनाह करूँगा ? तो मैं फिर बलिया जाऊँगा, जाकर अपनी फूफी की लड़की से करूँगा शादी, कॉलिज में करूँगा मुदर्रिसी, कुँवारों के लिए बिटियों की पूरी पलटन कर दूँगा तैयार, लिखूँगा तो बच्चों के लिए नज्में और पढ़ूँगा तो अखबार, शाम के वक्त हुक्का गुड़गुड़ाते हुए यह कहने के लिए कि सत्यानास कर दिया ससुरों ने। (7) और 'इनकलाब' की शूटिंग शुरू हो जाए तो हमें भी बुला लीजिएगा सैट पर।

जोशीजी उलझ लिये। 'नहीं, आप कहना क्या चाहते हैं ?' शैली में शुरू हो गया वाक्युद्ध। जोशीजी सहसा क्रान्तिकारी हो उठे। उनके साथ यही आनन्द है, संघी मिलें तो यह कम्युनिस्ट हो जाएँ, कम्युनिस्ट मिलें तो ये संघी हो जाएँ। यह ससुरा इनका 'डिफरेंट' होने का तरीका है। मैं इन्हें कई बार समझा चुका हूँ कि संघी मिलें तो संघियों जैसी बात करो, कम्युनिस्ट मिलें तो कम्युनिस्टों-सी। मगर वह इनके लिए 'अवसरवादिता' है, पता नहीं वह क्या है जो यह करते हैं ! इस इंटेलेक्चुअल बकवास में खलीक ने कुछ बातें बहुत जोरदार कहीं। पहली यह कि अगर खलीक वहाँ मूढ़े पर बैठकर अखबार बाँचता हुआ यह कहेगा कि सालों ने सत्यानास कर दिया तो जोशीजी वगैरह और क्या कह या लिख देनेवाले हैं अपनी 'परतीकातमक' से साले ? दूसरी यह कि अगर दाल-रोटी के जुगाड़ में छोटी-मोटी हेराफेरी करता वह कस्बे का खलीक सतही, बेईमान और नाफरमाबरदार होगा तो अपने गन्दे पाँवों समेत बढ़िया सोफे पर बैठे हुए जोशीजी कहाँ के ईमानदार होंगे भूतनी के ? जिस मुल्क में ईमानदारी की आधी रोटी तक नहीं मिल सकती उसमें ये अमरीकन प्लान का ब्रेकफास्ट कहाँ से पा रहे होंगे ससुरे ? तीसरी यह है कि अगर जोशीजी का यही कयास है कि उनके एक अदद आतमा उर्फ सोल है अब भी तो वह मेरी जूती का सोल देख लें जो उससे बेहतर हालत में है। चौथी यह कि अगर खलीक बुनियादी तौर पर कस्बे का मुदर्रिस ही है तो जोशीजी साले बेसिकली स्वीट कुमाऊँ लौंडे हैं जो बम्बई में बुर्जुआजी के बर्त्तन माँज सकते हैं या फिर खुद बुर्जुआजी बनने के लिए क्या नाम कहते हैं क्या करा सकते हैं।

इस अन्तिम वक्तव्य पर जोशीजी ने आग्रह किया कि मैं फिर मारपीट करूँ। मगर मैंने मना कर दिया। जबानी लड़ाई ये शुरू करें, और जिस्मानी मैं भुगतूँ ? और जरूरत क्या है इन अंजू-पंजुओं से उलझने की ? अपमान-बोध ही पैदा करना हो अपने भीतर तो 'हाई सर्कल' में जाकर करो। गोया डोभानवाले के धोरे। जोशीजी को अपनी बात समझ में आई।

मगर साहब वह यकीनन कोई ऐसा दिन रहा होगा जिसे साप्ताहिक भविष्य वाले ने मनोहर श्याम जोशी के लिए बहुत अच्छा ठहराया होगा क्योंकि डोभानवाला के यहाँ एक नई ही सन्त-मंडली जुटी हुई थी, महाबोर ! और गोलमेज बहस के लिए आज का विषय था 'हंगर'—खासकर 'प्रोटीन हंगर'।

पता नहीं किसी ने आपसे 'बोर हुए पड़े हैं'-थ्योरी का जिक्र किया है कि नहीं ?

लखनऊ कॉफी-हाउस में सरदार त्रिलोचन ने यह तजवीज की थी। इसके अनुसार पूरब, पूरब से बोर हुआ पड़ा है; पश्चिम, पश्चिम से; तो साहब पश्चिम के लिए पूरब एक दिलचस्प चीज है, पूरब के लिए पश्चिम। सरदार का खयाल था कि इस मुद्दे को ध्यान में रखते हुए आयात-निर्यात का सिलसिला शुरू किया जाना चाहिए। यहाँ से एक अदद बैलगाड़ी भिजवा दी, वहाँ से एक कैडलियक मँगवा ली, समझे साहब, यहाँ से रविशंकर भेज दिए, वहाँ से मेनुहिन मँगवा लिये। यहाँ से एक बंडल उपनिषद् भिजवा दिए, वहाँ से कलामे-कीर्कगार्द मँगवा लिया। इसी थ्योरी के अनुसार भूख से बोर हुए पड़े भूखे, कभी भूख पर बहस नहीं करते। उन सालों का तो 'टॉपिक फॉर टूनाइट' यही होता है कि इस साल खत्रियों के हियाँ शादी के बाद जूठन में जो कचौड़ियाँ फेंकी गई थीं वह ज्यादा लजीज थीं कि परारके साल मन्दर में पूजा करके बाम्हनों ने जो नुगदी बँटवाई थी सो ? ये तो खा-खाकर बोर हुए पड़े लोग हैं कि जिन्हें व्रत-उपवास, मिरेकल डायट और वर्ल्ड हंगर डिस्कसियाने से फुर्सत नहीं मिलती।

जोशीजी बहुत खफा हुए इस बहस पर। मगर साहब यह जानते हुए कि बुभुक्षानाथ के भजन के लिए निरन्न हरगिज न रहने का विधान है, मैंने जोशीजी को उबले अंडों के टुकड़े, कवाब, काजू सब दबादब खिलाए। मंडली के समक्ष प्रवचन करनेवाली थी एक कोई डॉक्टर मिस नन्दिनी नटेसन जो टाटा इन्स्टीट्यूट ऑफ सोशल रिसर्च, हार्वर्ड विश्वविद्यालय और ऑक्सफैम में क्षुधा-सन्धान कर चुकी थी। उसे कोई थोड़ा-बहुत उखाड़ रही थी तो जरीन जरीवाला नामक एक मुछन्दर बुढ़िया जो कृष्णा मेनन को मित्रवत् और फ्रांज फेनन को पुत्रवत् मानती आई थी। नन्दिनी, नन्दू फॉर फ्रेंड्स, प्रोटीन की कमी के कारण गरीब हिन्दुस्तानी बच्चों का मस्तिष्क-विकास रुक जाने से चिन्तित थी और 'प्रोटीन-हंगर' मिटाने के लिए मूँगफली-बेस्ड देशव्यापी लंगर का प्रस्ताव रख रही थी। मेरे ख्याल से काफी कायदे की बात कर रही थी वह लेकिन जोशीजी उखड़ गए, बोले, "जिन अखबारों में आपने यह पढ़ा कि इस देश में भुखमरी है, उनमें यह भी पढ़ा होगा कि यहाँ चन्दा-चोरी भी है मिस नटेसन।"

बताइए फ्रेंडेली होना चाहनेवाली एक अच्छी-सी बालिका को नन्दू न कहकर मिस नटेसन कह रहे हैं और अंग्रेजी में सही उस पर लानत भेज रहे हैं। ठीक ही किया उसने प्रतिरोध, "कृपया अपरिचितों पर व्यक्तिगत लांछन लगाने से बाज आएँ।"

जोशीजी की सफाई, "मैं किसी एक व्यक्ति पर नहीं, पूरे राष्ट्र पर लांछन लगा रहा हूँ।"

"तब तो मुझे और भी अधिक आपत्ति है।", नन्दू बोली, "नीरद चौधुरी आपका मसीहा होगा, मेरा नहीं।"

"नीरद चौधुरी की बकवास आप जैसे लोग पढ़ते होंगे।", बोला अपना पट्ठा इंटेलेक्चुअल, "मैं सिर्फ यह कह रहा हूँ कि दरिद्र है यह देश। दरिद्रता ही इसकी संस्कृति है अब। और उस संस्कृति से कोई भी अछूता नहीं, वह दयाममता भी नहीं जिसका आप आह्वान करना चाह रही हैं मिस नटेसन। हम नंगे को तन ढकने के लिए कपड़ा दे सकते हैं, बशर्ते वह इतना फट चुका हो कि कपड़ों के एवज में बर्त्तन देनेवाली तक

उसे न ले रही हो। हम मूँगफली बाँटने के लिए दस लाख रुपया इकट्ठा कर सकते हैं, बशर्ते उसमें से नौ लाख रुपया आपस में ही बँट सकता हो। कभी सोचिए कि यह कैसे हुआ कि उपनिषद्‌वाले हनुमान चालीसा के हो गए, संसार की उच्चतम सभ्यता के उत्तराधिकारी परती जमीन पर बैठकर हगने और वहीं कहीं आसपास प्रोटीन हंगर मिटानेवाला दाना ढूँढ़ने के लिए बाध्य हो गए ?''

नन्दू ने कहा, फ्रेंकली, ''आप किसी दकियानूस रिवाइवेलिस्ट की तरह बातें कर रहे हैं। इसके बाद शायद आप दान-पेटी घुमवाइएगा कि शतचंडी यज्ञ के लिए पैसा दीजिए। आपका आवेश सराहनीय है, आपके तर्क मूर्खतापूर्ण।''

इंटेलेक्चुअल जोशीजी काँप गए सिर से पैर तक। उन्हें मूर्ख कहा जा रहा है ! और नन्दू को कुछ और भी कहना था, अन्फार्चुनेटली, ''मिस्टर जोशी, आप उन लोगों के साथ यहाँ नहीं बैठे हैं जो अकाल मिटाने के लिए शतचंडी यज्ञ कराने के कायल हों।''

जोशीजी ने कहा, प्रिसाइसली, ''मैं उन्हीं लोगों के साथ बैठा हूँ, यह बात अलग है कि उनकी शतचंडी का नाम मूँगफली है ! आपका औसत हिन्दुस्तानी, मिस नटेसन, प्रोटीन की कमी से उतना नहीं मर रहा है जितना कि आत्म-सम्मान और गरिमा की कमी से। और यह कमी किसी भी प्रतीकात्मक चेष्टा से दूर नहीं होनेवाली है।''

नन्दू ने कहा, रिग्रेटेबली, ''मैं कोई भावुक कवि नहीं, समाजशास्त्री हूँ। आप गरिमा शौक से बाँटें, मुझे मूँगफली बाँटने दें। शायद उसे खाकर ही गरिमा लौट सके औसत हिन्दुस्तानी में।''

रिवाइवेलिस्ट से रेवोल्यूशनरी हुआ अपना इंटेलेक्चुअल, बोला, डिसाइडेडली, ''मूँगफली से नहीं लौटेगी गरिमा, मिस नटेसन, वह लौटेगी क्रान्ति से !''

जरीन जरीवाला यह कहते हुए उठीं, इंट्रेस्टिंग्ली, ''जितना सुनती हूँ, उतना मुग्ध हुई जाती हूँ।'' आकर उन्होंने जोशीजी के कँपकँपाते होंठों को चुम्बन दिया और फड़कते नथुने को 'कम्पारी' नामक शराब और 'पायोहरिया' नामक रोग की मिली-जुली गन्ध।

जोशीजी बोले, फाइनेली ''और वह क्रान्ति, मिस नटेसन, हम सब लफ्फाजों और मूँगफलीबाजों को उड़ा देगी। और वह क्रान्ति कोई भेद...''

इस तरह के डायलॉग बोलने से पहले जोशीजी को एक अहतियात हमेशा बरतना चाहिए–मुँह में पान का चर्बा हो तो कुल्ला-वुल्ला करके आएँ। अटक गई ससुरी सुपारी। खाँसे बेतरह। भागे गुस्लखाने की ओर। खाँसते-खाँसते पान के चर्बे के साथ-साथ बहुत कुछ उलट दिया वॉश-बेसिन पर। वह बहा भी नहीं क्योंकि अब वॉश-बेसिन अटक गया था। अब जोशीजी ने आईने में अपनी सूरत देखते हुए फरमाया, मुझे नफरत है इन कमीनों की सूरत तक से। और फिर सहसा बिना किसी चेतावनी के उनका दिल एक धड़कन गोल कर गया। इसके बाद उनका हलक थूक निगलना भूल गया। जोशीजी को पसीने छूट गए। मनोहर ने कहा, ''मैं मर रहा हूँ !'' और जोशीजी मान गए साहब। किसी तरह मैं जोशीजी को वापस ड्राइंग-रूम में ले गया। वह चिल्लाना चाहते थे कि कोरामीन दो, मेरा दिल डूब रहा है। मैंने उन्हें रोका। उनका दिल एक और धड़कन गोल कर गया।

जरीन जरीवाला ने कहा, "जब तुम क्रान्ति करो बालक, मुझ बुढ़िया को मत भूलना। मुझे बहुत अच्छा लगेगा क्रान्ति में मरना।"

मंडली की एक छिपकलीनुमा बालिका ने अपने गिटार के तार छेड़कर गा-गाकर कहा, "ह्वॉट ए डिलाइटफुल वे टू डा-ई-ई।"

यहाँ भी साली वही 'बोर हुए पड़े हैं' थ्योरी अप्लाई हो रही थी कि जोशीजी के प्राण छूट रहे थे साहब और ये सौ फीसदी स्वस्थ देवियाँ मौत को हँसने-गाने की चीज समझ रही थीं।

"मेरी तबीयत ठीक नहीं है।", मैंने डोभानवाला से कहा, "मुझे डॉक्टर देसाई के पास ले चलो।"

डॉक्टर देसाई ने मुझे जाँचा-वाँचा और कहा कि जो गोलियाँ आपको दी गई हैं उन्हें जब तक आप लें, शराब से दूर रहें। वह यह भी जानना चाहते थे कि 'औरत' वाले नुस्खे का क्या हुआ ? अब उन्हें कौन तो यह बताता कि उसी नुस्खे ने यह गत बना दी है। डॉक्टर देसाई की क्लिनिक से गेस्ट हाउस ले जाते हुए डोभानवाला ने यह सूचना दी कि तारा झावेरी अपना अच्छा-खासा कारोबार बढ़ाए दे रही है। उसने जोशीजी से तारा के इस तरह बिजनेस से हटने के रहस्य पर कुछ प्रकाश डालने का अनुरोध किया। जोशीजी ने कहा कि तुम तो खुद उसके इतने अन्तरंग हो कि उसके कहे पर मुझसे रक्तदन्तिका स्तव पढ़वाते हो ताकि वह लाल-लाल कपड़े पहनकर मेरे सामने आ जाए ! डोभानवाला ने जोशीजी नामक 'मैन' से पूछा कि तुम कह क्या रहे हो ?

डोभानवाला से विदा लेने के बाद जोशीजी बार-बार एक ही शब्द जपते रहे–'ऑब्सीन' उर्फ अश्लील। उन जैसे इंटेलेक्चुअल के लिए खलीक का उपन्यास, मृत्यु-भय, पहुँचेली पहेली, डॉक्टर देसाई का अतिभौतिक जीवन-दर्शन, जरीन जरीवाला का चुम्बन, डोभानवाला का इनसान को 'मैन' कहना, वार्डन रोड की भीड़भाड़, गोया के असंख्य चीजें 'अश्लील' ठहर सकती थीं। सम्भ्रम दूर करने के लिए मैंने पूछा कि गुरु किसे बता रहे हो अश्लील ? गुरु बोले कि मूँगफली को। मैंने चैन की साँस ली कि पहुँचेली की जगह मूँगफली सबस्टीट्यूट होने पर निकल आएगा अवसाद का हल !

लेकिन वह तो अपना शुद्ध गोचरवाला दिन था। मिस्टर तलाटी, जिनके दुश्मनों की तबीयत इधर नासाज-सी रही थी और जिनके दोस्त इधर उनसे बहुत मेहनत करवा रहे थे, एक चादर लेकर लेटे हुए थे। बताया आज भी डिनर गोल कर गए, बस दूध लिया। मिस्टर तिरखा को कोई मिस्टर दिलेली आकर ले गए जगराते के लिए। दिलेली स्वयं 'सदाई जय' के विशेषज्ञ थे लेकिन कभी-कभी अपने घरेलू आयोजनों के लिए पंडत तिरखा को आग्रहपूर्वक लिवा ले जाते थे कि फिल्मी धुनोंवाले पंजाबी कीर्त्तनों को देव-वाणी का संस्पर्श मिलता रह सके। मनोहर के लिए यह अत्यन्त श्रद्धास्पद मुद्दा था कि पंडत तिरखा, चौबीस कैरेट बाम्हन होते हुए भी किसी के यहाँ पूजा-पाठ कराने में हिचकते नहीं थे, भले ही एवज में कुल पुंगीफल समायुक्तम् ताम्बूलम् ही ग्रहण करते थे।

नेशनल ड्रेस में 'आकर' मैं अनुवाद-कार्य लेकर बैठ गया। मिस्टर तलाटी बोले,

"आप बिजी न होय तो एक बात बोले। उस दिवस आप अपना बेन के यहाँ नहीं गया था मिस्टर जोसी। आपका लौटना में देरी होया जभी मैं उन्हें रिंग किया।"

मैंने एक लम्बा साँस खींचा, रोका, छोड़ा, पुंडरीकाक्षाय नमः। इसकी ऑडिट की ! ऑडिटर उवाच, "आप किदर गया उसका कुछ आइडिया मुझे। जभी अगला दिवस से ही मैं जुट गया अपना प्रॉमिस पूरा करने में।"

मिस्टर तलाटी उठे। जनेऊ में लटकी चाबी से उन्होंने अपनी आलमारी खोली। उसमें से एक फाइल निकाली।

अथ ऑडिट रिपोर्ट

शायद आपने न्यू हॉस्टेलवाले चचाए-चेचक भटनागर का 'कार्ड-होल्डिंग-प्रपोजिशन' कभी सुना हो। इसमें कहा गया है कि जिस तरह कुछ रोगों के शिकार अपने साथ हमेशा एक कार्ड लेकर चलते हैं इस-इस हालत में ऐसा-ऐसा किया जाए या न किया जाए, उस तरह हर शख्स को रोजाना अपनी कमीज पर एक कार्ड पिन करके निकलना चाहिए जिसमें अपने बारे में, अपनी धारणाओं के बारे में और मौजूदा मूड के बारे में मोटी-मोटी जानकारी लिखी हो। अगर ऐसा किया जाए तो 'पीस एंड हार्मनी' गोया 'डिसेंड' कर जाएगी 'अर्थ' पर। अभी क्या होता है कि आप घर में बीवी से लड़कर आए होते हैं और जमाने को इसकी जानकारी नहीं होती। अभी क्या होता है कि ऊ.पी. वालों की जमात में कोई एक अदद कपूर बैठा होता है और उसे अपनी ही साइड का खत्री मानकर भाई-लोग पंजाबियों की शान के खिलाफ कुछ कह जाते हैं जबकि वह निकलता ससुरा मेड-इन-लुध्याना है। अभी क्या होता है कि किन्हीं साहब को लोग-बाग कह रहे होते हैं कामरेड-कामरेड और आप बड़े जोश से एम.एन. राय को गाली देने लगते हैं और तब आपको बतलाया जाता है कि अगला अभी देहरादून में अपने उस्ताद से मिलकर आया है। ताहम गलतफहमियाँ होती हैं साहब। जमानेभर के झगड़े, समझे ना। पीठ-पीछे आप कुछ कहें, सुख-शान्ति में कोई फर्क नहीं पड़ता।

यह सही है कि न्यू हॉस्टेलवाले ही 'मामा (तेरा बाप मामा !)' राजदान ने चचा के इस प्रपोजिशन पर यह कहकर प्रश्नचिह्न लगाया था कि अव्वल तो सारी जानकारी देने के लिए कार्ड नहीं, रजिस्टर जरूरी होगा, दोयम इस दुनिया में इस तरह के मसखरे आबाद हैं कि या तो पढ़ेंगे ही नहीं और पढ़ेंगे तो उन्हें मसखरी सूझेगी। आज फिर लड़ आए आप भाभीजान से, अपना टेम्पर कंट्रोल कीजिए बिरादर, कब तक गोया टॉलरेट करेंगी, लिमिट होती है टॉलरेशन की। पंडत लीलाधर (टाइगर) तिवाड़ी के चायखाने में भांजों ने मामा की इस शंका को वजनी ठहराया था। बाकायदा शास्त्रार्थ हुआ था चाचा-मामा में कि इनसान को पूरा-पूरा महज एक कार्ड में क्यों नहीं उतारा जा सकता ? खैर यहाँ इस प्रपोजिशन का जिक्र मैं इसीलिए कर रहा हूँ कि जोशीजी को निश्चय ही एक कार्ड उस जमाने में लटका लेना चाहिए था कि मुझसे पहुँचेली औरत की बाबत कोई बात न करे। 'डिप्रेशन' नामक रोग के बारे में भी नहीं।

कार्ड नहीं लटकाए हुए थे इसीलिए अब मिस्टर तलाटी ने एक फाइल उनकी नाक में घुसेड़ते हुए (कि शायद इसी रास्ते घुस जाए भेजे में !) फरमाया, "यह है उस बाई

का बारा में मेरा ऑडिट रिपोर्ट, जिसका जिज्ञासा में आप मन का रोग पाल लिया है मिस्टर जोसी।"

मुझे मालूम था कि मिस्टर तलाटी बहुत गुस्सैल हैं। एक छोटी-सी बात पर अपने दूसरे नम्बर के बेटे से लड़कर रोजी कमाने बम्बई आए हैं। तो भी मैंने आरोप लगा दिया, "मिस्टर तलाटी, मुझे इस मजाक से कोई दिलचस्पी नहीं। आप उस बाई से मिले हुए हैं। आप तो उसे यहाँ तक बता आए कि मैं बचपन में माँ के पेट के एक तिल पर अँगुली रखकर सोता था !"

"आप क्या नॉनसेंस बोलता है मिस्टर जोशी।", बुजुर्गवार ने कहा, "मैं उस बाई को उस दिवस का बाद जोया तक नहीं। इन्वेस्टिगेशन सरू किया मैं बालकेश्वर का उस कोठी से, जिधर मैं और मिस्टर तिरखा, इस बाई को देखा था एक जेंटेलमैन के साथ। मैं मालूम किया कि जेंटलमैन का नाम हरसुख भाई खीमजी जिसका आयल, माइनिंग, टोबेको अने कैमिकल्स में बहुत मस्त कारोबार। उसका सारा बिजनेस कनेक्शन देखकर मैं बाई का सचाई तक पहुँचा मिस्टर जोशी। इस काम में मैं कितना टाइम लगाया, कितना लोग का कितना-कितना मदद लिया और आप इसे एक जोक मान रहा है ?"

"मुझसे खुद उस बाई ने कहा कि आप उसको मेरे बारे में सूचनाएँ देते हैं।", मैंने रिपोर्ट ग्रहण करने से इनकार करते हुए कहा।

मिस्टर तलाटी मुस्कुराए। आश्चर्य कि उनकी मुस्कान में आज किसी तरह की तिक्तता नहीं थी। बोले, "आप रिपोर्ट बाँचो मिस्टर जोशी। आप सब समझ जाएगा।"

मैंने रिपोर्ट पढ़ी। अगर तलाटी साहब कथाकार होते तो इस रिपोर्ट की जगह एक ठो बैस्ट सैलर लिख दिया होता उन्होंने। इसमें कहानी लिखी गई थी शीव चन्द्रा नामक एक व्यक्ति की, जिसका जन्म बर्मा में हुआ था। उसके बड़े मामा बंगाल के आतंकवादियों में हुआ करते थे। इनके ही प्रभाव में शीव ने कलकत्ता में एम.ए. फाइनल ईयर में पढ़ाई छोड़ दी थी, यद्यपि वह मेधावी छात्र था। फिर पता नहीं कैसे अंग्रेजों ने उसे फौज में ले लिया। शायद इसलिए कि अब तक उसके मामा के लिए विश्वयुद्ध, जनयुद्ध बन चुका था। या शायद इसलिए कि बर्मा और बर्मी भाषा का शीव को जो ज्ञान था वह फौज के बहुत काम का था। पी.आर.ओ. था शीव। या शायद जासूस। वीरता के लिए छोटा-मोटा पुरस्कार भी मिला उसको। फिर शीव सेवा-मुक्त होकर कराची जा पहुँचा। वहाँ कांग्रेसी नेताओं से उसकी बहुत घनिष्ठता रही। वहीं वह पहली बार धन्धे-व्यापार से लगा कुछ सिन्धियों के साथ। वहाँ से पहुँचा हांगकांग। हांगकांग में उसने एक-से-एक कारोबारी करतब दिखाए। वह एक ऐसा व्यक्ति था जिसके आगे चलकर चीन और फारमोसा दोनों से घनिष्ठ सम्बन्ध रहे। जापान में एक बहुत बड़ा मालवाहक जहाज बनवाकर उसने संसार का ध्यान आकर्षित किया। दो के दो करोड़ बना देनेवाले इस भारतीय जीनियस की अन्तर्राष्ट्रीय वाणिज्य पत्रिकाओं में कुछ चर्चा हुई। फिर कम्युनिस्ट और गैर-कम्युनिस्ट देशों में राजनयिक-व्यापारिक सम्पर्क करानेवाले के रूप में वह चर्चा का विषय बना। गो कुछ लोगों ने उसे डबल एजेंट भी ठहराया। गरज यह कि राजनीति और वाणिज्य दोनों के चोटी के लोगों के साथ यह वित्तीय

जादूगर अथवा जालसाज अथवा जासूस हर कहीं देखा और सुना गया। तीसरी दुनिया के छोटे-मोटे देशों में इसकी बहुत धूम रही—सौदे करवाने, नए उद्योग खुलवाने और राजनीति में आकंठ धँस जाने के लिए। वह भारत भी बराबर आता रहा। यहाँ भी इसका वही जलवा रहा। भाँत-भाँत और जात-जात के राजनीतिज्ञों से सम्पर्क, लम्बी-चौड़ी योजनाएँ, पैसा पीटने के धन्धे ! कई बार लफड़ों में फँसा या फँसाया गया। अब तक कुल मिलाकर तीन बार दीवालिया हो चुका है। एक बार संन्यास ले चुका है। इसने अपनी अंग्रेजी कविताओं का एक संकलन खुद छपवाया-बाँटा है। गोल्फ और शतरंज का अच्छा खिलाड़ी रह चुका है। विधुर है। इसका अपना एक ही लड़का था जो इंडोनेसिया में बिजनेस करता था, लेकिन वहीं एक दिन अपने हवाई-जहाज समेत कहीं गायब हो गया जंगलों में। हांगकांग और मनीला में इसके कुछ गोद लिये हुए (या नाजायज) बच्चे हैं, जिनका यह बहुत ख्याल रखता है। शीव चन्द्रा की धरम-करम से बहुत दिलचस्पी है।

इस भूमिका के बाद मिस्टर तलाटी ने भारत में शीव के कारोबार की वर्त्तमान स्थिति का लेखा प्रस्तुत किया था। मैंने निगाह उन आँकड़ों से उठाई, मिस्टर तलाटी के चेहरे पर जमाई और कहा, "मिस्टर तलाटी, आप किस अमरीकी उपन्यास से उतार लाए यह चन्द्राचरित ?"

"आप शीव चन्द्रा का कभी नाम नहीं सुना !", तलाटी भाई बोले, "कइसा काठमांडू भाग गया, कइसा उदर से ही लन्दन निकल गया ? दर रोज अखबार में नाम छपा उसका। ये सारा इन्फार्मेशन तो मैं न्यूजपेपर्स का फाइल में से लिया है।"

शीव चन्द्रा—यह नाम सुना हुआ जरूर था किसी राजनीतिक स्कैंडल के सिलसिले में, लेकिन जोशीजी की इंटेलेक्चुअलता मुझे देसी स्कैंडल तक ध्यान से नहीं पढ़ने देती साहब !

मैंने कहा, "चाहिए है कोई शीव चन्द्रा। लेकिन उसका इरा बाई से क्या लेना-देना है ?"

"आप पूरा फाइनेंस स्टडी करे तो समझेगा !", बोले ऑडिटर तलाटी, "चन्द्रा संन्यास लिया का बाद जब से बिजनेस में लौटा है, उसका डीलिंग है महामाया एंटरप्राइजेज से। महामाया वाला डील करता कालिका कॉरपोरेट से। कालिका कॉरपोरेट डील करता तारा झावेरी से। इदर तक समझा आप ? अब ये देखो बालकेश्वर वाला जो हरसुख भाई खीमजी, पेटिकोट में घुस्या जेंटलमैन, उसका एक कन्सर्न—हिमालया कैमिकल्स। यह कन्सर्न बहुत फेवरेबल टर्म्स पर अपना सोल सेलिंग एजेंसी दिया है सिद्धदात्री सर्विसेज को, यह सिद्धदात्री डील करता है, त्रिपुरा ट्रेडर्स से, और त्रिपुरा ट्रेडर्स डील करता है तारा झावेरी से। इदर तक समझा आप ?"

"मैं आगे तक समझ गया मिस्टर तलाटी कि त्रिपुरा असंख्या हैं।" मैंने उन्हें उखाड़ना चाहा, "मगर इससे हुआ क्या ?"

बुजुर्गवार बोले, "बरोब्बर ! असंख्या त्रिपुरादेवी, असंख्याता च कालिका। मिस्टर जोशी यह सावधानी से समझने का वातो ! शीव चन्द्रा, महामाया का थ्रू जो भी डीलिंग

करता है उसका मीन्स एक बहुत इम्पोर्टेंट लिंक तारा झावेरी। दूसरा पाइंट यह समझने का कि जब से शीव चन्द्रा, महामाया की डीलिंग्स में आया है तब से शीव चन्द्रा का पइसा खिंचकर तारा झावेरी का पास गया, तारा झावेरी का शीव चन्द्रा के। कइसा एकमेक होया ये बे लोगो उसका पैटर्न तमे जोओ नी !"

"पैटर्न ही देख रहा हूँ बड़ी देर से !", मैंने कहा, "लेकिन आपने उस दिन कहा कि तारा झावेरी एक बहुत ऊँचे घराने की लड़की है। आपने यह भी कहा कि वह सिद्ध है। अब आप इस रिपोर्ट से नया क्या कहना चाहते हैं ?"

"आप पैटर्न जोया नहीं मिस्टर जोशी !", मिस्टर तलाटी बोले, "आप एकाउंट समझता होता तो देखता। आप जानता मैं कभी हँसता नहीं। लेकिन जब मैं समझा इस एकाउंट का पैटर्न तभी मैं हँसा मिस्टर जोशी। विश्वास जीत ले एइसा झूठ का पैटर्न। अभी फर्ज करो आप मेरे को कुछ बताओ बहुत सच-सच लेकिन यही नहीं बताओ कि यह आपका सच नहीं। या अभी फर्ज करो आप अपना ही सच बताओ बरोब्बर, लेकिन बताता-बताता ही उसमें झूठ मिला जाओ तो ? वइसा ही इस एकाउंट का झूठ मिस्टर जोशी।"

बहुत कम बोलनेवाले तलाटी भाई की इस बकबक से बोर होकर मैंने कहा, "तारा झावेरी के बारे में क्या अब आप अपना बयान बदलना चाहते हैं ?"

"मैं आपसे बरोब्बर कहा कि तारा झावेरी एक बहुत ऊँचा फैमिली का बाई। वह जो भी डिटेल दिया अपना फैमिली का मेरे को, ठीक दिया। अपना रिपोर्ट तैयार करता हुआ मैं अपना गाम में एक आदमी को लिखा कि इस तारा झावेरी का गाम में जाकर तपास करो। तो मेरा पास पिछला दिवस उसका कागज आया मिस्टर जोसी कि शान्तिभाई झावेरी का ग्रेंडडॉटर अने तारकभाई झावेरी का डॉटर एक तारा जरूर होता पन वह तारा झावेरी..."

"वह तारा झावेरी ?", मैंने इस नाटकबाज की लाज रखने के लिए पूछा।

"वह तारा झावेरी", बुजुर्गवार फिर पॉज मार गए, "मर गया जभी तेरह साल का होता वह। लेकिन फिर भी बाई हमसे बहुत मीन्स सही झूठ बोला मिस्टर जोशी। तेरह साल तक का एक-एक वातो सच्ची। कइसा उसका माँ को छिन्नमस्ता स्वप्न-दर्शन दिया, जनम से पैला, पीछे कइसा इसका फेमिली में स्ट्रेंज हैप्पनिंग्स होया। और कइसा उसका बापू उसको पायल पहनाता हुआ, चरण पर शीश राखी ने मर गया। गाम से मेरा रिश्तेदार कन्फर्म किया है इन वातो को।"

"तो क्या हुआ मिस्टर तलाटी ?", मैंने कहा, "कोई भी किसी और के जीवन की जानकारी पा सकता है और चाहे तो उसे अपनी आपबीती में शामिल कर सकता है।"

"एटलुज नहीं !", मिस्टर तलाटी बोले, "जभी मैं अपना यह जाँच कर रहा था मेरा मुलाखात होया कस्टम का एक रिटायर्ड आफिशियल से जो बताया तारा झावेरी स्मगलर है। उदर उसका नाम है, मोटा बाई मीन्स बिग लेडी। इस कस्टम ऑफिसर को भी तारा झावेरी अपना एक कहानी सुनाया था। कइसा इनका प्रेम होया एक फकीर-सरीखा आदमी से, कइसा पागल होया, कइसा उसका साथ भागा, कइसा इनको

गर्भ ठहरा, कइसा बच्चा इनका पैदा होते ही मर गया। बाई इस ऑफिसर को सारा डीटेल बताया, ईच एंड एवरीथिंग, नाम-धाम-गाम, अपना और अपने प्रेमी का। ये ऑफिसर को, जो बाई से मींस थोड़ा भावुक सम्बन्ध बना लिया था, बाई का वातो में खानगी हुआ नहीं। वह इन्वेस्टीगेट किया मिस्टर जोशी और..."

मिस्टर तलाटी के इस मानीखेज पॉज को परे फेंकते हुए मैंने कहा, "और उसे पता चला कि ये बातें सब सही हैं। बस इतना ही है कि यह तारा झावेरी भी मर गई थी। कब मिस्टर तलाटी ?"

"बरोब्बर। मिस्टर जोशी, यह तारा झावेरी मरा, बच्चा पैदा होया का एक साल बाद, जभी बाई उन्नीस बरस का होता।"

"और अगर आप मुझे कुछ और तारा झावेरियों की कहानियाँ सुनाने का इरादा रखते हों जो इसी तरह वक्तन-फ-वक्तन मरती रहीं, तो उसे छोड़ दीजिए। आप यह बताइए कि आप कहना क्या चाहते हैं ?", मैंने थोड़े तीखेपन से कहा। जोशीजी की सलाह तो यह थी कि इस गल्प-सम्राट के जड़ दो, दो-चार।

"आपको अभी कइसा समझावे मिस्टर जोशी ?", तलाटी भाई ने अब आँखें मूँद ली थीं, "आप एकाउंट समझता होता तो मैं बताता। आप तो बस कहानी-किस्सा ही समझता है ! तो अभी यह समझने का कि उस बाई को क्या गरज कि अलग-अलग तारा झावेरी का सच्चा कहानियो मालूम करे, एइसा तारा झावेरी का जो मर चुका है, और उनसे भी अपना कोई सत्य-कथा नहीं बनावे। जइसा अभी देखो मेरे को एक तारा झावेरी का सच्चाई सरू में रखकर बाकी सब झूठ सुनाई। वह तारा झावेरी, जिसका बापू पायल पहिनाता मरा, वह तो किसी फकीर-सरीखा का आदमी का साथ भागा नहीं। फिर क्यों सुनाया बाई मुझको फकीर-सरीखा आदमीवाला वातो ? आप नोट करो मिस्टर जोसी कि बाई उस ऑफिसर को फकीर-सरीखा आदमी से प्रेम करनेवाला जिस लड़की का कहानी सुनाया वह तो छिन्नमस्ता का दियेला था नहीं, उसका तो बापू पायल पहिनाता मरा था नहीं। फिर ऑफिसर को क्यों बताया ये वातो ? मैं आपसे पूछता मिस्टर जोसी कि ये बाई उस ऑफिसर को सरू से उसी तारा झावेरी का पूरा साचे वातो क्यों नहीं बताता ? जो इतना जाननेवाला बाई, वह क्या नहीं जानता था कि ये जो तारा झावेरी फकीर-सरीखा आदमी का साथ भागा, जिसका मीन्स बहुत स्कैंडल होया, जिसे पोलिस, गोधरा स्टेशन पर पकड़ा उस सो-कॉल्ड साधू बाबा का साथ, जो दरिया में कूदी ने अपना जान दे दिया, वह तारा झावेरी, निरंजन भाई का ग्रेंड डॉटर अने तिरकम भाई का डॉटर होता। वह अपने माता-पिता का चौथा सन्तति। उसका माता-पिता आज भी जिन्दा ! तपास करने पर सब पता चल गया उस ऑफिसर को !"

गल्प-सम्राट ने अब अपनी आँखें खोल दी थीं। वे थोड़ी गीली-वीली भी थीं। अब गल्प-सम्राट, लेखा-सम्राट बनकर मुझे यह समझाने लगे कि तारा झावेरी के एकाउंट्स में भी सच-झूठ का ऐसा ही 'फैंटास्टिक पैटर्न' है। जो बहुत मीन्स डीप जाएगा वह पकड़ लेगा लेकिन पकड़ने में पगला जाएगा कि ऐसा विचित्र झूठ क्यों ? जो साधारण रीत से देखेगा उसे यह सच ही मालूम होगा।

मुझे इस लेखे से कोई दिलचस्पी नहीं थी। मैंने कहा, "मिस्टर तलाटी, आप तो अपनी बातों से मेरा सवाल टालते चले जा रहे हैं। मैं आपसे नहीं कह रहा हूँ कि साहब पुनः कथंभूतम्, फिर से बताइए कि कैसा ? मेरा तो सीधा सवाल है–आप कहना क्या चाहते हैं ?"

मिस्टर तलाटी पुनः नयन-मूदम् भये ! बोले, "आपनो यह पाइंट बरोब्बर मिस्टर जोशी। मैं खुद नहीं जानता कि मैं क्या बोलना चाहता हूँ ? अभी परसूँ मैं जभी ध्यान में बैठा, ये बाई मेरे को दिखा मीन्स उसी वेस में जिसमें उस दिन हम लोक से छिन्नमस्ता नी वार्त्ता किया था वह।"

मैंने जोशीजी से कहा गनीमत है, उस 'तन्त्र का पेटिकोट' वाले भेस में नहीं देखा इस मक्कार ने !

मिस्टर तलाटी कह रहे थे, "खुला होया बाल, बड़ा सरीखा बिन्दी, रुद्राक्ष माला गले में, अने..."

"मैं सब समझ गया !", मैंने कहा, "दिखी तो क्या हुआ ?"

"दिखा और बोला।", पॉज-मास्टर उवाच, "तलाटी भाई तमे बहुत डीप मां गया म्हारा एकाउंट मां परन्तु थोड़ा भ्रम मा पड़ि गया। हवै तमे मिस्टर जोशी ने कहो कि हाथ मां पिस्तौल न लइ सके तो आचमनी लवी ने, तमारा सम्मोहन एटले भ्रम दूर करीदे। मिस्टर जोशी ने पूछो एनो मीनिंग सूँ ? एने वधा मीनिंग आवेछे।"

इस संवाद से मेरी यह धारणा पक्की हो गई कि भाई बुढ़ापे में उस पहुँची हुई चीज के चक्कर में फँस गया है। उसने इसे गढ़ कर दिया है यह आख्यान कि बालक मनोहर की बची-खुची ऐसी-तैसी फेर आ।

बहरहाल आख्यान गतांक से आगे जारी था, "आपसे पूछते कुछ संकोच होया मुझे। फिर आज जब मैं ध्यान में बैठा..."

"आप ध्यान में बैठे तब ?"–इसकी पॉजमास्टर की !

"तब वह बाई फिर दिखा और बोला मेरे को..."

"और बोली ?"

"बोला–तमे पोतेज आचमनी लई ने विचारो तलाटी भाई।", बोले गल्पशिरोमणि, "और मेरा ध्यान में आया ब्रह्मस्तुति का वे पंक्तियो–एम के–यच्च किंचित्क्वचिद्वस्तु सदसद्वाखिलात्मिके, तस्य सर्वस्य या शक्तिः सा त्वं किं स्तूयसे तदा–मीन्स तुमही सबका आत्मा हो, सच्चा-झूठा, जो है, जो नहीं है, उस सबकी शक्ति भी तुम ही हो, तुम्हारा स्तुति अभी कइसा करे ? मिस्टर जोशी, इदर स्तुति का जगह एकाउंट का ऑडिटिंग सबस्टीट्यूट करो और सारा वातो क्लीयर हो जाएगा।"

मिस्टर तलाटी अब बहुत प्रेम से अश्रु-प्रवाह कर रहे थे। जोशीजी यह सोच रहे थे कि क्या मिस्टर तलाटी के लिए यह किस्सा गढ़ते हुए उस पहुँचेली ने बोर्जेस से परामर्श किया ? मनोहर स्वयं अपनी अँगुली मजबूती से भैं-भैं-पम्प के बटन पर रखे हुए था। मैं लड़ा इस नादान से और फिर जोशी-सम्मत विधि से गोया के पीते हुए अपने आँसुओं को मैंने कहा, "मिस्टर तलाटी, आपने मुझसे कहा था कि कुछ काम बगैर चूतड़ों

पर राख मले नहीं किए जाते। मैं आपका ध्यान इस ओर खींचना चाहता हूँ कि राख आपने भी मली नहीं है।"

जोशी-सम्मत विधि से मुँह फेरने, होंठ काटने और आँसू पीने के पश्चात् बोले तलाटी भाई, "बरोब्बर। अभी जब तक मैं अपने त्रण अनाथ पोता को सेटल नहीं करा देता लाइफ में तब तक एइसा सब बोलने-सोचने का मौका नहीं मुझे। अगर, अगर मेरा दूसरा छोकरा अपना बड़ा भाई का फैमिली का इतना उपेक्षा न करता होता तो..."

"तो मिस्टर तलाटी ?"

"तो मैं आज ही मीन्स संन्यास ले लेता।", बोले बेस्ट सपोर्टिंग रोल में तलाटी भाई, "लेकिन दो-चार साल पीछे सही, जइसा ही उन पोता का नौकरी शादी-ब्याह हो जावे। पन आप बरोब्बर कहा मिस्टर जोसी, हवै नहीं।"

फिर मिस्टर तलाटी ने ऑडिट रिपोर्ट मुझसे ली। उसे बहुत ही सावधानी से फाड़कर टुकड़े-टुकड़े कर दिया। धूपम्, दीपम्, प्रज्वाल्यम् ऐसा जो करती थी वह अपनी मचिसिया उठाई और बालकनी में जाकर इन टुकड़ों को जला दिया।

"थैंक्यू मिस्टर जोशी !", लौटकर उन्होंने कहा, "आप म्हने साँचवी राखो।"

अब अगर कोई विचारणीय प्रश्न शेष था तो मात्र यही कि इन मिस्टर जोशी और इनके कलन्दर मनोहर को कौन साँचवी राखेगा, कौन सम्हालेगा ?

इस गुरुतम दायित्वबोध ने गुरु अपनी तो, समझे ना।

कठौती की गंगा बहाते चलो !

'अपनी आचमनी साथ लेकर आना।' यह निर्देश दिया था पहुँचेली ने मनोहर को। लेकिन बम्बई में राख की तरह आचमनी भी मुश्किल से ही मिलती है—रात के नौ बजे। मिस्टर तलाटी चार दिन बुखार में पड़े रहे थे और अब मुझसे उनका सम्भाषण बहुत ही सीमित हो चला था। आचमनी उनसे माँगने पर फिर वही महामाया एंटरप्राइज का अकाउंट खुल जाता। उनकी उपस्थिति में मिस्टर तिरखा से भी नहीं माँगी जा सकती थी। बहन के घर गया, वह पूजाघर से चाँदी की आचमनी देने में हिचकीं और खासकर 'किसी नाटक के रिहर्सल' के लिए। यही बहाना प्रस्तुत किया था जोशीजी ने। बहन इधर-उधर ओनो-कोनो में बगैर किसी उत्साह के तलाश करती हुई बराबर यह कहती जा रही थी कि एक ताँबेवाली भी थी कहीं, पता नहीं बच्चों ने कहाँ डाल दी ? जीजा बराबर ठेठ कुमाऊँनी में पूछ रहे थे कि यह 'साल' किस नाटक का रिहर्सल हो रहा है 'माचु' जिसमें आचमनी चाहिए पड़ रही ? भांजा बराबर यह जानना चाह रहा था, वैसी ही कुमाऊँनी में, गो तकिया-कलाम गालियों के इस्तेमाल से बाज आते हुए, कि यह माम हमर 'रामलिल' में वशिष्ठ कब से बनने लगा ?

मामाजी की कुमाऊँनी और कथाधर्मिता दोनों इस प्रकार से गड़बड़ा रही थीं कि तभी बहन ने एक टूटी-सी कॉफी-स्पून थमा दी कि रिहर्सल में तो इस चम्मची से भी चल जाएगा काम। उसे ही जेब में डालकर मैं चल पड़ा। मैं हरगिज-हरगिज इस तथाकथित फाइनल स्क्रीन-टेस्ट के लिए नहीं जाता। लेकिन लौंडों की जिद। मनोहर का कहना था कि इस टेस्ट की माँग स्वयं की है लिहाजा जरूर जाऊँगा। जोशीजी की 'स्वीट डिकेडेंस' वाली फिल्म का यह तकाजा था कि कम-से-कम एक और सेट कम्प्लीट करें। मैंने उनसे कहा कि जिस चक्कर में अकाउंटेंट तलाटी तक ने खाट पकड़ ली, जिस चक्कर से तुम खुद 'डिप्रेशन' के शिकार हो गए हो, उसमें उलझते जाने से क्या फायदा ? जोशीजी ने सूचना दी कि उन्हें अवसाद का यह रोग किसी के खूबसूरत झूठ के कारण नहीं लगा है, उसकी जड़ में मेरा घटियापन है ! बढ़ियापन इनका, घटियापन मेरा !

तो निर्देशानुसार लोकल पकड़ी और 'नायगाँव' नामक एक छोटे-से स्टेशन पर उतरा। पहुँचेली प्लेटफार्म पर मिली। स्मरदशाक्रान्ता, समझे ना। वह गम्भीर अन्तःस्मितवाला चक्कर तक नहीं। नमस्ते-वमस्ते भी नहीं। चुपचाप वह चल पड़ी और साथ-साथ मैं भी। अमराइयों के पास से गुजरते एक कच्चे रास्ते पर। अँधेरी थी वह

रात और हमारे जोशीजी यह कहने के मूड में थे कि साहब 'उठा लो घूँघट सवेरा हो जाए।' उन्होंने यह कहा नहीं तो महज इसीलिए कि इस फिल्मी 'आइडिया' का कोई विलायती संस्करण उन्हें तुरन्त सूझा नहीं।

तो अमराइयों के पास के उस कच्चे रास्ते पर हम बढ़ते गए चुपचाप। मैंने एक कोशिश की, चुप्पी तुड़वाने की, "क्या बात है डाइरेक्टर साहिबा, मौत-वौत का सीन शूट करना है क्या आपको ?"

उसने कहा, "कोई मर रहा है मनोहर। वह भगोड़ा है। उसकी जिद है कि कुछ पूजा-पाठ कराके मरेगा। मैं किसी और को बुला नहीं सकती थी।"

गोया आज के स्क्रीनटेस्ट के लिए यह सीन तजवीज किया गया था। जोशीजी को आपत्ति हुई कि 'स्वीट डिकेडेंस' में यह ग्राहम ग्रीनवाला लटका चलेगा कैसे ? मनोहर के लिए तो खैर यह पटकथा थी ही नहीं। उसे यही चिन्ता हो रही थी कि पूजा-सामग्री उस भगोड़े के पास होगी कि नहीं ? उसे यह भी दुःख हो रहा था कि वह साधारण-सी पूजा ही जानता है और उसके भी सभी मन्त्र उसे कंठस्थ नहीं हैं। मैंने उससे कहा कि हम कोई जजमानी करनेवाले ब्राह्मण थोड़े ही हैं, जो वह सब याद करते फिरते ? उसने कहा कि राजाओं की तो बहुत खुशी से जजमानी करते थे हमारे पूर्वज। मैंने कहा कि हाँ, वहाँ गोरखा-सम्राट ही तो बैठे हैं ! और बैठे हैं तो फिर चिन्ता क्या, सभी सामग्री होगी, हर पुस्तक मिलेगी।

वह एक टूटा-फूटा-सा मकान था। आसपास कोई आबादी नहीं थी। थोड़ी दूर पर अलबत्ता कुछ बैरेक-से थे, खपरैल की छतोंवाले।

मकान के अहाते का फाटक खोला पहुँचेली ने, एक ऊँघता अलसेशियन उठा राह देने के लिए। एक और खूँखार कुत्ता जंग खाए हुए हैंड-पम्प का अभिषेक कर रहा था। एक उजड़ा-सा लॉन, हजारी के कुछ पौधे और चार कदली-गाछ ही थे वहाँ उद्यान के नाम पर। पहुँचेली ने ताला खोला। मैं और वह अन्दर घुसे। अब उसने दरवाजा बन्द कर दिया। भीतर एक गोदाम-सा था। वह हाथ पकड़कर मुझे ले जा रही थी बोरों-बक्सों के बीच से। इस गोदाम के पीछे एक और ताला-बन्द दरवाजा था, जिसे अब उसने इधर से ताला निकालकर खोला और उधर से ताला लगाकर बन्द कर दिया।

अब उसने स्विच दबाकर हल्की-सी रोशनी जलाई। गोदाम-नुमा बड़े-से एक कमरे में दीवारों के साथ-साथ बोरे-बक्से लगे हुए थे, रोशनदान की ऊँचाई तक और बीच की जगह में थी एक खाट, एक कुर्सी, दवाओं से लदी एक तिपाई। एक सूटकेस था, एक ब्रीफकेस। जिससे भी यह पहुँचेली अपने सेट तैयार करवाती रही हो, योग्य किस्म का कलाकार रहा होगा !

और रोशनी जलने के बाद खटिया पर लेटा जो व्यक्ति, पहुँचेली की सहायता से तकियों के सहारे अधलेटा-अधबैठा हुआ, वह भी निश्चय ही योग्य किस्म का कलाकार रहा होगा। लकवे का इतना दारुण रूप से प्रभावप्रद रोगी मैंने पहले कभी नहीं देखा था।

जैसाकि जोशीजी अक्सर कहते हैं, मुझमें 'कल्पना शक्ति' का अभाव है तो साहब,

मुझे कल्पना-शून्य के लिए यह शख्स कोई रोगी-वोगी नहीं, भाड़े का कोई अभिनेता था—माना बहुत उम्दा अभिनेता। एक हाथ लाचार। दूसरा ससुरा पहले में हलचल की कमी पूरी करने के लिए काँपता हुआ-सा। होंठ एक ओर खिंचे-से। और बोली 'यं-रं-लं-वं' वाली।

जोशीजी के लिए वह शीव चन्द्रा हो सकता था, जो प्राप्त सूचनाओं के आधार पर इधर अज्ञातवास कर रहा था, गोया कॉमरेडों की जबान में 'अंडर-ग्राउंड' था। जोशीजी के लिए यह सम्भावना भी विचारणीय थी कि कहीं यह वह आदमी तो नहीं, जो क्या नहीं हो सकता था, मगर कुछ भी नहीं हुआ; जिसने पहुँचेली को उसके सवालों के जवाब देते-देते बच्ची से पागल बनाया; जो उसे माँ बनने के लिए अमराइयों के साथ-साथ बढ़ते हुए कच्चे रास्ते से एक टूटे-फूटे मकान में ले गया जिसका नाम 'विश्रान्ति' या ऐसा कुछ भी नहीं था। और वह माँ बनी थी लेकिन उसका बच्चा, होते ही मर गया था। और जब वह सुबह पहले बच्चे की लाश को दो हाथों में लेकर जाता दीख रहा था खिड़की से, तब कोई कव्वा बोला था रे, विडम्बनापूर्ण कव्वा !

या फिर यह वह 'इंटेलेक्चुअल जायंट' था, जिसने दादा के अनुसार, 'एर माने की ?' पूछनेवाली किसी लड़की के लिए वामपन्थ और वाममार्ग का द्वैत मिटा ही दिया था। जो हाथ में रेवोल्यूशन की बन्दूक लेकर भी ऋषियों की भाषा भूल नहीं आया था।

या शायद, यह कोई और ही था और अगर जोशीजी इस 'और' को पहचान सके तो 'स्वीट डिकेडेंस' की फिल्म अगम्यागमन को भी समेट ले जाएगी।

मनोहर के लिए वह केवल एक मरता हुआ आदमी था, जो मरने से पहले कुछ पूजा-पाठ कराना चाहता था। एक मरता हुआ आदमी जिसका एक हाथ हिलता ही जा रहा था रे। जिसके एक ओर को गए-से होंठ, घड़ी-घड़ी फड़क रहे थे रे। जिसके इन फड़कते होंठों की सीध में गाल की एक मांस-पेशी तड़प-तड़प जा रही थी रे। और जो 'यं-रं-लं-वं' ऐसा कुछ बोल रहा था रे, जिसे मनोहर समझना चाहता था मगर समझ नहीं पा रहा था रे।

क्या करना है मनोहर को ? गरुड़-पुराण पढ़ना है ? वह सब जानता नहीं रे। वह सब हो भी नहीं पाता रे। मनोहर श्राद्ध का खाना तक नहीं खा पाता रे। दो चम्मच गंगाजल पिलाना है ? तुलसी-दल रखना है ? और जब खत्म हो जाए घरघराहट तब सोने का एक टुकड़ा रखकर हमेशा के लिए बन्द कर देना है मुँह ? वह सब बच्चों का काम नहीं है रे। ताऊजी करेंगे। नवग्रह दान करवाना है ? राहु-केतु-शनि-मंगल वाली दान सामग्री अलग रखवाकर शेष ग्रहण कर लेनी है ? नहीं-नहीं, वह सब नहीं देखा-किया जाता रे !

सिलसिला बहुत ही, आप समझ रहे हैं ना, रूप से मर्मान्तक वगैरह हुआ जा रहा था, बालक के लिए। तभी पहुँचेली ने ब्रीफकेस खोला। उसमें से पेंसिल-पैड निकालकर दिया 'यं-रं-लं-वं' को। खुलने और बन्द होने के बीच एक झलक दिखा गया ब्रीफकेस कुछ कानूनी-से कागजात की, एक पासपोर्ट की, बड़े नोटों की बड़ी-सी गड्डी की। हर बात का ध्यान रखने के लिए प्रॉपर्टीजवालों की जितनी तारीफ की जाती, कम पड़ती।

'यं-रं-लं-वं...' ने लिखकर पूछा, लकवा-मारी लिखावट में, 'कौन पूजा ?' मनोहर ने पैड माँगा कि लिखकर उत्तर दे—'सप्तशती, पूर्वांग भी लेकिन ठीक से नहीं।'

पहुँचेली ने कहा, "बता दो।" और घोंचूप्रसाद को तब खयाल आया कि 'यं-रं-लं-वं' सुनता तो होगा। बोलकर उसे सूचना दी तब उसने लिखा, 'श्रद्धा'। गोया जैसी श्रद्धा हो। अपनी तो यही थी कि 'आदौ राम तपोवनादिगमनं' सुनाकर चल दें। लेकिन मनोहर कुछ और ही मूड में था। उसने 'सामग्री' का सवाल उठाया। 'यं-रं-लं-वं' ने लिख दिया, 'अर्थे'।

बहुत ऊँचा चक्कर है साहब यह 'अर्थे'। इसकी जगह वह। सबस्टिट्यूट समझे ना। कि साहब 'भूषणार्थे द्रव्यं समर्पयामि'—गहनों की जगह नकदी दे रहा हूँ—चवन्नी ! सींग मार-मारकर जलवा दिखा देनेवाले साँड के नाम पर आटे का पुतला दे रहा हूँ। बोले, 'यज्ञोपवीतम् !' और जनेऊ न हुई तो घास का एक तिनका रखकर चालू हुए कि परमं पवित्रं ब्रह्मसूत्र यही है ! बोले, 'वस्त्रयुग्मं दद्यात्' और पता चला जजमान, गणेश के लिए अलग से वस्त्र लाए ही नहीं हैं, या कि श्रीमती जजमान कहीं रखकर भूल गई हैं तो बोले, 'फूल रख दीजिए लाल' और मन्त्र पढ़ने लगे कि लम्बोदर हरप्रिय ! भक्त दे रहा एक जोड़ा कपड़ा सो ग्रहण करें।

इस 'अर्थे' के अन्तर्गत मनोहर ने मन को फुल-स्पीड पर चंगा किया साहब। कमरे में जो एक गिलास था, उसे कलश बनाने की सोची उसने। एक जो प्याला था, वह पंचपात्र बनने का उम्मीदवार बना। आचमनी के नाम पर चमची तो थी ही जेब में।

"मुझे नहाना होगा !", उसने कहा, "कोई धुली धोती मिलेगी ?"

पहुँचेली ने सूटकेस में से एक तौलिया निकालकर दिया—यही है धोती।

नहाने के लिए वह उसे बाहर ले गई। उसने चलाया हैंड-पम्प। नहाया मनोहर कच्छा पहनकर। अंग-प्रोक्षण किया नहीं। तौलिए की शुचिता का चक्कर था। गीला कच्छा पहने-पहने ही माँजा कलश, पंचपात्र। माँजी आचमनी। 'गंगे च यमुनेचैव गोदावरी सरस्वती नर्मदेसिन्दु कावेरी' भर लिया हैंडपम्प से। फूल-पत्तियाँ चुनी हजारी की। दूब के तिनके चुने। फिर पहना तौलिया। कच्छा निचोड़ा, सूखने डाल दिया।

अधम था यह अधोवस्त्र। नितान्त अपर्याप्त। मैंने कहा कि प्यारे पहन ले कच्छा, गीला ही सही। धुला हुआ माना जाएगा वह। उसने पारिवारिक रोग बवासीर का जिक्र किया और बताया कि कच्छा धुला हुआ मानने की नहीं हो सकेगी। नहीं हुई।

वह तौलिया ! आपको याद होगा एक मर्तबा किसी कम्पनी ने विज्ञापन छपवाया था कि हमारे एक तौलिए में दो व्यक्ति मजे से आ जाते हैं ! इस पर यार लोगों को नैतिक आपत्ति हुई थी। 'मजे से' का मतलब 'मजे में' समझे होंगे। लेकिन इस तरह के तौलियों पर नैतिक आपत्ति क्यों नहीं उठाई जाती जिसमें एक व्यक्ति भी नहीं आ पाता !

इस तौलिए का सहारा लेकर मैंने मनोहर की श्रद्धा का उड़ाया मजाक, लेकिन वह नहीं उखड़ा। तब भी नहीं जब कि दरवाजा-दर-दरवाजा उस साउंड-स्टेज पर गिलास-प्याले समेत जाते हुए दो बार दगा दे गया तौलिया। भीतर जाकर कहा उसने,

"अक्षत के बगैर काम नहीं चलेगा। कहीं मिल सकेंगे ?"

जरूर मिलेंगे। प्रॉपर्टीजवाले भूल कैसे सकते थे। अक्षत (खुशखबरी !) 'यं-रं-लं-वं' के सिरहाने रखे थे एक पुड़िया में। अब मनोहर ने फिक्र की गणेश की, ब्रह्मा की। कोई तो देवता होना चाहिए पूजने के लिए। और ब्रह्मा, यह साहब, कुशों से बनी छत्र और सलीबनुमा चीज होती है जिसे पूर्णपात्र उर्फ भरे हुए कलश के ऊपर रखा जाता है और जिससे बाद में छींटे-वींटे दिए जाते हैं, अभिषेक के लिए। ये 'ब्रह्मा', साहब, गोया प्रतीक होते हैं, चार वेदों के ज्ञाता ब्रह्माजी के। दक्षिण पार्श्व में कलश पर विराजमान, गोया सुपरवाइजरी कैपेसिटी में, कि कहीं कोई गलती-वलती न हो जाए पूजा में !.

जब इस सोच-विचार में उसे कुछ समय लगा तब 'यं-रं-लं-वं' ने यह समझा शायद कि यह नखरा है—राजाओं, मामाओं और ससुरों की ही पुरोहिताई कर सकनेवाले कैरटवालों का ! कि साहब बाप का नौकर समझ रखा है कि कह दिया चल, पूजा कर फटाफट ! ऐसा समझकर उस 'यं-रं-लं-वं' ने पैड पर एक विज्ञप्ति लिखकर दिखाई 'आचार्य्यो'। मात्र इसी से माना जा सकता था कि वह, मनोहर का 'वरण' कर चुका है। दे बैठा है सलेक्शन ग्रेड ! गन्ध, अक्षत, पुष्प, पुंगीफल, द्रव्य, वस्तु, अलंकार चढ़ाकर, हाथ जोड़कर, यह कह चुका है कि गुरु आप ओरिजनल गुरु यानी वृहस्पति की टक्कर के हो। अपना काम फँसा पड़ा है, यज्ञ का, इसे करवाओ। आचार्य बनो आप मेरे—'त्वं मे आचार्य्यो भव।'

'अहम् भवामि'—'मैं बनूँगा'—ऐसा उचार चुके आचार्य मनहर ने अब ब्रह्मा और गणेश का सवाल उठाया। 'यं-रं-लं-वं' ने काँपती गदोली उठाई ब्रीफकेस की ओर। पहुँचेली ने उसे खोलकर सामने रखा। काँपती गदोली अब उठी ब्रीफकेस में रखी पेंसिलों की ओर, नोट की गड्डियाँ बाँधनेवाले रबर-बैंडों की ओर। और इन गड्डियों से दबी हुई नगीने-जड़ी एक खूबसूरत पिस्तौल की ओर, जो एंटीक थी, जिसका कोई ग्राहक मिल नहीं पा रहा था। ध्यान दें कितना ध्यान रखा था प्रॉपर्टीजवालों ने ध्यान रखने लायक हर बात का।

पहुँचेली ने पिस्तौल की एक गोली दी—यह गणेश। दो पेंसिलों को कुछ मुड़े हुए-से सलीब का रूप दिया उसने, रबर-बैंडों की मदद से—यह ब्रह्मा, चार वेदों के ज्ञाता के प्रतीक का प्रतीक !

अब एक खाली बोरे के आसन पर बैठे महर्षि मनहर ! मैंने पूछा, बालक से, "अबे पूर्वांग किस खुशी में कर रिया है ? यह तो ब्याह-शादी जैसे शुभ अवसरों पर हुआ करे है। और जो कहीं तेरा हवन करने का मूड हो तो यह देख ले कि वह तो यहाँ किसी 'अर्थे' से हो नहीं सकता।" जवाब में बोला मेरा यार, "हवन नहीं, मैं केवल पूजा कर रहा हूँ और शुभ ही होता है हर अवसर पूजन का।"

कर भाई, हो जा शुरू। हुआ शुरू। अथ स्वस्तिवाचन। 'ॐ स्वस्तिनो मिसीतामश्विनाभगः स्वस्ति', झटके दे-देकर, 'विश्वदेवा नो अद्या स्वस्त्वे' झटके दे-देकर। यद्यपि झटकों से खिसकता जा रहा था तौलिया। 'स्वस्तिनऽ इन्द्रो व्यृद्धश्रवाः' झटके दे-देकर, 'भद्द्रं कर्णेभिः श्रृणुयाम; झटके दे-देकर, 'देवहितं य्यदायुः'। हजारों साल पहले

कहे-सुने गए पहले-पहल, हजारों-हजार साल से कहे-सुने जाते रहे शब्दों का यह समूह। उतने ही सधन, समझ में आने और न आनेवाले अर्थों से उतने ही आलोड़ित जितने कि किसी भी श्रेष्ठ कविता के शब्द। कहा, बालक मनोहर ने। सुना हमने। वृद्धश्रवाः, जिसने बहुत सुना है, सुन-सुनकर ज्ञाता हो गया है वह इन्द्र, हमारे लिए स्वस्ति अर्थात सुख की रक्षा करे। और जने क्या-क्या साहब ! विश्वभर में, सकल मनुष्य मात्र में जो बसती है वह अग्नि हमारी स्वस्ति की रक्षा करे ! और साहब, हे देवताओ ! हम भद्र को कानों से सुनें, आँखों से देखें, स्थिर अंगों से स्तुति करें उसकी, और देवहित प्राप्त यह आयु भली-प्रकार भोगें शरीरों से।

बहुत अच्छे !

दीपं प्रज्वाल्य, आचम्य, पुष्पं गृहीत्वा, गोया दीप जलाकर, आचमन करके और फूल लेकर हाथ में, अथ गणेशपूजा। दीप जला ही हुआ है, बिजली का। आचमनी है ही। फूल लीजिए हाथ में और कहिए ऊं सुमुखश्चैक दन्तश्च कपिलो गज कर्णकः वगैरह। न पुंगीफल, न ताम्बूल, न धूप, न दीप, न वस्त्र, न रक्षा, न यज्ञोपवीत, न कर्पूर, न फल, न नैवेद्य, न दूध, न दही, न गन्ध, न चन्दन, न तिल, न सरसों, न हल्दी। गोया वह स्थिति कि प्रतीकों के प्रतीक तक नहीं ! मगर किए जा रहे हैं पूजा। तत्र संकल्प। तत्र मन्त्र। मार बोरियत। संकल्प के लिए संवत्सर के नाम से लेकर तिथि तक तो सब पहुँचेली को बतानी पड़ रही है। मनोहर ससुरे को कहाँ याद है यह सब ? यजमान का गोत्र, राशि, नाम, वह सब भी पता नहीं। पहुँचेली भी बता नहीं रही है। बस मान लेना पड़ रहा है कि 'यं-रं-लं-वं' यजमान ने मन-ही-मन अमुक गोत्र उत्पन्नस्य, अमुक राशि, अमुक नाम शर्म्मार्णां, ऐसा जरूरी ब्यौरा देकर अहम् (या सपत्निकोहं ?) कह दिया है, वह सांगफल प्राप्त करने के लिए, जिसका उल्लेख श्रुति, स्मृति और पुराण में हुआ है।

कांडात्कांडात्प्ररोहन्ती वगैरह। क्षणम् ध्यात्वा वगैरह। प्राणायाम वगैरह। बार-बार वह आचमनी जल चढ़ाती हुई उस गोली-गणेश पर। चलिए 'विघ्नवल्ली कुठाराय श्रीगणाधिपते नमः' तक पहुँचे कि गणेशजी सब काम अपना निर्विघ्न कराएँगे।

अब अथ मात्रिपूजा। वसोधारा का चक्कर। मात्रि हैं कहाँ गोबर की बनी हुई ? 'लिख दो', गोया कागज पर बना दो पेंसिल से ही। गौरी आदि सोलह माताओं को नमस्कार। फिर वही सब। स्नानम्। स्नान के बाद आचमनी। वस्त्रं। यज्ञोपवीतं। गन्धम्। अक्षताः। पुष्पाणि। धूपं। दीपं। नैवेद्यं। नैवेद्य के बाद आचमनी। मार बोरियत। और फिर वसोधारा, घी की धारा। घी की जगह पानी। तत्र मन्त्रः। ॐ वसोपवित्रमसि शतधारां वगैरह। आचमनी से धारा दी जा रही है माताओं को।

अथाभ्युदयिक श्राद्धम् उर्फ नान्दीमुख श्राद्ध। याद नहीं है ठीक से। फिर भी करेगा मनोहर जैसे-तैसे। क्योंकि, खुशी के मौके पर देवताओं को ही नहीं, पितरों को भी प्रसन्न करना होता। उन्हें 'इगनोर' करने से कैसे चलेगा निर्विघ्न कार्य ? सीदा नहीं है, धोती-वोती नहीं है दान करने के लिए ? कोई भी सामग्री नहीं है ? फिर भी चलेगा। अगर तीन तिनके हैं दूब के, माना सूखी हुई दूब के। दूर्वाकांडत्रयं, समझे साहब। उन्हें खोंस लेना होगा नीवी में। देने को अगर श्रद्धा ही है, सीदा नहीं, तो उसी से पिता,

पितामह, प्रपितामह, मातामह, प्रमातामह, वृद्ध-प्रमातामह; और मात्रादित्रय, सब सन्तुष्ट हो जाएँगे। श्रद्धा के ही तीन हिस्से कर लो प्यारे जैसे सीदे के चावल के किए जाते हैं !

मैंने कहा मनोहर से कि यार, शॉर्टकट मार। ऐसे तो सारी रात लगवा देगा तू। आजकल तो जजमान खुद कहते हैं पंडतों से कि ब्रेविटि इज द सोल ऑफ वर्शिप। तारीफ ही पंडतों की इस बात के लिए होती है कि फटाफट करा देते हैं काम !

मगर वह विचलित नहीं हुआ। मनोहर उवाच : मरता (है) आदमी। आदमी का बेटा (हूँ) मैं। (अगर इस आदमी की) स्त्री कहे क्या हुआ, उड़ें कपोत धवल प्रतीक, (प्राण-पखेरू के), न होगा (तो भी मुझे) सम्भ्रम (क्योंकि मैं) जानता हूँ (जो) मरता है (वह होता है) मेरा पिता ही।

तो अथ पुण्याहवाचनम्। भो ब्राह्मणा मम गृहे पुण्याहं भवन्तो ब्रवन्तु ! हे ब्राह्मण, कहो कि मेरे घर में पुण्य हो। कहो कि मेरे घर में स्वस्ति हो। कहो कि ऋद्धि हो। कहो कि वृद्धि हो। कल्याण हो, श्री हो, शान्ति हो। कहो। हर मद में तीन-तीन बार यजमान की ओर से अनुरोध, तीन-तीन बार ब्राह्मण द्वारा उसकी पूर्त्ति। ऊँ पुण्याहं, पुण्याहं, पुण्याहं—पुण्य हो, पुण्य हो, पुण्य हो। ऊँ ऋद्धयताम्, ऋद्धयताम्, ऋद्धयताम्। ऋद्धि हो, ऋद्धि हो, ऋद्धि हो। 'यं-रं-लं-वं' जजमान की ओर से अनुरोध और उस अनुरोध पर कार्रवाई दोनों ही मनोहर के जिम्मे। यत्पापमनारोगय्मशुभमकल्याणं तद दूरे प्रतिहतमस्तु। कि साहब, पाप, अनारोग्य, अशुभ, अकल्याण ये सभी हमसे दूर हों ! हुए दूर !

अथ कलशस्थापनम्। अथरक्षाविधानम्। किए चला जा रहा है। मैंने मनोहर को याद दिलाई ब्रह्मकपाली में देखे हुए एक दृश्य की। बद्रीनाथ में है साहब यह ब्रह्मकपाली। कई लोग ऐसा मानते हैं कि वहाँ श्राद्ध कर दो तो फिर कभी करने की जरूरत नहीं। एक वी.आई.पी. इसी मोह में वहाँ पहुँचे अपने पिता का श्राद्ध करने। साथ में उनकी वृद्धा माताजी भी थीं। वी.आई.पी. जजमान के लिए वी.आई.पी. ब्राह्मण खोजा गया। फक्कड़, फटेहाल निकला वह। यों ही वहाँ खासी ठंड होती है, फिर उस दिन तो पानी भी बरस रहा था। माई का लाल फटेहाल बोला कि श्राद्ध-तर्पण तो अलकनन्दा-तीरे ही होगा, टप्पर-वप्पर के नीचे नहीं। वी.आई.पी. खफा हुए, अफसरान ने डाँटा, लेकिन फटेहाल ने टके-सा जवाब दिया, "किसी और से करा लीजिए। जिसमें इतनी भी श्रद्धा न हो, वह श्राद्ध करे ही क्यों ?" वी.आई.पी. की माई ने अपने लाल पर दबाव डाला। छतरी के नीचे भी भीगे-ठिठुरे वी.आई.पी., वहाँ अलकनन्दा-तीरे। वसु, रुद्र, आदित्य स्वरूप, समझे साहब, पिछली पीढ़ी, उससे पिछली पीढ़ी, उसमें भी पिछली पीढ़ी, तीनों के उनके पितर तृप्त हुए और उनमें से भी ज्यादा तृप्त हुए वी.आई.पी.। भर पाए श्रद्धा और श्राद्ध से !

मैंने कहा मनोहर से कि मेरी इस वी.आई.पी. काया को कष्ट न दे ! लेकिन वह कष्ट देता रहा। एक फटेहाल, फक्कड़, बूढ़े ब्राह्मण को याद करते हुए जो बैठा हुआ था अलकनन्दा-तीरे, वर्षा में उचारता हुआ मन्त्र, और जिसके ऊपर कोई चमचा छतरी ताने हुए नहीं था। लातीनी अमेरिका के जंगलों में बगैर कारतूस की एक राइफिल लिये,

जंगल-बूट के फटे सोल में से घुस आए काँटे को निकालते हुए, एक छापामार को याद करते हुए, वह कष्ट देता रहा अपनी काया को। कष्ट देता रहा एक 'सूडो' को याद करते हुए जो किसी सन्थाल का तीर खाकर गिर रहा था अरण्य में।

जोशीजी को बहुत आपत्ति होती है, ऐसे अतिसरलीकरण से। अपना यह कि न सरल के पुजारी हैं, न जटिल के आराधक। अपन तो कॉमनसेंस के कायल हैं साहब ! अब मनोहर ने पढ़ी सप्तशती। देवी की तीन कहानियों का संग्रह। कहानियाँ यही कि देवता भी साहब होते हमारे-आपके से ही हैं इस माने में कि लगाया किसी असुर ने मक्खन और उसे दे दिया वरदान कोई धाँसू टाइप का। असुर आदत से लाचार धड़ल्ले से पावर मिस्यूज करते हुए, समझे साहब, वरदान का दुरुपयोग करते हुए, देवताओं को ही कष्ट में डाले देता है। तब देवता, शक्ति का आह्वान करते हैं जो कि होती उनके भीतर ही है। यह शक्ति, फिर साहब, छुट्टी करा देती है ससुरे असुरे की। इन कहानियों के आगे-पीछे बीच में कई स्तुतियाँ जुड़ी हुई हैं जो गीतात्मकता की दृष्टि से जोशीजी को ठीक-ठीक-सी मालूम होती हैं। कहानियाँ तो खैर उनके अनुसार ऊल-जलूल हैं। जोशीजी, मनोहर को पूजा-पाठवाले इस पारिवारिक चक्कर में थोड़ा-बहुत पड़ने देते हैं तो दो कारणों से। पहला यह है कि इनसे वह 'दा-दत्ता' टाइप का आयाम-वायाम मिल जाता है। दूसरा यह है कि एकाध ध्वस्त कर देनेवाला शब्द हाथ लग जाता है। मसलन, 'होता', समझे ना, कि अगले को देखनी पड़ जाए डिक्शनरी कि यह 'होता' क्या होता है ? 'वृद्धश्रवा' पर बहुत दिनों से नजर है इनकी। 'वाक्यहीनं' को भी ताड़े हुए हैं। कभी ले उड़ेंगे, जैसे 'हविष्य' को ले उड़े, 'कर्मपात्र' को ले उड़े।

यों जोशीजी की प्रगतिशीलता को आपत्ति है कि कथा-कविता-संग्रह सप्तशती में यारों ने ब्राह्मणों के हित के लिए भी देवी से कुछ-न-कुछ कहलवा ही दिया है।

मनोहर के लिए 'सप्तशती' वह ग्रन्थ है जो परम्परा से परिवार में बड़े बेटे के कोर्स में 'कम्पलसरी' रहा है। एकमात्र भाई के गुजर जाने के बाद माँ ने इसे उसके कोर्स में डाल दिया। कॉमरेड मनोहर इन कहानियों के प्रतीकात्मक स्तर पर क्रान्तिकारी और प्रगतिशील अर्थ निकालने के लिए भी तैयार है। वह तो यहाँ तक कह देने को तैयार है कि अगर उस जमाने में 'क्रान्ति' की कोई अवधारणा होती तो जिस देवी को 'चैतन्य' से लेकर 'भ्रान्ति' तक अनेकानेक रूप में हर प्राणी के मन में प्रतिष्ठित समझा गया उसे 'क्रान्ति' के रूप में भी निश्चय ही प्रतिष्ठित माना जाता है कि साहब 'या देवि सर्वभूतेषु क्रान्तिरूपेण संस्थिता !''

अपना साहब यही है कि किसी जरूरतमन्द ब्राह्मण को पाँच रुपया दो कि बाँच लेना मेरी ओर से भी यह कहानी-संग्रह। और कभी सुविधा से 'निर्माल्य' उर्फ सूखा फूल लाकर रख देना मेरे सिर पर कि पाठ आपका कर दिया था जजमान !

पढ़ता गया मनोहर। अथ क्षमा प्रार्थना। आवाहनं न जानामि, न जानामि विसर्जनं, वगैरह। कि मैं आवाहन नहीं जानता, विसर्जन नहीं जानता, पूजा भी नहीं जानता, मुझे क्षमा करो परमेश्वरि ! मन्त्रहीन, क्रियाहीन, भक्तिहीन यह जो किया है पूजन मैंने वह आपकी कृपा से पूर्ण हो।

कहीं 'एडिट' करने को तैयार ही नहीं पट्ठा। मैं तो किए चल रहा हूँ, यहाँ बराबर अपने धैर्य से आपके धैर्य का अनुमान करते हुए !

अथ देव्यपराधक्षमापनस्तोत्रम् श्री शंकराचार्य विरचितम् !

अबे कर तो चुका क्षमा प्रार्थना। दुहराव क्यों ? इसके बाद 'कायनेवाचा' भी पढ़ेगा क्या ? हाँ जी, पढ़ूँगा। और शंकराचार्य की यह स्तुति तो मेरे पिता को बहुत पसन्द थी। जरूर पढ़ूँगा। पढ़ भाई। इसमें वह अनाथ-वनाथवाला चक्कर जो है और माँ-माँ की पुकार जो है। जोशीजी भी 'म्यूजिक' और 'लिल्ट' पसन्द करें-हैं इसकी। पढ़, रात तो यहीं बीतनी है अपनी !

न मन्त्रं, नो यन्त्रं तदपि च न जाने स्तुतिमहो, न चाह्वानं ध्यानं तदपि न जाने स्तुतिकथाः। कि न मन्त्र जानता हूँ, न यन्त्र, अहो स्तुति भी नहीं जानता ! न आह्वान जानता हूँ, न ध्यान, स्तुति-कथा भी नहीं जानता। बस अपनी दुनिया तो इसी उम्मीद पर कायम है कि 'कुपुत्रो जायेतो क्वचिदपि कुमाता न भवति।' कुपुत्र होना सम्भव है, कुमाता तो कभी नहीं होती।

पढ़ प्यारे, अनुप्रास के लिए पढ़—जनः को जानीते जननि जपनीयं जपविधौ। पढ़, अनाथ-कॉम्प्लेक्स के लिए पढ़—'श्यामे त्वमेव यदि किंचन मय्यनाथे।' पढ़ 'लिल्ट' के लिए, झटके दे-देकर, पढ़, 'भवानि त्वत्पाणिग्रहण परिपाटी फलमिदम्।' खिसकने दे तौलिया। हाँ, नहीं तो !

पूजा पूरी हुई। अभिषेक के लिए उठने से पहले, बैठे ही बैठे मनोहर ने कसा तौलिया। उठाया पूर्णपात्र गिलास। पेंसिलों का ब्रह्मा उठाया। उठने के क्रम में फिर लगभग दगा दे गया तौलिया। जिस हाथ से पकड़ रखा था कलश, उसकी ही कुहनी से दबाया तौलिया। शुरू किया अभिषेक कि सर्वे समुद्रा सरिता तीर्थानी (उर्फ हैंड-पम्प) से लाया हूँ पानी, कष्ट दूर करेगा जजमान के। छींटे देते रहे और घोषणापत्र सुनाते रहे ऑल कॉसमॉस पीस काउंसिल उर्फ अखिल ब्रह्मांड शान्ति परिषद् का। सर्वत्र शान्ति करा दी, द्यो, अन्तरिक्ष, पृथ्वी, ओषध, वनस्पति—कुछ छोड़ा ही नहीं शान्तिवाचन में। अब रोगं-शोकं-दुःखं-दारिद्रं को तद्दूरे करना है कि फूटो जजमान के घर से। इस कामना के साथ जो छींटे दिए जाते हैं, देहरी पर जाकर दिए जाते हैं। देहरी तक जाने की अनुमति दे नहीं रहा है दगावाज तौलिया। शान्तिवाचन में बहुत वैदिक झटके जो खा चुका है वह ! मनोहर आपात्धर्म का सहारा लेता है। गर्दन मोड़कर, किंचित पीठ फेरकर मारना चाहता है ये दुःख-भगाऊ छींटे। रोगं, शोकं, दुःखं, दारिद्रं तद्दूरे तत् अमृताभिषेकोस्तु उचारकर फेंकता है वह छींटे। टूट जाता है पेंसिलों का ब्रह्मा। खुल जाता है तौलिया। गिर जाते हैं वे अशुभ छींटे, स्वयं पर और यजमान पर।

अभी एक पंक्ति और उचारनी है कुपुत्र को। उचारता है वह नंगा-धड़ंगा—'खड्गशूल गदादीनि यानिचास्त्राणि ते अम्बिके, करपल्लव संगीनि तैरस्मान् रक्ष सर्वतः ! खड्ग, शूल, गदा आदि जो-जो अस्त्र आपके करपल्लवों में शोभित हैं, उन सबसे आप हर तरफ से रक्षा करें।

कहा, फिर रखा पूर्णपात्र, और दौड़कर धारण किया पतलून। जोशीजी सोचने लगे

कि अगर सचमुच अशुभ कुछ हो जाए तो कलात्मक-सा 'द एंड' रहे। चीखकर कहे हमारा नायक, "वह मर गया जिसने तुम्हें भ्रम में बन्द कर रखा था राजकुमारी। खोल दो द्वार, आने दो प्रकाश, आने दो साफ हवा। चलो मेरे साथ और देखो, दुनिया कितनी सुन्दर है !"

लेकिन अशुभ-वशुभवाला भी कोई चक्कर नहीं। कोई स्कोप ही नहीं कि नायक जोशीजी ताले-वाले तोड़ें, जाले-वाले साफ करें, पर्दे-वर्दे झटके से हटाएँ कि साहब सन्दर्भ ग्रेट एक्सपेक्टेशंस। इन पहुँचे हुए खिलाड़ियों की तो स्क्रिप्ट ही कुछ और थी साहब। नितान्त उखाड़ू और वह, समझे ना !

तो पतलून पहन चुके मनोहर को 'यं-रं-लं-वं' ने पहले पैड पर लिखकर दिखाया, 'धन्य'। इसका मतलब 'धन्यवाद' हो सकता है। इसे व्यंग्यात्मक 'धन्य हो' ! भी माना जा सकता है। इसे कृतकृत्य 'धन्य हुआ !' भी ठहराया जा सकता है।

फिर उसने लिखा एक और शब्द, 'दक्षिणा।'

मनोहर ने कहा, "नहीं।"

उसने लिखा 'संक' और पेंसिल की नोक टूट गई, पेंसिल हाथ से गिर गई। पहुँचेली ने दूसरी पेंसिल उठाकर उसे दी। लेकिन उसने पेंसिल नहीं ली, काँपती गदोली को अंजुरिवत फैला दिया। मनोहर ने इस गदोली पर संकल्प के लिए जलअक्षत, पुष्प रख दिए। मर रहा था एक आदमी और एक आदमी के बेटे मनोहर ने उसकी जिद रखने को पढ़ दिया अब मन्त्र दक्षिणा देने के संकल्प का। पूजा का सुफल हो, मुझे सद्‌गुण मिलें, इसलिए यह दक्षिणा, ब्राह्मण को देता हूँ।

यह दक्षिणा, इमाम् दक्षिणां, यह दक्षिणा—'यं-रं-लं-वं' की संकल्पबद्ध उस काँपती अंजुरि ने मार दिए छींटे, निकट खड़ी उस पहुँचेली स्त्री पर।

नहीं, यह हाथ हिलने से नहीं हुआ। देखो, देखो, अब भी वह काँपता हुआ हाथ इंगित कर रहा है उस पहुँचेली स्त्री की ओर—इमाम् दक्षिणां, ब्राह्मणाय दास्ये, ऊँ तत्सत न मम। उसकी है यह, मेरी नहीं।

लीजिए और स्वस्ति कीजिए। लेना ही होता है। स्वस्ति, शुभ हो—ऐसा कहा मनोहर ने।

फटेहाल ब्राह्मण ने नहीं माँगा था यह। लेकिन मौजी होते हैं कुछ जजमान।

इस पटकथा में अपनी भूमिका पर दृढ़ रहते हुए मनोहर ने झुककर उठाए दूर्वाक्षत और पुष्प गोली-गणेश के सिर से, उठाकर रख दिए जजमान के सिर पर। प्रसादोस्तु, कहा उसने !

और फिर देखा सुना कि रिएक्शन-शॉट के क्लोजअप में लकवे ने रोगी के एक ओर को मुड़े-खिंचे वे होंठ यं से, वाया सं, उचार रहे हैं कुछ हं तक, और उसकी स्थिर-सी आँखों से बह रहे हैं आँसू।

बेहतरीन एक्टर था वह यं-रं-लं-वं-सं-शं-षं-हं।

अब जाना था मनोहर को क्योंकि जिनको भी बुलाया जाता है, उन्हें वापस भी भेजा जाता है। आह्वान और विसर्जन। साउंड स्टेज पर बुलाए गए देवता तक इस विधान

से परे नहीं। जिन्हें अक्षत घुमा-घुमाकर बुलाया जाता है कि यहाँ आएँ, यहाँ बैठें, वर दें, उनसे भी यही कहा जाता है यज्ञ पूरा हो जाने पर कि जाइए—गच्छ गच्छ सुरश्रेष्ठ स्वस्थाने परमेश्वर यत्र ब्रह्मा दयोदेवा तत्र गच्छ हुताशन। मनोहर को दुःख है कि पर्मानेंट आह्वान क्यों नहीं हो सकता ?

मनोहर ने पकड़ा पहुँचेली का हाथ और ताला-दर-ताला बाहर आया उसके साथ। वह उसे ऐसे लाया बाहर मानो दान में मिली गैया हो। जोशीजी ऐसा समझे कि हथिनी है, इंटेलेक्चुअल। शेरनी है, आउट ऑफ कोर्स, यह जाना सिर्फ मेरे कॉमन-सेंस ने।

शुक्ल पक्ष की अष्टमी है, ऐसा जानता था मनोहर अब पूजा करा चुकने के बाद। अब जब कि वह देख रहा था चाँद को चार कदली गाछवाले इस उद्यान में खड़े होकर। ऐसी ही एक अष्टमी का जन्म है उसका, लेकिन वह मेघाच्छन्न अष्टमी थी श्रावण की। चाँद के कितने नाम हैं ? अष्टमी कितनी, कैसी-कैसी हो चुकी हैं ? उनके क्या-क्या नाम-धाम-काम हैं जो जन्मे अष्टमी को ? ऐसा पूछा मनोहर ने। क्या कहती है पटकथा ? क्या करना है मुझे ? या कि मेरी ही है पटकथा, मैं ही रखूँगा नाम अपना, अपने चाँद का, उस स्त्री का जो कल्पनाओं की कल्पना है और उस ज्वार का जो उठाता है वह चाँद मुझमें उस स्त्री तक पहुँच जाने के लिए ?

अगर मैंने अपना नाम मूढ़ रखा है, चाँद का नाम पगला, ज्वार का नाम आसक्ति और स्त्री का नाम भ्रान्ति तो तुम मुझे क्यों टोकते हो बार-बार मेरी इस पटकथा में ? मेरी भूल, मेरी ही क्यों नहीं हो सकती ? क्यों नहीं बना सकता था मैं लेई उन इश्तहारों को चिपकाने के लिए जो स्वागत करते हैं अनागत क्रान्ति का ? और क्यों नहीं, अब यहाँ, इन गाछों के पास, इस चाँद के नीचे, इन हिंस्र श्वानों की साक्षी में, मैं इस स्त्री का पाणिग्रहण सहर्ष कर सकता, अपनी अकिंचनता के अनुरूप कोई अकिंचन ही वचन देकर ?

तो पटाखा पटकथा में बोला मनोहर, "कुछ भी नहीं हूँ मैं, फिर भी, जो भी हूँ तुम्हारा हूँ। तुम्हें देता हूँ अपने को क्योंकि तुम मुझे दी गई हो।"

वह सुनकर मुस्कुराई, "स्क्रीन-टेस्ट हो चुका मनोहर। सैट के बाहर डायलॉग बोलने की नहीं होती।"

"मैं सैट से बाहर न आया हूँ, न आऊँगा।", कहा मनोहर ने।

पहुँचेली ने बालक को देखा और कहा, "कुछ अधिक आत्मविश्वास दिखा आज तुम्हारे अभिनय में। पूर्वजों से मिले संस्कारों का प्रताप ! कोई छोटा-मोटा रोल शायद दिया जा सके तुम्हें।"

"मैं तुम्हारा हूँ।", कहा मनोहर ने, "मैं तुम्हें दूँगा, जो तुम मुझे दोगी और कह क्या सकता हूँ तुम्हें क्योंकि तुम मेरी कामना हो।"

"एक आदमी मर रहा है मनोहर !", वह बोली, "आवश्यक है कि मैं उसके साथ रहूँ अन्तिम घड़ी तक। फिर मैं बम्बई छोड़ दूँगी। तुम अगर मेरे साथ आना चाहो, तो तैयार रहो, मैं कभी तुम्हें बुला सकती हूँ। चलोगे मेरे साथ ?"

"हाँ।", कहा मूर्ख ने 'अहम् भवामि' वाले स्टाइल में।

"अरे वाह !", पहुँचेली ने कहा हँसकर, "यह जिज्ञासा भी नहीं है तुम्हें कि कौन ले जा रही है ? कहाँ ले जा रही है ? और किस प्रयोजन से ?"

"नहीं !", मात्र यही उत्तर दिया बालक ने, यद्यपि इस छोटे-से उत्तर की बड़ी-सी जिम्मेदारी ने सिर झुका दिया उसका।

तर्जनी का सहारा देकर उसने बालक की चिबुक उठाई, उसकी आँखों में आँखें डालीं और पूछा, "कहीं मैं फ्रॉड निकली तो ? झुठल्ली, मक्कार !"

उन आँखों का सम्मोहन स्वीकार करते हुए, निजत्व को बनते देते हुए चक्षुश्रवा, कहा अब मनोहर ने, "तुम मेरी कामना हो, कामना कभी झुठल्ली नहीं होती। मैं, अलबत्ता, हो सकता हूँ झूठा ! झूठा और दगाबाज। मैं चलूँगा तुम्हारे साथ यह देखने कि मेरी कामना, मुझे खोटे को खरा बना सकती है कि नहीं ?"

वह मुस्कुराई सुनकर यह ताली-तलब, नकेल-डाल संवाद। कहा उसने, "तो ठीक है, जब बुलाऊँ, जिस घड़ी बुलाऊँ, नियत समय और स्थल पर पहुँचना और याद रखना कि खड्ग, शूल, गदा आदि तमाम अस्त्रों को धारण किए होने के बावजूद एक हथेली खाली भी होती है उसकी।"

फिर उसने बालक को राज की बात बतानेवाले अन्दाज में सूचना दी, "भक्त की प्रतिबद्धता के लिए होती है वह हथेली !"

फिर ताला-दर-ताला वह भीतर चली गई। फिर अमराइयों के पार छोटे-से स्टेशन पर बोरिवली से आनेवाली लोकल की प्रतीक्षा करने लगा मनोहर, दूधियों के साथ शहर को जाने के लिए।

और जोशीजी ने कहा कि समय सुकुआ-उगानी का है, डलवा दो साउंडट्रैक पर अपने पूर्वजों के शुक्ल यजुर्वेद का वह श्लोक (कि शायद आयाम-वायाम दे इस नीरस शॉट को, शायद सराहा जाए भाषा की सघनता के लिए, और वह भी नहीं तो महज अनुप्रास के लिए !)

कोऽअदात्, कस्माऽअदात्, कागोऽदात्, कामायादात्। कामोदाता कामा प्रतिग्रहीता, कामैत्तत्ते !

कौन देता है, किसे देता है, काम के लिए काम द्वारा दिया जाता है। काम देता है, काम ग्रहण करता है, हे काम ! यह काम्य, सब तुम्हारा है।

निहायत ही, गोया के, काम की बातें कह गए हैं अगले !

भो ब्राह्मणा मम गृहे !

विचित्र किन्तु सत्य कि एक खूबसूरत झूठ ने जोशीजी को भयंकर रूप से बीमार कर दिया। मनोहर की बात मैं समझ सकता था। उस अकिंचन ने कोई वचन दे रखा था और मैं पूरी दृढ़ता से कह चुका था कि सेट पर, स्क्रिप्ट के अन्तर्गत दिए गए वचन में कोई वजन नहीं होता। इस बात का सवाल ही नहीं उठता था कि मैं उस पहुँचेली के साथ कहीं भी जाऊँ, भले ही कुछ दिनों के लिए अर्जित अवकाश पर। इसलिए अर्जित किया जाता है अवकाश कि किसी पगली के साथ जाओ !

जोशीजी पता नहीं क्यों खफा थे ? जाना तो वह भी नहीं चाहते थे। लेकिन कहीं उनके मन में इच्छा थी कि 'सी-ऑफ' कर आएँ, समझे साहब, स्टेशन जाकर कह आएँ चरम चरमोत्कर्ष में कि विवशता का नाम आधुनिकता-बोध है।

जोशीजी और मनोहर दोनों मेरे घटियापन पर, मेरी अच्छी-भली दुनिया के घटियापन पर लानत भेज रहे थे और उनका बढ़ियापन बहुत ही घटिया बीमारी का शिकार होता जा रहा था ससुरा !

मैं लड़ा। पूरी ताकत से। मानसिक अवसाद उर्फ डिप्रेशन के उस हास्यास्पद रूप से त्रासद रोग से लड़ा साहब मैं, जिसे इन दो उल्लुओं ने हँसनी-खेलनी समझ रखा था ! मैं जानता था कि पहुँचेली का चक्कर इस रोग को भड़का सकता है। अपना इसीलिए फैसला पक्का था कि पहुँचेली की पहुँच से इन लौंडों को दूर रखा जाएगा। मैं इन्हें काबू में रखने के लिए इनकी माँ बन गया साहब ! रातभर भीगे बादाम सुबह-पहले घिस-विस के खिलाना, समझे साहब, टॉनिक-वॉनिक पिलाना। बुजुर्गों के साथ सैर के लिए ले जाना। सिर में मालिश करना ब्राह्मी आँवला तेल की ! अजी मेरी कोई तिलकुटिया होती तो वह भी इनकी सेवा में प्रस्तुत कर देता कि लगाओ इस पर अँगुली और फिर से सो जाओ निश्चिन्त ! लौंडे उठ जाएँ साहब रात में चौंक-चौंककर, पसीने-पसीने। कहें मुझसे कि सुनो कितना शोर कर रहा है वह पहलू में।

अजी तमाशा बना दिया ससुरों ने ! कभी इनकी आवाज बोलते-बोलते रुक जाए और पूछें क्यों रुकी ? अरे तुमने रोकी होगी। टेंस हो गई होगी गले की कोई पेशी। कभी नाड़ी पर हाथ रखकर बताएँ कि एक 'बीट मिस' हो गई। अबे हो गई होगी, डॉक्टर देसाई ने बताया था कि नहीं कि हो जाती है कभी-कभी। तुम्हारा ई.सी.जी. निकलवा दिया अब और क्या चाहते हो ? कभी इन्हें लगे कि सबकुछ जरूरत से ज्यादा ठहरा-ठहरा-सा है, थमा-थमा-सा है। बचकानी कुमाऊँनी में कहें ससुरे कि जी 'गम्म'-सा

लग रहा है। अबे कुछ नहीं लग रहा है, बादल छाने से रोशनी कम हुई है। ट्रक अभी तक बाहर खड़ा शोर कर रहा था, अब उसका इंजन बन्द कर दिए जाने से शान्ति हो गई है, वही है तुम्हारा 'गम्म'। बताया नहीं डॉक्टर देसाई ने कि 'सेंसरी इनपुट' के कटने पर, या बदलने पर यह हमेशा होता है, लेकिन आमतौर से हम नोटिस नहीं करते। कभी कहें कि साहब 'झस्स' हुई मुझे। हुई होगी 'झस्स', लगा होगा झटका-सा, हुई होगी यह अनुभूति कि चैतन्य के एक स्तर से दूसरे पर फेंक दिया गया है। डॉक्टर देसाई ने बताया था कि न हमारे भीतर भी बहुत कुछ होता रहता है, ऊँच-नीच, ऑन-ऑफ, लेकिन हम आमतौर से उसे नोटिस नहीं करते।

"फॉर एक्जाम्पल, आप जो यह बताते हैं मिस्टर जोशी कि सोने से ऐन पहले आपको यह, ह्वाट-एवर यू कॉल इट इन योर डायलेक्ट, होता है, एक झटका-सा लगता है, यह हमें पेड़ों पर रहनेवाले अपने बन्दर पूर्वजों से विरासत में मिला है। बन्दर सोने से पहले चौंककर यह देख लेना चाहते थे कि गिरने का कोई खतरा तो नहीं ? इट इज पर्फेक्टली नॉर्मल मिस्टर जोशी। पैदा हुए बच्चे तो सोते ही इस तरह हैं, चौंक-चौंककर। इस तरह की चीजों को नोटिस न करना ही नॉर्मल है मिस्टर जोशी।"

मगर मिस्टर जोशी, ससुरे पकड़े रहे 'गम्म' और 'झस्स'। यहाँ तक पूछें कि बिजली की रोशनी अभी-अभी झप्प-सी हुई थी, या कि मेरे भीतर झस्स-सी हुई थी। अब आप ही बताइए कितना अजीब लगता है लोगों से पूछना कि साहब अभी लाइट पिलकर की क्या ? की होगी, मिस्टर जोशी, लेकिन ऐसी हर छोटी-बड़ी चीज़ को नोटिस करनेवाले एब्नॉर्मल इस दुनिया में नहीं बसते, परमेश्वर की कृपा से।

और सवा सत्यानास, 'विंड' उर्फ 'अफारा' उर्फ 'वायु-विकार'। कहें ससुरे बचकानी कुमाऊँनी में कि 'डकम' अटक गई। अंग्रेजी में 'विंड प्रेस' कर रही है। कितना समझाया कि 'विंड' भी उसी हवाई रोग की निशानी है। डॉक्टर देसाई बता चुके हैं कि 'हवा' आप अपनी घबराहट में निगल रहे हैं। आपका पेट कतई ठीक-ठाक है। वह नहीं बना रहा है 'विंड'।

"आप चाहें तो मन बहलाव के लिए ऐंजाइम खा लें, बी कॉम्प्लेक्स खा लें, एंटेसिड खा लें। लेकिन हुआ कुछ नहीं है, न आपके पेट को, न आपके दिल को। आपका हार्ट फेल नहीं होनेवाला है मिस्टर जोशी। आप कसरत कीजिए जैसाकि मैंने आपको पहले भी एडवाइज किया। अपने मन का डर निकालने के लिए यहीं कीजिए मेरे सामने क्लीनिक में कि आपको हार्ट-अटैक हो तो मैं फौरन मसाज दे सकूँ। और मिस्टर जोशी, यह जो आप विंड अटकने की बात कहते हैं न, तो इसका यह है कि मारे डर के टट्टी-पेशाब जिस तरह निकल जाता है, उसी तरह कभी-कभी रुक भी जाता है। आपकी 'विंड' डर के मारे अटकी है। पत्नी आपकी है नहीं, फिर पता नहीं किससे इतना डरते हैं आप !"

कितना तो हँसा डॉक्टर देसाई, कितना तो उसने हँसाया। लेकिन जोशीजी सीने पर रखे ही रहे हाथ और 'डकम' की करते रहे चिन्ता। हमदर्दों ने और मुसीबत बढ़ाई।

वायु-प्रकोपवाले के लिए होप हर किसी के पास ! लेकिन आप ही बताइए कि आखिर एक आदमी कितने चूरन, कितनी जड़ियाँ, कितनी पैथियों की कितनी दवाएँ एक-साथ खा सकता है ? खाएगा तो ससुरे के आप ही बनेगी यह 'विंड' !

और पता नहीं क्यों कई जवान परिचित-अपरिचितों को भी ऐसे ही नाजुक मौकों पर मर जाने की सूझती है कि अगला सुने और उसकी घबराहट बढ़े !

और पता नहीं लोग-बाग इतने मसखरे क्यों होते हैं कि आप उन्हें बताएँ कि मेरे सीने में जो दर्द हुआ सो 'विंड' अटक जाने से हुआ और वे कहें कि कोई एक साहब थे, जो इसी गलतफहमी में रहे और साहब एक दिन इन साहब के यह 'विंड' कुछ ऐसी अटकी कि प्राण-वायु ही छूट गया ससुरा !

मैंने जी इन लौंडों को बहुत झाड़ा कि किसी से मत करो अपने रोग की बात। मैंने इन्हें साहब सुबह एक मुट्ठी भीगे चने खिलाने शुरू किए हालाँकि इन्होंने बहुत प्रॉटेस्ट किया कि इनसे 'विंड' बनती है। मैंने ससुरों से कहा कि जाओ किसी घोड़े से पूछो कि क्या होता है चने खाने से ! मैंने इनसे व्यायाम भी करवाया। दंड-बैठक, रस्सी-कूद, वह सब।

मैंने जोशीजी से कहा कि आप कुछ लिखिए-विखिए। चलिए वह घटिया चीजें नहीं जो मैं लिखना चाहता हूँ। आप अपनी 'वेस्टलैंड' ही पूरी कर डालिए। नहीं की। बहुत कोंचा तो गुरु ने कुछ ऐसी पंक्तियाँ लिखीं कि पढ़कर अपनी तो ढिबरी टाइट हो गई, कुछ ज्यादा ही !

लिखा मेरे इंटेलेक्चुअल रेशनल ने, 'अँधेरे की आँख में रहती हूँ मैं। कहती नहीं हूँ, पर तुमसे कहती हूँ मैं। जब तुम सोते होते हो, या अकेले होते हो, छूटने पर रोशनी की अँगुली, तुम्हें देखती हूँ सिर्फ मैं, और तुम मुझे देखकर रोते हो। बहुत सुथरी, बहुत ठंडी, बहुत सूखी है अँधेरे की आँख, और तो और इसमें चमगादड़ भी नहीं रहते। आना हो तो आ जाओ चुपचाप। जाने की बात किसी से नहीं कहते।'

ये भूतनी के लौंडे खुद मुझे भूत बना देने पर आमदा थे। मैंने कहा जोशीजी से कि खबरदार जो अब आपने एक भी और ससुरा वैज्ञानिक लेख पढ़ा डिप्रेशन पर। मुझे न रासायनिक नियतिवाद से कोई दिलचस्पी है और न यह जानने से कि उस नियतिवाद के नाम पर आप मुझे किन्हीं ऊँचाइयों से धक्का देकर मार देना चाहते हैं।

मनोहर का यह साहब कि बार-बार रखे चला जाए अँगुली उसी भैं-भैं पम्प के स्विच पर। आप ही बताइए भला कोई कब-कब ट्रांजिस्टर की आवाज ऊँची कर दे, तकिए में मुँह छिपा ले, बम्बई की उमस में चादर ओढ़ ले, भागकर बाथरूम चला जाए या कह दे कि आँख में कुछ गिर गया है। दोनों आँखों में !

मैंने मनोहर को हरियाणवी से उखाड़ना चाहा। मैं पूछूँ, "भैया क्यू रोता सै ?"

नूँ कहै, "रोने दो। हर भूल, हर धूल धोने दो।"

मैं कहूँ, "तू धो ले यार मेरे। लांडरी लगा ले, बैटर रैग्गी, पैस्सा मैं दूँगा। धूल साली इस तरह धुला करे ! नूँ ही धुलती होती तो और सिब उल्लू के पट्ठे सैं जो नूए रो रहे ?"

नूँ कहै, "उनके नहीं हैं आँखें।"

मैं कहूँ, "तू नूँ कैना चावे, दे आर मशीनी अन्सान। अच्छा-अच्छा जिभी वो तो ना रोत्ते मसीन के दीने और तने ले लिया सै ठेक्का टू वीप ऑन दियर बिहाफ !"

नूँ कहै, "रो रहा है हर कोई भीतर ही भीतर। भीतर ही भीतर गुपचुप हुआ है मूक समझौता न जतलाने का। मैं रो रहा हूँ उन सबके खुलकर न रो सकने को।"

मैं कहूँ, "अच्छा-अच्छा ! रोवणा बैन कर राख्या सै सरकार ने। जिभी जोशीजी होंठ काट लें, गर्दन घुमा दें नाइंटी डिगरी ! तने वो पसन्द नहीं। जिभी इब तने चालू कर दिया सै सीक्रेट स्टेशन रुलाई-भारती। हाँ भाई, रिवोल्यूशनरी इक्टिविटी में गिनती होवगी इसकी। कॉमरेड पी.सी. जोशी के बाद तेराइ आवगा नाँव—कॉमरेड एम.एस. जोशी। लेकिन भाया कदे एस.एम. जोशी सोशलिस्ट तें कन्फूज ना कर जा लोग-बाग तने !"

साहब नहीं उखड़ा वह इस विधि से भी। मैंने जोशीजी से कहा कि आप अपनी अंग्रेजी ट्राई करो ! उन्होंने 'के आफत आग्गी तने ?' की जगह 'नॉव लैट अस सी ह्वॉट मेक्स यू वीप ?' आजमाई साहब अपनी। मनोहर ने गुरु की ऐसी-तैसी फेर दी और सो भी साँस की लय तक का ध्यान रखे बगैर। स्थिति यह बनी कि इधर गुरु कोई नुक्ता उठाएँ फलसफे का और उधर वह बालक बगैर किसी नुक्ताचीनी के उसे भी रुलाई-भारती पर ब्रॉडकास्ट कर दे। मिसाल के लिए गुरु ने कहा (सन्दर्भ 'सेवन समुराई' का अन्तिम प्रसंग) कि "देख मनोहर ! डाकुओं ने किसानों को डराया, किसानों ने रक्षा के लिए वीरों को बुलाया, वीर और डाकू आपस में लड़े, लड़कर मर गए, किसान खेती करते रहे, एकमात्र बचा हुआ वीर अपने साथियों की समाधि के पास से सिर झुकाए चला गया।"

मनोहर ने सुना और फट दनी स्पेशल बुलेटिन ब्रॉडकास्ट कर दिया, "मैं रो रहा हूँ उनके लिए जिन्हें डाकू बनाया गया, उन किसानों के लिए जो डाकुओं द्वारा डराए-सताए गए, उन वीरों के लिए जो किसानों द्वारा बुलाए गए, उस युद्ध के लिए जिसमें केवल एक बचा, उस खेत के लिए जिसे फिर से बोया गया।"

जोशीजी से मैंने पूछा कि, "आपके किसी काम की है यह वीपिंग पोएट्री ?" उन्होंने बताया कि, "ऐसी रचना तो किसी सठियाये-पगलाये महाकवि की वाणी को ही शोभा दे सकती है या फिर कॉलेज-काव्य-प्रतियोगिता में आए किसी महाबोर मॉडर्न की। दोनों ही स्थितियों में नितान्त विलक्षचित्त होकर ही सुनी जा सकती है !" गुरु का अंग्रेजी 'एम्बेरेस्ड' का यह नैमिषारण्यी अनुवाद सुनकर मैं चित्त हुआ। मनोहर की सोहबत में कुछ-न-कुछ मिलता रहता है जोशीजी को !

तो साहब मनोहर को समझाने में जोशीजी की अंग्रेजी भी नैमिषारण्यी बोल गई। ऐसा 'रुलाईनामा' तैयार किया मेरे यार ने कि पूरा उद्‌धृत करने में यह खतरा हो कि इंगे ने प्रकाशिकाजी पढ़ती जा, उंगे ने कागद का भा चढ़ता जा !

इन लौंडों की सोहबत में मुझे तो जी ऐसा लगने लगा जैसे किसी ने मुझे घर

जानेवाली गाड़ी से जबर्दस्ती किसी छोटे-से अनजान स्टेशन पर उतार दिया है। यहाँ न अमराई, न कच्ची सड़क, न कोई मकान। एक-दूसरे से मिलतीं, एक-दूसरे को काटतीं, चक्करदार सड़कों का एक चक्कर। और उसमें एक अजीब-सा ट्रैफिक साहब ! शिऊँ एक गाड़ी जाती है यहाँ से वहाँ, और झिऊँ दूसरी गाड़ी जाती है वहाँ से वहाँ। छोटी-नीची गाड़ियाँ। हेल्मेट गॉगल पहने सवार। न आजू देखें, न बाजू।

कोई रीले-रेस-सी हो रही। शिऊँ-झिऊँ ऐसी निकल जा गाड़ी। कद चले, कहाँ से चले, कोई ठिकाना नहीं। शिऊँ-झिऊँ। कदी ना भी चले। शिऊँर-झिऊँर-शिऊँर ऐसा करती रहे खड़ी-खड़ी। मैं दिहाती। साथ म्हारे दो लौंडे। मैं सोचूँ जाकर देखूँ, उंगे सड़क पर कोई धरमसाला होय, कहीं पूड़ी-सूड़ी मिल जा। लेकन इनको इंगे छोड़ूँ कैसे ? कदे म्हारे पाछे-पाछे आ जाँ तो मैं मर जाँ इने बचता-बचाता। ना भी आँ तो जे कदे भूल-चूक तौं मैं अनाड़ी ही मर जाँ टिरिक का नीचे आ के !

जब जवाँमर्द अक्खड़ हरियाणवी तक में मुझे यह मरनेवाली बात ही सूझने लगी तो मैंने डॉक्टर देसाई से कहा कि मुझे, मुझसे बचाइए। इस उक्ति को सुनकर वह गम्भीर हुए और उन्होंने मुझे एक फ्रायडसुत के पास भेज दिया। फ्रायडसुत ने अन्तर-दर्शन किया, उन्हीं दवाओं की मिकदार बढ़ाई, कॉमनसेंस की बातें कहीं-समझाईं और चेतावनी दी कि अगर ऐसे काम न चला तो झटके देने पड़ेंगे बिजली के।

मैंने कॉमनसेंस की कसम खाई कि इन लौंडों को मैंने खुद झटके न दिए तो तुम मेरा नाम बदल देना। सबसे पहले मैंने 'रीजन' के पुजारी जोशीजी को पकड़ा। उन्हें दिए साहब झटके लानत के इस 'इर्रेशनल' रोग पर।

मैंने उनसे कहा, "देखिए जोशीजी, अगर आप मुझसे पूछें तो मुझे कोई दुःख-वुख नहीं है। कोई ऐसा गम नहीं है कि रोग पाल बैठूँ। अफसोस, अलबत्ता, मुझे है कई बातों का। मिसाल के लिए इसका कि मुझे एक फिल्मी पत्रिका की एडिटरी मिलते-मिलते रह गई। इसका कि इतनी झख मारने के बावजूद अब तक कोई कायदे की फिल्म लिखने को नहीं मिल पाई। इसका कि मैं आपके लिए सुनहरे फ्रेम के चश्मे, ए-वन बाथरूम वगैरह का जुगाड़ नहीं करा सका। इसका कि मेरी माँ ने अपने मायके में, फिर पति के राज में शुद्ध घी का दीया जलानेवाला जलवा देखा था और वह अब वहाँ दिल्ली में एक कमरे के क्वाटर में उस जीवन को देख रही है जिसमें कड़ुए तेल का भी दीया पूजाकक्ष में अखंड नहीं जलाया जा सकता। इसका कि मेरी एक बहन कुँआरी है और उसका विवाह कराने की जिम्मेदारी मैं निभा नहीं पा रहा हूँ। इसका कि मैं सेटल नहीं हो पाया हूँ लाइफ में। गोया मुझे साधारण-सी परेशानियाँ हैं, कोई रूहानी परेशानी नहीं। अब आप जरा प्रकाश डालिए अपने आध्यात्मिक कष्ट पर।"

जोशीजी का रिएक्शन शॉट साइलेंट। शर्मसार नहीं, बस चुप।

मैंने कहा, "क्या मैं यह समझूँ कि आप इस पहुँचेली-पुराण से सन्त्रस्त हैं। अगर ऐसा है तो मेरा कॉमनसेंस लानत भेजता है आपके रीजन पर। फर्ज कीजिए कि वह एक अमीर स्त्री है जिसने आपका खाका खींचने के लिए एक दिलचस्प मगर बेहूदा मजाक गढ़ा है, तमाम लोगों की मदद से। आप इस मखौल का मखौल उड़ाइए और

मस्ती छानिए। फर्ज कीजिए वह और कुछ नहीं एक हाई क्लास पतुरिया है। तो पहले आप अपनी जेब इस लायक बनाइए कि उसका चस्का पाल सकें। फर्ज कीजिए वह एक भूतपूर्व लेखिका और अभूतपूर्व निम्फोमेनिएक है, तो बन्धुवर जैसे-तैसे आप भी लेट ही लिये उसके साथ एक दिन, अब मारिए गोली। फर्ज कीजिए वह तान्त्रिक है, सिद्धा है तो बताइए भला आप-जैसा वैज्ञानिक दृष्टिकोणवाला आदमी कब से इन चक्करों में पड़ने लगा ? फर्ज कीजिए वह क्रान्तिकारी है, तो क्या अब तक आपकी इंटलेक्ट को क्रान्ति भी अतिसरलीकरण की ही बानगी नहीं मालूम हो चुकी है ? नहीं बताइए, अगर आपकी यह क्रान्ति देवी फ्रॉड न ठहर चुकी हो आपकी नजरों में तो आपके पार्टी-मेम्बर बनाने का चक्कर चलवाएँ ? कहाँ जाइएगा—रूस कि चीन ? फर्ज कीजिए कि इस पहुँचेली और उस शीव चन्द्रा ने कोई ऊँचा फ्रॉड रच छोड़ा है मिलकर, तो जोशीजी क्या आप उसे जानकर अमेरिकी स्टाइल का बैस्ट-सैलर लिखना चाहते हैं ? आप 'वार एंड पीस' वाले जोशीजी !''

जोशीजी अब थोड़े-से शर्मसार नजर आए लेकिन शंकालु भी।

वह मुझसे शैलो-वैलो कुछ कहें इससे पहले ही मैंने कहा, ''मैं तो जोशीजी एलानिया शैलो हूँ ! अपने तो समझे ना डंके की चोट सुविधाविश्वासी हैं, होपलेसली मिडिल क्लास हैं ! अपन तभी विश्वास करते हैं, जब जरूरी हो, उतना ही करते हैं, जितना जरूरी हो। अपन तो हमेशा इस बात की भी गुंजाइश रखते हैं कि जिसे आज 'ग्रेट' कहा जा रहा हो, आप जैसे चन्द समझदारों द्वारा, वही कल आप ही जैसे चन्द अन्य समझदारों द्वारा 'फ्रॉड' ठहरा दिया जाएगा। मनोहर की बात समझ में आती है। सहज-विश्वासी है, मूरख भगत टाइप। अदम्य विश्वासी भी होना चाहता है, वीर-धीर टाइप लेकिन वह उसके बस का नहीं। कम-से-कम जब तक आपके जैसे 'रेशनल' आदमी का साया है उस पर।''

जोशीजी ने जवाब देने के लिए जरा-सा मुँह खोला।

लेकिन मैंने उन्हें बोलने नहीं दिया, कहा, ''जोशीजी, अपना सवाल सीधा है—आप जिसे अपनी 'डेप्थ' उर्फ गहराई समझते हैं क्या उसमें यही एक अदद मनोहर बैठा हुआ है ? यह मूढ़, यह भावुक, यह गैर-कसरती किशोर ? क्या आप इसकी तरह मूर्खोचित वीरता या वीरोचित मूर्खता का कोई चक्कर चलाना चाहते हैं ? क्या इसी से आप 'डिफरेंट' होना चाहते हैं ? यह जानते हुए भी कि इसका सुझाया हुआ हर 'डिफरेंट' आत्मघाती होगा ! क्रान्ति, सिद्धि, तस्करी, अनबूझ पहेली, उपनिषदवत् साहित्य, निर्जन अरण्य, चक्करदार रास्तों में सिर चकरा देनेवाला शिंऊँ-झिंऊँ ट्रेफिक, जिस किसी चक्कर में भी यह लौंडा आपको फँसाएगा, उसमें विडम्बना का मुद्दा वही होगा जोशीजी कि गलती से मारे गए !''

जोशीजी फिर कुछ कहने को हुए, लेकिन मैंने कहा, ''जोशीजी, वीरता और चतुराई दो अलग-अलग चीजें हैं। वीर मारे जाते हैं और चतुर जिन्दा रहते हैं—वीर-गाथा सुनाने के लिए। वे जिनका बायोडाटा बहुत सनसनीखेज हो जाता है न जोशीजी, वह ससुरे लेखक नहीं रह जाते। वे किन्हीं औरों की रचनाओं के पात्र बन जाते हैं बन्धु !''

जोशीजी ने समझाना चाहा कि वह मुझसे और मनोहर से डिफरेंट क्योंकर हैं ? लेकिन मैंने समझने से इनकार किया और कहा, "आप पायजामे में नाड़ा तक तो डाल नहीं सकते और दम भरते हैं कुछ डिफरेंट कर दिखाने का ! एक बार मनोहर कहे तो मैं मान सकता हूँ मूर्खता के स्तर पर कुछ भिन्न वह कर सकता है। एक बार मैं कहूँ तो चतुराई के स्तर पर मेरे कुछ भिन्न हो सकने की बात सोची जा सकती है। लेकिन आप ! जोशीजी, आपमें तो कस्बे के घरेलू परिवेश में 'डिफरेंट' हो सकने भर का दम है। मध्यवर्गीय लोगों पर छाँटिए रुआब अपनी इंटेलेक्चुअलता और कॉमरेडी का ! और उनसे ही कहिए कि सिर पर आपके तेल मलें और तलुओं पर काँसे की कटोरी। आपका भेजा ससुरा गर्म जो हो जाता है इंटेलेक्चुअल-कम-रेवोल्यूशनरी एक्टिविटी से ! जोशीजी, आप वहीं डिफरेंट हो सकते हैं जहाँ जनेऊ कील पर टाँग देने से, 'येन बद्धो बलि राजा' कहकर आपकी ओर बढ़ते हुए पुरोहित को रक्षा न बाँधने देने से, खुशी के मौके पर बहुत आग्रह होने पर भी बतौर तिलक 'बस एक बिन्दी-सी' ही लगवाने और गोला-पैसा न लेने से, डिफरेंट हुआ जा सके। आपको भिजवाऊँ अगली गाड़ी से किसी कस्बे में ?"

जोशीजी ने सिद्ध करना चाहा कि उनकी बौद्धिकता नहीं, बल्कि मेरी चतुराई कस्बा-मार्का है। तब मैंने उनसे इतना स्वीकार करने को कहा कि मनोहर और उनमें बुनियादी अन्तर है। यह मान लेने पर जोशीजी ने कहा कि अगर पहुँचेली-प्रकरण से मनोहर इस थ्री-बैड डार्मेटरी में अशान्ति फैलाए हुए है तो उस पर काबू पाने में वह मुझ जैसे 'शैलो' से सहयोग कर सकते हैं।

अब रहा मनोहर। वह एक ही तरह पकड़ में आ सकता था। विधवा माँ-दुर्दशा-महाकाव्य का सहारा लेकर ! रचा साहब मैंने। सहारा लिया अपनी बहन का। जीजाजी का। अफसर जीजाजी के खैनी खाने के क्लर्काना शौक में हाथ बँटाने लगा जमकर। घरेलू-सा माहौल रचा और बात घुमा-घुमाकर घर बसाने की जरूरत पर लाता रहा। सदय-पिता-प्रतीक मिस्टर तिरखा को भी इस पुण्य आयोजन का साझीदार बनाया। 'हम कौन थे, क्या हो गए हैं और क्या होंगे अभी' मार्का हृदयविदारक चीखें मारीं मैंने अपने परिवार के सन्दर्भ में कि घरेलू मनोहर को घेर सकूँ। जब मैंने यह देखा कि इस नौटंकी के निर्वाह के लिए दिल्ली वापस जाने पर बम्बई में फिल्मी चक्कर छोड़ने का वचन देना होगा तो वह भी दे डाला। 'चलो-दिल्ली' योजना के प्रति जोशीजी को उत्साही बनाने के लिए मैंने कहा कि इस फिल्मी दुनिया में जहाँ अभिनेता और पैसा—यही दो बातचीत के विषय रहते हैं, वहाँ आप जैसे इल्मी लेखक का क्या काम ? दिल्ली में ग्रेट लेखकों और रचनाओं के नाम लेने और सुनने का सुख प्राप्त होगा आपको। सन्दर्भों भरी गोया के सन्ध्याएँ !

यह भी साहब अपनी हेराफेरी का नमूना था क्योंकि कॉमनसेंस से मैं जानता था कि उत्तरी-फुत्तरी दौर में वह दिल्ली भी उजड़ चुकी है जिसमें यार लोग मॉडर्न लिटरेचर को वेद-वेदान्त बनाए हुए लिटरेरी नेम-ड्रॉपिंग से पुण्य कमाते थे। साठोत्तरी दिल्ली में तो इंटेलेक्चुअल बिरादरी तक में नेम-ड्रॉपिंग पॉलिटिकल हो चली थी। 'कल ही

ब्रेकफास्ट पर मेरी पी.एम. से बात हो रही थी', जैसे जुमले अब कुछ उसी तरह कहे जाने लगे थे जिस तरह कभी 'परसों पेंगुइन न्यू राइटिंग का एक पुराना अंक मिला मुझे, उसमें एक कविता है लुई मेक्नीस की !' जैसे जुमले कहे जाते थे। यों हुआ यह भी कुल मिलाकर ठीक क्योंकि जोशीजी वगैरह ने कभी बहुत जोर-जोर से नारे लगाए थे कि 'नॉनपॉलिटिकल हिप्पोक्रेट !' अब भुगतिए उन्हें जो 'पॉलिटिकल' भी हैं और 'हिप्पोक्रेट' भी !

जोशीजी को मैंने यह कहकर भी पटाया कि क्या जैसा इंटेलेक्चुअल ऐसे किन्हीं भी चुगदों की जमात में शरीक हो सकता है जो कहते हों कि साहब सन् '87 के आठवें महीने की सातवीं रात आठ बजकर सात मिनट पर प्रलय होनेवाला है ? या कि यह कि स्टेट विदर हो जाएगी, क्रान्ति हो जाएगी, नया मानव पैदा होगा ससुरा ? क्या आपके-जैसे लोग, चौराहों पर प्रलय-बीमा का पम्प्लेट बाँटने या जंगलों में बगैर कारतूस की बन्दूक लिये घूमनेवाले चूतियों की सोहबत कर सकते हैं ?

मैंने उन्हें रेजिडेंसीवाले सुशील (प्यारे) मेहता की इस थ्योरी ऑफ हिस्ट्री का स्मरण कराया कि चुतियापे हुए हैं, हो रहे हैं, होंगे। ग्रेट वही कहलाए, कहलाए जा रहे हैं, कहलाए जाएँगे जो फिलवक्त तमाम चूतियों को अपने चलाए चूतिया-चक्कर की 'ग्रेटनेस' के बारे में 'कन्विंस' कर सकें। बात मेहता प्यारे ने बहुत भौंडे ढंग से कही थी लेकिन मेरा ख्याल है आप अब तक अपनी मॉडर्न सेंसिबिलिटी के मुहावरे में इसका अनुवाद करके समझ चुके होंगे जोशीजी !

चूतड़ पर राख मलना या सिर पर कफ़न बाँधना, मैंने कहा जोशीजी से, परले दर्जे के रोमांटिसिज्म का नमूना है। क्या आप रोमांटिक हैं ?

देवताओं की कल्पना करना, मैंने कहा, निहायत नॉन-इंटेलेक्चुअल काम है। जो इंटेलेक्चुअल इस चक्कर में पड़ते हैं उन्हें आधी जिन्दगी मूर्त्ति बनाने और आधी तोड़ने में बितानी होती है और दोनों ही हालत में वे अन्य इंटेलेक्चुअलों की दृष्टि में गैर-जरूरी काम में जिन्दगी बरबाद करनेवाले ठहरते हैं।

जोशीजी पट गए साहब। इंटेलेक्चुअल, हमेशा, कॉमनसेंस से पटाए जा सकते हैं। मनोहर थोड़ा जिद्दी साबित हो रहा था। 'विधवा माँ' की थीम मैंने उसे पटाने के लिए डेवलप की तो वह उसी को डेवलप किए चला गया ससुरा इस हद तक कि सकल सृष्टि ही विधवा हो गई और प्राणिमात्र ही अनाथ हो गया।

खैर साहब जोशीजी की मदद से मैं इस पहुँचेली से निपट लूँगा, ऐसा विश्वास पैदा हुए मेरे भीतर। मैंने समझा कि शिऊँ-झिऊँ ट्रैफिक के पार जाने की बात सोचना ही मेरे पागलपन का नमूना था। स्टेशन तो इधर ही है। लौंडों को लेकर वहीं चलो। जगाओ ऊँघते स्टेशन-मास्टर को। पूछो कि मेरे घर जानेवाली अगली गाड़ी कब आएगी ? थोड़ी समस्या यों जरूर है कि स्टेशन मास्टर तमाम बोलियों को मिलाकर 'यं-रं-लं-वं' से भी ज्यादा पहेलीनुमा भाषा बोल रहा है ससुरा कि 'नू सोम्म पिबोत्र काया कूँ रादक्त्योर कूल रोम आन्तीक ब्राह्मण अणे त्रेयेन्येत गच्छते जी कोल इजियों बातण्ड प्रातीक मगज नई ना सच्ची नाना।"

मैंने कहा कि बोलने दो इस ससुरे को अलबेली बोली, कोई गाड़ी तो आती होगी, अपन बैठ जाएँगे उसी में डब्ल्यू.टी. ! रेडियोवाले रघुवीरजी की वह थ्योरी थी ना कि जो भी बस आ जाए उसमें बैठ जाओ तो अपनी मंजिल पर जल्दी पहुँच जाओगे, वरना इस मुल्क में अपनी खास बस के इन्तजार में तो जिन्दगी ही बीत जाती है ससुरी !

घर पहुँचूँगा साहब, मैंने कहा अपने से, और रुपया पाँच दूँगा ब्राह्मण को कि कह भाई तीन बार—जजमान के घर शान्ति हो।

इड़ा पिंगला कूम्बाइन, सादर करीत आहे

छुट्टी का दिन था। सवेरे जमकर व्यायाम किया। अपनी हाफ ट्रे पी और उसके बाद बुजुर्गवार तिरखा के साथ, एक 'छोटा' चलाया। मिस्टर तिरखा, जिन्होंने स्वयं कभी शराब नहीं पी जीवन में, जानते थे कि मिस्टर जोशी कभी-कभी पीते हैं। इसलिए अपनी हाफ ट्रे में से चाय देते समय वह सुरापान की शब्दावली ही इस्तेमाल करते थे। और 'छोटा' का मतलब होता था—मिल्क-पॉट में चाय।

'छोटा' चलाने के बाद मैं बड़ी हाजरी देने जा रहा था कि फोन आया, उसी पहुँचने का फोन।

वह कह रही थी, "मैं आज बम्बई छोड़ रही हूँ, तुम रात ठीक नौ बजे मुझे वी.टी. स्टेशन के बाहर मिलना। पैसों-वैसों की चिन्ता न करना, जरूरत-भर का सामान ले आना बस। ठीक नौ बजे। देर हरगिज न करना !"

मैंने उससे जानना चाहा कि किस गाड़ी से जाना है ? कहाँ जाना है ? जवाब में यह कहकर उसने फोन काट दिया कि ये ब्यौरे की बातें हैं, बाद की बातें हैं, तुम तो यही तय कर लो कि मेरे साथ आना चाहते हो कि नहीं ?

मैं और जोशीजी दोनों सहमत थे कि बगैर मंजिल बताए हुए दिया गया यह निगन्त्रण भी, पहुँचेली की झाँसेबाजी का एक नमूना है। इसे स्वीकार करने का कोई प्रश्न ही नहीं उठता और फिर बगैर दफ्तर से छुट्टी लिये आखिर मैं कहीं जा भी कैसे सकता था ?

मनोहर ने अपनी अँगुली छुटके पम्प के स्विच पर स्थायी रूप से रख दी। तब मैंने कह दिया, "अच्छा ठीक है, चलेंगे।" इसके बाद मैं जुट गया अपनी हेराफेरी में। पहला काम मैंने यह किया कि उस दिन दवाएँ नहीं खाईं, ताकि बिना किसी खतरे के शराब पी सकूँ। मैं कभी इस काम के बहाने, कभी उसके तमाम अपने उन दोस्तों के यहाँ पहुँचा जो पीते थे, पिलाते थे। और मैंने पी। फिर शाम के कोई चार बजे जब कि कायदे से, मुझे गेस्ट हाउस लौटना चाहिए था, सामान-वामान बाँधने के लिए, मिस्टर तिरखा और मिस्टर तलाटी को समझाने के लिए कि मुझे दिल्ली जाना पड़ रहा है, बहन के यहाँ भी कुछ ऐसा ही बहाना बना आने के लिए और जीजाजी को छुट्टी की दरखास्त दे आने के लिए कि कल उसे दफ्तर पहुँचा दें, मैंने खुद एक अद्धा खरीदा और अँधेरी ईस्ट चला गया, बिमलदत्त के यहाँ। मैंने मनोहर को बताया कि दादा की कुशल जानने के लिए बिमल से मिलना जरूरी है। इस प्रकार अपने को वी.टी. स्टेशन से काफी दूर

पहुँचाकर मैंने बिमल के साथ पीने, बिमल की कविताएँ सुनने और दादा के सम्बन्ध में बातचीत करने में अपने को उलझा दिया। बिमल ने बताया कि दादा थोड़ा पगला-सा गए हैं। पिछले दिनों अपने अभिनन्दन में आयोजित एक समारोह में स्वयं आयोजकों को गालियाँ सुना दीं उन्होंने !

मैंने बिमल की पत्नी का यह आमन्त्रण सहर्ष स्वीकार कर लिया कि रात का खाना वहीं खा लूँ। मनोहर ने कहा भी कि नौ बजे वी.टी. पहुँचना है, लेकिन जब भाभी ने कहा कि खाना फौरन बना देगी, तो मैं आराम से बैठ गया।

हेराफेरी के अन्तर्गत मैंने जोशीजी को बिमल की संथालिन नौकरानी से टूटी-फूटी बँगला में उलझाने की कोशिश भी की। मैंने उसे सिगरेट की डिब्बी और पान लाने के टिप के तौर पर दस के नोट का सारा छुट्टा दे दिया। गोया इस बात का प्रबन्ध किया कि अगर कभी मनोहर जिद करे टैक्सी से जाने की तो जुगाड़ हो न पाए।

संक्षेप में यह कि बगैर कोई सामान लिये, बगैर किसी को कोई सूचना दिए, किसी तरह हाँफता-दौड़ता मनोहर जब पहुँचा वी.टी. के घड़ियाल के नीचे, उसकी सुइयाँ बता रही थीं कि नौ बजकर सात मिनट हो चुके हैं। मनोहर पिनपिनाया। लेकिन मैंने उससे कहा सात मिनट ही तो देरी हुई है और कौन उसने वी.टी. के घड़ियाल से अपनी घड़ी मिला रखी है ? उसे तो आदत है इन्तजार कराने की।

मनोहर छह मिनट घड़ियाल के नीचे छटपटाता खड़ा रह सका और फिर बेचैन होकर इन्क्वारी में पहुँचा यह पूछने कि इस समय कौन-सी गाड़ियाँ छूट रही हैं ? यह खासा बेतुका सवाल था। क्लर्क ने झल्लाकर इसके जवाब में खुद पूछा, "आपको जाना किदर है, एइसा बोलो ?"

मनोहर ने कहा, "प्लीज मेरी बात समझने की कोशिश कीजिए। फर्ज कीजिए कि किसी ने नौ बजे वी.टी. के बाहर बुलाया हो यह कहकर कि उसे कहीं जाना है तो कौन-कौन-सी गाड़ी लेने वह आया हो सकता है ?"

मसखरे ने जवाब दिया, "वह वी.टी. का बाहर से कोई विक्टोरिया गाड़ी लेने भी आया हो सकता है !"

मनोहर ने कहा, "प्लीज प्रिज्यूम..."

क्लर्क ने उससे कहा, "ह्वाय डू यू प्रिज्यूम आय एम पेड बाय द रेल्वेज टू प्रिज्यूम ? दारू जास्ता पीया काय ?"

मनोहर ने कहा, "प्लीज ! प्लीज !"

क्लर्क ने कहा, "मैं इदर अक्खा रेल्हवे टाइम टेबुल पढ़ने को अपॉयंट नहीं हुआ है। आपको ट्रेनों का एराइवल-डिपार्चर देखने का हो तो बोर्ड है।"

मनोहर ने अपने को कोसा कि पहले यह बात क्यों नहीं सूझी ! वह बोर्ड के पास पहुँचा। वह उसे थोड़ा गोरख-धन्धे-सा लगा, नशे में। किसी तरह वह यह समझ पाया कि इस वक्त तीन गाड़ियाँ जाती हैं। पहली साढ़े नौ पर, दूसरी दस पर और तीसरी साढ़े दस बजे। जाहिर है तीनों के प्लेटफार्म अलग-अलग थे। घड़ी अब नौ बीस बजा रही थी। मनोहर बगैर प्लेटफार्म टिकट लिये भीतर घुस गया।

प्लेटफार्म नं. दस। एक बेहतरीन दृश्य-प्रसंग बकौल जोशीजी। कई कहानियाँ शुरू हो रही थीं, कई खत्म। कहानियों की भीड़ से भरा प्लेटफार्म और उस प्लेटफार्म पर एक बदहवास व्यक्ति। अन्य तमाम कहानियों को ठेलता-धकेलता, अन्य तमाम कहानियों द्वारा ठेला और धकेला जाता, अपनी एक ऐसी कहानी की ओर से अन्य तमाम कहानियों से क्षमा माँगता, जो पता नहीं शुरू हो रही थी, खत्म हो रही थी, कि बीच में ही इस खूबसूरत किन्तु खतरनाक मोड़ पर, किसी तेज रफ्तार गाड़ी की तरह उलट जानेवाली थी।

"कायर !", मनोहर मुझसे कह रहा था। "कायर !", मनोहर जोशीजी से कह रहा था। और कायर-कायर के इस बोल पर, द्रुत-द्रुततर लय में भागा चला जा रहा था, गाड़ी के इस छोर से उस छोर तक, खिड़कियों पर जड़े चेहरों, दरवाजे पर खड़े जिस्मों में अपनी कहानी का कोई भी, कैसा भी सुराग ढूँढ़ता हुआ।

दिक्कततलब था यह शॉट, जोशीजी के अनुसार, दिक्कततलब मगर बहुत प्रभावप्रद बशर्ते प्लेटफार्म पर खड़े लोग उजबक की तरह कैमरे को न देखें कि यह माजरा क्या है ? मनोहर दौड़ लिया पहले बीच के डिब्बे से इंजन तक और फिर इंजन से वापसी में गाड़ी के अन्त तक। वह कहीं नहीं दिखी। मनोहर ऐसा दुःखी हुआ कि जैसे इससे कह दिया हो कि अब तू तिलकुटिया भी नहीं छू सकता सोने के लिए। जैसे इससे कह दिया हो कि तेरी जो वह टूटी हुई चीनीमिट्टी की गुड़िया थी वह हमने फिंकवा दी है।

मैंने कहा उससे, "सुन बालक, यह ट्रेन अब छूटने को है। खिड़कियाँ दूसरी ओर भी होती हैं और यह कतई जरूरी नहीं कि हर मुसाफिर खिड़की से झाँके—खासकर वह झाँसेबाज जिसकी तुझे तलाश है। सुन बालक, वह थर्ड सैकेंड में तो जा नहीं सकती। फर्स्ट क्लास में होगी। फर्स्ट क्लास की भी हर बोगी भीतर से तलाशने की जरूरत नहीं। बाहर जो रिजर्वेशन चार्ट लगे होते हैं उन्हें देख और अगर उसके झाँसों में कोई पैटर्न है तो तू देवी का कोई नाम ढूँढ़।"

दूसरी ही बोगी पर चिपके रिजर्वेशन-चार्ट से उद्धार होता नजर आया और सो भी थोक के भाव। 'ई' कम्पार्टमेंट में थीं—मिसेज भागवन्ती अरोड़ा, मिसेज दुर्गावती शर्मा, मिस तारा पांडे और मिस महामाया सेन गुप्त।

'ई' कम्पार्टमेंट का दरवाजा बन्द था। बाहर घोषणा गूँज रही थी, "थर्टी थ्री डाउन महालक्ष्मी एक्सप्रेस, बोम्बे टू बैंगलोर वाया हैदराबाद इज अबाउट टू लीव फ्रॉम प्लेटफार्म नम्बर ट्वेल्व।"

मनोहर सकुचाया। फिर उसने दरवाजा ठकठकाया।

तैंतीस डाउन महालक्ष्मी एक्सप्रेस, जो हैदराबाद होते हुए बैंगलूर जाती है, बारह नम्बर प्लेटफार्म से..."

मनोहर ने दरवाजा फिर ठकठकाया।

एक देवी ने दरवाजा खोला। यह नहीं। मनोहर ने अन्य तीन देवियों को निहारा। ये भी नहीं। अब देवियों ने उसे संयुक्त रूप से निहारा। वह पानी-पानी होने लगा। फिर भी उसने कहा, "मिस महामाया सेनगुप्त ?"

नितान्त ही सहज और सदय रूप से मोटी एक स्त्री ने, जो तकिए का सहारा लेकर अधलेटी थी, बैठते हुए पूछा, "येऽऽस ?"

मनोहर ने कहा, "खोमा कोरेन, आमि, आमि...।"

मुट्टो बोली, "येऽऽस ?"

मनोहर ने कहा, "आमि सोचलाम जे आपनी एकटि अन्य महामाया सेन गुप्त।"

जब तक वह सोचलाम को ठीक करके भाबलाम करता, मुट्टो फिच्च से हँसी और बोली, "एकला हम काफी महामाया नहीं जोसी भाई ?"

आखिर में उसने क्या जोशी भाई कहा ? या मोशाई ? या जोशाई ? सोचने का वक्त नहीं था। ट्रेन चलने को थी। एक सज्जन विदा लेते-देते दरवाजा पूरा घेरे हुए थे। उनसे जगह बनवाकर जब तक मनोहर उतरा, गाड़ी चल चुकी थी। कूदते हुए वह पुस्तकें-पत्रिकाएँ बेचनेवाले एक बालक से टकराया। उसे क्षमा माँगनी पड़ी। उसे उठाकर देनी पड़ीं अँगड़ाती जवानियों की अनगिन कहानियाँ।

अब बम्बई-हावड़ा जनता। फर्स्ट क्लास में देवी के नामवाली किसी भी देवी का रिजर्वेशन चार्ट में उल्लेख नहीं था। तो भी मनोहर ने एक-एक बोगी देखी फर्स्ट क्लास की। टू टीयर, थ्री टीयर के चार्ट देखते हुए उसने यह पाया कि अगर पार्वती के समझे जानेवाले नाम भी दुर्गा के नामों में शुमार किए जाएँ, और कायदे से किए जाने चाहिए, तो बड़ी लम्बी सूची बनती है और संयोग से, यहाँ सभी नाम उसी सूची में लिये गए थे। अम्बा पन्त, गौरी सेन, काली बनर्जी, पार्वती भास्करन, दुर्गा चीटणीस, अपर्णा मुखोपाध्याय, और न जाने क्या-क्या।

मैंने मनोहर को होशियारी सिखलाई। वह हर बोगी में एक सिरे से घुसकर दूसरे से उतरा और बर्थ-सीट नं. कुछ ऐसे गिनते-देखते चला गया मानो अपनी जगह खोज रहा हो। इस क्रम में हर जनानी सूरत उसकी निगाह से गुजरी मगर कहीं भी वह मूरत नहीं दिखाई दी जिसकी उसे तलाश थी। लेकिन पता नहीं क्यों उसे ऐसी प्रतीति हुई कि उनमें से हरेक उसकी ओर देख रही थी और भीतर ही भीतर, गम्भीर रूप से, मुस्कुरा भी रही थी।

यह गाड़ी भी चली गई। अब मनोहर रुआँसा हो चला था। मैंने उसे धीरज बँधाया और कहा कि उसने नौ का वक्त दिया था, इसके मतलब यही हैं कि वह साढ़े दस बजे वाली गाड़ी से जा रही होगी। तुम फौरन वहाँ से हट आए, नहीं तो साढ़े नौ तक बाहर ही उससे मुलाकात हो जाती।

लेकिन इस गाड़ी में यहाँ से वहाँ तक देवी का कोई नाम नहीं था रिजर्वेशन चार्ट में। मनोहर को यहाँ तक फितूर सवार हुआ कि उसका नाम पहुँचेली माने और अगर किसी भी नाम में अंग्रेजी का 'पी' कहीं हो अलग से, तो उसे इस परले दर्जे की पहेलीबाज की उपस्थिति का संकेत समझे। इस सद्प्रयास में उसकी एक मिस पी. सुशीला से मुठभेड़ हुई और एक मिसेज पी.एल. गुप्ता से। मिसेज गुप्ता ने इस ताकू-झाँकू को रेलवे पुलिस के हवाले करने की धमकी भी दी। मैं बहुत मुश्किल से उसे छुड़वाकर लाया। अब मनोहर ने उस एक डिब्बे को छोड़ बाकी सबका बार-बार मुआयना

किया कि कहीं वह पहुँचेली सूरत दीखे उसे। लेकिन नहीं, कहीं नहीं। मैं बराबर उसे यह कहकर बाहर ले जाने की कोशिश में था कि क्या पता वह वहीं घड़ियाल के नीचे खड़ी हो ? आखिर वह मेरी बात मान गया। वह मुख्य द्वार पर पहुँचा था कि सहसा रुका। बोला, "मुझसे भूल हुई और तूने भी धोखा किया। देवी का एक और नाम है रे—'डी' से धूमावती। बीचवाली फर्स्ट क्लास बोगी के चार्ट पर लिखा भी था कुछ 'डी' से। तूने धोखा करके उसे दयावती पढ़ा। कूपे के लिए था वह नाम। और कूपे में देखा भी तो था एक औरत अकेली चादर ओढ़कर लेटी हुई थी। ऊपर की बर्थ में कोई नहीं था। उस औरत के सफेद बाल देखकर तूने कह दिया यह तो कोई बुढ़िया है। लेकिन बुढ़िया भी होती है देवी। विधवा भी होती है रे। धूमावती कहते हैं उसे। और तू ही तो कह रहा था कि मेरी माँ विधवा है, दुखियारी है।"

और वह घूमा। और उसने देखा बीचवाली बोगी के दरवाजे पर खड़ी एक विधवा को, एक बाँह बढ़ाए हुए थी वह। एक गदोली पसारे हुए थी वह। पता नहीं कि किसी से कुछ वापस लेना चाहती थी कि किसी को कुछ लौटाना चाहती थी।

एक ऊबी-ऊबी-सी आवाज घोषणा कर रही थी, 'सत्तावन डाउन पठानकोट एक्सप्रेस बरास्ता झाँसी प्लेटफॉर्म नम्बर दस से छूटनेवाली है।' गार्ड ने सीटी दी। गिरता-पड़ता मनोहर प्लेटफॉर्म पर पहुँचा। फर्स्ट क्लास की बीचवाली बोगी के पायदान पर एक हाथ पसारे खड़ी थी कोई अनजान बुढ़िया। कुछ और साफ देखने पर देखा मनोहर ने उस पायदान पर खड़ी थी उसकी अपनी ही विधवा माँ। कुछ और भी देखा तो पाया वहाँ खड़ी थी वही बहरूपन पहुँचेली विधवा के भेस में। कुछ और ध्यान दिया तो देखा वह धूमावती थी। वैसी ही जैसी कि लगती है व्यंकटेश स्टीम प्रेस, मुम्बई से छपे दशमहाविद्या के चित्रों में। केवल इतना ही कि सूप नहीं था हाथ में, मात्र एक पसरी हुई गदोली थी, जो पता नहीं रेजगारी वापस माँग रही थी कि पैसे स्वयं देना चाहती थी चायवाले किसी छोकरे को।

तो यह चायवाला छोकरा, यह मुंडू पहाड़ी, यह मनोहर, दौड़ता हुआ बढ़ा, बढ़ता ही गया, उस पसरी हुई गदोली की ओर।

दौड़ा, विदा होतीं, किसी अन्य सिरे से शुरू होने के लिए कहीं और जातीं, तमाम-तमाम अन्य कहानियों की उपेक्षा करता हुआ, अपनी कहानी की गदोली की ओर।

सबसे बड़ी बकवास का यह प्रसंग, घनीभूत भावुकता का यह प्रसंग, उसका ही था, इसीलिए मुझे और जोशी को धकिया दिया था मनोहर ने। न मैं गाड़ी के नीचे आ जाने की बात सोच पा रहा था और न जोशीजी यह सोच पा रहे थे कि दादा इससे भी आगे की बोगी में यह शॉट लेने के लिए विशेष चौड़ा पायदान बनवाए हुए हैं कि नहीं ?

दौड़ा मनोहर, यह कहता हुआ कि जब तक गंगा-कुरुक्षेत्र हैं तब तक दौड़ूँगा इसी-इसी गदोली की ओर।

दौड़ा, उसी आश्वासन से, जिससे नींद में खोजती है तर्जनी, माँ के उदर पर

'तिलकुटिया' को।

दौड़ा, उसी करुण आकुलता से, जिससे चलता है भैं-भैं-भैं, नाभि-प्रदेश में बल्कि उससे भी नीचे, क्रन्दन का वह छुटका पम्प !

दौड़ा, उसी उन्मत्त विह्वलता से, जिससे ओंकार की टंकार गुँजाकर, ब्रह्म को लक्ष्य कर छोड़ा गया आत्मा का शर अप्रमत्त बढ़ता है ब्रह्म को बींधने।

याचिका है कि दायिनी है, यह न जानते हुए, यह न जानना चाहते हुए, वह दौड़ा उस पसरी गदोली की ओर।

कहानियों से भरे, कहानियों से बँधे उस प्लेटफॉर्म पर वह दौड़ा उस-उस-उस गदोली की ओर।

गति पकड़ रही थी गाड़ी और उस गाड़ी के साथ जाती वह गदोली। छूट रहा था अब प्लेटफॉर्म। कुछ और झुकी वह विधवा, कुछ और फैला दिया उसने अपना हाथ।

दौड़ते-हाँफते मनोहर ने भी बढ़ा दिया अपना हाथ। प्लेटफॉर्म के छोर पर थी गाड़ी, एक बढ़ा हुआ हाथ दूसरे को पकड़ने को था।

पास आ गई थीं उसकी ये अँगुलियाँ, रेजगारी लेने-देनेवाली ये अँगुलियाँ, गन्दे नोटों को गिनते-सहेजते और गन्दा करनेवाली ये अँगुलियाँ, उन मुड़ी-सिकुड़ी-गठीली झुर्रीदार अँगुलियों के।

और स्पर्श के उस एक क्षणांश में मनोहर ने देखा वे अँगुलियाँ झुर्रीदार नहीं।

और फिर गिरते-गिरते मनोहर ने देखा कि वह कोई बुढ़िया विधवा नहीं है।

गिरते-गिरते उसने देखी संसार की सुन्दरतम स्त्री, कामनाओं की कामना, कल्पनाओं की कल्पना, सोलह सिंगार किए खड़ी हुई, वहाँ प्लेटफॉर्म के पार जाती उस गाड़ी के पायदान पर।

और फिर गिरकर, धूलधूसरित होकर, उसने देखी प्रकाश के वेग से चलनेवाली बगैर रेल और पहियों की एक नीली सर्पिल गाड़ी जिसके कमल जैसे पायदान पर खड़ी थी वह सदा-सुहागन और दामिनी-सी दमक रही थी उसकी एक गदोली—तर्जनी मुड़ी हुई, अनामिका झुकी हुई। शान्त, स्थिर थी यह गदोली पसरी हुई नहीं थी जो यह सम्भ्रम हो कि याचिका अथवा दायिनी है—कैसी भी, किसी भी रेजगारी की। खाली थी वह, किन्तु उसका खालीपन, उसका नहीं था !

अब जब मनोहर उठा उस अकेले अँधेरे प्लेटफॉर्म पर तब उसने कहा, जो कभी नहीं बोलता अप्रिय, उसने कहा, "कमीनो ! जो भी तुम लिए हुए हो हाथ में अपने—अतीत की अक्षय आचमनी, वर्त्तमान की विदग्ध वर्त्तिका, अनागत का अमोघ अस्त्र या और कोई, झूठ, झूठ, झूठ, जो भी तुम लिये हो हाथ में अपने। और इस हथियार के चमत्कार का आश्वासन देनेवाली सौगन्ध खाने के लिए जो भी रचा हो नाम तुमने अपनी जननी का—क्रान्ति, शान्ति, विज्ञान, संस्कृति—जो भी, जैसा भी, जब-जब रचा हो नाम तुमने। कमीनो ! विधवा है तुम्हारी जननी, विधवा है तुम्हारी शक्ति, और वह तुमसे सुहागन हो नहीं सकती।"

मैं उसे वैसे ही देखता-सुनता रहा जैसे देखते-सुनते हैं लोग, नशे में बहके अपने

स्वजनों को—संकोच-विस्मय-विनोद और भय से।

जोशीजी दादा के साथ कैमरे के पीछे थे। अकेले प्लेटफॉर्म के अँधेरे में कोने पर चीखते मनोहर को अंकित कर रहे थे दूसरी से लिये गए एक 'आल्मोस्ट सिलहूत' शॉट में। जरूरी थी यह दूरी मनोहर की विह्वलता की व्यर्थता जताने के लिए।

जोशीजी चाहते थे संवाद पूरा करके मनोहर वहीं खड़ा रहे। वह उसके अन्तिम शब्द 'सकती' की अन्तिम ध्वनि 'ई' को खींच दें, खींचकर मिला दें, वायलनों के सामूहिक अवरोही स्वरों में।

लेकिन मनोहर चला। धीमे-धीमे। सिंहद्वार की ओर। और उसने साउंड-ट्रैक पर सुना बेसुरा कीर्त्तन—ऊँ जय अम्बे गोरी। ऊँ जय क्रान्ति थ्योरी। और वह रोया।

स्टेशन के द्वार पर ऊँघते चैकर ने उसे टोका, "तिकिट ?"

मनोहर ने सिर हिलाकर टिकिट न होने की सूचना दी।

"कायकू नहीं ?", चैकर ने पूछा।

मनोहर ने कन्धे उचका दिए।

"किदर से आया ?", चैकर ने पूछा।

मनोहर ने रेल की पटरियों की ओर इशारा कर दिया।

"रोता कायकू ?"

मनोहर चुप।

"तेरा खीसा-पाकिट कट गगा काय ?"

मनोहर ने सिर हिलाकर बताया—"नहीं।"

"कोई मारा-बीरा तेरे कूँ ?"

मनोहर ने फिर सिर हिलाया।

"तेरा कोई अपना आदमी बाहर गाम गया काय गाड़ी से ?"

मनोहर ने फिर सिर हिलाया। और चैकर ने टोपी उतारकर अपना सिर खुजलाया, फिर मौन आँसू बहाते इस बिचित्र प्राणी को देखकर उसने एक लगभग असम्भव-सी कल्पना की, "कोई मर गया काय ?"

मनोहर ने इस बार सिर हिलाया कि हाँ।

"किदर ? कब ?"

मनोहर ने पटरियों की ओर इशारा कर दिया।

चैकर व्यग्र हुआ सुनकर, उसने पूछा, "गाड़ी का नीचे में आया काय ? तू देखा ?"

मनोहर ने फिर सिर हिलाकर हामी भरी।

"तेरा पहचानवाला होता ?"

मनोहर ने फिर सिर हिलाकर हामी भरी।

"कौन होता वह ?"

और पहली बार मनोहर ने मुँह खोला, "मैं !"

चैकर ने एक बार उसे सिर से पाँव तक देखा और कुछ समझते हुए मुस्कुराते हुए कहा, "तू मर गया ?"

मनोहर ने स्वीकृति में सिर हिलाया।

टिकट-चैकर ने कहा, "बरोबर तू मर गया !" और फिर उसकी बाँह पकड़कर उसे दरवाजे से बाहर किया और कहा, "जा अभी अपना कबर में सो जा।"

मनोहर अब स्टेशन के बाहर खड़ा हुआ था। जोशीजी को क्लोजिंग शॉट समझ में नहीं आ रहा था। दादा ने उनसे कहा, "एइसा करो, ओ जे सामना ऊपर में लाइफ इंश्योरेंसवालों का विज्ञापन करता है जगमग-जगमग लाल-नीला रोशनी में, तूम कट करके कैमरा इस पर ले जाओ। अच्छी अभी तोमारा दर्शक का आँख ले जाओ विज्ञापन का उस नान्हा-सा दीया और दो हाथ पर। अभी ले जाओ वह जे उद्धरण दिया है 'योग क्षेम वहाम्यहं' गीता से कि तोमारा लोग का योग-क्षेम का रक्षा करेगा अभी शे एल.आई.सी.। फिन पूरा विज्ञापन दिखाओ। होल्ड करो। इस 'प्लग' का पइसा भी तो लेगा एल.आई.सी. वाला से। फिन घूमा दो कैमरा, फिरकी का माफिक। पर्दे पर अब घूमता है शे विज्ञापन, इसका दीया, इसका उद्धरण, तेज-तेज-तेज, आखिर में कुछ नहीं, बस लाल-नीला रंग का सुदर्शन-चक्र जइसा। और साउंड ट्रेक में हम डाल दिया है हेमन्त का आवाज में 'या देवि सर्वभूतेषु भ्रान्ति रूपेण संस्थिता, नमस्तस्यै, नमस्तस्यै, नमस्तस्यै नमो नमः।'

आउर जोसी, अगर अभी आडियेंस उठता है, आउर सीट का नीचे से बाच्चा का लाँगोट ढूँढ़ता है तो ओ भी ठीक। किऊँकि जोसी, ओ लाँगोट, ओ भी आसल चीज !"

अथ उपसंहार

दादा के कहे के अनुसार, जोशीजी के समझे के अनुसार खत्म हो गया यह बायस्कोप, लाल-नीली रोशनियों की भँवर में।

दिक्कत यह है कि उस हालत में 'द एंड' के आसपास मनोहर की हो जाती है यह फिल्म। और अगर मनोहर को ही बनानी होती तो शुरू से खुद ही बनाता नैमिषारण्यी में ! और निश्चय ही उसकी फिल्म का 'द एंड' एक नीली सर्पाकार गाड़ी पर ही हो जाता। या शायद उसमें यह सर्पाकार गाड़ीवाली नौबत ही नहीं आती, कहीं और जाता और गलती से मारा जाता गरीब।

जोशीजी, अव्वल तो बनाते ही क्यों यह बायस्कोप ? स्वीट डिकेडेंस सध जाती और बैठ ही जाते बनाने तो 'द एंड' से पहले कुछ ऐसा होता : फर्स्ट क्लास के कूपे में बैठे हैं वे दोनों। पहुँचेली खिड़की के बाहर देख रही है। जोशीजी उसकी ओर देख रहे हैं। पहुँचेली के चेहरे पर, खासकर होंठों पर, एक विचित्र-सा, अपरिभाषेय-सा, समझे ना इनडिफाइनेबल, भाव है। आप शायद उसे 'घोस्ट ऑफ ए स्माइल' कहना चाहें लेकिन साहब वह 'ऐंजल ऑफ ए स्माइल' है। या शायद वह भी नहीं है, चेहरे पर पड़ती धूप का खेल है सिर्फ। जोशीजी के चेहरे पर भी वही, इनडिफाइनेबल, अपरिभाषेय आदि-आदि है। लेकिन यह सर्वथा वैसा ही इनडिफाइनेबल नहीं है, यह 'डिफरेंट' है। कुछ अलग ही है शान इसकी। फर्ज कीजिए पहुँचेली के चेहरे पर स्वीकार की उदासी की मिठास है तो जोशीजी के चेहरे पर उसी स्वीकार की मिठास की उदासी है। इंगे, द सैड स्वीटनेस ऑफ एक्सेप्टेंस, उंगे द स्वीट सैडनेस ऑफ एक्सेप्टेंस। और जबकि जोशीजी देख रहे होते हैं कि पहुँचेली उन्हें नहीं देख रही है, अम फ्रीज कर देता शॉट को। अभी क्रेडिट्स।

खुद मुझे अगर फिल्म बनानी होती तो मैं तारा झावेरी-शीव चन्द्रा की हिट फिल्म बनाता। 'नर्वस ब्रेकडाउन' से निटपने के बाद मैंने बहुत कोशिश की इसकी सामग्री जमा करने की, गो अहतियातन मैंने अपना ध्यान शीव चन्द्रा पर ही केन्द्रित किया।

मुझे उसके बारे में कई दिलचस्प बातें मालूम हुईं साहब। मिसाल के लिए यह कि उसने एक नहीं, दो शादियाँ की थीं। उसकी पहली और अल्पख्यात पत्नी बांगला देश के चटगाँव क्षेत्र में जीवित है। मिसाल के लिए यह कि वह शतरंज ही नहीं, ब्रिज भी बहुत अच्छा खेलता था—दूसरों के पत्ते गोया बगैर देखे, देख लेता था। मिसाल के लिए यह कि उसके पास तान्त्रिक यन्त्रों का बहुत अच्छा संग्रह था और उसने उनके बारे में

पेरिस से एक सचित्र पुस्तक छपवाई थी।

बहरहाल इस शीव चन्द्रा की मृत्यु बम्बई के किसी गोदाम में नहीं हुई साहब। वह मरा कई साल बाद सुदूर निकारागुआ में, हृदयगति रुक जाने से। उस जमाने में उसे अदालत का सामना करने के लिए भारत लाने की कोशिश चल रही थी। शीव चन्द्रा के जीवन-व्यापार और व्यापारिक जीवन में देश-विदेश की सुन्दरियों की एक पूरी पलटन-सी थी। इस पलटन में एक तारा झावेरी थी अवश्य, लेकिन जानकारों के अनुसार यह तारा, यूगांडा में पैदा हुई एक निहायत ही पहुँची हुई वणिक कन्या थी। शीव चन्द्रा से उसका रिश्ता महज व्यापारिक ही था। जब लोग-बाग मुझे इस तारा झावेरी की भी तरह-तरह की कहानियाँ सुनाने लगे तब मैंने मानसिक स्वास्थ्य को प्राथमिकता देते हुए अपने बैस्टसैलर इरादे को गोली मार दी साहब।

बहरहाल मेरे कॉमनसेंस पर इस बायस्कोप का बेतुकापन साफ उजागर है। बेतुकेपन को दुचित्तापन मानूँ, आधुनिक एम्बिगुइटी ठहराऊँ ऐसी घृष्टता मैं कर नहीं सकता। मैं जातना हूँ कि पहुँचेली एक फ्रॉड है। लेकिन कॉमनसेंस का तकाजा है कि फ्रॉड को बाकायदा फ्रॉड सिद्ध किया जाए। बहैसियत पत्रकार मैं बराबर इसी काम में लगा रहा हूँ। जिन जवाहरलाल को '47 में बहुत जलवे और बलबले के साथ नियति का न्यौता उचारते सुनकर जोशीजी एंड कम्पनी ने समाजवादी, धर्मनिरपेक्ष लोकतन्त्रात्मक एवं क्रान्तिकारी सपनों के लिए ऑर्डर दिया था, जिन जवाहरलाल को वहाँ बम्बई में मार्च '63 में रुग्ण और नतशीश देखकर यह कम्पनी 'कोई उम्मीद बर नहीं आती !' कहती हुई गालिबन गालिबना हो चली थी, उन जवाहरलाल तक को मेरी पत्रकारिता ने कागजी पैरहनवाला मजनू साबित कर दिखाया है। अफसोस कि उस पहुँची हुई चीज को धोकर रख देनेवाला डिटरजेंट मैं अब तक जुटा नहीं पाया हूँ। कोशिश बराबर कर रहा हूँ। जब भी सुनता हूँ कि साहित्य, वाणिज्य, अध्यात्म, राजनीति, किसी भी क्षेत्र में कोई चमत्कारी देवीजी प्रकट हुई हैं, उनके दर्शन करने अवश्य जाता हूँ बहैसियत पत्रकार। बड़े-बड़ों के वीर्यपात से लेकर शक्तिपात तक करा चुकीं ऊँची चीजें कई मिलीं मुझे लेकिन वह पहुँची हुई चीज़ नहीं। किसी से उसके बारे में कुछ सुनने को भी नहीं मिला। जहाँ तक मेरा सवाल है मैंने उसे बम्बई के पास नायगाँव के एक टूटे-फूटे मकान में बने साउंड-स्टेज में हुई उस मुलाकात के बाद न फिर कभी देखा, न सुना।

आप मुझसे कल्पना का सहारा लेने की माँग कर सकते हैं, लेकिन अव्वल तो जोशीजी के शब्दों में मैं कतई कल्पनाशून्य हूँ और दोयम मैं समझता हूँ कि कल्पना, कॉमनसेंस की दुश्मन है। बहुत काम खराब होता है, साहब कल्पना से। इनसान पगला जाता है, कौम की कौम बदहवास हो जाती है।

खैर, मैं खुद उन दर्शकों में से हूँ जो बायस्कोप देखने के बाद कुछ इस तरह के सवाल उठाते हैं, "क्योंकि, सरू सरू में हेमा की भुआजी दिखाई थी एक बुढ़िया-सरीखी, उसका तो बाद में कुछ बताया नहीं !" तो भले ही मैं हीरोइन के बारे में कोई भी सूचना दे सकने की स्थिति में न होऊँ, अँधेरे हाल में बैठे अपने बिरादर के सन्तोष के लिए बाकी तमाम कास्ट का 'द एंड' से पहले एक अन्तिम ग्रुप-शॉट के लिए आह्वान करता

हूँ अब। कहानी इस बायस्कोप में '62-'63 की थी, यह अन्तिम शॉट '80 में लिया जा रहा है। जमाना बदल चुका है, सूरतें बदल चुकी हैं, कुछ ढूँढ़े नहीं मिले, कुछ भगवान को प्यारे हो चुके, फिर भी।

सबसे पहले आपकी मुलाकात कराएँ बाबू से। माल-वाल की माँग न कीजिएगा इनसे, बाकायदा रिटायर हो चुके हैं। बाल सफेद हो गए हैं और यह न समझिएगा कि चौपाटी की धूप में !

आप पूछेंगे कि बाबू की बगल में यह कौन साहिबा खड़ी हैं ? यह साहब बहुत खास माल है इनका, या कहना चाहिए कि बाबू, इनके खास माल है। जी हाँ, श्रीमतीजी है। श्रीमती सुशीला बेन, जो कभी बहुत ही घरेलू-से माहौल में चौपाटी में बैठा करती थी घरेलू टाइप माल लेकर। राज की बात है, अपने तक ही रखिएगा, उम्र में भाभीजी पूरे दस साल बड़ी हैं बाबू से। और इनकम टैक्सवालों से न कहिएगा, नामा भी बहुत है भाभीजी के पास। मियाँ-बीवी इन दिनों रहते हैं ग्रुप हाउसिंगवाले एक फ्लैट में। एक अदद तोता पाले हुए हैं। क्या फरमा रहे हैं आप मिट्ठू मियाँ ? 'बोल चालू है कि नहीं ?' तोबाह ऐसा नहीं कहते।

और यह हैं मित्रवर। प्रॉडक्शन कंट्रोलर हैं साहब इन दिनों। मल्टी-स्टार फिल्में बनानेवाले उर्दूदाँ प्रॉड्यूसर बहुत प्रसन्न होते हैं साहब इनकी शुद्ध हिन्दी सुनकर। अब इनका रामचरित की प्लू-फर्फेक्ट स्क्रिप्ट पर एक मल्टी-स्टार बिग बजट बनाने का इरादा है। राम के रोल को लेकर कुछ झगड़ा पड़ गया है। मित्रवर कुल मिलाकर चैन की काट रहे हैं इन दिनों। और सुखचैन का राज छिपा है इनके फलसफे में। फरमाते हैं : 'प्रविसि नगर कीजै सब काजा, हृदय राखि कौसलपुर राजा। चीयर्स !'

और ये हैं शहन्शाहे सिनेरियो राइटिंग—खलीक मियाँ ! खलीक पहला अदीब है जिसने फिल्म इंडस्ट्री में मखसूस जगह बनाई है राइटर के लिए। किसी स्टार से कम नहीं जलवा अपने खलीक का। वह जो एक फिल्म इन्होंने श्रीकान्त के लिए लिखी थी ना, जिसमें श्रीकान्त ने बाद में पंडित जनार्दन से तरमीम भी करवाई थी, वह साहब तीन हफ्ते चली श्रीकान्त के नाम पर, दो हफ्ते चली डिस्ट्रीब्यूटर और प्रॉड्यूसर के पैसे से, और उसके बाद जुबली होने तक चली खलीक के जौहरे-कलम से। इंडस्ट्री में किसी से यों भी यह छिपा नहीं रहता कि फिल्म में किसका योगदान क्या है ? और खलीक मियाँ ने एक फिल्मी नामानिगार को ओरिजनल स्क्रिप्ट दिखाकर रही-सही कसर भी पूरी कर दी। न सिर्फ इन्होंने स्क्रिप्ट दिखाई मगर श्रीकान्त के बारे में निहायत सनसनीखेज बयान भी दिया। यह पहला मौका था कि किसी राइटर ने स्टार से खुलकर टक्कर ली। उसी जमाने में खलीक मियाँ की एक और स्क्रिप्ट पर, जिसे जलनेवाले एक जापानी फिल्म की नकल ठहराते रहे, बनी लो-बजट क्विकी सुपरहिट हुई। लिहाजा श्रीकान्त के खिलाफ खलीक की बातें इंडस्ट्री को सुननी पड़ीं, खासकर इसलिए भी कि खुद श्रीकान्त की उस दौर की दूसरी फिल्में सख्त फ्लॉप हुईं। खलीक मियाँ की आज यह हैसियत है कि प्रॉजेक्ट इनके इर्द-गिर्द बनाए जाते हैं। तरक्कीपसन्द हैं इसलिए इनका भाव बराबर तरक्की पर है। सुना जाता है, चार लाख लेते हैं इन दिनों एक फिल्म लिखने

का ! बहुत तना-कसा स्क्रिप्ट लिखते हैं ये और इनके डायलॉग, सुभानअल्लाह ! पहली ही फिल्म 'बेला फूले आधीरात' में, जो डायलॉग इन्होंने शायर और पुलिस अफसर जुड़वाँ भाइयों के डबल रोल में श्रीकान्त के लिए लिखे वे आज तक नहीं भूले हैं लोगों को। एक डायलॉग पिछले दिनों मुझसे भी बोले खलीक, "बुर्जुआजी से लड़ने के लिए भी पहले बुर्जुआजी में शामिल होना पड़ता है !"

खलीक अब भी गालीगलौज करते हैं, ह्विस्की की जगह नौटांक पीना पसन्द करते हैं, सोफे की जगह फर्श पर बैठते हैं, लेकिन यह सब अब इनकी रंगारंग शख्सियत के खाते में आता है।

खलीक मियाँ ! किब्ला मुस्कुराइए, दुरस्त कीजिए अपना 'गेस्टाल्ट', आप तो ऐसा चेहरा बनाए हुए हैं गोया प्रेजिडेंट से पद्मश्री ले रहे हों। गाली न दीजिए बन्दापरवर, खाली लिप-मूवमेंट रह जाएँगे सेंसर की मेहरबानी से।

नफीसा भाभी, आप क्यों बैकग्राउंड में जा रही हैं ? अजी हम 'स्टार-डस्ट' से थोड़े आए हैं कि कुछ कहलवा ले जाएँगे आपसे खलीक की बाबत और शाया कर देंगे।

जी हाँ, यह हैं नफीसा, मिसेज खलीक। आपको याद होगा खलीक मियाँ ने अपना एक्स-कम्युनिस्ट मेनिफेस्टो जारी करते हुए चन्द धमकियाँ कभी दी थीं। उनमें से एक यही पूरी कर पाए हैं। नफीसा इनकी फूफी की बेटी हैं। भाभीजान की नफासत कभी सूँघिए-चखिए दस्तरखान पर !

ये खलीक के चार बच्चे, चारों लड़के खुदा के फजल से।

और ये हमारे गेस्ट आर्टिस्ट, डॉ. धर्मवीर भारती, जाने-माने अदीब और अखबारनवीस। 'अन्धायुग' के लेखक, 'धर्मयुग' के सम्पादक भारतीजी गुनगुना नहीं रहे हैं इस शॉट में तो महज इसीलिए कि सिगार पी रहे हैं। नया शौक है।

ये दूसरे गेस्ट आर्टिस्ट बिमलदत्त। हृषिदा के लिए इन्होंने 'आनन्द', 'मिली' वगैरह कई अच्छी फिल्में लिखी हैं। हाल में एक अदद एवार्ड विनिंग फिल्म भी बनाई है 'कस्तूरी' जिसमें विज्ञान बनाम अन्धविश्वास का कुछ चक्कर है। बिमल बाबू भी गोया रथिजित भट्टाचार्य के मारे हुए हैं।

और यह दाढ़ीवाले मौनी बाबा। ये शायद मिस्टर तलाटी हैं, गो पहचान में आ नहीं रहे हैं। कसमिया तौर पर मेरे लिए भी यह कहना मुश्किल है कि मिस्टर तलाटी ही हैं। जोशीजी कुछ साल पहले उत्तराखंड-यात्रा पर गए थे साहब। तब हरसिल के पास यह बाबाजी उन्हें पहचानते हुए-से, उनसे अपने को पहचानवाते-से प्रकट हुए थे सड़क-किनारे जहाँ जोशीजी सरकारी जीप के ड्राइवर की लघुशंका पूरी होने का इन्तजार कर रहे थे। अपने दंड से इन्होंने जमीन पर लिखा कुछ। जोशीजी ने पढ़ा—'सूँ'। उर्फ 'क्या ?' जोशीजी ने इसका मतलब यह लगाया कि बुजुर्गवार पूछ रहे हैं कि आपका टूर प्रोग्राम क्या है ? क्या कहीं तक लिफ्ट दे सकते हैं ? जोशीजी ने 'इटिनियेरी' बताई। बाबाजी ने फिर जमीन पर लिखा—'सूँ'। और अब जोशीजी ने कुछ समझते हुए पूछा, 'तलाटी भाई ?' बुड्ढन ने फिर लिख दिया 'सूँ' और उल्टी राह चल पड़े।

यह है सायं-स्मरणीय पूर्वेन्दु बैनर्जी। इन्होंने गाँव जो उजड़ गया, शहर जो बसा

नहीं, पर वह फीचर फिल्म बनाई थी, लेकिन चली नहीं। उसमें खलीक के जो गीत थे वे अलबत्ता चले थोड़े-बहुत। पिछले दिनों टी.वी. वालों ने इस अवार्ड-विनिंग फिल्म को दिखाकर दर्शकों को बोर किया। गाँव और शहर की दिहाती गीतोंवाली यह कहानी सायं-स्मरणीय ने ब्रेस्सों की शैली में फिल्माई है और उनके शहरी कलाकार इसके भावुक, भोजपुरी-संवादों को भावनाशून्य आवाज में बोलते हैं और 'अलगाव' कायम रखने के लिए चेहरे पर भी कोई भाव नहीं आने देते। पूर्वेन्दु आज भी कलात्मक फिल्मी हस्तियों के लिए सायं-स्मरणीय हैं। फिल्मी सोसायटी आन्दोलन के अन्यतम प्रवर्त्तक हैं।

यह हैं पिटे हुए हीरो के जमे हुए पी.आर.ओ.। खुद भी पिट चुके हैं बेचारे। विज्ञापनों के अनुवाद करके रोटी-रोजी चला रहे हैं। तीखा बोलना अच्छा नहीं रहता साहब।

यह ऊ.पी. साइड के लता-भक्त स्वरकार। उभर नहीं पाए। इनके साथ यह हुआ कि जो भी फिल्म मिली उसके गाने तो चल गए लेकिन फिल्म पिट गई। मनहूस म्यूज़िक डायरेक्टर समझे गए। आजकल विज्ञापन-गीतों की धुनें बनाते हैं। इनकी बनाई एक धुन, 'मन्द मन्द मनभावन सुगन्ध' प्राचीन उबटन को आधुनिक 'फेस-क्रीम' बनाने में बहुत काभ की साबित हुई है। और यह इसी से सन्तोष कर रहे हैं कि विज्ञापन की सही, धुन है तो बच्चे-बच्चे की जबान पर।

यह हैं भूतपूर्व खलीक-सुन्दरी। गायन के क्षेत्र में चली नहीं। देश का दुर्भाग्य है। राजनीति में यहाँ नेहरू का नाम ही चलता है, फिल्मी संगीत में लताबाई का। इन्हें बिचारे वह माखन-प्रेमी संगीतकार तक दूसरी लताबाई नहीं बना पाए, उल्टे वह खुद ही खत्म हो गए इस कोशिश में। खलीक की सोहबत में यह और कुछ सीखी हो या नहीं, 'बोल्ड' बातें कहना जरूरी सीख गई हैं। इसीलिए इनकी वजनी और महँगी शख्सियत के मुरीदों की बम्बइया इंडस्ट्री में कोई कमी नहीं। कद्रदान कहते हैं कि सुन्दरी और तमाम सुखों के साथ-साथ अपने अन्य प्रेमियों की शारीरिक रचना, वासनात्मक प्रवृत्ति और कामकला के बारे में अन्तरंग ब्यौरा सुनाने का सुख भी देती है। अफवाह यह भी है कि एक दुस्साहसी प्रकाशक इनसे 'वेलनोन पीपुल' के बारे में 'लिटिलनोन थिंग्स' बतानेवाले ये संस्मरण लिपिबद्ध करने को कह रहे हैं। अंग्रेजी में चलने लगा है साहब, इंडिया में भी।

यह कारन्त हैं, तिकोने कलाकार। अब ये केवल रेखाएँ और बिन्दु चित्रित करते हैं। यह अकेले ऐसे भारतीय चित्रकार हैं जिन्हें अमेरिकी कला-समीक्षकों ने भी थोड़ा भाव दिया। इनकी वह फेमस पेंटिंग आपने जरूर देखी होगी जिसमें सुरमई बैकग्राउंड पर एक-दूसरे को काटती हुई एक लाल एक नीली दो सर्पिल रेखाएँ हैं और एक ठो सफेद बिन्दु। गणित की भाषा में इस तरह की दो रेखाओं से बनी आकृति को 'डबल हेलिक्स' कहते हैं साहब और जीवकोश के बुनियादी अणु डी.एन.ए. की शक्ल भी ऐसी ही बताई जाती है। कारन्त ने इस पेंटिंग का नाम रखा है 'डी.एन.ए. ऑफ तन्त्रा'। गोया वह इन सर्पिल रेखाओं को कुंडलिनी वगैरह मान रहे हैं। अब मानना ही होगा जब अमरीकी क्रिटिक तक मान रहे हैं। अपने यहाँ के लौंडों में से एक-तिहाई इन्हें कलाकार ही नहीं मानते, एक-तिहाई एकमात्र जेनुइनली इंडियन पेंटर मानते हैं,

एक-तिहाई इन्हें फ्रॉड कहते हैं। शायद तीनों फिरकों की मुराद एक ही है।

यह साहब वह मराठी लेखिका हैं जिनकी नायिका ने कहा था कि जाने मेरे क्या तो हो, तो मैं नायक के जाने क्या तो कर दूँ ! साहित्य में तो पता नहीं क्या हुआ, जीवन में जरूर नायक उनके वश में आ गया, किसी विधि से। श्रीमती नायक पॉलिटिक्स में आ गई हैं। कभी की यह नाराज नवयुवती अब तमाम नाराज नवयुवकों से नाराज हैं। अभी उस दिन कह रही थीं, अंग्रेजी में ''आधुनिकता के नाम पर जो साहित्य इस देश में रचा गया है वह अप्रासंगिक है, 'एलिटिस्ट' है। इंटेलेक्चुअल बिरादरी इस देश को नहीं समझती, इस देश के लोगों को नहीं समझती, इसीलिए इस देश की पॉलिटिक्स को नहीं समझ पाती। इस देश के सर्वहारा को एक देवी की जरूरत है।'' कहा तो उन्होंने अंग्रेजी में 'डिवाइन फिगर' था लेकिन उनके दल का, और अपनी फितरत का विचार करते हुए मुझे स्त्रीलिंग अनुवाद ही ठीक मालूम होता है।

यह चौबे हैं, जो अंग्रेजी नाटक मराठी में खेला करते थे। बहुत नाटक खेले साहब इन्होंने। पूर्व बर्लिन के पता नहीं किस आसांम्बल से लेकर क्योतो के पता नहीं किस येस-नो थेटर तक, हर घाट का पानी पीया साहब इन्होंने। भारतीय-एसियाई नाटक विधाओं के अन्तर्राष्ट्रीय ख्यातिप्राप्त पंडित हैं। अपनी जापानी बीवी से तलाक ले चुके हैं और अब किसी मिस ओड़िसी के चक्कर में हैं। चौबे भारतीय लोकनाटक पर बहुत गदगदमयान अमरीकी-अंग्रेजी बोलते हैं, 'अमेजिंग', लेकिन फोक-टच के तहत बीच-बीच में ऊ.पी. साइड की 'अच्छा' भी टिका जाते हैं गुरु—'इट्स अमेजिंग द वे दीज रस्टिक आर्टिस्टस इवोक ए होल ईथोस विद ए फ्लू सिम्पल जेस्चर्ज, अच्छा, आलदो द इम्पैक्ट ऑफ सिनेमा...''

यह हैं फिल्म-क्रिटिक डौली। धाकड़ चीज मानी जाती हैं मिस डौली। कोई फिल्मोत्सव तब तक पूरा नहीं माना जाता जब तक सूचना-प्रसारण मन्त्रालय का कोई अधिकारी इनसे झाड़ न खा जाए। मिस डौली विदेशी उत्सवों की जूरी में रह चुकी हैं। सुना है इन दिनों खुद कोई फिल्म बनाना चाह रही हैं।

ये आलो मुखर्जी हैं साहब। वह हिन्दी फिल्म जो यह बनाना चाहते थे तीन रील के बाद आगे नहीं बनी। बहुत संकट में रहे बिचारे। ग्रहों का चक्कर। नशे में कार गैरेज की ओर बैक करते हुए अपने एकमात्र बेटे को कुचल दिया। बीवी से तलाक हो गया। हार्टअटैक हुआ। दीवालिया हो गए। अब कुछ सम्हले हैं। अपनी डॉक्टरनी बहन के साथ अमेरिका में जा बसे हैं और अगरबत्ती वगैरह का व्यापार करने लगे हैं छोटा-मोटा।

यह हैं केरशाप फ्रामजी डोभानवाला और मिसेज स्नेहवत्सला डोभानवाला। थोड़ा इधर-उधर और भटक लेने के बाद इन्होंने आखिर शादी कर ही ली एक-दूसरे से। कोई दुःख है तो यही कि स्नेहवत्सला को इनसे बच्चा नहीं हो पाया। खैर इन्होंने गोया संस्कृति को ही गोद ले लिया है। और साहब अपने घर में, अपने शहर में कोई कसर उठा नहीं रखी है इस रईस जोड़ी ने अपनी लाड़ली बिटिया को खुश करने के लिए। भुलाई नहीं जाती वह रात जब जोशीजी को इन्होंने अपने घर में दो-चार चुने हुए अन्य मित्रों के साथ, अब्दुल हलीम जाफर से सितार पर झिंझौटी सुनवाई थी और चियान्ती

पिलवाई थी। झिंझौंटी, चियान्ती के साथ अच्छी जाती है साहब।

यह हैं मिस नन्दिनी नटेसन। यों हो अब यह मिसेज चैंडी गई हैं। इनके पति डॉक्टर हैं। ईसाई हैं। चैंडी दम्पत्ति ने कहीं धारवाड़-कारवाड़ में अच्छा काम शुरू किया है, देहात में सहकारी आन्दोलन चलाने का। मिस नटेसन, जी हाँ यह जानी आज भी इसी नाम से हैं, पत्र-पत्रिकाओं के लिए राजनीतिक आवरण-चित्रों की ऊब दूर करने की दृष्टि से खासी उपयोगी रही हैं। प्रोटीन हंगर के सिलसिले में इन पर कवर आया था, ग्रामीण महिलाओं में नवीन चेतना जगाने के सिलसिले में इन पर एक कवर-स्टोरी बनी थी, और जब चैंडी सम्मानित किए गए ग्रामीण स्वास्थ्य के हित में अपनी त्याग-तपस्या के लिए तब भी मिस नटेसन, डॉक्टर चैंडी के साथ कवर पर नजर आई। यों जब से सनसनीखेज रहस्योद्घाटन का सिलसिला शुरू हुआ है तब से कुछ पत्रिकाएँ इन्हें सी.आई.ए. से सम्बद्ध बता रही हैं और कुछ का अभियोग है कि इन लोगों ने गरीब हिन्दुओं को ईसाई बनाने का षड्यन्त्र रच रखा है।

यह हैं मिस जरीन जरीवाला। नहीं, इनकी शादी नहीं हुई। आपातकाल का विरोध करने के सिलसिले में इनका काफी चर्चा रहा साहब। चुनावों में भी बहुत काम किया इन्होंने। अजी संघी भाइयों तक ने इन्हें राज्यसभा का टिकट देने की बात कही। यह 'गुड हैवंस' कहकर धर्मशाला के पास एकान्तवास करने चली गईं। अपने को 'फाइटर फॉर लॉस्ट काजेज' कहती हैं साहब। जब कुल मिलाकर यह हर किसी चीज का विरोध करती-सी नजर आती हैं तब कॉमनसेंस कन्धे उचकाकर ही रह जाता है। खैर बाप का छोड़ा हुआ पैसा है। निभा ले गई हैं, निभा ले जाएँगी हारे को हरिनाम बनने का यह तेवर !

यह धूर्जटि। एक्स-एक्स-एक्स होते-होते यह अब 'कम्पेरेटिव रेलिजन' के प्राध्यापक हैं जर्मनी में। यूनेस्को में भी कुछ चक्कर हैं इनका। शायद आपको खबर हो कि वैज्ञानिकों, नीतिशास्त्रियों, राजनीति-पंडितों आदि का एक विराट सम्मेलन किया था पिछले दिनों स्विट्ज़रलैंड में यूनेस्को ने। धूर्जटि उसमें धरे विराजे थे साहब। सेमिनारबाजी में गुरू, सचमुच गुरू हैं ! अभी जोशीजी चीन से लौटते हुए बैंगकाक में रुके थे दो दिन तो वहाँ यूनेस्को कार्यालय में मिल गए। बता रहे थे कि मनीला में कुछ अटेंड करके आए हैं और मंगोलिया में कुछ अटेंड करना है। रूट-वूट पूछ रहे थे वहाँ अफसरान से। जोशीजी से उन्होंने कहा, "एक पूरी की पूरी भारतीय पीढ़ी प्रवासी हो गई है और तुम भारतीय पत्रकार अमरीकी 'एक्स्पेट्रिएट जेनरेशन' का इतिहास तो जानते हो, इस पीढ़ी की तुम्हें कोई खबर नहीं।" अभी धूर्जटि का एक निहायत दिलचस्प पत्र लेख के रूप में छापा था कलकत्ता के एक दैनिक ने। इसमें प्रोफेसर साहब ने लिखा है, 'जो सच्चे मानों में भारतीय है वह आपके भारत में साँस तक नहीं ले सकता।'

यह विश्वबन्धु हैं। क्या करते हैं, भगवान ही जाने ! बहुत ही रहस्यमय ढंग से प्रकट होते हैं दिल्ली में और उतने ही रहस्यमय ढंग से गायब भी हो जाते हैं। कभी-कभी मिलते हैं जोशीजी से दफ्तर में। कोई लेख-वेख भिड़ाना चाहते हैं, किसी ऐसे विषय पर जिसे समझनेवाले ही 'खतरनाक' समझ सकते हैं। मिसाल के लिए बन्धक मजदूरों पर,

आदिवासियों के आन्दोलन पर, खेतिहर मजदूर बनाम औद्योगिक मजदूर पर। आम अफवाह है कि नक्सलाइट हैं। यों यारों को इस बात से ताज्जुब भी होता है कि अगर नक्सलाइट हैं तो सेमिनारबाज बिरादरी में इनकी राह-रस्म कैसे हो सकी है ? अब तक कभी गिरफ्तार क्यों नहीं हुए ? एक बार किसी जर्मन विश्वविद्यालय ने इन्हें फेलोशिप कैसे दे दी ?

ये साहब जोशीजी की दूर की रिश्ते की बहन का परिवार। बिखर-सा गया है। बड़ी लड़की गुमसुम की शादी हो गई है। उदास-उदास-सी कहानियाँ लिखती हैं। कभी-कभी अंग्रेजी में। सन्दर्भ डोरिस लेसिंग। यों स्वस्थ प्रसन्न हैं। छोटी लड़की–द रिबेल जीनियस–अब दत्तचित्त होकर ससेक्स में समाजशास्त्र पढ़ रही है। यह बेटा। हिस्ट्री ट्राइपोस लिया है साहब इसने, कैम्ब्रिज में। कुमाऊँनी अब भी धड़ल्ले से बोलता है और गालिबन हिन्दुस्तान आता ही इसीलिए है कि अंग्रेजी बोलना चाहनेवाले अपने मामाजी से मुतवातिर कुमाऊँनी ही बोलता चला जाए। बहुत खिलाफ है साहब विलायत के। वही बोर हुए पड़े हैं थ्योरी काम कर रही है, यह बचपन से विलायत जो रहा है। बहन और जीजाजी दोनों एक छोटे-से सुदूर द्वीप कैनरी में हैं इन दिनों, जीजाजी के अवकाश पाए बाद की एक अन्तर्राष्ट्रीय नौकरी के सिलसिले में। विदेश रहना जीजाजी को अच्छा नहीं लगता, (चुरुट, खैनी का सबस्टिट्यूट हो नहीं सकता !) लेकिन यहाँ भारत में भी उनके पिता के जमाने की वह दुनिया कहाँ है, जिसमें हफ्तों होली की बैठकें हुआ करती थीं और जीजाजी 'राधे नन्द कुँवर समझाए रही है !' गाते थे 'खमाज' में अपनी फेवरेट 'केदार' का गलती-से रंग दे जाते हुए। एक बेहतरीन डायलॉग बोली थी बहन, पिछली मर्त्तबा जब आई थीं भारत, 'अपनों के बीच में अजनबी रहने से तो अजनबियों के बीच अजनबी रहना क्या बुरा है ?'

यह जोशीजी हैं साहब। इनके सुनहरे फ्रेम पर गौर करें। अच्छी बकर दाढ़ी का स्कोप देते नहीं थे इनके हार्मोन्स। मैंने इनके लिए एक ठो एडिटरी का बन्दोबस्त करवा दिया था, दिल्ली लौटने के तीन साल के भीतर। ए-वन बाथरूम का जुगाड़ अभी तक नहीं हो पाया, बाकी कार-फ्रिज-टी.वी.-प्रियदर्शिनी फोन सब है आपकी दया से ! जोशीजी अपनी बिरादरी से अपने को कट-ऑफ-सा किए हुए हैं एक अर्से से। बिरादरों से इनकी यह झेंप मेरी समझ में तो आती नहीं। बताइए ना जोशीजी कि आप किस बहुगुणा के साथ ब्रेकफास्ट लेकर आए हैं अभी।

और यह ? कोई काला आदमी। इसे शिकायत है कि जमीन घट रही है और हाजतमन्दों की तादाद बढ़ रही है। शहर में जो भी जगह ढूँढ़ता है हगन के लिए, वहीं यार-लोग गगनचुम्बी इमारत बनवा देते हैं।

ये चक्कू बाज एंड कम्पनी ! आप जानते ही हैं कि इस बीच समाज के नेता इनका हृदय-परिवर्त्तन करते रहे हैं और ये उनका मानस-परिवर्त्तन।

अब साहब वे लोग जो इस बीच दीवार पर कर्नाटक एम्पोरियम की चन्दनमाला के साथ टँग चुके हैं।

यह तस्वीर है मनोहर की इजा की। कैंसर से मरीं। मगर ज्यादा कष्ट पाया-दिया

नहीं। धर्मपरायण थीं। जिस दिन मरीं, उस दिन भी सुबह उठकर नहाईं। नहाकर उसका स्मरण किया जिसके ललाट पटल पर कस्तूरी का तिलक शोभित है, वक्षस्थल पर कौस्तुभ मणि, नासिका में श्रेष्ठ मोती, करतल में वेणु और कर में कंकण।

यह तस्वीर है मिस्टर तिरखा की। हार्ट ट्रबुल हो जाने पर, बेटों की जिद पर, बम्बई से अमृतसर चले गए थे चाचाजी। खत बराबर डालते रहे विक्टोरियाई गोया अंग्रेजवाली अंग्रेजी में। जोशीजी ही जवाब देने में कंजूसी करते रहे। अपने पोते की बारात लेकर आए थे दिल्ली में। यह '69 का जिक्र है साहब। बहुत इसरार था उनका कि मिस्टर जोशी भतीजाजी, जनवासे से ही बारात में शामिल हों। लेकिन जोशीजी को मैं देश की गरमागरम राजनीति में उलझाए हुए था इसलिए बहुत मुश्किल से रिसेप्शन बारात के लिए वह पहुँच सके ओबराय में और सो भी देरी से। अजनबियों की भीड़ में उन्होंने ढूँढ़ा चाचाजी को। दिखाई दिए पिन-स्ट्राइपवाला अपना पुराना इंग्लिश थ्री-पीस पहने हुए गैलिस-वैलिस के साथ। बटन-होल में मोरपंखी की पत्ती और कली गुलाब की। गले में चमेली की माला। सिर पर गुलाबी साफा। देखते ही बोले, गले लगाते हुए, "मिस्टर जोशी, लेट अगेन, एज युजुअल !" शिकायत की कि, "बच्चों को क्यों नहीं लाए ?" फिर मॉड समधियों के इस 'रिसेप्शन' में उन्होंने बेयरा को बुलाया और पूछा जोशीजी से "छोटा चलेगा ?" उठाकर दिया साहब अपने हाथ से ह्विस्की का पैग और पूछा, "प्राग्तेषु षोडषे गेरयाँ, सोडा मिलवावाँ कि पानी ?" और इसी के साथ हँसे थे उस शाम का कोटा पूरा करने के लिए। फिर '73 जने '74 में उनका वह पोता, जो कैनेडा में इंजीनियर 'लगा हुआ है', मिला जोशीजी को। अपनी अमेरिकावासी बहन के लिए 'मैट्रिमोनियल एड' छपवाना चाहता था। उसने बताया साहब कि बुड्ढन जाते रहे। उसकी शादी के कोई डेढ़ साल बाद। चतुर्दशी का दिन था। पूजा से उठकर मिस्टर तिरखा बाहर आए तो देखा अपनी नई पोतहू को, मॉड-से लिबास में गोया अधनंगी। बोले, 'स्ट्रेंज !' कुछ सोचते रहे और फिर अपने कमरे की ओर जाते हुए हँसने लगे। यह पहला और आखिरी मौका था जब उन्होंने किसी को नहीं बताया कि किस बात पर हँस रहे हैं। कमरे तक पहुँचते-पहुँचते, उन्हें दौरा पड़ा दिल का। हँसते-हँसते गए साहब।

और यह तस्वीर है रथिजित भट्टाचार्य की। बम्बई से तब चले जाने के बाद दादा ने कुल तीन फिल्में शुरू कीं, जिनमें से दो पूरी हुईं, एक उन्होंने झगड़कर अधूरी छोड़ दी। जो पूरी हुईं वे भी जैसे-तैसे हुईं। इनमें से एक प्रदर्शित ही नहीं हो पाई—पहले सेंसर के और फिर डिस्ट्रिब्यूशन के झगड़े में। प्रदर्शित फिल्म देखने के लिए भक्त-मंडली ने स्पेशल शो कराया था नई दिल्ली के फिल्म प्रभाग छवि गृह में। अन्य भक्तों के साथ जोशीजी ने भी इसे देखा। कुछ उसी तरह देखा जिस तरह सुनी जाती हैं सठियाये-पगलाये महाकवियों की रचनाएँ। दादा बीच में बाकायदा पागल हो चुके थे। बीमार भी बहुत रहे थे। हर बार सरकार से अपील-वपील का चक्कर चलाया भक्तों ने। सरकार ने कुछ किया भी अनमने ढंग से लेकिन दादा को सरकार से लड़ने से ही फुर्सत नहीं मिली कि उसका कुछ फायदा उठा पाते। दादा की इस अन्तिम फिल्म में 'अदृष्ट उर्फ

नियति' का कोई चक्कर नहीं था लेकिन कहीं-कहीं जोशीजी को ऐसा आभास हुआ कि इसका सम्बन्ध 'करेजुआ में तीर' नामक एक फिल्म-कथा से है जिसे सुनाकर दादा ने आलो मुखर्जी की एक शाम बोरियत में डुबा दी थी।

एक मध्यवर्गीय बुद्धिजीवी के निहायत ही लचर से जीवन को अतिनाटकीय किस्म के आत्म-मन्थन से उसमें जोड़ा गया था। जमानेभर की बातें आधुनिकता के नाम पर इस फिल्म में ठूँसी गई थीं और फिर भी दर्शक के हाथ वही लगता था, समझे ना। यों जोशीजी के एक बिरादर ने, जिन्हें इस फिल्म में देवी की मूरत बनानेवाले के घर में अंकित किए गए प्रसंग जरूरत से ज्यादा मानीखेज नजर आए थे, लिखा अंग्रेजी में, 'शक्ति की देवी के अलग-अलग रखे हुए सिर-धड़ प्रतीकात्मक हैं और इस सनातन मानवीय त्रासदी की ओर इंगित करते हैं कि शक्ति को मस्तिष्क प्राप्त नहीं है और मस्तिष्क को शक्ति।' अब इस मतलब का मतलब उनसे कौन पूछे ! और ये...ये साहब प्रापर्टीजवालों का टच है शायद...बताने की जरूरत नहीं कि पहली तस्वीर क्रान्तियोंवाले बाबा की है और दूसरी शेराँवाली माता की। मनोहर इन दोनों की सदा ही जय बोला साहब। अपने अतिसरलीकरण में वह माने बैठा था कि बाबा ने कोई पेचीदा राजनीतिक-सामाजिक फलसफा नहीं समझाया है, महज एक सदय और समझदार बुजुर्गवार की तरह कहा है कि रिल-मिलकर रहो, एक ही तिल हो तो मिल-बाँटकर खाओ, एक-दूसरे को सताओ मत। माता के बारे में भी उसकी धारणा कुछ ऐसी थी कि उन्होंने बच्चों से कहा है कि तुम बहुत होनहार हो, तुम्हारे भीतर बहुत शक्ति है, उसे इतना बढ़ाओ कि तुम्हें तिलकुटिया की जरूरत न रहे।

प्रॉपर्टीजवालों ने मनोहर के ये प्रिय चित्र यहाँ टाँग तो दिए हैं लेकिन वह स्थिति भी नहीं है कि हाथ जोड़कर बाबा-माता से कहा जाए मद्रासी मामतावाली फिल्म के स्टाइल में कि देखिए आपका मनोहर फर्स्ट क्लास फर्स्ट पास हो गया है और फिर जोशी-सम्मत विधि से गर्दन मोड़ी जाए, होंठ काटे जाएँ।

तो साहब अब 'द एंड' करते हुए मैं 'कुरु-कुरु स्वाहा' बनानेवालों की ओर से आप सभी मेहरबान का बहुत-बहुत शुक्रिया अदा करता हूँ। कोई कमीबेशी हुई हो किस्सागोई में, तो मुआफ करें।

●●●